Das Buch

»Zweifeln Sie an der Existenz von Feen? Oder von Schnecken?«
Er musste lachen. Was war das für eine Frage! »Ich hab als Kind Schnecken aus den Beeten gesammelt und mit meinen Schwestern Schneckenrennen veranstaltet. Und bei uns zu Hause isst man sie auch.«
Die Nase der Alten krümmte sich belustigt. »Sehen Sie, und ich bin gebürtige Londonerin. In meiner Kindheit gab es Schnecken nur in Kinderbüchern. Genau wie Feen.«

Die Autorin

H. L. Iffland wurde 1967 geboren. Nach dem Studium der Politologie, Germanistik und Romanistik war sie u. a. Praktikantin bei einer ivorischen Tageszeitung und Mädchen für alles bei einem reisenden Zeltvarieté. Sie arbeitete für Multimedia-Agenturen, Radiosender und eine Klima-NGO, bevor sie sich im Rheinland niederließ, wo sie heute lebt und arbeitet. »Willkommen in Camelford« ist ihr erster Roman.

H. L. IFFLAND

Willkommen in Camelford

ROMAN

WILHELM HEYNE VERLAG
MÜNCHEN

Penguin Random House Verlagsgruppe FSC® N001967

Originalausgabe 10/2023
Copyright © 2023 by H. L. Iffland
Copyright © dieser Ausgabe
by Wilhelm Heyne Verlag, München,
in der Penguin Random House Verlagsgruppe GmbH,
Neumarkter Straße 28, 81673 München
Redaktion: Tamara Rapp
Umschlaggestaltung: Nele Schütz Design, München
Umschlagillustration: © Yves Haltner
Satz: GGP Media GmbH, Pößneck
Druck und Bindung: GGP Media GmbH, Pößneck
Printed in Germany
ISBN: 978-3-453-42727-3

www.heyne.de

In Erinnerung an Sue Gordon,
Künstlerin und Frau vieler Talente,
Freundin, Vorbild.

I

Ich bin hier der
Scheiß-Co-Produzent

1

Camelford ist ein unbedeutender Marktflecken im südwestlichen England. Es gibt hier fünf Charity-Shops, drei Pubs und zwei Bestattungsunternehmen, aber keine Bank und keinen Bahnhof mehr. Camelford ist Englands verregnetste Stadt.

Damit wäre schon alles über das Städtchen gesagt, hätte nicht eine boshafte Laune der Natur es so eingerichtet, dass es praktisch nur einen Steinwurf weit von Englands sonnigster Stadt entfernt liegt. Keine zwanzig Meilen trennen das regnerische Camelford von Bude, dem Ort mit den meisten Sonnentagen pro Jahr im ganzen Land. Für diese meteorologische Gemeinheit zeichnet das willkürliche Zusammenspiel geologischer und klimatischer Ereignisse in der frühen Erdgeschichte verantwortlich, die im Laufe der Jahrmillionen Cornwall und Devon mit der englisch-schottischen Landmasse zusammenschoben. Dabei wurde die kornische Nordküste gestaucht, emporgehoben und so lange gebrochen und gefältelt, bis eine Kette geschützter und gerade eben noch vom warmen Golfstrom umspülter Buchten entstand – Budes berühmte Sonnenstrände, die wohlig in Richtung Sonnenuntergang blinzeln –, während auf dem Granit des Hinterlands ein Hochmoor entstand. Bodmin Moor, von der Tektonik auf achthundert Fuß über null gewuchtet, zieht Wolken und Kälte an wie ein Magnet. Und genau dort, am Rand von Bodmin Moor, liegt Camelford. Selbst im Hochsommer, wenn Scharen von Badegästen unter den Palmen von Cornwalls Küsten ihren Sonnenbrand spazieren führen, können sich die Camelforder lediglich der Annehmlichkeit erfreuen, ihre gefütterten gegen leichte Regenmäntel auszutauschen.

In einem trotzigen Anfall von Lokalpatriotismus hat sich das Städtchen neuerdings den leicht überkandidelten Beinamen »Gateway to the Moors« verpasst. Im nationalen Bewusstsein wäre es trotzdem nicht vorhanden, hätte das Schicksal nicht noch einmal böse nachgetreten. Ein letzter boshafter Zufall, diesmal in der jüngsten Vergangenheit angesiedelt, hat nämlich dafür gesorgt, dass Camelford Schauplatz des größten Chemieunfalls in der Geschichte Großbritanniens wurde. Seltsamerweise ist der Aluminiumskandal aus den neunzehnhundertachtziger Jahren im Ort selbst schon fast in Vergessenheit geraten, während das unfaire Wetter ein Skandal bleibt, auf den sich die Camelforder täglich aufmerksam machen, wenn sie einander begegnen.

»Guten Morgen«, rief der Gemüsehändler dem Briefträger zu, der einen Armvoll Telefonrechnungen und Telepizza-Werbung ausgeteilt hatte und nun zurück in den Wagen sprang. Der Briefträger schob sich die regennasse Kapuze aus dem Gesicht, um zu sehen, wer ihn grüßte.

»Ach, hallo, dir auch einen guten Morgen! Wird ein schöner Tag heute.«

»O ja, ziemlich warm. In Bude kriegen die Surfer wohl den ersten Sonnenbrand.«

Es war erst Anfang März, aber am Strand von Bude tummelte sich tatsächlich eine Gruppe junger Surfer. Einige von ihnen würden auf dem Heimweg, wenn sie mit dem Brett unter dem Arm die Stadt durchquerten, sogar die Oberteile ihrer Neoprenanzüge abstreifen, womit sie exakt der Vorstellung entsprächen, die man sich in Camelford von den Budern machte.

Der Händler öffnete den Sonnenschirm, der die Kartoffelkisten auf dem Bürgersteig vor Regen schützen sollte. »Heute Nachmittag soll es auch bei uns ein paar trockene Abschnitte geben.«

»Fantastisch! Schönen Tag noch.«

Der Gemüsehändler winkte dem Postauto hinterher und schob eine schwere Steinplatte auf den Fuß des im Wind schwankenden Sonnenschirms. Die Ladenglocke bimmelte, als er im Geschäft verschwand, um sich erst mal eine schöne Tasse Tee zuzubereiten.

Auf der anderen Straßenseite der Victoria Road fischte Bonnie Pierce die Post aus dem altmodischen Außenbriefkasten des Town Councils, wobei sie versuchte, das eiserne Türchen schnell wieder zu schließen, bevor die Briefe feucht wurden. Bonnie arbeitete seit zehn Jahren für die Gemeindeverwaltung und hatte in dieser Zeit sehr unterschiedliche Aufgaben innegehabt, darunter die eigenhändige Renovierung ihres neuen Büros sowie die Betreuung des Camelford-Businessplans, der hauptsächlich – und vergeblich – darin bestanden hatte, die Schließung der letzten Bank im Ort zu verhindern. Seit es ihr im darauffolgenden Jahr gelungen war, den Supermarkt dazu zu bewegen, an der Außenfront des Ladens einen Geldautomaten anzubringen, galt sie als neue Hoffnung der Geschäftswelt. Außerdem engagierte sie sich bei einer neuen Charity-Organisation, die die Haustiere älterer Mitbürger versorgte, wenn diese einmal krank waren. *Senior's Pet Care* war Tier-

und Menschenschutz in einem und darüber hinaus eine wirtschaftsfördernde Maßnahme, da neuerdings nicht nur die *jungen* Leute abwanderten, sondern mehr und mehr Alte dem Ort ebenfalls den Rücken kehrten, um in Städte mit ärztlicher Versorgung und regulärem öffentlichen Nahverkehr zu ziehen. Camelford lief Gefahr, eine sterbende Stadt oder, schlimmer noch, eine Stadt zu werden, in der man *noch nicht einmal* sterben konnte.

Während Bonnie Pierce die städtische Post aus dem Briefkasten barg, riss der Wind die Wolkendecke über der Victoria Road auf und legte ostereiblaue Flecken von Frühjahrshimmel frei. Die Morgensonne spendierte der Stadt einen breiten, schrägen Lichtstrahl, der ihr frisch renoviertes Wahrzeichen, das goldene Kamel auf dem Uhrenturm, hell aufleuchten ließ. Als es vom Uhrenturm mit dem goldenen Kamel Viertel nach zehn schlug, war Bonnie Pierce in ihrem Büro mit der Durchsicht der sich wellenden Briefe beschäftigt. Ein Umschlag lag schwerer in der Hand als die restlichen, Absender war eine Londoner Filmproduktionsfirma. Diesen Brief aufzuschlitzen, ihn zu lesen und den tätowierten Arm triumphierend in die Luft zu stoßen, war eins: Das war der Vertrag mit Studio Black Tomato, der die geplanten Spielfilmaufnahmen in der Stadt regelte!

Seit Jahren war der Küstenstreifen entlang der *Atlantic Highway* genannten A30 zwischen Bude und Padstow ein beliebter Schauplatz von Filmen und Serien. Jeden Sommer tummelten sich hier BBC- und ausländische Filmteams, dank derer die Besitzer feuchter Cottages, ausgemusterter Krabbenfischerboote und seit Jahrzehnten unrenovierter Tearooms innerhalb weniger Wochen ein zweites Jahresgehalt verdienten.

Jeder Bürgermeister der in den Moors gelegenen Gemeinden hätte für die Adelung seines Städtchens durch Spielfilm-Aufnahmen einen Mord begangen, doch die Kameras liebten die grünen Klippen über dem karibikblauen Meer nun einmal mehr als die baumlose, braune Einöde der Hochmoorlandschaft. Wie der Sonnenschein kam auch der Geldregen der Filmbranche nur bis nach Bude, nie ins Hinterland. Tja, bis jetzt, dachte Bonnie, bis jetzt, und griff zum Telefon, um den Bürgermeister zu informieren. Der Wind hatte sich gedreht, Sonne und Schicksal lächelten gütig auf die Stadt herab.

2

In Berlin stand Cosmas Pleystein, gebürtiger Oberfranke, Wahl-New-Yorker und Wahl-Berliner, in Unterhosen am Fenster und telefonierte. Ja, es war wirklich *der* Cosmas Pleystein, und wer jetzt seufzt, ist vermutlich über vierzig. Der Schauspieler telefonierte seit einer Stunde mit seinem jungen Kollegen Bo Starck, der sich, im Gegensatz zu ihm, noch keinen Namen gemacht hatte, aber das konnte ja noch werden. In Bos Alter hatte Cosmas noch nicht einmal gewusst, dass er Schauspieler werden würde. Zur Erinnerung: Cosmas Pleystein hatte als Sechzehnjähriger die Schule und als Achtzehnjähriger eine Brauerei-Ausbildung geschmissen, um nach New York abzuhauen, wo er dank seiner juvenilen Schönheit und seiner selbst gebrauten Biere eine gewisse Berühmtheit im *Village* erlangt hatte, durch die er zum Kleindarsteller in Independent-Filmen aufgestiegen war. Ende der Neunzigerjahre war er nach Deutschland zurückgekehrt und hatte die Hauptrolle in *Dreißigtausend Wimpernschläge* gespielt, einer ambitionierten Low-Budget-Produktion, die zum Avantgarde-Kultfilm avanciert war. Allerdings – und Pleystein war der Erste, der das zugab – hatte er es aufgrund seiner künstlerischen Ehrgeizlosigkeit anschließend anstatt zum *guten* bloß zum gut *bezahlten* Darsteller gebracht. Er war als arroganter Banker, Kommissar, verzweifelter Vater, nachdenklicher Nazi und zuletzt als Hotelier in einer in Cornwall spielenden Miniserie besetzt worden. Vor annähernd zwei Jahren hatte er sich wegen einer, wie es hieß, persönlichen Lebens- und Schaffenskrise aus dem Geschäft zurückgezogen, aber nun stand er kurz vor einem glanzvollen Comeback. Pleystein selbst hätte dieses Wort nicht benutzt, denn der Film, den er sich anschickte zu drehen, stellte keine Rückkehr zum alten Pleystein, sondern eine radikale Neuerfindung dar.

Seine Fans wären übrigens überrascht gewesen, wenn sie ihn hier halb nackt in seiner Dreiraumwohnung im Osten Berlins gesehen hätten. Erstens, weil er ganz schön zugelegt hatte. Und zweitens wegen der Adresse: Pleysteins *Platte* lag in einer Gegend, die hässlich und rau war und voraussichtlich niemals hip werden würde, denn es gab hier keine ungenutzten, die Fantasie der Kreativen anregenden Brachen, sondern bloß eine solide Betonlandschaft aus Neun- und Elfgeschossern. Hier lebten Menschen, die für die Aura einer Altbauwohnung im Prenzlberg keinen Sinn oder kein Geld hatten. Warum auch Pleystein hier wohnte, glaubten seine Berliner Bekannten zu wissen: aus Distinktion, in Mitte wohnen konnte schließlich jeder! Oder weil ihn die Hochhausblocks an seine Anfänge in New York erinnerten. Doch in Wahrheit lebte Pleystein aus verschiedenen anderen Gründen hier, einer davon war Bequemlichkeit. Er hätte sogar behauptet, dass er hier überhaupt nicht *lebte*, sondern nur ein provisorisches Lager in der Wohnung seiner jüngeren Schwester aufgeschlagen hatte. Katharina Pleystein hatte wie ihr Bruder eine Zeit lang im Ausland gelebt (im Vereinigten Königreich, nicht in den Vereinigten Staaten) und war nach ihrer Rückkehr – die sich weit weniger glorreich als Cosmas' Heimkehr gestaltet hatte – in diese *Hood* gezogen wie in ein fremdes Land. In ihrem Reiseblog berichtete sie davon, wie sie in *Sofia's Bar* Schwedeneisbecher aß und Wodka mit vietnamesischen Zigarettenhändlerinnen trank. Pleystein hingegen kannte immer noch keinen Einzigen der – wie vielen … dreihundert, oder mehr, vielleicht eintausend? – Bewohner des Viertels persönlich. (Die tatsächliche Einwohnerzahl, die in etwa der Camelfords entsprach, hätte ihn verblüfft, aber nicht interessiert.) Bei seinem Einzug hatte er ein paar von Katis Bekannten kennengelernt, aber anschließend nie wiedergesehen. Er traf niemals Nachbarn, er fuhr mit dem Fahrstuhl in den siebten Stock und verschanzte sich dort. Früher war er ohnehin oft wochenlang fort gewesen oder nur zum Schlafen hergekommen. Sein Kiez gehörte zu den am dichtest besiedelten Gegenden Berlins, doch in Pleysteins Kopf lag die Wohnung so abgeschieden, so fern von der Welt, dass er sich hier wie ein Eremit fühlte – vor allem, seitdem Kati nicht mehr da war –, und nach seinem Rückzug aus der Öffentlichkeit war ihm die Wohnung ein perfekter Kokon gewesen.

Während Pleysteins Telefonat mit dem Nachwuchsstar hatte sich die Sonne von Brandenburg her über die Wohntürme gehievt und eilte nun weiter Richtung Zentrum. Versonnen rieb sich der Schauspieler mit der Hand über den Bauch. Das Gespräch mit Bo Starck war seit Wochen überfällig gewesen, nun kam es ihm zugleich verspätet und zu früh dafür vor. Es war das erste Gespräch, das er in seiner heiklen Doppelfunktion als Kollege und Co-Produzent führte. Es lief erfreulicher als erwartet und dauerte mittlerweile schon doppelt so lang wie geplant. Etwas Ähnliches schien auch Bo Starck zu empfinden, der jetzt, lauter und mit mehr Betonungen als notwendig, ausrief: »Krass, wie ausführlich du mit mir über meine Figur, ich meine, über *unsere* Figur, gesprochen hast. Hans erinnert mich irgendwie voll an meinen Opa, obwohl, ich glaub, der war im Krieg bloß Flakhelfer, ach egal, trotzdem ...«

Die beiden Männer hatten ausführlich über *Kan Werin* gesprochen, das Filmprojekt, mit dem Cosmas Pleystein sich neu erfinden würde. Die Handlung des Films war teils in den Sechzigerjahren, teils kurz vor Ausbruch des Zweiten Weltkriegs (oder zu Beginn, so genau nahm Pleystein es nicht) in Cornwall angesiedelt. In der Rahmenhandlung befindet sich ein Deutscher namens Hans, gespielt von Pleystein, auf einer Art Pilgerreise durch Cornwall. Hans wandert seit Jahren in Etappen den nördlichen Coastal Pathway ab, weil er auf der Suche nach einem ganz bestimmten Pub ist, der irgendwo an dieser Küste liegen muss. Im Ohr hat er ein ganz bestimmtes Volkslied – keltisch »Kan Werin« –, das er in den Dreißigerjahren dort gehört hat. In Rückblenden wird vom jungen Hans (Bo Starck) erzählt, der während des Zweiten Weltkriegs Teil einer U-Boot-Besatzung ist, die die südenglische Küste nach geeigneten Stellen für eine deutsche Landung ausspioniert. Doch anstatt Strände, Straßen, Brücken und Armeeposten auszukundschaften, folgt der junge Matrose lieber dem verführerischen Duft von Hopfen bis zu einem Pub. Versteckt zwischen Bierfässern, durstig, bibbernd vor Angst, Kälte und Sehnsucht, beobachtet er die Trinker, hört sie lachen und singen. Fasziniert kommt er Nacht für Nacht wieder, um dem Gesang der Engländer zu lauschen. Während er für die Nazis Fantasielandkarten zeichnet, nimmt er sich vor, nach dem Krieg hierher zurückzukehren. Doch es dauert ein halbes Jahrhundert (Hans ist im U-Boot-Krieg versenkt, gerettet und wieder auf See geschickt worden, hat eine Frau geheiratet und sie später beerdigt), bis er es wirklich wieder nach Cornwall schafft und den Pub findet. Eine wahre Geschichte, schlicht und bewegend.

»Gut. Dann sag ich mal: auf Wiedersehen in Cornwall, Bo.« Pleystein spürte die Vibration seiner eigenen, berühmten sonoren Stimme im Telefon. »Ich hätte nicht gedacht, dass ich noch mal freiwillig da drehe …« Er lachte. »Du weißt natürlich, dass das Original-Drehbuch von meiner Schwester Kati ist?«

Pleysteins Schwester Katharina war dem sehnsüchtigen, alten U-Boot-Matrosen in ihrer wilden Englandzeit in den Nullerjahren wirklich begegnet. Seine Geschichte hatte sie nicht losgelassen. Was hatte einen alten Mann dazu bewogen, eine solche Pilgerwanderung auf sich zu nehmen, um am Ende ein Glas Bier mit Blick aufs Meer zu trinken? Jahre später, in Berlin, hatte sie schließlich ein Drehbuch daraus gemacht.

»Mhm, als ich gehört hab, dass du nicht nur mitspielst, sondern dass du und deine Schwester Co-Autoren und -Produzenten seid – Wahnsinn! Vielleicht wird ja so was Crazyes wie die *Dreißigtausend Wimpernschläge* daraus. Ich jedenfalls bin zu allem bereit und mache …«

Langsam wurde Pleystein hungrig, er brauchte eine Dusche und einen Kaffee und hoffte, Bo würde nicht merken, dass ihm nicht mehr die volle Aufmerksamkeit zuteilwurde.

»… Sprung ins kalte Wasser. Mensch, wenn ich mir vorstelle – ich kenne ja keinen von euch, mal abgesehen von Philipp und so von Orion Film. Aber die haben mir so von dir vorgeschwärmt. Und ich vertrau jetzt einfach mal auf meinen

Bauch. Mischen wir zusammen Rosamunde-Pilcher-Land auf! Wir sehen uns im April!«

Pleystein verabschiedete sich ebenso überschwänglich. Dann ließ er das Handy aufs Sofa fallen und tanzte einen kurzen Two-Step in die winzige Küche – Kati und er waren stolz auf die originale DDR-Ausstattung –, um sich einen Espresso zuzubereiten. Der alte Kunststoffboden fühlte sich warm und leicht klebrig unter seinen Fußsohlen an. Er fragte sich, was Bo wohl mit »Wiedersehen im April« gemeint hatte, denn der Dreh startete schließlich erst im Juni. In das Brausen der Düsen hinein musste Pleystein grinsen. Starck war nett, aber eine hohle Nuss. Vermutlich war er selbst mit zwanzig, oder wie alt Bo auch immer war, genauso gewesen. Er kippte den Kaffee im Stehen hinunter, um gleich darauf seinen Agenten anzurufen.

»Cosmas! Wie ist es mit Starck gelaufen?«

»Gut. Perfekt. Danke, dass du das vermittelt hast, Mark. Er ist absolut liebenswürdig, wie du gesagt hast.«

»Philipp meint, er sei Feuer und Flamme, mit dir zusammenzuarbeiten …«

Pleystein rekelte sich geschmeichelt und begann wieder, die Härchen auf seinem Bauch zu kraulen. »Den Eindruck hatte ich auch. Bo erwähnte übrigens einen Termin im April. Steht davon irgendwas in meiner Agenda?«

»Keine Ahnung, soweit ich weiß, werden im April nur die Locations gesichtet. Eine Änderung hab ich nicht reinbekommen.« Mark schwieg, wahrscheinlich sichtete er gerade Pleysteins Termine. Wie nebenbei fragte er: »Fühlst du dich denn fit für die Aufnahmen? Du hast lange keinen so anstrengenden Dreh mehr gehabt … Als wir uns auf der Berlinale getroffen haben, hat es ein bisschen gewirkt ... wie soll ich sagen, als ob sich niemand um dich kümmert. Sollen wir dir einen Personal Trainer besorgen?«

»Lieb von dir, Mark, aber danke, nein. Ich geh trainieren, und ich schwimme auch wieder an der Landsberger Allee. Sogar Tanzunterricht nehme ich.«

»Klingt ja super.«

Als sich der Schauspieler im Februar nach zwei Jahren Abstinenz wieder auf ein paar Berlinale-Veranstaltungen gezeigt hatte, war er mit »Lass dich mal angucken, Mensch, *erholt* siehst du aus, steht dir aber« begrüßt worden. Es hatte musternde Blicke auf seine Figur gegeben: »Ist das für 'ne neue Rolle?« Auch ohne derartige Kommentare über sein Gewicht wäre Pleystein der Rummel nach so langer Auszeit zuwider gewesen, doch sein Agent hatte darauf bestanden. »Ich kann die Ware nur verkaufen, wenn sie auch mal im Regal steht«, hatte Mark behauptet, bevor er ihm ungnädig den Bauch getätschelt hatte. »Übrigens: Fettreduziert ist leider immer noch *in*.« Vermutlich erstattete Mark Philipp Schmeltzer, dem Produzenten von *Kan Werin*, regelmäßig Bericht über Pleysteins Form, denn die beiden waren befreundet. Es war Mark gewesen, der vor einigen Jahren den Kontakt zu Schmeltzers Firma Orion vermittelt hatte, als Pleysteins Schwester ihr Drehbuch verkaufen wollte. Die Empfehlung hatte Pleystein überrascht, denn er selbst hatte zu dieser Zeit mehrmals Anfragen von Orion abgelehnt. Die Firma, eine der größten der Branche, produzierte überwiegend Fernsehunterhaltung von der Stange, und die angebotenen Rollen hatten genau dem entsprochen, was er nicht mehr spielen wollte. Doch Schmeltzer war eine renommierte Figur in der deutschen Filmlandschaft und machte durchaus auch Filme für das Arthouse-Kino. Und offensichtlich hatte Pleysteins Agent damals sofort erkannt, welches Potenzial in Katis Geschichte steckte.

»Ganz im Vertrauen, Mark, glaubst du, Orion pfuscht mehr in Katis Drehbuch rum als nötig? Was Bo mir vorhin von seiner Rolle erzählt hat, hab ich teilweise gar nicht wiedererkannt.«

»No worries. Bei Philipp gibt's keinen Pfusch …«, murmelte der Agent abwesend. Offenbar suchte er etwas auf seinem Schreibtisch, seine Stimme kam etwas undeutlich durch den Hörer. »Sag mal, die Drehbuchfassung von Orion hast du aber schon gelesen, oder? Die ging voriges Jahr über meinen Tisch. Ich weiß, das letzte Jahr war für dich nicht ohne, aber inzwischen …«

»Klar«, log Pleystein, der es nicht leiden konnte, wenn sich sein Agent als Oberlehrer aufspielte. »Jedenfalls überflogen. Ich warte noch auf die letzte Überarbeitung …«

»Mhm. Gut. Was anderes«, unterbrach ihn Mark. »Auf meinem Tisch liegt eine Anfrage für eine Tee-Werbekampagne mit dir als Testimonial, die zeitgleich zum Start von *Kan Werin* …«

»Egal, du, mail's mir einfach rüber. *Kan Werin* absorbiert mich im Moment total. Und bitte frag für mich bei Orion nach, ob im April irgendwas ansteht.«

Am anderen Ende der Leitung wurde geseufzt. »Schön. Aber ich erinnere dich daran, dass ich dich nur als Schauspieler vertrete – als Co-Produzent musst du dich schon selbst mit Orion rumschlagen.«

»Mensch, du kennst Philipp doch: Der labert und bezirzt einen, und am Ende hat man vergessen, worüber man eigentlich mit ihm reden wollte.«

Der Chef von Orion war ein Verführer, ein Menschenflüsterer, dem man nicht ohne Vorbereitung gegenübertreten durfte. Doch Cosmas Pleystein fühlte sich heute wie ein Kapitän, der zum ersten Mal seit langer Zeit endlich wieder an Deck seines Schiffes stand und frischen Wind um die Nase spürte. So einen wackeligen ersten Tag an Bord verdarb man sich nicht durch unüberlegte Halsen.

Daher widmete er sich zunächst der ausgiebigen Schönheitspflege, die sein Beruf von ihm verlangte. Duschen, Peeling, Pediküre, föhnen, rasieren, sanfte Gesichtsmassage mit Aftershave. Während er zum Abschluss der Prozedur vorsichtig Creme auf die empfindlichen Partien um seine berühmten, ausdrucksstarken blauen Augen klopfte – nie zerren, das vertiefte die Falten –, sprach er mit seinem Spiegelbild. Energisch, aber cool. Also nicht wie ein Wehrmachtsoffizier, sondern mehr wie … er überlegte, ja, wie Neymar bei der Vertragsverhandlung mit Paris Saint-Germain. Bo Starck hatte einen Fußballer in einer Orion-Serie gespielt. Für eine solche Rolle wäre Pleystein natürlich ein klein wenig zu alt – aber ein Golfer oder ein Ex-Tennis-Profi? Er war groß, athletisch (jedenfalls würde er das bald wieder sein), und sein Haar war immer noch prächtig, drahtig, dunkel, voll. Er wuschelte sich durch die Mähne und warf sich selbst einen letzten liebevollen Blick zu, bevor er das Bad verließ. Er zog Katis Lieblingspulli über, ein schwarzweiß-rosafarbenes Oversize-Monster von Missoni, und tappte zurück in die Küche, um seine Tasse erneut unter die Kaffeemaschine zu stellen. Es war Katis großer Lieblingsbecher mit dem Surfer, der die Badehose fallen ließ, wenn man etwas Heißes eingoss, allerdings funktionierte er nicht mit kurzen Kaffeeshots. Während der zweite Espresso aus der Maschine gurgelte, schmierte er sich ein Brot. Kauend wanderte er ins Wohnzimmer zurück, suchte mit der freien Hand sein Handy zwischen den Kissen des weißen Ledersofas und wählte die Nummer von Philipp Schmeltzer bei Orion. Er wollte beiläufig klingen, von Mann zu Mann, aber der Produzent ging schon nach dem ersten Klingeln dran, und Pleystein verschluckte sich. Schmeltzer schien es nicht zu bemerken und übernahm das Reden. Dass er sich selbst gern reden hörte, war seine einzige Schwäche. Dafür stammelte er manchmal, wie jemand, der vor Begeisterung um Worte ringt, was ihn wieder sympathisch machte. Ohne Zweifel kultivierte er seinen Tick.

»Cosmas Prince of Cornwall! Perfektes Timing! Ich wollte dich eben auch anrufen. Viel, viel zu tun, wie? Hab gehört, du trainierst dir gerade den Körper eines Sexgottes an? Schade, schade, dass wir uns auf der Berlinale verpasst haben.«

In Pleysteins Erinnerung hatten sie sich nicht wirklich verpasst, vielmehr hatte der Produzent ihn versetzt. Überrumpelt entschied Pleystein, aus Schmeltzers Worten nicht Ironie, sondern ein Kompliment herauszuhören. »Sexgott, genau. Aber so was von«, lachte er, nachdem er endlich sein Brot heruntergewürgt hatte, und erzählte, dass er in Kreuzberg Latin Dance inmitten von megamotivierten Unter-Zwanzigjährigen machte, die keine Ahnung hatten, wer Cosmas Pleystein war. »Die machen Dirty Dancing, und ich bin nur der Kerl, der die Melone getragen hat.«

Schmeltzer freute sich, dass sein Star gut drauf war. Er wollte das Gespräch schon wieder beenden, als Pleystein zum Glück wieder der eigentliche Grund seines Anrufs einfiel.

»Bo Starck sprach von einem Dreh im April. Dazu hab ich gar keine Infos ...«

»Mach, mach dir keine Sorgen, Cosi. Wegen einer Überschneidung bei Starcks Bookings mussten für ihn ein paar Drehtage vorverlegt werden. Das übernimmt ein klei-kleines Team, das dabei gleich die Locations sichten wird.«

»Das hättet ihr mir doch sagen müssen.« Den Satz hätte Pleystein am liebsten wiederholt, und zwar weniger quengelig. Mehr wie Neymar, dachte er. »Ich bin immerhin dein Co-Produzent.«

»Natürlich. Aber bei diesem Projekt muss nicht jeder alles machen. Sei einfach nur der Star. Dies ist eine andere Zeit und eine andere L-Liga als deine *Dreitausend Wimpern* …«

»*Dreißig*tausend. Bo Starck findet den Film übrigens gut.«

»Ach, Cosmas! Er hat ihn doch gar nicht gesehen. Niemand, den wir kennen, hat ihn gesehen. Noch nicht mal ich hab mir das zu, zu Ende angeguckt, nichts für ungut. Wir m-machen hier richtiges Kino. Für richtige Zuschauer. Und du hast *uns* deine Story und 'ne Menge Geld anvertraut, weil du weißt, wir wuppen das.«

»Bo sagt auch, dass er keinen Rosamunde-Pilcher-Quatsch drehen will.«

»Wird er auch nicht. Es wird Pleystein-Quatsch, hahaha!«

Der Schauspieler schwieg gekränkt. Schmeltzer, der spürte, dass er einen wunden Punkt erwischt hatte, entschuldigte sich und lobte Cosmas' Hypernervosität: »Wie ein gutes Rennpferd vor dem Rennen. Jeder überdurchschnittliche Schauspieler besitzt diese gesteigerte Empfindsamkeit. Gewöhn sie dir bitte nie, niemals ab! Jetzt leidest du vielleicht darunter, aber der Film kann davon nur p-profitieren. Okay, was anderes. Super News: Bernd Czmajduk macht die Kamera. Er sagt, deinetwegen. Darauf kannst du dir was einbilden.«

In der Tat! Pleystein hätte nicht gedacht, dass ausgerechnet Czmajduk ihn in guter Erinnerung behalten hatte, denn Pleystein für seinen Teil hatte ihn als ziemlich ungnädig abgespeichert. Extrem sympathisch nach Drehschluss, aber hinter seiner Kamera ein Korinthenkacker. Anstrengend, fordernd. Unangenehm. Allerdings, nach den Fachsimpeleien am Set zu schließen, galt Czmajduk, der mehr fürs Kino als fürs Fernsehen arbeitete, beinahe schon als Legende. Alle respektierten ihn. Es war ein sehr, sehr gutes Zeichen, wenn Bernd Czmajduk mit ihm *Kan Werin* machen wollte.

3

Das Restaurant flutete die Kantstraße mit filmreifem Licht, einer Art Infrarotwärme, die durch die Fensterscheiben drang und Pflaster und Asphalt in weitem Umkreis summen ließ. Eine ganze Weile blieb Pleystein in dieser brummenden Aura stehen und scannte durch das Fenster die Gäste (weniger um zu sehen, wen *er* kannte, als um zu sehen, wer *ihn* kannte); angeblich kam ja nicht mehr die hochkarätige Prominenz von früher her, doch im Eingang thronte immer noch die strenge Mamsell vor ihrem Reservierungsbuch, und an den farbigen Wänden hingen die alten Bilder in Petersburger Hängung, allerdings, wie er gelesen hatte, nicht mehr die Originale. Trotzdem strahlten Interieur und Gäste noch immer dieses vertraute, inspirierende Je-ne-sais-quoi aus. In Kenntnis des Dekors hatte Cosmas sich für ein schlichtes, aber sehr gut geschnittenes weißes Hemd entschieden. Er wartete ein Weilchen, bis man drinnen auf ihn aufmerksam wurde, bevor er das Restaurant betrat. In gespielter Verlegenheit verwuschelte er sich das etwas zu lange Haar, während er sich höflich zu seiner Clique durchdrängte, die bereits fröhlich in der Mitte des langen Saals lärmte und noch lauter wurde, als er endlich ihren Tisch erreichte. Er begrüßte zwei Maskenbildnerinnen, die am Ende seiner letzten Produktion, der furchtbaren Cornwall-Serie, seine einzigen Freundinnen am Set gewesen waren, einen ehemaligen Kameramann, der inzwischen Werbung machte, sowie ein sehr attraktives Paar, das er nicht mehr ganz einsortieren konnte (mit wem von beiden hatte er mal was gehabt?). Neben dem Paar saß eine Schauspielerin, die ihr Haar in zwei kurzen, geflochtenen Schaukeln trug.

»Ouh, *nice*«, schrie Cosmas, während sie Wangenküsschen austauschten. »Bist du jetzt DJane im Berghain – oder Kindergärtnerin?«

»Danke, danke, und selbst? Schwanger – oder ist das für eine neue Rolle?«

Alles lachte. Pleystein genoss das Bohei, das sie um ihn veranstalteten, so lange wie möglich. Er hatte gar nicht gemerkt, wie sehr ihm das gefehlt hatte! Schließlich setzte er sich neben Sacha, den Komponisten von *Dreißigtausend Wimpernschläge*, der ihm sofort erzählte, dass er demnächst als Keyboarder die Auftritte einer angesagten Berliner Zwei-Mann-Combo begleiten würde. »Wow!«, rief man quer über den Tisch, und die Frau, die Sacha gegenübersaß, quengelte mit Kleinmädchenstimme: »Karten haben will!«

»Wir gehen alle hin«, ordnete Pleystein an, »wenn es mein Drehplan zulässt.« Um Platz für den Kellner zu schaffen, der jetzt mehrere Platten Antipasti auf den Tisch stellte, beugte er sich dichter zu dem Komponisten. »Obwohl ich gestehen muss, Sacha, deine Arbeiten klingen für mich seit zehn Jahren wie Klone unseres erfolgreichen Soundtracks von damals.«

»Hallo, schon mal was von persönlichem Stil gehört?«, erwiderte Sacha würdevoll. »Ennio Morricone klingt auch immer gleich! Genau wie du in deinen Rollen übrigens, mein Alter!« Sacha lachte schnell, formte die Hände zum Quadrat und zwinkerte dem Schauspieler durch das angedeutete Kameraobjektiv zu. Nur freundschaftliches Gefrotzel, bitte nicht böse sein!

Alles wurde an diesem Abend als Witz vorgetragen, man sprach ehrlich, aber nie ganz offen miteinander. Die Gespräche waren atemlos, auf Pointen ausgerichtet, als würde eine Gesellschaftskomödie aufgeführt. Wie jeder am Tisch wollte auch Pleystein am liebsten nur über das eigene Projekt sprechen.

»Wir überlegen noch, ob wir in Schwarz-Weiß drehen«, behauptete er.

»*Wer* produziert deinen Film noch mal?«, wurde er daraufhin gefragt. »Doch nicht Orion – das passt irgendwie gar nicht, die machen doch so Liebesfilme.«

Pleystein gab zu, dass es in *Kan Werin* inzwischen auch eine Liebeshandlung gab.

»Ah, du drehst 'ne Romantic Comedy, wie schön …«

»Nein, nein, ich sagte doch, ich mache diesmal was Authentisches, ganz Unaufgeregtes. Eigentlich passiert praktisch gar nichts in dem Film. Er wird wirklich sehr schlicht, ganz ohne Geigen.«

Die Liebesgeschichte unterschlug Pleystein gern, weil sie nicht *wesentlich* war und sich lediglich aus filmerzählerischen Gründen um diese wahre, kleine Story rankte. Kati hatte sie nachträglich ins Drehbuch hineingeschrieben, weil dies Philipp Schmeltzers Bedingung gewesen war.

»Mhm, schön«, nickten Pleysteins Zuhörer. »Noch eine Flasche Pinot Noir!«, riefen sie dann, und zu einer Hereinkommenden: »Gibt's ja nicht, die Emm!«

Jemand wollte von Pleystein wissen, ob seine britische Co-Produktion Schwierigkeiten wegen des Brexits bekommen würde; darüber hatte er noch nie nachgedacht. Bevor er antworten musste, rief das gut aussehende Pärchen: »Ach ja, du drehst ja wieder in Cornwall, wo denn genau? Wir haben da jetzt ein Feriencottage.« Und schon fachsimpelte die Tischgesellschaft über die englischen Immobilienpreise. Pleystein musste lange warten, bis sich für ihn das nächste Stichwort ergab: Bo Starck. Schnell warf er ein, dass Starck in *Kan Werin* sein jüngeres Film-Ich spielen würde. Es war die erste Information, von der die anderen wirklich beeindruckt schienen. Nur der Werbefilmer, offenbar ein aufmerksamerer Freund, als Cosmas gedacht hatte, rief: »Du Ärmster, um den *alten* Bo zu spielen, wirst du ja hundert Jahre in der Maske sitzen müssen!« Alles lachte, als er prompt den Leidenden mimte. Er verriet niemandem, dass er das Sitzen in der Maske sogar sehr genoss. Kein anderer Spiegel hatte ihm je seine eigene, außergewöhnliche Schönheit so deutlich gezeigt wie die Spiegel in der Maske. Im Grunde war die Garderobe, in der man ihn verhätschelte wie einen Prinzen, der einzige Ort, an dem Pleystein sich wirklich wie ein richtiger Schauspieler fühlte. (Sie war, nebenbei gesagt, auch der einzige Ort, an dem er ernsthaft seine Texte lernte.) Außerhalb der Garderobe, am Set, war er nur noch eine Art widerspenstiges Requisit, das von Regie- und Kameraassistenten herumbugsiert wurde. Das Höchste, was ihn erwartete, sobald er seine Garderobe verließ, war, dass sein Spiel auf Anhieb gefiel und man ihn in die nächste Szene scheuchte. Selbst nach zwanzig Jahren im Geschäft war diese Effizienz immer noch eine unangenehme *neue* Erfahrung, an das Tempo würde er sich nie gewöhnen. Pleysteins frühe New-York-Filme waren romantische Amateur-Projekte gewesen, bei denen jeder Aufnahme lange Plenumsdebatten, viel Trinken,

Rauchen und Lachen vorausgegangen waren. Damals in den Staaten und auch noch bei *Dreißigtausend Wimpernschläge* hatte es ihn manchmal genervt, wenn das ganze Team wie besessen über die Figuren und ihre Motive, über Kameraeinstellungen und Dekor diskutierte. Heute vermisste er es. Daher hatte er sich geschworen, *Kan Werin* wieder so ernsthaft anzugehen wie die Filme von damals. Es würde Zeit für ausführliche Diskussionen geben, man würde im Schneidersitz im Kreis hocken und Gefühle teilen, vielleicht über den Zweiten Weltkrieg reden, so wie Bo Starck und er es am Telefon getan hatten. Dafür war er Co-Produzent geworden, deshalb hatte er eingewilligt, in Katis Film mitzuspielen. Und natürlich weil es unheimlich guttat, wieder zurück zu sein.

Kan Werin sei sein und Katharinas Baby, beteuerte er der Tischgesellschaft. Das Geld der Geschwister steckte in diesem Projekt, und das hieß, da Kati keines besessen hatte, Cosmas' Geld – sowie das seiner Familie in Form einer Hypothek auf das Elternhaus in Hof. Mit anderen Worten: Pleysteins Existenz und die seiner Schwestern und ihrer Familien hingen am Erfolg des Films. »Wow«, hauchte seine Kollegin und drehte nachdenklich an ihren Zöpfchen. »Ist das nicht total gruselig, so viel Verantwortung?« Ja, gestand er, das Risiko mache ihm Angst, so sehr, dass er eine Schlafstörung entwickelt habe. Schockiert schwieg die Tischgesellschaft. Dabei hatte Pleystein die Schlafstörung möglichst lapidar eingeworfen, dieses Wort mit seinen zwei Sch-Schs klang ja sowieso fast mütterlich-beruhigend und gab nicht annähernd wieder, worunter er wirklich litt: Schlaf*losigkeit*. Sirrende, weiße Nächte, in denen er schwitzend und wie gelähmt vier Stunden, fünf Stunden, sechs Stunden lang hellwach im Bett lag und einfach nicht in

Schlaf fallen wollte. Stattdessen fand er sich den Geräuschen aus elf Stockwerken ausgeliefert, dem Heizungsklopfen, dem Fahrstuhlscheppern, den Toilettenspülungen, Fernsehern, Türsummern, Streits. Dem ewigen Knallen der Haustür, Lärm aus ankommenden und abfahrenden Wagen. Dann wieder der Fahrstuhl, aufwärts, abwärts. Wenn es im Hochhaus ausnahmsweise doch einmal ruhig wurde, war es noch schlimmer, dann setzte sich ihm die Stille auf die Brust. Die Geräuschlosigkeit, die Leere seiner – Katis – Wohnung erzeugte eine Art Unterdruck, die ihm die Luft absaugte. Ersticken schien in diesen Nächten wahrscheinlicher als Einschlafen. Dass Pleystein jedoch gar nicht unter Schlaflosigkeit, sondern lediglich an einer harmlosen Schlafstörung litt – weil er offenbar doch irgendwann wegdämmerte, also schlief, geschlafen *hatte* –, musste er seinem Zahnarzt glauben, der ihm nächtliches Zähneknirschen attestierte und sich wegen des Abriebs am einst makellosen Schauspielergebiss sorgte.

Die Schlafstörung also hatte Pleystein bisher nur beim Zahnarzt thematisiert, bevor er sie heute Abend in Charlottenburg unvermittelt zwischen Steak-Frites und Crème brûlée auftischte. Auf seine kleine Taktlosigkeit folgte Schweigen, und einen Augenblick lang hörte man nur Tellerklappern und das wichtigtuerische Geschrei der Kellner. Dann: »Ach, Cosi, mit so viel Herz und Leidenschaft muss dein Film ja ein Erfolg werden.« – »Ich bewundere deinen Mut, das eigene Geld da reinzustecken – also, ich könnte das nicht.« Man verglich ihn mit den schlaf- und auch anderweitig gestörten cineastischen Giganten Orson Welles und Francis Ford Coppola. Der unglückselige Coppola hatte sein Privatvermögen in *Apocalypse Now* gesteckt – und versenkt. »The Horror. The Horror«, stöhnte Pleystein in Imitation von Marlon Brando, man lachte, und die Unterhaltung sprang von Vietnam zu aktuelleren amerikanischen Traumata, bevor er hatte erklären können, dass ihm gar nicht die Angst um die Finanzierung den Schlaf raubte, sondern die *Angst vor der Schlaflosigkeit.* Er verstand einfach nicht, was sie ausgelöst haben mochte, möglicherweise nur die neue Rolle und die Verantwortung als Co-Produzent, jedenfalls nicht die Sorge um sein Geld oder das seiner Familie. Das finanzielle Risiko schätzte er insgesamt als sehr gering ein – dass *Kan Werin* ein Erfolg werden würde, war ja klar.

Am Ende des Abends (oder vielmehr: am Ende der Nacht) hatte Pleystein zu wenig gegessen und zu viel getrunken. Und wie alle anderen war er in der Hoffnung, dass sich noch etwas ganz Besonderes, Einmaliges ereignen würde, bis zum Morgengrauen geblieben. Ja, das war eine weiße Nacht nach seinem Geschmack! Es fühlte sich herrlich an, wieder da zu sein.

4

Einmal im Monat tagte der Rat der Stadt Camelford im großen Saal eines generös »Camelford Hall« getauften Mehr-
zweckbaus. Obwohl die Sitzungen öffentlich waren, erschien
üblicherweise höchstens eine Handvoll Interessierter, bei
schlechtem Wetter weniger. Heute jedoch waren alle Stühle
schon eine Viertelstunde vor Beginn der Ratssitzung besetzt,
sodass man aus dem Keller eilig weitere heraufholte. Doch
selbst die volle Bestuhlung, die sonst nur für Weihnachtsfeiern
und die Auftritte der *Camelford Pantomimes* benötigt wurde,
reichte gegen Ende des zweiten Tagesordnungspunktes (von
siebzehn) nicht mehr aus. Immer noch strömten Interessierte
herein.

Der Kämmerer verlas soeben den trostlosen Quartalsbe-
richt über Soll und Haben – gemessen an der kläglichen
Summe der entrichteten Gewerbesteuern hatten die städtischen Einnahmen des vergangenen Quartals überproportional
aus Strafzetteln und Bücherei-Mahngebühren bestanden –,
aber Bürgermeister Skuse blickte sich dennoch zufrieden im
Saal um. Edward Skuse war ein alter Knabe von gesunder, roter Gesichtsfarbe, dessen Familie in dritter beziehungsweise –
seit Eddies Ruhestand – bereits in vierter Generation einen
Landhandel führte. In Camelford und den Mooren kannte er
jedes Kind und jeden Stein. Im Publikum entdeckte er heute
viele, die den Rat noch nicht einmal gewählt hatten, da ihr

einziger Wahlgang in letzter Zeit das Brexit-Referendum im vergangenen Jahr gewesen war. (Camelford hatte, wie die gesamte Grafschaft Cornwall, mehrheitlich für »Leave« gestimmt.) Doch Skuse, der alte Fuchs, war nicht im Mindesten erstaunt, all diese Leute hier zu sehen, und nickte jedem Neuankömmling leutselig zu. Zwischendurch tuschelte er vergnügt mit Bonnie Pierce, die neben ihm saß und seine Papiere verwaltete. Beide wussten genau, welche Ratsangelegenheit die Camelforder heute hergelockt hatte. Auf Bonnies Mund-zu-Mund-Propaganda war Verlass, ging sie doch täglich nach Feierabend ins Darlington Inn.

Zu Bonnies Ehrenrettung sei erwähnt, dass sie sich dort *hinter* die Theke stellte, da ihr Mann Fabio den Pub betrieb. Viele Camelforder hielten das Darlington Inn übrigens für den einzigen verdammten Pub im Ort, in dem man ein bisschen Spaß haben konnte. Zugegeben, er war nicht so gepflegt wie das Queen's Head, und es wäre auch niemand auf die Idee gekommen, sich ein Gericht von der Karte zu bestellen, die nur pro forma existierte, doch am Wochenende gab es Livemusik, dann wurde getanzt, gesoffen und manchmal auch gerauft; dennoch rief der Wirt nur selten die Polizei. Was nicht daran lag, dass sich die nächste Polizeistation zwanzig Meilen entfernt in Bude befand, sondern weil der größte Raufbold der Stadt sein bester Freund war: Martin Pennoc, stark wie ein Ochse und grimmig wie ein im Winterschlaf gestörter Bär.

Sei dem, wie es sei, der Bürgermeister hatte sicher sein können, dass sich dank den Pierces die frohe Kunde von den Filmaufnahmen im ganzen Ort verbreiten würde, noch bevor im Darlington Inn das erste Fass Ale gewechselt worden war. Und nun freute er sich ungemein, zur Abwechslung einmal vor vollem Haus performen zu können. Demokratie zum Anfassen und Mitmachen, so nannte er das bei sich. Und weil Skuse, der die Politik erst im Ruhestand entdeckt hatte, sich überdies wie ein Missionar der guten Sache verpflichtet fühlte, hatte er, sozusagen aus erzieherischen Gründen, die interessanteste Ratsangelegenheit ganz ans Ende der Tagesordnung gesetzt.

Doch um halb zehn Uhr abends schien es, als würde Skuse eine altkatholische Messe vor heidnischen Barbaren halten. Die anfänglich freundliche Neugier des Publikums auf die exotischen Riten des Stadtparlaments war stumpfer Apathie gewichen. Die Luft in der Camelford Hall war zum Schneiden. Alles döste auf Klappstühlen in einem ausgesprochen ungemütlichen Halbschlaf vor sich hin, als endlich die Stichwörter Stadtmarketing, deutsch-britische Co-Produktion und »Synergien für unser schönes Gateway ins Bodmin Moor« fielen. Erst beim entscheidenden Schlüsselbegriff, *Spielfilmaufnahmen*, kam endlich wieder Leben in die Schläfer.

Der Bürgermeister fasste die mit Studio Black Tomato getroffenen Vereinbarungen zusammen, und Bonnie Pierce verlas die Namen der Straßen, auf denen gedreht werden würde. Die angekündigten Umleitungen und Totalsperrungen wurden beinahe kommentarlos hingenommen. Dann, als Skuse enthusiastisch ausrief: »Ich brauche euch nicht zu sagen, dass dieser Film Camelfords große Chance ist!«, wurde geklatscht, gepfiffen und gejohlt.

»Wir werden ein Touristenmagnet! Wie die Locations von *Game of Thrones* …«, riefen die Leute und: »Yeah, so berühmt wie Port Isaac!«

Port Isaac war ein nahe gelegener Küstenort, in dem zahllose Staffeln einer populären Arztserie gedreht worden waren.

Seither wohnten viele Einheimische das halbe Jahr über bei Freunden oder auf Campingplätzen, weil sie ihre Häuser und Wohnungen mit Gewinn an Touristen vermieten konnten. Wer sich noch den Luxus leistete, im Sommer zu Hause in Port Isaac zu bleiben, musste damit leben, dass einem neugierige Urlauber durch die Fenster spähten und man im Pub nur noch Fremde traf. Den Camelfordern schien dies ein geringer Preis dafür zu sein, dass auch ihre Stadt endlich eine Koordinate auf der inneren Landkarte britischer Touristen (und einiger Urlauber vom Kontinent) wurde.

Plötzlich brüllte es von der Tür her: »Camelford *war* doch schon mal berühmt!! Ich spreche von 1988! Als unser Trinkwasser verseucht wurde! Mit giftiger Aluminiumbrühe!«

Ein Riese von einem Mann, schwarzhaarig und bierbäuchig, hatte sich im Türrahmen aufgebaut: Martin Pennoc, Bierbrauer und größter Troublemaker im Ort. Ohne sich einen Deut um seine erhebliche Verspätung zu scheren, schob er sich zu seinem Freund, dem Wirt Fabio Pierce, durch. Als der Brauer noch eine eigene Brauerei besessen hatte, war Pierce sein bester Kunde gewesen; inzwischen arbeitete Martin Pennoc jedoch schon länger als angestellter Brauer in Tintagel, als er je sein eigener Herr gewesen war. In Camelford gab es seit dreißig Jahren keine Brauerei mehr. Seine freie Zeit verbrachte Pennoc entweder bei seiner gebrechlichen Mutter, die am Ende der Hauptstraße bei der Brücke über das Flüsschen Camel lebte, oder am Tresen des Darlington Inn, wo er jede Getränkebestellung abschätzig kommentierte. Eigentlich kommentierte er *alles* abschätzig.

Jetzt lehnte er sich neben Fabio Pierce an die Wand, die dicken Arme über dem Bauch verschränkt. Zumindest ansatzweise verschränkt, da die prallen Bizepse keine enge Beuge zuließen. Herausfordernd sah er sich im Saal um.

Skuse klopfte auf den Tisch. »Das Schlechtreden meiner Gemeinde verbitte ich mir grundsätzlich. Und das Wort Aluminium ist in den nächsten Wochen tabu! Habt ihr das verstanden? Weil nämlich schon zu Ostern – tadaa! – eine kleine Delegation aus London und Deutschland anreist. Für Probeaufnahmen oder so was in der Art.«

»Hurra! Die filmen unseren Osterumzug!«

»Leider nein«, erwiderte Skuse prompt und mit ostentativer Fröhlichkeit. »In der Tat wäre der Umzug *die* Gelegenheit für uns, unser schönes Camelford im allerbesten Licht erscheinen zu lassen. Aber. Leider. Kommt das Filmteam nicht Ostersonntag, sondern …« Er blätterte in dem Brief, den Bonnie Pierce ihm hinhielt, so als hätte er den Termin nicht ganz genau im Kopf. »Drei Tage später.« Er legte eine Pause ein, und es kam, wie er gehofft hatte: Der Rat diskutierte kurz und heftig, dann wurde der Osterumzug auf den Mittwoch verschoben. Der Saal klatschte Applaus, nur die bibelfesten Frauen vom *Women's Institute* waren empört. Der Bürgermeister konnte fortfahren.

»Bedauerlicherweise haben immer noch nicht alle Hausbesitzer, deren Immobilien als Locations angefragt wurden, ihre Einwilligung gegeben beziehungsweise den Vertrag an Studio Black Tomato zurückgeschickt.«

Diverse Zwischenrufe: »Die können gern bei uns drehen, alte Möbel ham wir auch!«

»Nein, Black Tomato ist an einem bestimmten Haus interessiert, dem oben an der Brücke.« Besorgt schielte Skuse zu Martin Pennoc hinüber, bevor er fortfuhr: »Leider will die Besitzerin, eine alte Dame, nichts davon wissen. Mehr als ärgerlich, denn ihr, äh …«, Skuse las erneut aus dem Brief ab, »*Mid-Century Interieur* ist für den Film offenbar von höchstem Interesse. Wir können nur hoffen, dass die Dame und ihre Angehörigen es sich noch mal gut überlegen. Ein derart abweisendes Verhalten gegenüber den Filmleuten sollte bei uns nicht Schule machen.«

Bonnie Pierce, die neben dem Bürgermeister saß, drückte die Daumen. Es war das Haus von Martin Pennocs Mutter, um das es ging, aber das Filmprojekt interessierte die Alte kein Stück. Der Ruf von Camelford war ihr piepegal, und das gute Geld, das die Produktionsfirma zahlte, ebenfalls. Deshalb hatten die Pierces ihren Freund Martin gedrängt, zur Ratsversammlung zu kommen, obwohl es immer ein gewisses Risiko war, ihn einzuladen. Jetzt nickte Bonnie dem Brauer aufmunternd zu und gab ihm so lange Zeichen, etwas zu sagen, bis er schließlich schnauzte: »Geht mir nich' auf die Nüsse mit euerm Film! Wenn Mama nich' will, will se eben nich'. Ich misch mich da nich' ein. Und ihr lasst sie gefälligst damit in Ruh'.«

Fassungslos starrte Bonnie zu ihrem Mann hinüber; beide hatten Martin doch extra ausführlich gebrieft.

Der Bürgermeister rieb Daumen und Zeigefinger aneinander. »Es soll euer Schaden nicht sein …«

»Geld brauch' se nich'. Und ich auch nich' – wofür? Jeder weiß, mein einziges Hobby is' Saufen.«

Dass Pennoc seiner garstigen Mutter ein liebevoll ergebener Sohn war und kein Geld brauchte, wäre etwas ganz Neues gewesen – viel wahrscheinlicher war, dass der ewige Griesgram dem Städtchen seine Vorfreude missgönnte. Der Bierbrauer lachte fett und dämlich, während er sich zum Ausgang zurückdrängte. »Und saufen tu ich kostenlos, wie ihr wisst.«

Nachdem Pennocs Auftritt einigermaßen vom Publikum verdaut war, stellte sich endlich die eine wirklich brennende Frage: Wie konnte Camelford den größtmöglichen Nutzen aus den Filmaufnahmen ziehen? Es gab unendlich viele Aspekte zu berücksichtigen, da viele Anwesende gleich drei oder vier verschiedene in den Moors aktive gesellschaftliche Gruppen in Personalunion vertraten. Es gab Pub-Gänger, die fromme Anglikaner waren und ihre Sorgen bezüglich der Qualität der Spielfilmhandlung sowie der Sperrung der Hauptstraße vorbrachten, an der alle drei Kneipen lagen; die Ehrenamtlichen von der Küstenwache wiederum, die erfahren hatten, dass ihr Wachturm an der Klippe ebenfalls zur Filmlocation werden würde, wollten nun, da sie im richtigen Leben Gewerbetreibende oder Handwerker waren, der Produktion ihre vielfältigen Dienste anbieten; selbst Bonnie Pierce stand nicht nur für die Interessen der Kommune, sondern für die von *Senior's Pet Care* und, wegen Fabio, auch für die der Gastronomiebranche ein. Doch niemand vereinte so viele Ämter und Interessen in einer Person wie Amanda Hewett. Sie war eine bekannte Camelforder Persönlichkeit: Pensionswirtin, Mitglied eines Hexenkonvents, Vorständin des örtlichen Heimatmuseums und im britischen Tierschutzverein RSPCA engagiert. Außerdem verwandelte sie sich einmal im Jahr, sobald sie im Herbst ihr Bed and Breakfast zusperrte, in eine Theater-Impresaria und führte die *Camelford Pantomimes* mit fester Hand zur jährlichen Aufführung. Das Repertoire ihrer Laienspielgruppe war beschränkt, jedes zweite Jahr führten sie *Jack und die Riesenbohnen* auf, in der Duncan, der Metzger, eine Frau spielte und zwei Unglückliche in ein zweiteiliges Pferdekostüm schlüpften. Am Ende wurden reichlich Bonbons in die Menge geworfen, und immer gab es tosenden Applaus. Nur Amanda Hewett schwitzte, ackerte, schimpfte und litt jedes Jahr aufs Neue, denn im Gegensatz zu allen anderen Mitwirkenden nahm sie die Schauspielerei sehr ernst – womit sie streng genommen natürlich gegen die wichtigste Regel der britischen *Pantomime*-Tradition verstieß. Sie liebte die Schauspielerei wie nichts auf der Welt, und seit ihre Freundin Bonnie Pierce ihr von den geplanten Spielfilmaufnahmen in der Stadt erzählt hatte, konnte sie an überhaupt nichts anderes mehr denken. Bevor Mrs. Hewett dem Rat ihre wohlüberlegten Fragen stellte, erhob sie sich von ihrem Platz in der vordersten Reihe und lächelte und grüßte nach allen Seiten, bis sie sich der Aufmerksamkeit der Camelford Hall sicher sein konnte. Dann ergriff sie im Namen des Tierschutzvereins das Wort: Ob in dem Film Tiere mitspielen würden? Als Nächstes wollte sie als Chefin der *Camelford Pantomimes* wissen, ob man schon daran gedacht habe, ihre bekannte Truppe als Statisten mitwirken zu lassen, und wie sie Kontakt zum Casting von Studio Black Tomato aufnehmen könne. Da sie außerdem das schönste *Bed and Breakfast* der Stadt führte, wunderte sie sich schließlich, warum noch keine Buchungsanfrage der Filmleute bei ihr eingegangen war. Und damit hatte Amanda Hewett ins Schwarze getroffen. Der Bürgermeister und die Ratsmitglieder begannen, untereinander zu murmeln. Es war eine verlockende Vorstellung, an die hundert Leute für einen ganzen Monat in der Stadt zu beherbergen – das ergäbe ein stattliches Sümmchen, nicht zuletzt für die Stadtkasse. Von nun an wurde die Diskussion in der Camelford Hall ausschließlich von der Frage nach der Beherbergung der Filmleute beherrscht.

»Die gehen eh nach Bude oder Padstow, für den Meerblick«, vermuteten gleich mehrere Pessimisten. Der Inhaber des *Queen's Head* widersprach: »Meerblick, so ein Unsinn, das sind Deutsche, die kommen zum Arbeiten her. Und die sind effizient. Es ist effizient, am Drehort zu wohnen.« »Warum schicken wir nicht eine Liste von lokalen Unterkünften an die Produzenten?!«

Ed Skuse dämpfte die Erwartungen. »Die Delegation von Studio Black Tomato, die zum Osterumzug kommt, wird jedenfalls nicht bei uns wohnen«, sagte er bedächtig. »Sondern in Tintagel.«

Der Saal explodierte vor Zorn. »Wir kriegen die gesperrten Straßen und Tintagel die Stars und die Kohle!«

Der Bürgermeister machte eine Kunstpause, bevor er ins Mikro seufzte: »Das kennen wir doch nicht anders.«

Die Rivalität zwischen den beiden Städtchen war über hundert Jahre alt, und kurz gesagt ging es dabei um den legendären König Artus. Tintagel besaß die Burg, in der der Sagenkönig geboren war, und Camelford das Schlachtfeld, auf dem er sein blutiges Ende gefunden hatte. Trotzdem floss der Strom der Touristen beinahe ausschließlich nach Tintagel, was gleich mehrfach unfair war, weil die Tintageler Burg, die überhaupt bloß eine Ruine war, Jahrhunderte *nach* Artus erbaut worden war, was sich sogar auf den Schautafeln des Burggeländes nachlesen ließ, während die Authentizität des Schlachtfeldes bei Camelford durch Englands berühmte Mittelalter-Chronik, die *Historia Regum Britanniae*, belegt war. Außerdem war vor zweihundert Jahren nahe dem Schlachtfeld, im Schlamm des Camels, eine römisch-keltische Grabstele entdeckt worden, deren verwitterte Inschrift nahelegte, dass sie zum Gedenken an den gefallenen König Artus errichtet worden war. Radikale Kreise behaupteten darüber hinaus sogar, dass sich der Name Camelford von Camlann, also Camelot herleite, was beweise, dass hier der Sitz der Tafelrunde gewesen sei. Doch mit einem Anagramm und einer lumpigen Stele im Bach kam man gegen das fotogene Tintageler Ensemble aus tosender See, Felsklippe und Ruine einfach nicht an. Gegenüber der Küste war das Städtchen am Rande des Moors – wie immer – nur zweite Wahl, und so waren die Camelforder auf Tintagel fast so schlecht zu sprechen wie auf Bude.

Immerhin, so stellte man am Ende dieser denkwürdigen Sitzung mit Befriedigung fest, war Camelford bald offiziell Filmstadt. Und Tintagel nicht. War es da nicht an der Zeit, ein größeres Stück vom Kuchen zu verlangen? Ed Skuse versprach also, sich bei Studio Black Tomato dafür einzusetzen, dass Crew und Stars in seiner Stadt untergebracht werden würden, und hob die Sitzung auf. Bonnie Pierce ließ eine improvisierte Liste herumgehen, in die sich alle, die in Camelford und Umgebung Zimmer vermieteten, eintragen durften. Ganz oben stand schon das Darlington Inn mit seinen sechs Betten. Der halbe Saal drängte nach vorn. Während Bonnie das Klemmbrett weiterreichte, unterhielt sie die Wartenden.

»Ich verrat euch mal was, topsecret«, krähte sie wenig geheimnistuerisch. »In dem Film wird Valeria McBride mitspielen, Valeria McBride, kennt ihr doch!«

Jemand stöhnte vor Begeisterung. »Die Süße aus der Serie *Hollyoaks*! Die was mit Prinz Harry hat.«

»Hatte«, korrigierte die rothaarige Mrs. Hewett, die wie üblich die Schnellste gewesen war und gerade schwungvoll die Adresse ihres B&B unter die des Darlington Inns gesetzt hatte.

»Harry soll sich angeblich bald mit einem US-Starlett verloben, dessen größte Rolle Sekretärin in 'ner Anwaltsserie gewesen ist.« Sie seufzte. »Ach, wäre es nicht einfach himmlisch, wenn diesen Sommer *richtig* bekannte Schauspieler bei uns in Camelford wohnen würden?«

Nur eins schien Mrs. Hewett noch himmlischer als das, nämlich die Vorstellung, selbst in diesem Film mitzuwirken. Als Pensionswirtin *und* Laiendarstellerin hegte sie die berechtigte Hoffnung, sowohl das eine als auch das andere zu tun, eine Aussicht, die sie regelrecht in Ekstase versetzte. Womöglich würde sie in naher Zukunft sogar selbst ein Star sein – oder jedenfalls einen Star persönlich kennenlernen, was bekanntermaßen annähernd dasselbe war. Bürgermeister Skuses Ankündigung, die April-Delegation der Filmleute wolle in Tintagel wohnen, stellte natürlich eine höchst unerfreuliche Überraschung dar, doch das konnte Mrs. Hewetts Eifer in der Sache nicht bremsen. Einige Umstehende waren da skeptischer.

»Schön wär's schon, so 'n Filmstar im Haus zu haben. Wenn Tintagel uns die nur nicht wegschnappt!«, unkte die Pächterin des Queen's Head.

»Verdammtes Tintagel«, schimpften auch die anderen Pensionsbesitzer in der Schlange. »Mitsamt seinem King Arthur's Castle. Verflucht soll es sein!«

Bonnie und Amanda Hewett sahen sich verblüfft an. »Das ließe sich arrangieren«, murmelten sie dann und zwinkerten einander zu.

Anschließend wurde in allen drei Pubs der Stadt auf Camelfords Einstieg ins Showgeschäft getrunken.

5

Gegen Mitternacht, in einem Hinterzimmer des Darlington Inn, dunkler noch als die übrigen Räume, doch ebenso belebt. Ratsleute waren nie hier, und wer hier gewesen, verabschiedet schwankend sich nun. Um einen Tisch, ein Dutzend leerer Gläser darauf, verharrt ein Dutzend Gestalten, weiblich zumeist – doch seien weder Geschlecht noch Herkunft hier von Belang, sind sie doch einig Wicca-Geschwister. Die Macht und die Kraft der herrlichen Erde, des heimischen Moores, der uralten Steine will man beschwören, will man nutzen. Weiße Magie, für Camelford. Ein bisschen graue, gegen Tintagel.

Es naht das Fest der Ostara, heidnischer Göttin aus Keltenzeit, und vorbereitet werden Feiern ihr zu Ehren, zu begehen den Neubeginn mit Lichterschein und Blumenduft. Am Äquinoktium, wenn lichter Tag und dunkle Nacht die Waage sich halten, die Göttin Umschlag und Wende zum Guten verspricht. Doch wilder wollen die Wicca dieses Mal es begehen, wüster und düsterer, denn umsonst nicht sind Fruchtbarkeit und Prosperität zu erlangen. Gewaltige Opfergaben wird es brauchen. Blut zu Equinox soll fließen, rot, klebrig und schwer, aufzuwiegen das Gewicht der Bösen und um altes Unrecht zu beheben.

Aller Augen ruh'n auf dem *Grimoire*, in Leder gebunden ist es und schwer wie die Tafel, die es trägt, und als hart ein alter

Fingerknöchel auf das Zauberbuch klopft, gibt Antwort es mit dumpfem Klang.

»Keine schwarze Magie«, tönt die Stimme des Alten, der Finger und Buch sein Eigen nennt. »'s ist gegen die Gebräuche und Sitten von Wicca.« Erneut klopft er dumpf auf sein *Grimoire*. Vom Gebrauch geschwärzt ist das Leder, doch knochenhell treten erhaben Lettern und die ewigen Symbole hervor: Drudenfuß, Sonne und Mond.

Widerstand regt sich gegen den Alten. Hexische Weiber sind es, die murren. Eine tut laut sich hervor, fordert Blutzoll, Rache, Gewalt; es ist ein schamloses Ding mit entblößten Armen. Ihr schimmernder Leib, einer findigen Märchenkönigin gleich, ist nackt und doch nicht nackt, denn über und über bedeckt ist die zarte Haut mit bunten Bildern, durch tausend Nadelstiche schmerzhaft eingraviert. Schlangenleiber; wilde Muster; Evas Krallenhand, die nach dem Apfel greift, der schon fault noch vor der Berührung; ein Totenschädel, dem im Aug' ein roter Blutstropfen perlt.

Hitzig wird das Gespräch der Wicca-Jünger, es erhebt sich Geschrei um den rechten Bann, da wird es vorn still: Verklungen sind Musik und Gesang. Durch die Stille tappt schweren Schrittes ein betrunkener Bär, wohl sucht er die rückwärtige Tür. Schreckensstarr verstummt der Hexenkonvent. Grummelnd sieht sich um das Biest, Tisch, Tafel und Gesellschaft witternd.

»O nein, er setzt sich zu uns«, wispert entsetzt ein Jüngling und zieht die schlafende Freundin dichter heran. Gestützt auf das *Grimoire*, hievt hoch sich der alte Hexenmeister, den schwarzbärtigen Eindringling zu verjagen.

Da flüstert's an seiner Seit': »Lasst ihn – nur mit ihm sind wir dreizehn, die magische Zahl.« Ein Weib, prall und üppig, erhebt sich neben dem Meister und breitet weit die Arme aus. Es knistert der Vorhang aus rotem Haar, und volltönend erhebt sich die Stimme: »Also sind die Geschwister einig sich: Gemeinsam und zum Nutzen der Gemeinschaft wollen wir arbeiten, um Schaden von Camelford abzuwenden. Zum Fest der Ostara wenden wir uns an Herne und unsere Erdmutter, wenden wir uns an die Mächte im Moor, auf den Weiden und in den Felsen. Sie werden uns helfen, damit Gerechtigkeit uns widerfährt! Tintagel muss zurückgeben, was unser ist!«

»So sei es!«, murmeln zwölf.

Der dreizehnte hingegen lachte dreckig: »Und wie wollt ihr Hampelmänner das anstellen?«

Martin Pennoc öffnete die blutunterlaufenen Augen und sah die dicke, kleine Mrs. Hewett vor sich stehen, die kurzen Arme so weit emporgereckt, dass sie den von Fett und Fliegendreck pelzigen Lampenschirm berührten. Für Amanda Hewett war die ganze Welt eine Bühne, die ihr dennoch nicht genügte, weshalb auch noch die jenseitige, transmaterielle Welt herhalten musste. Ohne auf die ungebührliche Unterbrechung durch den betrunkenen Bierbrauer zu achten, donnerte sie mit Theaterstimme: »Die Filmcrew gehört Camelford. Tintagel muss sie freigeben! Verfluchen wollen wir das King Arthur's Castle Hotel! Es muss die Filmleute freigeben!«

Pennoc sah auch die lustigen Camelforder Witwen, die ihre Vor- und Wintergärten mit Fantasy-Drachen und Keltentand schmückten und heute Abend so viel Cider intus hatten, dass sie schielten. Im Laufe des langen Abends hatte sich obendrein ihr Make-up verselbstständigt. Mit Augen groß wie Teetassen – schwarze Teetassen, umkränzt von langen Fliegenbeinen – starrten die Frauen feindselig zu Pennoc zurück, während sie Mrs. Hewetts Fluch beklatschten und mit ihren Gläsern auf dem Tisch klapperten wie eine Horde tatarischer Kampfponys.

»Recht so! Verfluchtes Tintagel! Verfluchtes Hotel!«

»Bitte keine Flüche, keine schwarze Magie!«

Pennoc sah den pensionierten Angestellten des Camelford-Museums, dessen besondere Hingabe der lokalen Geschichte und den örtlichen Legenden galt und der sein kiloschweres *Grimoire* als bibliophilen Nachdruck im Internet gekauft hatte. Die Ränder des Buches waren vom Gebrauch speckig und an drei Seiten mit so vielen Merkzetteln und Post-its gespickt, dass es wirkte wie ein bunt gefiedertes, exotisches Vogel-Präparat.

»Mein Lieber, auch du verabscheust doch das King Arthur's zutiefst«, erinnerte Amanda Hewett den verknitterten Rentner, der prompt nickte.

»Natürlich! Es ist eine ahistorische Monstrosität, ein abscheulicher Klotz von einem Gebäude, eine architektonische Sünde! Gebaut von und für Menschen, die keinen Funken Gespür für Geschichte und Tradition, geschweige denn für die Erhabenheit der Natur haben!«

»Und kein Gespür für das, was recht und billig ist: *Unsere* Filmleute sollten auch in *unseren* Hotels absteigen, nicht wahr? Na eben. Und wenn wir die Filmleute aus dem King Arthur's Castle rausholen wollen, müssen wir schon mehr tun, als auf der Klippe hinter dem Hotel die Tagundnachtgleiche zu feiern. Wobei das eine ganz ausgezeichnete Idee von dir war, lieber Bruder«, wandte sich Mrs. Hewett beschwichtigend an den Archivar, der schon wieder auffahren wollte. Die eigene weiche Hand auf seine vertrocknete legend, fuhr sie fort: »Und der Zeitpunkt ist ideal. Während unserer Ostara-Feier auf den Klippen wird die Vorhut von Studio Black Tomato im Hotel sein und die volle Wucht unserer Kraft spüren.«

»Aber wir müssen Herne und der Erdmutter etwas Wertvolles opfern«, mischte sich eine niedere Nebenhexe ein. »Schließlich verlangen wir ja keine Kleinigkeit: Übernachtungsgäste in Camelford, das ist so was wie Regen in der Wüste. Bonnie hat recht: Dafür braucht es etwas Extremes; Blutrituale, Tieropfer ...«

»Keine Tieropfer, nein!«, krähte es schrill aus dem Schatten hinter dem Museumsarchivar. Pennoc beugte sich vor und erkannte dessen veganen Lebensgefährten, einen gewissen Mr. Evans, der sich ganz den Naturkulten und der Liebe zu allen Mitgeschöpfen verschrieben hatte. Sogar sein Schlafzimmer hatte er einmal mit einer vielköpfigen Schwalbenfamilie geteilt, nachdem er mit nicht vollständig hochgeschobenem Fenster in Urlaub gefahren war und bei der Rückkehr nicht das Herz gehabt hatte, die neuen Mitbewohner rauszuwerfen. Einen heroischen Sommer lang hatte er ihr dubioses Treiben, ihr nie endendes Getschilpe und ihre Kot-Kleckereien ertragen. Im Herbst hatte er dann lange renoviert. Mr. Evans und der pensionierte Archivar lebten in getrennten Wohnungen.

Pennoc wandte den Blick ab und spähte hinüber zu Bonnie Pierce, der tätowierten Teilzeit-Sekretärin des Bürgermeisters, die Mr. Evans zum Trotz erneut, mit noch blutrünstigerem Ausdruck im Gesicht, »extreme Rituale« forderte. Von seinem Kumpel Fabio hatte Pennoc im Vertrauen gehört, dass Bonnie sich für eine initiierte Satanistin hielt, weil sie in ihrer Jugend mit einer Bande Londoner Grufties nachts hinter der Friedhofskapelle drei Flaschen Wodka und eine rohe, noch lebenswarme Taube geteilt hatte.

Verächtlich spuckte Pennoc auf den Boden. »Was für 'n Hokuspokus habt ihr denn so auf Lager? Hühnern den Kopf abbeißen? Nackt ums Feuer tanzen und die Trommel schlagen? Oder seid ihr mehr die flauschigen Druiden, die barfuß im Nachthemd Bäume umarmen?«

Dem pensionierten Archivar sträubten sich die buschigen Brauen. Ein paar besonders lange weiße Härchen tentakelten herum wie die Fühler eines erbosten Insekts.

»Etwas Respekt, mein Junge! Die Druiden Britanniens haben dieses Volk einst geführt! Selbst Julius Cäsar, der sie grausam verfolgt hat, konnte auf ihren Rat nicht ganz verzichten. Also habe auch du Respekt vor dem altehrwürdigen Wicca-Kult und den uralten kornischen Traditionen!«

Zornig fuchtelte er mit dem Arm, als bezeugten schon sein Zorn und Arm besagte Traditionen. Doch der bärige Störenfried lachte nur, bis sein Gelächter nahtlos in röhrenden Raucherhusten überging und er blind nach einem fremden Glas griff. Angewidert beobachtete der Jüngling aus Tregoodwell, wie er sich dessen schalen Inhalt hinter den schwarzen Bart kippte.

»Oi, du wirst schon merken, wozu wir fähig sind«, schrie Bonnie plötzlich und schlug so heftig auf den Tisch, dass Pennoc zusammenzuckte und das Glas fallen ließ. »Du und diese Bande von Snobs aus dem King Arthur's Castle Hotel!« Bonnies Hass auf das Tintageler Hotel war bekannt. Er speiste sich aus dem Ruin ihrer Mutter, die ihr halbes Leben für das King Arthur's geschuftet hatte, bis sie dort, laut Bonnie, in die Hände eines Gurus gefallen war, der ihre ohnehin geringen finanziellen und geistigen Mittel völlig erschöpft hatte. Am Ende war sie mit einer schäbigen Abfindung vor die Tür gesetzt worden. »Nicht mal mehr eine Tasse Tee kriegt meine arme alte Mama da noch spendiert! Dieser Geizhals von einem Hotelbesitzer soll keinen Penny an *unserem* Film verdienen!«

»Wir lassen nicht zu, dass dieses Hotel uns die Filmleute ausspannt!«, rief Amanda und hieb nun ebenfalls mit ihrer flachen kleinen Hand auf den Tisch. Ihre lackierten Nägel flammten blutrot auf. »Dafür tun wir alles in unserer Macht Stehende – mit Wiccas Hilfe!«

Und mithilfe des Schlüsselbundes, den Mama dem King Arthur's nie zurückgegeben hat, dachte Bonnie Pierce still bei sich.

Nach Mitternacht, in einem dunklen Hinterzimmer des Darlington Inn. Die Macht und die Kraft der herrlichen Erde, des heimischen Moores, der uralten Steine werden beschworen. Weiße Magie, für Camelford. Ein bisschen schwarze, gegen Tintagel.

6

Cosmas Pleystein träumte von einer *Nebel von Avalon*-Verfil-
mung, in der er als junger Artus besetzt war, der seine Schwester, die geheimnisvolle Fee Morgane, auf inzestuöse Weise be-
gehrte, und erwachte mit einem Ständer. Bevor er seinen Penis
in die Hand nahm, versuchte er, sich zu erinnern, wer die
Morgane gespielt hatte. Als das Gesicht einer gewissen bay-
erischen Schauspielerin mit Porzellanteint vor seinem inneren Auge erschien, war er erleichtert: Sie war sowohl schön
als auch das Gegenteil seiner eigenen drei Schwestern, allen
voran Kati, der dunkelsten und derb-weiblichsten von ihnen.
Cosmas drehte sich auf die Seite und pumpte, bis er kam.
Anschließend verweilte er noch etwas in dem König-Ar-
tus-Traum, während er seine Hoden und den Bauch weiter
streichelte. Er liebte Rittergeschichten. Und er liebte seinen
Schwanz, der genauso fotogen war wie der Rest von ihm; ausgerechnet im prüden Amerika musste auch noch die Kopie
eines Films existieren, in dem er *full frontal nude* zu bewundern war. Cosmas mochte auch seinen Bauch, jedenfalls seit
er allmählich wieder ein akzeptables Format annahm – was
bei seinen Genen gar nicht so einfach war, denn in Cosmas'
Familie überwogen die üppigen Formen. Kati hatte ihm im
Scherz einmal gesagt, sie wiege nicht nur bald so viel wie er, ihr
wachse auch langsam ein ähnlich dichter Bart. Damit hatte sie
die Wirkung der Medikamente natürlich maßlos übertrieben,

denn Cosmas hatte Kati, vielleicht weil sie ihm immer ähnlicher wurde, sehr schön gefunden.

Als die Traumwirkung endgültig verflogen war, stellte er fest, dass seine Schläfen pochten und ihm der Kiefer wehtat. Vorsichtig schob er ihn hin und her. Der Wecker piepte, er schlug ihn aus und rekelte sich noch eine Weile im Bett. Das kleine Zimmer, in dem er schlief und das Kati »das Bügelzimmer« getauft hatte, wurde nie ganz hell und nie ganz dunkel. Wahrscheinlich rührten seine Einschlafprobleme einfach daher. Pleystein hätte längst in das verwaiste Schlafzimmer wechseln können, das Jalousien besaß (und ein Fenster, das er noch nie geöffnet hatte) – aber er zog das Bügelzimmer immer noch vor. Eine halbe Stunde später stand er auf, um sich ein Frühstück aus Obstsalat und grünem Tee zu machen, mit dem er ins Bett zurückkehrte. Während er sein Obst löffelte und seinen Tee trank, überlegte er, ob sein Agent recht hatte und es nicht wirklich Zeit wurde, sich die letzte Fassung von *Kan Werin* vorzunehmen. Etwas widerwillig langte er von oben unter das Bett, um nach dem großen, steifen Umschlag aus Packpapier zu tasten, der zuoberst auf mehreren abgegriffenen DIN-A4-Ringbüchern lag. Eine pudrig-samtige Staubschicht bedeckte den Stapel. Pleysteins Finger zogen glatte Schneisen durch den Staub, während sie weiter nach unten wanderten, wo sie ihr eigentliches Ziel entdeckten und zwischen all den anderen ein altes Skript herausfummelten. Pleystein grinste, als er es erkannte. Statt es zurück unters Bett zu werfen, zog er die Knie unter der warmen Decke an, um das zerlesene Manuskript dagegenzulehnen, und griff nach der Teetasse. Heißen Lapsang Souchong schlürfend, betrachtete er die comichaften Zeichnungen, die Kati auf den hintersten

Seiten ihres ersten Drehbuchs eingefügt hatte. Es war das Storyboard ihrer ganz persönlichen Schlusssequenz: Kati selbst in sehr knappem Rock und mörderischen Stilettos, rauchend unter dem Wirtshausschild (Halbtotale, leichte Vogelperspektive); der alte Hans vor dem Pub, ein Glas Bier in der Hand (amerikanische Einstellung); Hans und sie rauchend (amerikanische Einstellung); sie und Hans in der Totalen mit Pub, Meer, Sonnenuntergang, darunter stand in Katis Handschrift »Zoom von der Totalen bis Weit«.

Pleystein besah sich die Bilder, weniger Storyboard als Selbstporträts, mit einer gewissen Rührung. Kati hatte sich viel Mühe damit gegeben, sie waren mit feiner Feder in Tusche oder Tinte gezeichnet, doch in einem Drehbuch hatten sie nichts verloren. Zum Glück hatte Philipp Schmeltzer sie nicht kommentiert, als er diese erste Drehbuchfassung mit Kati besprochen hatte. Pleystein war bei ihrem Treffen dabei gewesen. Er hatte seine Schwester damals nach Köln begleitet, obwohl er die bräsige, katholische Stadt eigentlich nicht mochte, weil sein Agent ihnen geraten hatte, gemeinsam aufzutreten, um Katharinas Debüt mehr Gewicht, in Marks Worten: mehr Schmackes, zu verleihen.

Der rheinische Filmmogul hatte die Geschwister in einem imposanten Büro empfangen. Zunächst hatte er mit Pleystein über gemeinsame Bekannte – und das hieß: Mark – gesprochen und überlegt, wo sie einander schon einmal begegnet waren (auf einer Party in der Agentur und, vor vielen Jahren, im Rahmen der Verleihung eines Hörzu-Leser-Bambis an Pleystein). Dann hatte er Kati Komplimente gemacht, sie ans große Fenster geholt, um ihr den Dom in der Ferne zu zeigen, und hatte anhand der Filmposter an den Wänden Anekdoten zum Besten gegeben. Und die ganze Zeit über lag Katis Manuskript auf der dunklen Rauchglasplatte seines schicken, sehr aufgeräumten Schreibtisches. Der gesamte überdimensionierte Raum schien ein Showroom für Büromöbel zu sein. Eine protzige italienische Designer-Kaffeemaschine nahm eine halbe Bürowand ein. Als Philipp Pleysteins Blick wahrnahm, bereitete er eigenhändig Latte macchiato für sie zu, den er ihnen anschließend darbot wie ein Priester die Hostie. Zwischendurch nahm er auf verschiedenen Handys wichtige Anrufe an oder drückte sie mit großer Geste weg. Philipp war mindestens so eitel wie Pleystein. Nach ungefähr einer halben Stunde drosselte der Produzent endlich das Tempo und setzte sich hinter seinen Schreibtisch. Er zog das Drehbuch heran, schlug es auf und blätterte es schweigend durch. Auf jeder Seite konnten die Geschwister Unterstreichungen und Randbemerkungen erkennen. Beim Umblättern hörten sie die billige Bindung aus dem Copyshop knarzen. Kati kniff ihren Bruder aufgeregt ins Bein.

»So. Megastory, wirklich«, sagte Schmeltzer schließlich. »Cornwall, ein Mann auf der Suche nach seiner Vergangenheit, Happy End, mega. Aber *Kan Werin*? Bescheuerter Name, sorry – was soll das heißen? ›Volkslied‹ auf Keltisch, okay, äh, okay für all diejenigen, die mit ihrem keltisch-deutschen Wörterbuch unter dem Arm herumspazieren – aber egal: Cosmas Pl-Pleystein zurück in Cornwall! Großartig! Diesmal mit einem Familienprojekt, einer Geschichte, die sich seine schöne Schwester echt und ehrlich aus dem Herzen geschnitten hat!«

»Stopp mal«, warf Pleystein hastig ein. »Ich weiß zwar nicht, was Mark dir erzählt hat, aber ich bin ausschließlich mitgekommen, um Katharina zu unterstützen. *Kan Werin* ist nämlich ihr erstes Drehbuch. Also.«

Schmeltzer schmunzelte. »Oh, das hier ist wirklich unbestreitbar ein allererster Versuch.« Abwartend äugte er von ihm zu ihr, bevor er übergangslos das dünne Script griff und vorlas.

AUSSEN/TAG

Eine kornische Küstenlandschaft. HANS beendet sein Picknick auf den Klippen. Er blickt von der Wanderkarte in seiner Hand auf die Küstenlinie, trägt mit einem roten Stift ein, bis wohin er gekommen ist. Man sieht einen sehr langen, roten Strich entlang der Küste. Dann faltet er die Karte zusammen. Er wirft die letzten Brotkrumen den Möwen zu, steckt seine Thermoskanne zurück in den Rucksack und setzt sich eine altmodische Tweedkappe auf. Seine Bewegungen sind routiniert, als wäre er schon lange unterwegs. Er wandert weiter und gelangt an ein Wirtshaus. Die Tür ist geöffnet, aber er tritt nicht ein. Stattdessen geht er ums Haus, stellt sich an die Hintertür, späht durchs Fenster nach innen, etc. Gäste aus dem Pub beobachten ihn neugierig, sogar misstrauisch. Nach einer Weile wandert er weiter.

AUSSEN/TAG

Küstenlandschaft. Schafe. HANS läuft auf einen LAND-ARBEITER zu, der einen Zaun repariert.

LANDARBEITER: Lovely day, isn't it?

HANS (mit starkem deutschen Akzent): Oh, äh, yes. Gut day. Äh, where näxter pub?

LANDARBEITER: Bloody hell, a Fritz. *(Zeigt in die andere Richtung.)* You have just come past one, the ›King's Arms‹. Didn't you see it?

55

HANS: Yes, yes, but he is not the right. Older, older, pub? With music? Fisherman sing old song? *HANS summt dem LANDARBEITER eine Melodie vor.*

LANDARBEITER: Ah. *(Singt)* Deutschland, Deutschland, über alles …

HANS rückt sich resigniert die Kappe zurecht und wandert weiter. LANDARBEITER schlägt wieder auf seinen Zaunpfosten ein. In HANS' Gesicht ein Sturm von Gefühlen.

Während des Vorlesens hatten sich Schmeltzers Lippen gekräuselt, und er hatte immer wieder bedauernd den Kopf geschüttelt. Schließlich blickte er von Katis Manuskript hoch. »Ich sag's euch mal direkt: So geht das nicht.«

Er wartete ein wenig, um die Botschaft sacken zu lassen. Kati war inzwischen blutrot im Gesicht.

»Trotzdem ist das kein Nein von mir«, fuhr er, nun sanfter, fort. »Denn erstens: Was, was ist gut? Die Geschichte. Der Wehrmachtssoldat, der seine Befehle missachtet. Die Sehnsucht. Großes Kino, wirklich. Da habt ihr ein gutes Näschen bewiesen. Aber. Wir brauchen eine stärkere Motivation für Hans' Sehnsucht als Biergeruch und ein Lied, nä? Warum sagen wir nicht, er hat da immer dieses M-M-Mädchen gesehen, nennen wir sie Betty, das in dem Pub gearbeitet hat, eine *English Rose* et cetera, so Typ Kate Winslet, das heißt, so wie unsere Katharina hier …«

An der Stelle war Kati erneut rot geworden.

Schmeltzer nahm jetzt Fahrt auf: »Ein schönes Mädchen mit, mit schöner Singstimme, und das ist Hans' große Liebe, und die sucht er nach dem Krieg. Da haben wir eine starke

Mo-Motivation, die wir auch filmisch umsetzen können. Wir erzählen die Suche nach dem Mädchen – meinetwegen auch nach dem Pub und dem Lied, wenn euch das lieber ist. Und natürlich das große Wiedersehen zwischen Hans und Betty. Dafür st-streichen wir die ganze U-Boot-Action. Die war zum einen sowieso nicht sauber recherchiert und wurde zum anderen schon von *Das Boot* erzählt. Ihr wollt doch keinen Kriegsfilm, sondern einen Völkerfreundschaftsfilm machen. Und noch was: Die Haupthandlung kann unmöglich in den Nullerjahren spielen. Habt ihr mal überlegt, wie alt euer Held – und eure Heldin – dann wären? Und wie die *aussähen*? Uargh. Nein, nein, das müsste man so in den späten Fünfzigern, frühen Sechzigern setteln.«

Er rechnete ihnen vor, dass Hans dann etwa in Pleysteins Alter wäre. Schmeltzer hatte seinen Platz hinter dem Schreibtisch verlassen und bat die Geschwister hinüber auf das Sofa. Er klopfte Kati neben sich. Beim Hinsetzen zog er die Anzughose an den Knien hoch und legte einen Arm über die Polster hinter Kati. »Was ist deine Vision, Katharina? Was willst du mit dem Film erreichen?«

»Daheim von allen angesprochen werden, wenn der Film auf den Hofer Filmtagen läuft.«

»Wir sind gebürtige Hofer«, warf Cosmas ein. Kati zählte weiter an den Fingern auf wie ein Kind: »Mehr Drehbücher schreiben. Mir sauteure Ficktöppe kaufen.«

»High Heels«, erklärte Cosmas.

»Dass *Kan Werin* im englischen Fernsehen gezeigt wird! Und dass sich der alte U-Boot-Fahrer bei mir meldet, falls er noch lebt …« Ausführlich erzählte Kati, wo und wie und wann sie ihm begegnet war.

Beim Zuhören schaufelte Schmeltzer händeweise Wasabi-Nüsschen aus einer Schale und warf sie sich sportlich in den offenen Mund. Zwischendurch blinzelte er Kati zu.

»Ja«, endete sie schließlich mit roten Wangen. »Und der Pub, wo die Leute immer noch diese alten Lieder singen, liegt direkt am Meer, in so einem Naturhafen. Da hab ich vor 'n paar Jahren mit dem alten Mann vor der Tür gestanden und geraucht. Irre war das …«

Schmeltzer blickte zu Pleystein. Und was wollte der große Bruder? Vielleicht ein Comeback in Cornwall? Nein, der wollte nur, dass Katharina ihr Drehbuch gut verkaufte. Damit jemand ihre wahre, melancholische kleine Geschichte verfilmte.

Der Produzent schürzte die Lippen und blickte aus dem Fenster. »So viele Wünsche, so viele Träume. Das ist gut.« Er setzte sich aufrechter hin. Sachlich jetzt. »Und wir, wir wollen Geld verdienen. So.«

Schmeltzer rechnete ihnen vor, was der Film kosten würde, noch bevor es überhaupt zum Dreh käme. Cosmas bot an, dass die Geschwister den Film co-produzieren könnten.

»Klar«, erwiderte Schmeltzer gelassen, »aber wenn wir *dich*, Cosi, als Hauptdarsteller hätten, wird uns das *ZDF* co-produzieren, das g-garantiere ich. Ohne dich allerdings …?« Er ließ die Frage offen. Dann: »Kennt ihr Bo Starck? Den jungen Heißsporn aus *Elf Freunde*? Ja? Der wäre eine ideale Besetzung für den *jungen* Hans.« Und schon hatte er das Telefon in der Hand. »Sag Taywo, er soll mir mal die Nummer von Bo Starcks Agenten raussuchen …« Telefonierend verließ der Produzent das Büro und ließ die Geschwister schmoren.

Kati blieb kerzengrade sitzen. Schließlich fragte sie Cosmas flüsternd, ob es seiner Meinung nach gut gelaufen sei und ob er möglicherweise bereit wäre, doch noch einmal in Cornwall zu drehen. Ob er ihr zuliebe den Hans spielen würde, falls Orion ihr Drehbuch nur unter dieser Bedingung kaufen sollte. Lächelnd hob er die Hände: Er würde sich dem Schicksal ergeben. Kati fiel ihm um den Hals.

»Cosi, ich frrrreu mi' so«, gurrte sie atemlos und in schönstem Fränkisch. Nach einem schnellen Blick zur Tür setzte sie sich wieder aufs Sofa und strich sich den Rock glatt. Und je länger sie warten mussten, desto ausgelassener war sie geworden. Sie hatte in die Schale mit den Erdnüssen gegriffen, um Schmeltzer zu imitieren. Nach jedem Wurf hatte sie die Nüsse kichernd wieder aus den Sofapolstern geklaubt. Und Cosmas war von dem scharfen Wasabi-Geschmack und dem Kaffee schlecht geworden.

Als er sich jetzt im Bett umwandte und das Kopfkissen aufschüttelte, löste sich unter dem Bettrost eine kleine, wattige Staubflocke, die ohne Eile bodenwärts schwebte, bis sie auf die neueste Fassung von *Kan Werin* fiel, wo sie mit der dickeren Staubschicht verschmolz.

7

Am Nachmittag fuhr Pleystein zu einer Kostümprobe nach Potsdam. Sie verlief für alle Seiten höchst zufriedenstellend, was nicht überraschte, da die frühen Sechziger einfach Stil hatten und der englische Look Pleystein nun einmal vorzüglich stand (Zitat der Kostümbildnerin). Von diesem ersten greifbaren Fortschritt seines Filmprojektes beflügelt, beschloss Pleystein, schnell mal rüber ins Studio Babelsberg zu fahren, wo die Kulissen gebaut wurden. Er telefonierte mit Orion, um die Durchwahl des Studioleiters zu erfragen. Ungefähr drei Minuten später rief ihn Philipp Schmeltzer persönlich zurück.

»Sag mal, Cosmas, du hast vie-vielleicht Vor-Vor-Vorstellungen. Selbst ich, ich marschier da nicht einfach unangemeldet rein. Da ist sowieso Punkt achtzehn Uhr Schluss. Gewerkschaftlich geregelte Arbeitszeit, sch-schon mal gehört?«

»Ich möchte einfach mal unser Studioset sehen.«

»Das Set ist noch, noch gar nicht eingerichtet. Vielleicht hättest du lieber mal auf einem Meeting im vergangenen Jahr erscheinen sollen. Der Look der Produktion zum Beispiel ist längst geklärt.«

Es erübrigte sich zu fragen, ob *Kan Werin* in Schwarz-Weiß gedreht werden würde.

»Dann will ich eben ab jetzt in *jede einzelne* Entscheidung eingebunden werden, egal, ob sie wichtig ist oder nicht, ob in

Cornwall oder Potsdam oder Mainz, und wenn's sein muss, auch bei der Postproduktion. Ich bin euer Scheiß-Co…«

»Mein süßer Schatz. Du hast von m-m-mir eine schriftliche und parfümierte Einladung gekriegt zur hoch-hochoffiziellen Studiobegehung mit anschließendem Meeting mit den Engländern von Studio Black Tomato und dem ZDF *und* meiner Wenigkeit.«

»Ach, echt? Wann?«

»Mittwoch, elf Uhr, äh, elf dreißig.«

»Diese Einladung, wann soll ich die bekommen haben?«

Schmeltzer, mit Automatenstimme: »*Pling.* You have mail.«

Schon Tage vor seinem ersten hochoffiziellen Meeting wählte Pleystein seine Garderobe aus: einen dünnen grauen Rollkragenpullover aus Kaschmir, eine farblich passende, maßgeschneiderte Anzughose und knöchelhohe Stiefeletten aus schwarzem Leder. Bei den Jacken zögerte er zwischen dem Anzugjackett und einer handgefertigten, dicken Strickjacke von den Aran-Inseln. Am Mittwochmorgen entschied er, dass ein Anzug seine Rolle als Co-Produzent mehr unterstreichen würde, und nahm das dünne Jackett. Eine Wahl, die er bereute, während er zähneklappernd vor dem Haupteingang der berühmten Babelsberger Studios stand und das Brandenburger Kontinentalklima verwünschte. Woanders war längst Frühling. Die Kälte war ihm bis in die Knochen gekrochen, als ihn endlich eine Studio-Limousine abholte, um ihn über das weitläufige Gelände zu dem nichtssagenden Büro zu fahren, wo das Meeting stattfand.

Kaum hatte Pleystein leicht unterkühlt, doch voller Vorfreude den Konferenzraum betreten, richteten sich ein

Dutzend fremder Augenpaare auf ihn. Offensichtlich hatte das Meeting schon längst begonnen: Auf den Tischen lagen geöffnete Mappen und Papiere; auf einem Teewagen standen benutzte Tassen und leere Mineralwasserflaschen. Mit dem strahlenden, etwas hohlen Lächeln, das sein Markenzeichen war, entschuldigte er sich vorsichtshalber für seine Verspätung, während er unauffällig die Uhrzeit kontrollierte. Doch, es war kurz vor halb zwölf, der vereinbarten Zeit, und er hatte sich nichts vorzuwerfen. Kommentarlos übernahm Philipp Schmeltzer die Vorstellungsrunde.

»Und hier, hier ist also Cosmas Pleystein, unser Star und Hauptdarsteller. Es war ihm ein Herzensanliegen, vorab einen kleinen Einblick in die Studios zu erhalten. Ähm, Cosmas ist übrigens auch unser Junior-Co-Produzent.«

Pleystein schüttelte sehr viele Hände. Die des Chef-Ausstatters von Studio Babelsberg Motion Pictures, die einer Production-Facilities-Managerin, die des Leiters der Studios 18/19, in denen die Kulissen von *Kan Werin* gebaut wurden, sowie die des Regisseurs, Michael Schneider. »Michaels Film *Septembernebel* lief gerade erst im Kino«, sagte Schmeltzer stolz. Der Regisseur gab sich sehr gewinnend und vermittelte Pleystein den Eindruck, sie wären alte Bekannte; er nannte ihn sofort Cosi und zitierte ein paar Sprüche aus *Der Erbe von Schloss Cranberthmoor,* Pleysteins Cornwall-Serie. Auch die anwesende ZDF-Redakteurin outete sich umgehend als Pleystein-Fan. Sie war die Verantwortliche für die Sparte Romantic Comedies. Obwohl Pleystein fand, dass *Kan Werin* keine Rom-Com war, strahlte er sie ebenfalls an.

»Und last but not least haben wir hier m-meine englische Kollegin«, sagte Schmeltzer und deutete auf eine schlanke Frau, deren schwarzes Haar entweder sehr kurz oder sehr straff am Hinterkopf festgesteckt war und die mit ihrer Seidenbluse und ihrem maßgeschneiderten dunklen Anzug in dieser Runde ein wenig overdressed wirkte. »Mrs. Gupta, die Chef-Producerin von Studio Black Tomato London höchst-höchstpersönlich.« Mit ausdrucksloser Miene hielt die Britin Pleystein ihre kühle Hand hin. Sie war ungefähr so alt wie Schmeltzer und er (wobei Schmeltzer älter und zugleich gestählter wirkte, als ob er viel Sport im Freien treiben würde). Tatsächlich waren die drei in diesem Raum mit Abstand die Ältesten, doch so ziemlich alles an Mrs. Gupta machte deutlich, dass sie mit niemandem in einen Topf zu werfen war, schon gar nicht mit einem dahergelaufenen und in die Jahre gekommenen Fernsehstar, der sich zur Abwechslung mal selbst produzieren wollte. Reglos hörte sie sich an, was Pleystein über seine persönliche Verbundenheit mit Cornwall und die deutsche Verantwortung für die gemeinsame Geschichte, sprich Weltkriege und Versöhnung, zu sagen hatte, ohne etwas darauf zu erwidern oder auch nur sein sehr gutes Englisch zu kommentieren. Angesichts dieses an die Wand gespielten Dialogparts kam er rasch zum Ende und drückte floskelhaft seine Hoffnung auf gute Zusammenarbeit aus, worauf sie als Zeichen der Zustimmung knapp nickte. Knapp, aber äußerst glaubwürdig, wie Pleystein erleichtert befand. Höflich war Mrs. Gupta nicht gerade, doch mit Sicherheit war sie eine Top-Produzentin. Pleystein war überzeugt, dass ihre Produktionen reibungslos durchschnurrten. Sie sah aus, als würde sie keine Probleme kennen. Höchstens inkompetente Mitarbeiter. Das war zwar hart, aber aus der Perspektive eines frischgebackenen Co-Produzenten irgendwie auch sehr beruhigend.

Endlich fuhr man mit der Besprechung dort fort, wo sie durch das Eintreffen des Schauspielers unterbrochen worden war. Pleystein blätterte in der Mappe, die man ihm über den Tisch zuschob, und versuchte gleichzeitig, dem Gespräch zu folgen. Die Mappe war dick und schwer wie ein Tapetenbuch und enthielt tatsächlich auch einige Tapeten- und Stoffmuster, außerdem Farbskalen, Grundrisse von Räumen und jede Menge leserunfreundlich gestaltete Seiten einzeilig gedruckter Vertragstexte und bunte Excel-Tabellen mit Preislisten. Alles, was beredet wurde, schien bedeutsam und effektiv und war ihm völlig unverständlich. So fühlte es sich also auf der anderen Seite des Filmemachens an! Aufregend. Er konnte jedoch nur mit halbem Ohr zuhören, da man ihm einen Platz neben der ZDF-Redakteurin zugewiesen hatte. Sie kannte jede Folge von *Cranberthmoor* und kommentierte sie auf so schmeichelhafte Weise, dass er beinahe vergessen hätte, wie furchtbar sie in Wahrheit war.

Als Cosmas trotzdem fast anfing, sich zu langweilen, wurde die ganze Party von den Babelsbergern in Limousinen verfrachtet, die sie zu den Studiokulissen bringen sollten. Auf der Fahrt glitten die Wagen geräuschlos durch Wien, Paris und das zerschossene Stalingrad. Cosmas verspürte das dringende Bedürfnis, dem Regisseur und Mrs. Gupta seine Vision von *Kan Werin* zu vermitteln.

»Der Film ist mir direkt aus dem Herzen geschnitten. So hast du selbst das mal formuliert, erinnerst du dich, Philipp? Also, ich will hier etwas Echtes machen, etwas Wahrhaftiges. Einen kleinen, melancholischen Film über einen kleinen, melancholischen Mann.«

Mit nonchalantem Lächeln pflichtete ihm der Regisseur bei.

»Deshalb ist mir der Look des Films auch so wichtig. Keine hyperausgeleuchteten Studios, kein steriler Fernsehserien-Look. Sondern schmutziger, wahrer.« Er wandte sich nun besonders an Mrs. Gupta: »Sie wissen schon, so wie bei Danny Boyle, Stephen Frears, Ken Loach.«

Ja, er hatte seine Hausaufgaben gemacht. Er hatte in den vergangenen Wochen nicht gerade *Cranberthmoor* geschaut!

Vor den Hallen 18 und 19 stiegen sie aus und besichtigten Hans' Pub, an dem noch gebaut wurde, der aber schon recht vielversprechend wirkte. Vor Ort wurden die Tapetenbücher wieder aufgeschlagen. Mrs. Gupta bemängelte dies und vermisste das und hatte scheinbar eine Menge teurer Extrawünsche. Die Produzentin, der es lieber gewesen wäre, wenn die Studioaufnahmen in London stattgefunden hätten, inspizierte das Set derart gewissenhaft und mäkelig, dass Pleystein sich beeilte, alles dezidiert zu loben. Nachdem der Pub trotz britischer Kritik abgenommen war, führte der Studioleiter sie in das Haus von Hans' heimlicher Liebe, der Kellnerin Betty. Hier hatten die Arbeiten zwar noch nicht begonnen, aber Cosmas entdeckte Teile von Kulissen und Requisiten, die man in wildem Durcheinander in einer Ecke zusammengeschoben hatte: eine Freitreppe, eine Bibliothek, schwere Schränke voller Porzellan, orientalische Teppiche, Ledersofas, Himmelbetten und mehrere offene Kamine. Er erkundigte sich zweimal beim Studioleiter, ob dies zur Ausstattung *seines* Films gehören würde, bevor er vorwurfsvoll die Arme ausbreitete.

»Das hier erinnert viel zu sehr an *Schloss Cranberthmoor*. Das war ganz anders besprochen. Wir wollten doch ein authentisches Setting.« Seine berühmte sonore Stimme verlor sich in der hohen Halle, wurde dünn und quengelig. »Orion hat mir zugesichert, man würde *Kan Werin* ansehen, dass er auf einer wahren Begebenheit beruht …«

Die Ausstatter blickten verlegen zum Regisseur, der ungerührt seinem Assistenten etwas zu Ende diktierte, bevor er aufblickte.

»Mein Lieber, es ist etwas irritierend für uns, wenn du immer noch den alten Arbeitstitel benutzt. Das Baby hat inzwischen einen richtigen Namen. Dein Film wird *Der Liebe ist im Krieg alles erlaubt* heißen, wenn er im ZDF läuft. Nicht schlecht, hm? Das ist ein Wortspiel.«

Erwartungsvoll lächelte der Regisseur ihn an. »Angelehnt an: In der Liebe und im Krieg ist alles erlaubt.«

Cosmas wurde übel. Da der Schauspieler sein Stichwort nicht aufgriff, sondern weiter schwieg, wandte Schneider sich umstandslos wieder seinem Assistenten zu.

Die ZDF-Redakteurin murmelte verlegen: »Über den Filmtitel entscheidet immer das Marketing.« Und Schmeltzer ergänzte: »Ist doch e-egal. Für den britischen Markt wird er sowieso wieder anders heißen.« Cosmas nickte. Aber er schürzte schmollend die Lippen seines vollen Mundes und sah niemanden an. Er musste einen Moment in sich hineinhorchen. So selten hatte er bislang in seinem Leben einen Grund gehabt, zornig zu werden oder sich auch nur übergangen zu fühlen, dass er seine Empfindungen nun zunächst nicht recht einordnen konnte. Normalerweise bekam er immer seinen Willen, oder – da er wenig eigenen Willen, doch umso mehr Glück hatte – er nahm freudig hin, was das Leben Schönes für ihn bereithielt. Aber nun hatte Cosmas neuartige, unangenehme Gefühle und wusste nicht, wie er mit ihnen umgehen sollte. Vor allem war er unsicher, wie er sie *ausdrücken* konnte. Zorn oder Hilflosigkeit gehörten schlicht nicht zu seinem Repertoire. Schließlich lächelte er wieder, aber seine Hände zitterten dermaßen, dass ihm die schwere Mappe, die er aus dem Büro mitgeschleppt hatte, fast aus den Fingern rutschte. Er legte sie auf einem protzigen Kaminsims aus Pappmaschee ab. Seine feuchten Hände hinterließen dunkle Flecken auf dem Umschlag.

»Man hat uns, meiner Schwester und mir, ein authentisches Setting versprochen«, wiederholte er. »Keine schnuckeligen Cottages, keine schicken Manors, kein türkisblaues Meer, keine Sonnenuntergänge.« Lauter und mit einem Anflug von Ärger in der Stimme: »Ich mache keine weitere Cornwall-Soap.« Da Schmeltzer und Schneider ihn geflissentlich überhörten, wandte er sich hoffnungsvoll an eine mutmaßliche Verbündete, die Britin, die ja ebenfalls Kritik an den Kulissen geäußert hatte.

»Ich meine, das soll das Haus einer Kellnerin sein?«, fragte er Mrs. Gupta, mit großer Geste auf die herrschaftliche Einrichtung weisend. »*But that's a stately home!* Vielleicht leben Kellnerinnen bei Rosamunde Pilcher in solchen Anwesen, aber nicht bei Ken Loach.«

»Ken Loach ist Kommunist«, erwiderte die Producerin in ihrem sanften indischen Englisch. »Er dreht Filme für Kommunisten. Weil sie gegen Ausbeutung sind, beuten sie lieber sich selbst aus und verlangen das Gleiche auch von allen anderen. Wir sind nicht auf einer Linie.«

Die ZDF-Redakteurin begann leise: »Cosmas, was Betty angeht, bist du, glaube ich, nicht ganz richtig gebrieft …«, doch Schmeltzer trat ihr auf den Fuß. Cosmas sah es genau, und Schmeltzer hatte gesehen, dass Cosmas es gesehen hatte, und wurde rot.

»Es ist nicht nicht nötig, unseren St-Star zu b-brüskieren«, sagte er freundlich an die Redakteurin gewandt. »Cosi hatte weiß, weiß Gott viel um die Ohren. Und üb-übrigens lohnt die Lektüre noch gar nicht, am Drehbuch wird noch gearbeitet. Einige Änderungen. Letzter Schliff.«

Der Regisseur griff nach Pleysteins Arm. Er zog ein kummervolles Gesicht. »Oje, Cosi, du weißt aber schon, dass wir hier keinen Autorenfilm produzieren, ja? Was wir machen, ist ein *erstklassiger* Fernsehfilm – der sehr gute Chancen auf einen Kinoverleih hat – mit Cosmas Pleystein und Bo Starck. In Cornwall. Nach einer wahren Begebenheit und trotzdem *schön.*«

Einige Umstehende applaudierten. Bevor Cosmas wusste, was er tat, klatschte er mit, und schon wurde die Gruppe wieder nach draußen gescheucht. Man wollte sie nun zu Deutschlands größtem Wassertank kutschieren, wo die U-Boot-Szenen gedreht werden würden. Der Regisseur rauschte mit Schmeltzer und Mrs. Gupta in der ersten Limousine davon. Pleystein musste zusehen, wie er sich mit den vielen unwichtigen Leuten in den zweiten Wagen quetschte; die Degradierung zur Sardine sollte wohl die Strafe für seine aufwieglerischen Reden sein. Während die Limousine mit ihrer supersoften Federung über das Studiogelände waberte, fummelte er auf dem Rücksitz mit angepressten Armen sein Handy aus der Jacketttasche, um seinem Agenten eine Nachricht zu schicken. *Kann es sein, dass Philipp mich mit Kan Werin verarschtttttt,* tippte er, als der Wagen mit dem sachten Schaukeln eines Wasserbettes stoppte. Nach dem Aussteigen korrigierte er seine Nachricht an Mark rasch zu: *Bin mit Philipp in Babelsberg, Kulissen für Kan Werin checken, alles sehr spannend.*

Kaum hatte Cosmas' Nachzüglertrupp die anderen im Wassertank gefunden, kündigte der Babelsberg-Motion-Pictures-Manager laut an, dass sie jetzt etwas europaweit Einmaliges besichtigen würden: das Unterwasser-Studio, auf das Babelsberg Motion Pictures megastolz war! Die ganze Gruppe setzte sich sofort in Bewegung. Der Bau war tatsächlich enorm, noch gigantischer als die restlichen Studiogebäude. Cosmas schlug sein dünnes Jackett eng um sich, hier drinnen schien es kälter als draußen zu sein. Während Schneider und Schmeltzer in einer Ecke Absprachen mit den Kulissenbauern und der Facilities Managerin trafen, wurde die restliche Gruppe im Gänsemarsch einmal um das riesige Wasserbecken herumgeführt. Desinteressiert ließ Cosmas die Werbung des Studioleiters für die hauseigene Unterwasserfilmtechnik über sich ergehen. So und so würde also aufgenommen werden, wie Bo Starck mit der U-Boot-Attrappe planschte. Verständnislos nickte Cosmas den Lichtstrom direkt am Becken ab, achtmal 100-A-Power-Lock. Toll. Voller Enthusiasmus machte ihn der Studioleiter auf immer neue Details aufmerksam. Über eine halbe Million Liter Wasser Fassungsvermögen, heizbar auf bis zu 33 °Celsius. Wenigstens würde Bo Starck nicht so frieren müssen wie Cosmas heute. Er lehnte sich ein bisschen über die Brüstung. Der Pool war bestürzend tief. Wenn Cosmas eine exzentrischere Persönlichkeit gehabt hätte, hätte er sich jetzt nach vorne gelehnt und sich kopfüber ins Schwarze gestürzt. Er kannte Kollegen, die das getan hätten – und damit durchgekommen wären. Als er gerade überlegte, ob es nicht auch für ihn eine Option wäre, geriet der metallene Catwalk unter seinen Füßen ins Schwanken, dann stand Mrs. Gupta neben ihm.

»Cosmas.« Ihr Ton war versöhnlich. »Was für ein unge-wöhnlicher Name. Ist der deutsch?«

»Wie man's nimmt. Cosmas ist ein wichtiger Heiliger in Bayern.«

»Ah«, sagte sie lächelnd. »Bayern. Bierfest und Lederhosen. Sehr urwüchsige und eigensinnige germanische Ethnie, rich-tig? Trifft das auch auf Sie zu?«

Es war das erste Mal, dass sich der schöne Pleystein unter völkerkundlichen Aspekten betrachtet sah. Es fühlte sich merkwürdig an. Er richtete sich zu seiner vollen Größe auf, mit der er Mrs. Gupta um fast zwei Köpfe überragte, und wu-schelte sich verlegen durchs Haar. Er habe sich immer als Wahl-New-Yorker und Wahl-Berliner gesehen, nie als Bayer. Und wenn schon, dann bittschön höchstens als Franke. »Ich stamme aus Hof, das liegt an der tschechischen Grenze. In Bayern ganz oben«, zitierte er den Wahlspruch seiner alten Heimat. Um Mrs. Gupta nicht völlig zu enttäuschen, fügte er hinzu: »Aber mit Bier kenne ich mich tatsächlich aus. Hab ein paar Jahre selber gebraut.«

Mrs. Gupta nickte zufrieden, als ob sie sagen wollte: »Na also.« Endlich drehte sie dem schwindelerregenden Sog des Wasserbeckens den Rücken zu, um Cosmas auf ihrem Tablet etwas zu zeigen.

»Sie möchten ein authentisches Setting für den Film. Ich versichere Ihnen, das bekommen Sie.« Sie öffnete ein paar Fo-todateien. »Diese Bilder haben unsere Location-Scouts von den Drehorten in Cornwall gemacht.«

Was sie ihm zeigte, übertraf seine kühnsten Erwartungen an ein authentisches Sechzigerjahre-Kleinstadt-Setting – und au-thentisch hieß in diesem Fall natürlich hässlich. Nach den

Fotos zu urteilen, war Camelford wirklich eine *sehr* authentische Stadt.

»Wir haben noch nicht alle Locations fest gebucht. Im April besucht Michael die Drehorte, und er hat natürlich das letzte Wort.«

Cosmas ließ die Brüstung los und verließ mit der Britin den Steg um den Pool. Bei Schmeltzer und dem Regisseur angekommen, verkündete er mit strahlendem Lächeln: »Philipp, Michael – ich fliege nächste Woche mit nach Cornwall. Schließlich bin ich hier der Scheiß-Co-Produzent.«

II

Scheitern in Camelford

8

Auf der Victoria Road hatte der Wind die Wolken aufgerissen und legte ostereiblaue Flecken von Frühjahrshimmel frei. Eine Gestalt in gepunktetem Regencape und goldenen Sneakern, die gerade die abschüssige Hauptstraße herabbummelte, blieb stehen, um das Kamel zu bewundern, und schob beim Hochblicken die Kapuze aus dem Gesicht. Sofort griff die Sonne nach der auffälligen Haarspange, und die große Erdbeere aus Glitzersteinchen versprühte granatrote Funken. Unbemerkt von Bonnie Pierce, die soeben die Post aus dem regenfeuchten Briefkasten klaubte, schlenderte die glitzernde kleine Gestalt am Büro des Town Councils vorbei. Im neuen Fudge-Laden stellte die Verkäuferin gerade frische Sahnebonbons ins Schaufenster, doch die Spaziergängerin hatte keinen Blick für die appetitlichen Süßigkeiten. Genauso wenig Beachtung schenkte sie kurz darauf den adretten Metzgereiverkäufern mit ihren Strohhüten. Sie beschleunigte ihren Schritt sogar, denn sie fürchtete sich ein wenig vor dem Anblick der rosavioletten Würste und Schinken in der Auslage. Beinahe wäre sie sogar an dem Laden vorbeimarschiert, der bis vergangenen Herbst ein Damenoberbekleidungsgeschäft beherbergt hatte. Doch jetzt war das alte Ladenschild mit einem Folienbanner überklebt, das versprach: »Wir kümmern uns um Ihren vierbeinigen Liebling, wenn Sie es nicht mehr können. *Senior's Pet Care.*« Im Schaufenster lagen immer noch

Blusen und Twinsets, aber nun auch Bücher, Spielzeug und Nippes, darunter eine Menagerie kleiner Setzkastenfiguren, wie sie wohl vor dreißig Jahren in Mode gewesen waren. Fasziniert blieb die kleine Gestalt davor stehen, und ihr gepunktetes Regencape spiegelte sich für längere Zeit unbewegt in der Scheibe.

Erst als es vom Uhrenturm mit dem goldenen Kamel Viertel nach zehn schlug – im Büro des Town Councils hatte Bonnie Pierce den Brief von Studio Black Tomato geöffnet und in stummem Jubel die tätowierten Arme hochgerissen –, schreckte die kleine Gestalt im gepunkteten Regencape aus der Betrachtung der Setzkasten-Glastierchen auf und eilte entschlossen die Victoria Road hinab. Vor dem Darlington Inn wechselte sie die Straßenseite. Der berüchtigte Pub hatte zwar noch geschlossen, aber die überdachte Raucherzone bot ein geschütztes Plätzchen für zwielichtiges Volk – Schulschwänzer, Drogendealer und was nicht alles. Die kleine Person passierte Angwins Bestattungen und blieb nur noch einmal stehen, um einen Regenwurm vom Bürgersteig in eine grasbestandene Hofeinfahrt zu legen. Während sie wartete, bis sich der Wurm unter die Pflanzen geschlängelt hatte, fiel ihr ein leuchtend gelbes, wild gezacktes Blatt auf, das sie aufhob und in einem Buch aus ihrer Häkeltasche verstaute. Dann überquerte sie im Eilschritt die alte Steinbrücke über den Camel, hinter der sie die Hauptstraße verließ, um dem Bachlauf in einen Park zu folgen. Der Park gehörte zum Gelände des Camelforder Altenheims. Niedrige Bungalows gruppierten sich um einen kleinen Parkplatz, dahinter erhob sich das Haupthaus, ein ehemaliger Herrensitz mit etwas zu wuchtigen Proportionen und einer schmucklos gelbgrauen Steinfassade, deren Nordseite im Laufe der Zeit grün geworden war. Stämmige Säulen flankierten eine kurze Freitreppe zum Portal. Die Gestalt wählte jedoch die seitlich angebrachte Metallrampe für Rollstuhlfahrer und wippte sich gerade fröhlich empor, als einer der beiden Türflügel geöffnet wurde.

»Hallo, Liebes«, sagte die Frau zu dem seltsamen Mädchen in goldenen Turnschuhen und buntem Regenmantel. »Wen kommst du denn besuchen?«

»Guten Morgen«, erwiderte die Gestalt und blickte auf. Ein verträumtes grünes Augenpaar kam zum Vorschein, das im Schatten langer Stirnfransen und einer langen, bemerkenswert scharf geschnittenen Nase lag. Von den Nasenflügeln bis zum weichen Mund führten tiefe Furchen. Als sich die alte Frau die Kapuze vollends vom Hinterkopf schob, quoll eine üppige Mähne langen, grauen Haares hervor.

»Ich fürchte, ich habe mich ein wenig verspätet. Ich bin Susann Joungblood und bin hier für das Vorstellungsgespräch. Wegen dem Malkurs.«

»Ach herrje, natürlich. Ich bin Gina, die Wirtschafterin von Camelford Senior Park. Kommen Sie herein, Susann.«

Das große Vestibül musste einst recht imposant gewesen sein, doch aktuell litt der erste Eindruck unter dem abgelaufenen Teppichboden und einem Treppenlift, der am Fuß der geschwungenen Treppe wartete. Ein Rollator parkte neben einer Tür, die in die große, unordentliche Küche führte. Stolz sagte die Hauswirtschafterin: »Schön, nicht? Im Sommer wird unser Haus als Filmkulisse dienen! – Bitte folgen Sie mir. Mrs. Alcott, unsere Koordinatorin für ehrenamtliche Dienste, wurde leider in unserer Hauptwohnanlage in Truro aufgehalten und verspätet sich daher ebenfalls.«

Bei dem Stichwort »ehrenamtlich« war Susann Joungbloods Miene undurchdringlich geblieben, sie hatte lediglich einen höflichen, aber vergeblichen Versuch unternommen, den Redefluss der Hauswirtschafterin zu unterbrechen, und musste ihr nun wohl oder übel in die Tiefe des Hauses folgen. Sie durchschritten einen verwinkelten, dunklen Wohnraum, der mit zwei langen Esstischen mehr als ausreichend möbliert war, und gelangten in einen Wintergarten, der sich zum rückwärtigen Teil des Parks öffnete.

»Wie Sie sehen, Susann, wird ein Vorstellungsgespräch gar nicht nötig sein. Unsere Damen hier freuen sich schon ganz ungeduldig auf Sie. Wir hatten Sie pünktlich um zehn Uhr erwartet.«

Die arme Wirtschafterin hatte alle Hände voll zu tun gehabt, um die alten Damen, von denen sich die erste bereits um halb zehn im Salon eingefunden hatte, zu beschäftigen, ihnen Tee zu servieren und sie anschließend auf die Toilette zu begleiten, während sie eigentlich längst in der Küche hätte stehen sollen. Daher beeilte sie sich nun, ihnen die Leiterin des neuen Kunstkurses vorzustellen, bevor sie erleichtert in der Küche verschwand und die überrumpelte Miss Joungblood alleine ließ. Zum Glück waren von den ursprünglich fünf hoffnungsvollen Künstlerinnen ohnehin nur noch zwei übrig: Mrs. Stockwell, die schon vor einer Stunde selbstständig zu malen begonnen hatte und nun, um halb elf, bereits einen halben Zeichenblock aufgebraucht hatte, und Mrs. Pennoc, eine externe Besucherin, die sich leidenschaftlich für jedes Angebot in Camelford Senior Park begeisterte, solange es Tee und Kekse gab.

Doch der Tee ließ quälend lange auf sich warten. Erst als Mrs. Alcott, die Ansprechpartnerin für die Ehrenamtlichen, eintraf, brachte Gina ein Tablett, und die kleine Gruppe wechselte auf die Sofas hinüber. Erhitzt vom Tee und der ungewohnten Heizungswärme, legte Susann erst ihren alten Norwegerpulli, dann eine Strickweste und schließlich auch noch einen verschossenen Sweater ab, unter dem ein recht abgetragenes Kleid zum Vorschein kam. Schläfrig und ein wenig formlos hing sie nun zwischen ihrer Wolle und den Sofakissen, überließ das Reden Mrs. Alcott und den kunstinteressierten Seniorinnen und spielte mit einem Wachsmalstift. Von Zeit zu Zeit schnupperte sie heimlich daran, denn wie die meisten Materialien, mit denen sie arbeitete, roch er einfach herrlich: Es war der betörende, der unschlagbare Geruch von Kindheit und unbekümmerter, grenzenloser Fantasie.

»Mir wird übel, wenn ich noch ein einziges Biskuit esse«, stöhnte Mrs. Pennoc fröhlich und rieb sich die Krümel vom Kinn. Sie hatte einen Anflug von Damenbart. Die zweite alte Dame, die nicht wegen der Kekse, sondern wegen der Kunst hier war, versuchte, einen abschätzigen Blick mit der neuen Mallehrerin oder der SP-Koordinatorin zu tauschen. Aber Mrs. Alcott war viel zu professionell für dergleichen. Sie spähte auf die kleine Uhr am Handgelenk. »Oh, schon so spät, ich muss wirklich los.« Sie stand auf, strich sich den Rock glatt, reichte Susann die Hand. »Es hat mich sehr gefreut, Miss Joungblood. Wir sind Ihnen sehr dankbar für Ihre Unterstützung.«

»Da wäre noch etwas, Mrs. Alcott.«

Umständlich begann Susann, zusammengefaltete Papiere aus ihrer Häkeltasche zu ziehen. »Ich habe Ihnen noch gar nicht meine Diplome gezeigt. Ich habe Gestaltung studiert und am Londoner Kunst-College unterrichtet ...«

Die Koordinatorin legte Susann eine Hand auf den Arm. »Nicht nötig, meine Liebe, ich merke doch, wie prächtig Sie mit unseren Damen auskommen. Ich bezweifle nicht, dass Sie eine wahre Künstlerin sind. Zweifellos die bestqualifizierte Ehrenamtliche, die wir uns nur wünschen können.«

Damit wandte sie sich entschlossen dem Foyer zu, aber Susann wagte einen letzten, etwas deutlicheren Versuch: »Ich werde einige Auslagen haben ...«

»Wie gesagt, Miss Joungblood. Wir haben ein sehr kleines Budget, aber ich will sehen, was ich tun kann. Ich denke, Aquarellpapier, Pinsel und so weiter könnten wir bis nächsten Montag besorgen. Wenn Sie aus eigenen Quellen Material beschaffen können, wäre das natürlich sehr willkommen. Aber bitte stürzen Sie sich nicht in allzu große Unkosten.« Mrs. Alcott zögerte kurz, dann musste sie doch noch loswerden, was ihr schon seit einer halben Stunde auf der Zunge lag. »Ihre Erdbeere.« Sie deutete auf Susanns glitzernde Haarspange.

Susann tastete nach ihr und stellte fest, dass sie am untersten Ende einer eisgrauen Strähne baumelte. Gelassen klemmte sie sie wieder nach oben in die Mähne, während sie Mrs. Alcott freundlich wissen ließ: »Davon habe ich auch noch Kirsche und Banane.«

Schwarze Regenwolken hingen schwer und tief über Camelford, als Susann das Altenheim verließ. Sie war erschöpft und hungrig. Der Vormittag hatte sich anders entwickelt als erwartet, recht enttäuschend nämlich, obwohl sie sich das nicht gern eingestand, denn es war dumm, enttäuscht zu sein, schließlich war die Hoffnung auf einen bezahlten Job im Altenheim ebenso vage wie unbegründet gewesen. Jeder, den sie kannte, engagierte sich in karitativen Organisationen, und niemand verdiente Geld damit. Trotzdem wäre es nett gewesen, ein paar Pfund die Woche mehr zur Verfügung zu haben. Eine nette Überraschung wäre das gewesen, dachte Susann tapfer, um nicht etwas anderes denken zu müssen, das sie *wirklich* deprimiert hätte.

»Hallo, Miss Joungblood, Miss Joungblood, warten Sie, wir haben denselben Weg.«

Die leutselige Hälfte ihres neuen Malkurses, die Kekse liebende Mrs. Pennoc, hatte sie eingeholt und begleitete sie nun humpelnd durch den Park zurück zur Hauptstraße. Auf der Brücke knurrte Susanns Magen so vernehmlich, dass er das Geplätscher des Camel übertönte, weshalb Mrs. Pennoc sie spontan zum Lunch einlud. Praktischerweise standen sie gerade direkt vor ihrem Haus. Das alte Brückenhaus hatte Susann schon immer fasziniert, und Hunger hatte sie wirklich. Unvorsichtigerweise willigte sie also ein.

Eine geschlagene Stunde später hatte Susann jede Etage, jeden Raum, jeden Salon, jede Kammer und auch sonst jeden Winkel besichtigt – alles bis auf die legendäre »Mid Century«-Küche, auf die auch die Scouts von Studio Black Tomato ein Auge geworfen hatten. Noch nicht einmal in die Nähe von etwas Essbarem war Susann gekommen. Denn Mrs. Pennoc war leidenschaftliche Sammlerin von Folklorepuppen und Hühnerfiguren aus der ganzen Welt, und da sie in Miss Joungblood eine echte Kunstsachverständige zu Gast hatte, freute sie sich, ihre Sammlungen *in toto* einem geübten Auge präsentieren zu können. Die Püppchen standen wie Wachssoldaten in Reih und Glied in tiefen Vitrinen überall in dem vom Wasser des Camel unterspülten, uralten, finsteren Haus. Bloß in der Küche nicht. Deshalb hatte Susann weder Braten noch Suppe noch Sandwich auch nur von Weitem gesehen, dafür jedoch recht viele Hühner. Mrs. Pennoc besaß diesbezüglich eine wirklich erstaunlich große oder vielmehr, wie sie selbst behauptete, sogar erschöpfende Kollektion. Vom Hunger und vom Totalitätsanspruch der Sammlerin provoziert, erwähnte Susann schließlich gereizt, just heute auf der Victoria Road eine Gruppe reizender Glashühner entdeckt zu haben, Hennen, Küken und einen schönen, blau-roten Hahn, die in dieser Sammlung noch fehlten.

»Das klingt ja wundervoll. Ich bin leider nicht mehr oft in der Stadt, aber ich werde Martin bitten, einen Blick drauf zu werfen. Martin ist mein Sohn. Er hat eine Brauerei. In welchem Laden, sagten Sie, haben Sie sie gesehen?«

Auf der Stelle bereute Susann, die Setzkastenfiguren erwähnt zu haben. Vielleicht würden sie jetzt in die Hände des Stadt-Hooligans und einer Sammlerin ohne Geschmack fallen und den Rest ihres Lebens im Horror dieser Vitrinen fristen.

»Ich bin mir nicht mehr sicher …« Das war das Äußerste an Lüge, zu dem Susann fähig war. Im Vertrauen auf Mrs. Pennocs schlechtes Gedächtnis gab sie sich einen Ruck: »Vermutlich in einem der beiden Tierschutzläden, im RSPCA-Shop oder in diesem neuen …«

Nachdem sie endlich Mrs. Pennocs Haus entronnen war, fühlte sie sich noch hungriger und erschöpfter als vorher. Sie war so niedergeschlagen, dass sie auf dem Weg zurück zum Auto auf der weniger interessanten Seite der Victoria Road blieb, von der aus man das goldene Kamel nicht sehen konnte. Doch nachdem die Hälfte des Wegs zurückgelegt war, gestattete Susann ihren Gedanken nicht länger, bei tristen Geldsorgen zu verweilen. Mit welchem Material würde ihr zukünftiger Malkreis arbeiten? Buntstifte und Aquarellfarben waren so langweilig, sie würde den alten Leuten beibringen, aufregenderes Material selbst zu sammeln: Geschenkpapier, Stoffreste, Pralinenverpackungen, Tablettenblister, Kronkorken, alte Flyer, Federn, Blätter, Eierkartons, Rechnungen, Zeitungen, Scherben ... Aus einfach allem ließ sich Kunst machen. Überall lag Werkstoff in Hülle und Fülle herum, man musste sich nur bücken und ihn einsammeln. Alles war interessant oder konnte es werden.

»Sun, Liebes! Hallo!«

Vor dem grün lackierten Eingang der Camelford Gallery stand Gordon Lewes. Lewes war ein betagter, immer noch kräftiger Bursche mit dem fröhlichen Gesicht eines Sherrytrinkers. Ein Maler und gebürtiger Londoner wie Susann. Dass er früher *in der City* ausgestellt hatte, machte ihn zum einzigen ernst zu nehmenden Künstler in Camelford. In Cornwall lebten Künstler, die sich ernst nahmen, normalerweise direkt an der Küste; Aquarelle von Fischerbooten, Klippen und Möwen gingen dort immer. Doch aus unerfindlichen Gründen hatte sich Lewes für das schmale Haus an der Hauptstraße von Camelford entschieden, in dem er seither lebte und arbeitete. In der Galerie, die er recht willkürlich öffnete, stellte er seine eigene Kunst und, wenn es ihm beliebte, auch die seiner Freunde aus. Sun hatte mehrere Exponate bei ihm stehen – leider bereits seit vergangenem Jahr.

»Weißt du schon das Neueste?«

Unwillkürlich stellte Sun sich kleine rote »Verkauft«-Punkte an ihren Skulpturen vor, und nur eine abergläubische Hoffnung hielt sie davon ab, es zu sagen.

»Sie bringen die Galerie im Fernsehen! Ich habe heute früh den Vertrag der Produktionsfirma gekriegt.«

Der Maler freute sich über Susanns Verblüffung. »Komm rein, Liebes, wie wär's? Ich mach uns ein paar Sandwiches und erzähle dir alles.«

Sie stiegen die Wendeltreppe zu Lewes' Atelier hinab. Im Souterrain war es kalt wie auf dem Grund eines Brunnens. Das Fenster war geöffnet, frühe Narzissen neigten neugierig ihre Köpfe hinab auf eine Holzarbeitsplatte voller Farbflecke. Ein paar Schritte dahinter murmelte ein Bach.

»Ah – klingt der Camel nicht herrlich im Frühling?«

Sie behielten die Jacken an, während der Heizlüfter unter dem Tisch seine Arbeit aufnahm. Lewes schob alte Zeitungen und Gläser voller Pinsel beiseite, um Brot, Cheddar und ein Glas Branston Pickle aus einer Tüte zu holen und eine Flasche Wein zu öffnen.

»Ja, ja. Bei uns in Camelford wird ein Film gedreht! Ein deutscher Film, wenn ich Bonnie Pierce richtig verstanden habe. Du kennst doch diese Rosamunde-Pilcher-Filme? So was in der Art wird es, sagt sie ...«

Als Susann verstand, dass es nicht um eine Dokumentation über Gordons Galerie, sondern nur um einen Spielfilm ging, war sie enttäuscht. Und als sie hörte, dass *in* der Galerie überhaupt nicht gefilmt würde, sondern lediglich das Schaufenster von außen, und dass es im Film obendrein ein Modegeschäft darstellen würde, verlor sie vollends das Interesse. Lewes schob ihr ein Glas Rotwein und ein üppig belegtes Sandwich rüber, bevor er selbst herzhaft zulangte. Kauend sprach er weiter: »Im April geht's schon los, die filmen unseren Osterumzug oder so. Deshalb plane ich eine große Frühlingsausstellung mit einer

Vernissage-Party am Tag des Umzugs – du musst da unbedingt auch ausstellen, Liebes. Und im Sommer werden hier Hunderte von Filmleuten rumlaufen, das sind alles Leute mit ein bisschen Geld und Sinn für Kunst! Die werden früher oder später alle mal die Galerie betreten!«

»Oh, es wäre schön, zur Abwechslung mal wieder etwas zu verkaufen, wirklich.«

Gordon wies auf eine angefangene Arbeit im Hintergrund, eines seiner seelenvollen Rinderporträts, die oben in der Galerie eine Wand für sich hatten. »Diese Viecher laufen so gut, die finanzieren mir den ganzen Rest. Könntest du dir nicht vorstellen, auch mal *eine* Serie zu machen, die etwas … ähm, gefälliger ist? Du weißt schon: touristenkompatibel?«

Sun, die gerade kaute, nickte nur vage. Kompatibel war eine Kategorie, mit der sie in Bezug auf Kunst nichts anfangen konnte.

Als sie sich schließlich von Gordon Lewes verabschiedete, war es spät geworden, und die hellen Narzissen vor dem Fenster leuchteten in der Dämmerung wie kleine Strahler. Auf dem Weg nach draußen besuchte Sun noch rasch ihr eigenes Lieblingsstück, die große Keramik-Pyramide. Sie stand nicht mehr an ihrem Platz – sie hielt den Atem an –, doch nein, sie war bloß neu arrangiert worden. Bevor sich erneut Enttäuschung in ihr breitmachen konnte, segnete sie rasch den lieben Gordon dafür, ihre Töpferarbeiten direkt vor seinen eigenen Bestsellern, den seelenvollen Rindern, zu präsentieren, wodurch sie Besuchern sofort ins Auge fallen mussten. Sie strich mit der Hand ein wenig Staub von den Stufen der Pyramide und erinnerte sich, wie sie wochenlang Reliefs in den feuchten Ton der Innenwände gekratzt hatte. Auf jeder Ebene gab es Treppen und mit Goldfolie und Mosaiken geschmückte Kammern, in denen sie bunte Kunststofffiguren und geheimnisvolle Artefakte versteckt hatte, bevor sie jedes Stockwerk unerbittlich mit einem Dach verschlossen hatte, bis zuletzt nur noch die rohe, unbehandelte Außenfassade mit zwei, drei Fensterhöhlen sichtbar war. Potenzielle Käufer würden sich sehr verrenken müssen, um einen Blick ins Innere werfen zu können, und selbst wenn sie zufällig eine Taschenlampe dabeihatten, würden sie nur den kleinsten Teil des aufwendigen Labyrinths zu sehen bekommen. Die Pyramide stand schon sehr lange in Lewes' Galerie.

»Mach doch einfach mal was Schönes«, schlug der Galerist vor. »Mal die alte Druidenallee bei deinem Haus, zum Beispiel. Bäume gehen immer. Vielleicht mit Elfen drin, das wäre noch besser! Es könnte sich lohnen, ein paar weniger ... äh, hermetische Stücke auszustellen. Insgesamt zugänglicher zu werden ...«

Sun überlegte. Vielleicht hatte Gordon nicht ganz unrecht, vielleicht wäre die Maya-Pyramide zugänglicher, wenn sie etwas höher stünde. Laut überlegte sie, ob die Skulptur nicht auf einem Podest besser zur Geltung käme. Der Galerist seufzte und sagte, das sei gut möglich. »Meinst du wirklich?« Unschlüssig klopfte sie auf die Spitze der klobigen Pyramide. Als sie sich voneinander verabschiedeten, erlaubte sich Lewes, seiner alten Freundin noch einmal ausdrücklich die Produktion schöner Bilder (Bäume, Elfen) ans Herz zu legen.

Sun dachte ernsthaft über Gordons Vorschlag nach. Die alte Druidenallee gäbe wirklich ein gutes Sujet ab. Aber als sie den Laden von *Senior's Pet Care passierte,* war zum ersten Mal seit langer Zeit die Schaufensterbeleuchtung eingeschaltet, und im

Neonlicht erspähte sie erneut die Setzkastenfigürchen, die sie schon heute Morgen so fasziniert hatten. Wieder blieb sie vor ihnen stehen. Irgendjemand hatte beim Dekorieren sein Bestes getan, um die Glastiere in ihrem neuen Habitat heimisch wirken zu lassen. Die bunten Hühner pickten auf einer Schachtel Gesellschaftsspiele herum, der Fischschwarm umkurvte ein Riff aus Pulloverstapeln, und ein gelber Hund hielt Wache vor einem Kartenspiel. Ein großer, rauchrosa Hase hielt sich im Hintergrund, wahrscheinlich, um den Hund nicht zu erschrecken. Zwischen den Pullovern, Spielen und Blumenvasen wirkten die Tiere zwar glücklicher als die vielen eingesperrten Hühner in Mrs. Pennocs Haus, trotzdem kamen sie ihr wie ungeliebte, von ihren Besitzern ausgesetzte Haustiere vor. Dabei fiel ihr ein, dass zu Hause ein hungriger Kater auf sie wartete.

Suns rostiger, grüner Toyota mit der roten Beifahrertür parkte zwischen einem halben Dutzend Fahrzeugen auf dem großzügig angelegten kommunalen Parkplatz am oberen Ende der Victoria Road. Sun startete den Motor und beobachtete konzentriert, wie weit der Anzeiger der Tankuhr hochwanderte. Als die Nadel mühsam die rote Markierung überwunden hatte, lenkte sie den klapprigen Toyota auf die Straße und fädelte sich in den Feierabendverkehr ein.

Sun wohnte kaum zehn Autominuten entfernt im Weiler Slaughterbridge. Der Name, der vorne wie Schlamm unter Stiefeln schmatzte und hinten klirrte wie Schwerter, verwies auf das Ereignis, auf das Camelford seinen Stolz – oder zumindest seine Rivalität zu Tintagel – gründete: Artus' letzte Schlacht. Sun fand es tröstlich, dort zu leben, wo sich der britischste aller Könige dem ärgsten seiner Widersacher gestellt – und verloren hatte.

Am Rande eines schmalen Waldstücks, das sich einen kleinen Hügel hinaufzog, standen zwei kleine Häuschen aus Granitstein, ein Cottage und eine noch kleinere Werkstatt. Sun parkte und schaltete die Scheinwerfer aus. Aus dem finsteren, schmalen Gang zwischen den beiden Gebäuden trabte, kaum dass sie aus dem Wagen gestiegen war, ein großer Kater, miauend und mit erhobenem Schwanz. Sun bückte sich, und das Tier machte einen Buckel, um sein dichtes, graues Fell unter ihre Handfläche zu schmiegen.

»Sphinx! Du hast mich früher erwartet, nicht wahr, mein Dicker?«

Auf der Türschwelle horchten die alte Frau und der Kater, ob drinnen jemand oder etwas auf sie wartete. Es hätte sie nicht erstaunt, wenn sich ein Geist aus dem Wald oder eine neugierige Undine ins Haus verirrt hätte. Doch im Cottage rührte sich keine Seele. Man hörte nur den warmen Motor des Toyota knacken und den Wind in den Baumkronen.

Den Rest des Abends verbrachte sie in ihrem Atelier, das halb Autowerkstatt, halb Gewächshaus war – nur nicht so warm. Es gab zwar einen gewaltigen gusseisernen Brennofen, der den Raum im Nu auf Zimmertemperatur gebracht hätte, doch obwohl er aussah wie eine Steam-Punk-Erfindung, fraß er nur Strom aus der Steckdose, und Strom war teuer. Sun fuhr zum Brennen ihrer Töpfe in den Töpferclub nach Rock, und zur Arbeit in der Werkstatt zog sie Fingerlinge und dicke Wollpullover an. Das Raumklima hatte auch seine Vorteile: Unfertige Töpferwaren blieben lange feucht, und in den Fugen der Wände und in den Fensterkreuzen gediehen hübsche kleine Farne. Und wenn es ein guter Tag oder eine gute Nacht war, geriet Sun beim Arbeiten ohnehin in einen tranceartigen

Flow, in dem sie die Zeit vergaß und auch ihren Rheumatismus. Sie nannte das: das Geschenk der Musen.

Die Menagerie im Schaufenster von *Senior's Pet Care* hatte sie zu einer großen, nein, epischen Skulptur inspiriert, die von der Beziehung zwischen Mensch und Tier handeln sollte. Von einer alten Eisenbahnlandschaft, die seit Jahren in der Werkstatt verstaubte, entfernte sie die Schienen, um auf dem verblichenen grünen Filz kleine Felder anzulegen, mit winzigen Garben aus blühenden Gräsern. Als Nächstes begann sie, kleine Ställe aus Ton zu formen. Den Ton bezog sie von einem Töpfer, der seine Reste einmal die Woche zur Abholung neben den Gartenschnitt auf die Straße stellte. Von diesen Resten nahm sich Sun manchmal eine Tüte voll mit – im Winter häufiger als im Sommer, denn obwohl es eine stillschweigende Übereinkunft zwischen ihr und dem Töpfer gab, zog sie es vor, dies im Dunkeln zu tun. Der Ton war krustig, sandig und verunreinigt, aber mit ein bisschen Mühe konnte man ihn durchaus noch verwenden.

9

Ein paar Tage später stand die Glasmenagerie immer noch im Fenster von *Senior's Pet Care*. Offensichtlich hatte Mrs. Pennoc ihren Sohn noch nicht auf Hühnerjagd geschickt. Nachdem Sun eine glückliche Weile vor dem Schaufenster gestanden hatte, wurde von innen an die Scheibe geklopft. Es war ein Nachbar aus Slaughterbridge, Mr. Evans, der den neuen *Senior's Pet Care*-Laden hütete. Für Sun angelte er die Glasfiguren eine nach der anderen aus der Schaufenstervitrine und überreichte sie ihr mit spitzen Fingern. Sie fühlten sich zerbrechlich an; ein beträchtlicher Teil der Tiere stellte seine Fragilität sogar ziemlich offensiv durch fehlende Ohr-, Schwanz- oder Schnauzenspitzen zur Schau. Trotz der Blessuren und der surrealen Farben besaßen sie etwas Rührendes und Wahrhaftiges. Ein jedes wurde von Sun in der Hand gewogen und ausgiebig gelobt, bevor es ins Schaufenster zurückwanderte. Wie traurig, dass ihr alter Besitzer sie fortgegeben hatte. Mr. Evans nickte und ergänzte, dass für eine solch gemischte Tiergruppe auch im wahren Leben einfach kein Habitat mehr existierte. In ganz England gäbe es gewiss keinen Bauernhof mehr, der noch Schweine *und* Hasen *und* Hühner – sogar mit Hahn – gemeinsam hielt. Es war ein Jammer.

»In der Tat! Und wie kurios, dass Sie das erwähnen, Mr. Evans, denn ich habe beim Anblick der Tiere etwas ganz

Ähnliches gedacht. Ich arbeite gerade an einem Diorama, das die Geschichte der Landwirtschaft zum Thema hat.«

Nachdem beide ihr Bedauern über das Fortschreiten der Industrialisierung der britischen Landwirtschaft ausgedrückt hatten, sagte Sun beherzt, dass sie die Tiere für fünf Pfund nehmen würde.

»Das sind ein Dutzend Figuren aus echtem Muranoglas«, erwiderte der Verkäufer mit ehrfürchtiger Stimme. »Ich fürchte, dafür müssen wir mindestens zwanzig Pfund verlangen.«

Der Preis verschlug Sun den Atem. »Ich brauche eigentlich nur die Bauernhoftiere. Die Fische könnten Sie behalten.«

Doch die Figuren sollten zusammen oder gar nicht verkauft werden. Mr. Evans zeigte sich untröstlich, was Sun ihm kaum glauben mochte, war er doch als Mann bekannt, der nicht Nein sagen konnte. Aber womöglich traf das nur bei Schwalben zu. Sie seufzte. In ihrem Portemonnaie befanden sich zwei Fünfpfundnoten und ein Zehner, außerdem drei einzelne Pfundmünzen und ein paar Pence. Bis zum Monatsersten waren es noch vier Tage. Im Tank war kaum noch Sprit, im Kühlschrank gab es lediglich eine angebrochene Milch und zwei Dosen Katzenfutter. Sun versprach, in der nächsten Woche wiederzukommen.

Neben einer nicht nennenswerten Rente und den unzuverlässigen, spärlich fließenden Einnahmen durch den Verkauf ihrer Kunst verfügte Sun während der Touristensaison über eine weitere Geldquelle: Das *Arthurian Center* in Slaughterbridge, das zur Information der Besucher des mythischen Schlachtfeldes und der geheimnisvollen Stele, *Arthur's Stone* genannt, diente. Von Ende März bis Oktober betreute Sun den Museumsshop, und der Stundenlohn, so bescheiden er war, verhalf ihr zu kleinen Extravaganzen hier und da, wie einem Paar goldener Sneaker oder einer absolut nutzlosen Glastiertruppe.

Als Sun vormittags im Nieselregen die kiesige Auffahrt zum *Arthurian Center* hinaufstieg, war sie ziemlich stolz auf sich: Ihr erster Arbeitstag der Saison würde pünktlich beginnen. Zu ihrer Enttäuschung erfuhr sie, dass das Museum wegen des schlechten Wetters noch geschlossen war und erst in der Osterwoche öffnen würde. Für gewöhnlich erachtete Sun sich nicht als arm, doch als sie auf dem Heimweg im Kopf die Wochen bis Ostern zählte, musste sie sich eingestehen, dass finanziell abgesicherte Menschen so etwas nicht zu tun pflegten. Aber es brachte nichts, über Dinge zu grübeln, die nicht zu ändern waren, und zurück im Cottage, beschloss sie, den geschenkten Vormittag am Klavier zu verbringen. Während sie spielte, kroch ein neuer Gedanke, ein fremdes und sehr hässliches Geschöpf, durch ihren Kopf und nistete sich dort ein – in etwa wie das, was seit Kurzem nachts durch Sphinx' Katzenklappe in ihre Küche schlich. Wie eine Ratte ließ sich auch das Grübeln nicht mehr vertreiben. Nicht durch Elgar, nicht durch Bach, erst recht nicht durch Chopin. Es nagte und nagte in ihr, bis sie an nichts anderes mehr denken konnte als daran, dass sie diese Figuren aus teurem Muranoglas besitzen musste. Sie *durften* nicht in den düsteren Vitrinen von Mrs. Pennoc enden, das wäre ein zu trauriges Los. Außerdem hatte die einfältige Keks- und Kunstliebhaberin sie nicht verdient. Sun schämte sich vor sich selbst für diese unwürdigen und erniedrigenden Gedanken. Neid, Raffgier, Habsucht waren Empfindungen, die ihr bislang unbekannt gewesen waren, doch dieses Mal war es einfach stärker als sie. Schließlich gab sie nach und stand vom Klavier auf; unmöglich, in einem solchen Zustand Musik zu spielen. Stattdessen begann sie fieberhaft, ihr Cottage und sämtliche Jacken, Taschen, Schubladen, Gläser und Unterteller nach Kleingeld zu durchforsten. Klimpernd und schwer von Münzen, stieg sie anschließend in den alten Toyota und fuhr im strömenden Regen nach Camelford. Sie würde sich jetzt die Glastiere schnappen, bevor die alte Hühnersammlerin es tat.

Auf der Victoria Road musste sie sich durch wahre Sturzbäche kämpfen, und ein heftiger Wind zerrte an Rock und Regenschirm. Als sie den *Senior's Pet Care*-Laden erreichte, peitschte ihr das lange graue Haar in nassen Flechten um den Kopf wie die Schlangen der Medusa.

»Susann Joungblood – bist du das etwa?«

Unter dem XXL-Regenschirm, der sie gerade angerempelt hatte, stand eine untersetzte rothaarige Dame in hochhackigen Schuhen und Schneiderkostüm, in der Sun ihre Ex-Schwägerin erkannte: Amanda Hewett, Camelfords prominente Charity-Lady.

»Was tust du denn in der Stadt?«

Sun erklärte, dass sie auf die Öffnung des *Senior's Pet Care*-Ladens wartete.

»Bei dem Wetter? Meine Liebe, bis der Laden aufmacht, bist du ja nass bis auf die Knochen! Komm mit in meinen RSPCA-Shop, wenn du was für den Tierschutz tun willst – und für deine Frisur …«

Amanda hielt endlich ihren großen Schirm über Susann und wedelte mit einer kleinen Tüte. »Ich habe gerade Lunch gekauft.«

Gegen Lunch hatte Sun nichts einzuwenden.

Im Laden des britischen Tierschutzvereins RSPCA schüttelte Amanda sorgfältig erst den Schirm, ihren Mantel und ihre dunkelroten Locken aus, bevor sie zwei Stühle zur Verkaufstheke schob. Mit abgespreizten Fingern, um die verlängerten Kunstnägel nicht zu beschädigen, schüttete sie getrocknete Apfelringe aus ihrem Tütchen und schob Sun den Teller zu. »Greif zu, Schätzchen.«

Sun seufzte hörbar.

»Frühjahrsdiät, na ja«, sagte Amanda entschuldigend und deutete auf ihr prall sitzendes Kostüm, das an den Hüften etwas hochgerutscht war. »Das mache ich für den Film, der in ein paar Monaten hier gedreht wird! Wir *Camelford Pantomimes* werden sicher als Statisten angefragt. Und überleg mal: Die Schauspieler, die werden den ganzen Juni hier wohnen!« Amanda gab einen ungläubigen, kleinen Kiekser von sich, so als könnte sie es selbst noch nicht glauben. »Ein Hauch von Hollywood in unserem Camelford – ist das nicht aufregend?«

Sie war bereits mit der Umgestaltung ihrer Gästezimmer beschäftigt: Jedes sollte ein Filmthema bekommen, das zugleich ihrer zweiten Leidenschaft, der Magie, huldigen würde: ein *Excalibur-,* ein *Harry-Potter-,* ein *Nebel-von-Avalon-*Zimmer und so weiter. In ihrer Euphorie befand die Pensionswirtin, dass auch die arme Ex-Schwägerin etwas vom zu erwartenden Geldregen der Filmindustrie abbekommen sollte. »Der nagelneue Caravan auf deinem Hügel wäre doch zur Vermietung geeignet, na ja, vielleicht nicht für Valeria McBride, aber doch für einen Kabelträger oder so!«

Sun wehrte ab. Der Caravan war nur für die Besuche ihrer Schwester bestimmt, die wegen einer Katzenallergie nicht im Cottage wohnen konnte.

Doch ihre resolute Bekannte ließ nicht locker. »Denk doch mal an das Geld. Verzeih, wenn ich das sage, aber so dicke hast du es sicher auch nicht, Liebes …«

Dieses Argument ließ sich nicht von der Hand weisen. Sobald der Regen ein wenig nachließ, zog Sun rasch ihr gepunktetes Regencape über und verabschiedete sich. Amanda hauchte ihr zwei Küsschen auf die Wange. »Also abgemacht, ich setze deinen Caravan auf Bonnies Liste.«

Auf dem Rückweg war der *Senior's Pet Care*-Shop immer noch geschlossen und dunkel, und die ausgesetzten Bauernhoftierchen blickten Sun beklommen durch den trüben Dunst hinterher.

10

Das Thema der nächsten Malstunde war von Mrs. Alcott vorgegeben worden: Der Kurs sollte zur Dekoration des öffentlichen Ostereier-Rennens im Altenheim bunte Pappeier herstellen. Das Material stellte diesmal Senior Park North Cornwall: Wachsmalstifte und weißes Kartonpapier. Es deprimierte Sun zusätzlich zu sehen, wie glücklich ihre Künstlerinnengruppe, die inzwischen auf ein halbes Dutzend angewachsen war, die Vorlagen ausmalte. Dabei futterten sie Schokoladeneier. Mrs. Pennoc krähte munter: »Nun ziehen Sie nicht so ein Gesicht, Susann! Hier, kosten Sie von den Pralinen! Die hat mir mein Martin vorbeigebracht – zusammen mit den Glashühnern, von denen Sie erzählt hatten. Ach, wissen Sie was: Für den Tipp haben Sie sich die ganze Schachtel verdient!«

Sun schob ihren Diabetes vor und ignorierte die Süßigkeiten. Während der gesamten Stunde war sie nicht bei der Sache. Sie kommentierte zwar ein schlecht ausgemaltes Osterei von Mr. Williams und hielt geistesgegenwärtig die umkippende Flasche mit dem Goldflitter für Mrs. Stockwell fest, aber eigentlich beobachtete sie nur Mrs. Pennoc. Sie zählte heimlich die Kekse, die die Alte vertilgte, zählte ihre Bartstoppeln, in denen Kekskrümel klebten, und dachte, dass Martin Pennoc, wenn er seine Mutter wirklich liebte, sich besser einen Rasierer schnappen und sie vernünftig pflegen sollte, anstatt ihren Sammeltick mit noch mehr Kram zu unterstützen. An ihr schönes Diorama, das nun im Atelier vergebens auf seine Fertigstellung wartete, wagte sie gar nicht erst zu denken.

Zu allem Überfluss goss es auf dem Nachhauseweg schon wieder wie aus Eimern. Die abgenutzten Scheibenwischer rubbelten schmerzhaft über die Frontscheibe des alten Toyotas. Gründlich wischten sie nicht mehr, dafür umso hörbarer. Um sich aufzuheitern, beschloss Sun, nicht die schnellere, sondern die schönere Route nach Hause zu nehmen, über die lange, uralte Allee, die aus Camelford hinaus und in vielen Kurven an grünen Wiesen vorbei nach Slaughterbridge führte. Selbst an strahlenden Sommertagen herrschte hier grüne Dämmerung, weil die Äste der bizarr gewachsenen Bäume ein tunnelartiges Dach bildeten; an Regentagen wie heute musste man die Scheinwerfer einschalten. Sun schaltete sie ein und fuhr noch langsamer als üblich. Mächtige Baumwurzeln hatten die Asphaltdecke der alten Single Track Road aufgeworfen wie ein altes Bettlaken. Trotz der Kälte kurbelte Sun das Fenster hinunter, atmete tief die feuchte Luft ein und lauschte dem Gewisper des Regens in den Bäumen – oder dem Gewisper *aus* den Bäumen. Es war nämlich eine bekannte und verbürgte Tatsache, dass hier seit ewigen Zeiten Elfen und Baumgeister lebten, mit denen schon die altehrwürdigen Druiden verkehrt hatten. Ihr Freund Gordon Lewes hatte recht: Die Druidenallee gab ein gutes Sujet ab. Und sie brauchte jetzt dringend sofort ein neues Projekt, denn das Bauernhof-Diorama war … abgehakt. Adieu Hühner, Hase, Schwein und Hund. Vorsichtig gab Sun wieder mehr Gas, da die alte Straße am Ende mit Schwung zu dem aufgeschütteten neuen Damm der Landstraße hinaufführte.

Am Abend eilte sie mit einer Flasche Rotwein und einem alten Laken durch den Regen hinüber ins Atelier. Nachdem sie die Eisenbahnplatte wie einen Leichnam abgedeckt hatte, erhob sie ihr Glas auf die Kunst. Auf die Hühner, verschlungen von den dunklen Truhen einer Sammelwut. Und jetzt zu etwas komplett anderem, sagte sie sich und setzte das leere Glas entschlossen ab. Es blieben noch genau zehn Tage Zeit, um etwas *Schönes und Zugängliches* für Lewes' Frühlingsausstellung zu machen. Feenkunst. Am Nachmittag hatte sie bereits etliche Ideen skizziert, nun ging es an die Umsetzung. Lange wanderte sie im Atelier umher, zog Sperrholzplatten aus Regalen und schob sie wieder zurück, rührte Farben an, trug sie auf alte Leinwände auf, begutachtete das Ergebnis und verwarf alles wieder.

Den Rest der Nacht experimentierte sie mit Sand und Ton, stellte Lehme von unterschiedlich feiner und grober Konsistenz her und probierte Methoden aus, wie man sie dauerhaft auf Sperrholz auftragen konnte. Am nächsten Tag sammelte sie Farben. Mit Schippe, Meißel und Mörser ausgerüstet, unternahm sie kleine Exkursionen, bis ihre Palette vollständig war. Mit goldenem Sand von Daymer Bay, rostrotem Gestein aus Rock, Ocker, Mittelbraun, Graublau, glitzernd weißem Quarz (aus der Tierhandlung in Wadebridge) und sogar Grün (es stammte von dem feuchten Streifen zwischen Cottage und Werkstatt, in den niemals die Sonne hineinschien) fertigte sie haptische, sattbunte Erdmalereien an. Eines Nachts vor dem Zubettgehen schaffte sie die schweren, bemalten Sperrholzplatten mit dem Wagen zur Allee und legte sie unter den alten Druidenbäumen aus. Früh am nächsten Morgen fuhr sie gespannt wieder hinüber, um das Ergebnis in Augenschein zu nehmen. Wie erhofft hatten die Geschöpfe, die dort lebten, das Ihre getan. Die Spuren ihrer nächtlichen Performance waren deutlich sichtbar: Dutzende von Schnecken (oder Feen?) waren in der Nacht über Suns Erde-auf-Holz-Bilder gekrochen (getanzt?) und hatten kreuz und quer Glitzerspuren hinterlassen. Ihre Zeichnungen waren zum Weinen schön, sie waren perfekt. Man musste sie nur noch fixieren – und voilà, hatte man die schönsten »Feenfährten«. Gordon würde fasziniert sein.

Als Sun zurück zum Cottage kam, hörte sie schon von draußen das Telefon läuten, doch bis sie im Flur war, verstummte es. Während sie sich in der Küche Toast mit Bohnen zubereitete, klingelte es erneut. Sie ließ den Herd im Stich und eilte zum Apparat, nur um festzustellen, dass der Anrufer bloß irgendein Ausländer war, der sich verwählt hatte. Kopfschüttelnd legte sie auf. Erst als der Mann sofort noch einmal anrief, begriff sie, dass er sich nicht verwählt hatte, sondern tatsächlich mit Susann Joungblood, der Caravan-Lady, sprechen wollte. Es war ein Deutscher mit einer angenehm sonoren Stimme, die den Kunststoffhörer in Suns Hand vibrieren ließ. Die schöne Stimme wollte für die Woche nach Ostern zwei Nächte in ihrem Caravan buchen. Sun benötigte einen Moment, um sich wieder daran zu erinnern, dass Amanda Hewett ihre Adresse auf Bonnie Pierce' Liste gesetzt hatte. Der Anrufer war ein Mitglied der Filmproduktion, die Camelford so in Aufregung versetzte. Es blieb ihr also nichts anderes übrig, als seine Reservierung anzunehmen, obwohl sie es lieber nicht getan hätte.

Umso begeisterter war Amanda Hewett, als sie davon erfuhr.

»Aber Susann, Schatz, das ist ja unglaublich! Fast wie Zauberei, möchte ich sagen! Das muss ich unbedingt Bonnie und den anderen erzählen.«

Als Hexe freute sich Amanda rückhaltlos für ihre Ex-Schwägerin, war doch die Reservierung das erste sichtbare Ergebnis ihres Hexensabbats – und dabei hatte der Konvent noch nicht einmal richtig mit der Arbeit begonnen! Wie viel mehr würde man erst durch die Ostara-Feier am Hotel und die geplanten *extremeren* Zauber erreichen! Als Filmfan hingegen fand Amanda es unfair, dass ausgerechnet Susann Joungblood, die sich überhaupt nicht fürs Kino interessierte, die Früchte ihrer Arbeit erntete.

11

Am Morgen des Ostersonntags stand Sun früh auf und fuhr in ihre Kirchengemeinde im Moor. Nach dem Gottesdienst fuhr sie, immer noch leise die Choräle der Messe summend, weiter nach Camelford, wo am frühen Nachmittag der große öffentliche Easter Egg Run im Altenheim stattfinden würde. Auf dem Weg hielt sie an der Camelford Gallery, um ihre neuen Werkstücke für die Frühjahrsausstellung abzuliefern. Der Galerist balancierte im hinteren Raum auf der Leiter, als sie hereinkam.

»Liebes, du bist ja früh unterwegs! Hast du dich etwa für mich so aufgebrezelt?«

Sie lächelte verlegen. In der Tat hatte sie sich heute Morgen mit besonderer Sorgfalt angezogen: goldene Sneaker, neue Strickjacke mit Regenbogenstreifen, Glitzerkirsche im Haar. »Ich hab in Davidstow als Organistin ausgeholfen. Und jetzt bringe ich dir meine neuen Bilder. Feen und Bäume, genau wie du vorgeschlagen hast.«

Lewes kletterte von der Leiter und wischte sich die Hände an seiner ausgebeulten Cordhose ab. »Du kommst im rechten Augenblick, ich hänge gerade die ersten Exponate.«

Er half seiner Freundin, die Bilder aus dem Wagen zu laden. Für die Ausstellung hatte Sun die zwei schönsten Feenfährten gewählt sowie eine Serie von Schwarz-Weiß-Fotografien, die in fast abstrakten Details die Alleebäume zeigten. Sun hatte sie auf ein ungewöhnliches Format gezogen und mit Passepartouts gerahmt. Von dieser Fotoserie zeigte Lewes sich so angetan, dass er ihr die Hälfte der prominenten vorderen Wand überließ.

»Ich wette, diese Bilder hast du schon am Ende der Vernissage verkauft. Die Deutschen haben sich jetzt übrigens offiziell für Mittwoch angekündigt, für Probeaufnahmen.«

»Ich weiß«, sagte Sun betrübt. »Einer von denen will kommende Woche bei mir wohnen.«

»Na so was, gratuliere!«

Sun zuckte leidenschaftslos die Schultern.

Nachdem sie mit der Hängung fertig waren, stellten sie sich vors Schaufenster, um die Wirkung zu begutachten. Auf der anderen Straßenseite, vor dem Darlington Inn, trennten sich gerade lautstark zwei Menschen. Es waren Bonnie Pierce und Martin Pennoc, die offenbar im Streit auseinandergingen. Als Bonnie den Galeristen sah, winkte sie und überquerte die Straße. Sie trug nur ein kurzärmliges T-Shirt, sodass man ihr neuestes Tattoo bewundern konnte: Herne, der gehörnte Waldgott.

»Schick«, meinte Lewes anerkennend. »Apropos wilder Mann: War das nicht gerade Martin Pennoc?«

Bonnie nickte resigniert. »Wir haben uns wegen seiner Mutter gezofft, dieser sturen Kuh. Die will die Filmleute immer noch nicht ins Haus lassen. Das ist eine Katastrophe, die kommen doch in drei Tagen! Bis dahin muss Martin sie zur Vernunft bringen, sonst tu ich's.«

»Ah. Nun ja, wir sind alle ein wenig aufgeregt wegen diesem Film. Allerdings dachte ich, ihr hättet wegen der Randale vor dem Darlington Inn gestritten. War das etwa nicht Pennoc heute Nacht?«

»Doch, klar. Wer denn sonst?«

Grinsend erzählte Bonnie, dass der Bierbrauer das Darlington Inn am Gründonnerstag mit einem dicken Bündel Pfundnoten und der Ankündigung betreten hatte, erst zu gehen, wenn alles Geld versoffen wäre. Erstaunlicherweise hatte sein Geld, trotz tatkräftiger Unterstützung durch Freunde (alte und neue), bis Samstagabend gereicht. So lange war Pennoc im Darlington Inn geblieben, mit einem kurzen Ausflug zum Fish'n'Chips-Laden am Karfreitag. Ein persönlicher Rekord.

»Ihr habt ihn im Pub schlafen lassen?«

Bonnie zuckte die Schultern. »Was kann er da schon anrichten? Außer weitersaufen.«

Dummerweise hatte Pennoc, als seine Taschen dann irgendwann doch leer waren, im Suff geglaubt, man hätte ihn bestohlen, und hatte deshalb randaliert.

»Jetzt hat Fabio ihm erst mal Hausverbot erteilt.« Die Kneipenwirtin seufzte. »Aber eigentlich ist Martin ein armes Lämmchen. Und alles nur wegen dem beschissenen Aluminiumskandal!«

Lewes war auf Knien ins Schaufenster gekrabbelt, um ein schiefes Plakat zu richten. Jetzt kam er wieder heraus, klopfte sich die Hosen ab und fragte: »Meinst du den Chemieunfall Ende der Achtziger? Hat Martin davon einen Schaden zurückbehalten?«

»Was? Nein!«, rief Bonnie empört. »Damals hatte er gerade eine Brauerei übernommen. Da war er noch verheiratet, zwei kleine Töchter, Mina und … den anderen Namen hab ich vergessen. Tja, und als das rauskam mit dem verseuchten Wasser, hatte er gerade mehrere Sude angesetzt. Er hat natürlich versucht zu retten, was zu retten war …«

»Er hat einfach weitergebraut? Aber das Wasser war monatelang kontaminiert!«

»Ach was! Außerdem hatte South West Water doch anfangs Entwarnung gegeben. Martin hatte keinen Grund, zwanzigtausend Liter Bier einfach so in den Gully zu kippen. Hättet ihr das etwa getan? Und das Bier hat sowieso ganz normal geschmeckt.« Da Sun und Gordon sich skeptisch ansahen, ergänzte Bonnie: »Weiß ich natürlich nicht aus eigener Erfahrung, ich war ja damals noch ein Kind! Obwohl ich früh angefangen habe ... Na ja, über dem Skandal ist Martin jedenfalls pleitegegangen. Seine Mutter hätte natürlich ihr Scheiß-Haus verkaufen können, um die Brauerei zu retten. Hat sie aber nicht, dieses hartherzige Biest. Tja, seither müssen wir Ale aus Tintagel trinken.«

Sun, der in Bonnie Pierce' Nähe immer etwas unbehaglich war, verabschiedete sich und spazierte nach Senior Park. Auf der Brücke kam ihr ausgerechnet Mrs. Pennoc entgegen. Mit Bonnies Lästereien im Ohr – und sich vor allem ihrer eigenen abfälligen Gedanken überdeutlich bewusst – konnte sie ihr kaum in die Augen sehen, als sie sich begrüßten. Zum Glück bemerkte Mrs. Pennoc Suns Verlegenheit nicht. Sie japste zwischen ihren Sätzen nach Luft und hatte es eilig weiterzuhumpeln, da sie sich nicht wohlfühlte und sich vor dem großen Ereignis noch einmal kurz zu Hause ausruhen wollte.

Nach und nach trafen Besucher aus dem Städtchen im Altenheim ein, Kinder stürmten schreiend durch alle Räume und griffen in die Schüsseln voller Snacks und Sandwiches, die eigentlich für den anschließenden Tee bestimmt waren. Die Altenheim-Clique hockte auf ihren Stammplätzen im Wintergarten und beobachtete misstrauisch das Treiben. Irgendwann wurden sie von Mrs. Alcott in den Park gescheucht, wo die Kinderscharen endlich nach Schokolade suchen durften, aber überwiegend bemalte Papp-Ostereier fanden, die schmollend weggeworfen wurden. Mrs. Stockwell hoppelte auf ihren Stock gestützt umher und mühte sich, ihre kleinen Kunstwerke zu verteidigen. Junge Mütter standen rauchend und fröstelnd in kleinen Gruppen herum. Sun, der der Trubel allmählich zu viel wurde, beschloss, nach Mrs. Pennoc zu sehen. Die Kunst- und Keksliebhaberin war nicht wieder aufgetaucht, obwohl es Süßigkeiten im Überfluss gab. Außerdem hoffte Sun, einen letzten Blick auf die Glastiere werfen zu können, um sich endgültig von ihnen zu verabschieden. Zusammen mit ihr verließen etliche CSP-Bewohner ebenfalls das Gelände; die einen nahmen vor den Besuchern oder Mrs. Alcott Reißaus, die anderen hatten vergessen, dass der Osterumzug verschoben worden war, und wollten zur Parade. Im Brückenhaus antwortete niemand auf Suns Klingeln. Sun rief: »Huhu, Mrs. Pennoc«, und drehte am Türknauf. Das Haus war nicht versperrt, also trat sie ins kühle Vestibül und warf einen Blick ins Frühstückszimmer. Es war so still, dass man den Camel unter dem Haus gurgeln hörte.

»Mrs. Pennoc, Sie haben ja fast den ganzen Ostereierlauf verpasst …«

Die alte Frau saß friedlich in ihrem Sessel. Sie trug ihren Mantel und die Straßenschuhe und regte sich nicht. Sun begriff sofort. Trotzdem ging sie zum Sessel und streichelte vorsichtig Arm und Kopf der Alten. Das Haar war dünn, Suns Hände berührten kalte Kopfhaut. Mrs. Pennoc war unzweifelhaft tot. Am Kinn fuhr der lange Damenbart fort zu wachsen. Unter dem Haus gluckste der Bach.

Susann, die eine Weile stumm auf die Tote hinabgestarrt hatte, war ratlos. Sie mochte nicht allein mit ihr im Haus bleiben, wollte die arme entschwundene Seele aber auch nicht durch lautes Rufen um Hilfe erschrecken. Sie war ja gerade erst gegangen, weit konnte sie noch nicht sein. Mit schlechtem Gewissen erinnerte sich Sun daran, dass sie der bärtigen Sammlerin zuletzt nichts Gutes gewünscht hatte. Es war bestimmt nicht schön für Mrs. Pennoc, ausgerechnet von der Frau ins Jenseits begleitet zu werden, die ihr noch nicht einmal ein paar Glashühner gegönnt hatte. Unwillkürlich sah Sun sich nach ihnen um. In der Vitrine mit der totalen Hühnersammlung stand auch ein Radiogerät. Sie ging hinüber – natürlich nur, um Musik einzuschalten, damit es nicht so totenstill im Haus war. Nachdem sich das magische Auge des alten Empfängers endlich grün gefüllt hatte, suchte sie einen Sender, der angemessen getragene Musik spielte.

Plötzlich bellte es hinter ihr: »Oi, wer sind denn Sie?«

Mit Getöse rutschte der Regler in Suns Hand ans Ende der Skala. Mitten im Raum stand Martin Pennoc, das Gesicht voller Blutergüsse, und blickte von Sun zu seiner Mutter. »Was ist mit Mama? Wer sind Sie? Was haben Sie mit ihr gemacht ...«

Er musterte Sun von oben bis unten – und sie ihn. Der Rowdy vom Darlington Inn, ein riesiger Bulle von einem Mann mit schwarzem Bart und finsteren, blutunterlaufenen Augen. Dann wandte er sich abrupt von ihr ab, um sich vor den Sessel zu knien. Er nahm die Hand seiner Mutter, suchte nach dem Puls und beklopfte ihre Wangen wie der Metzger ein Schnitzel. Selbst seine Hände waren rot und schwarz – die Hände eines Totschlägers, dachte Sun. Plötzlich beugte er sich über die Tote und gab ihr einen langen Kuss. Bis Sun verstand, dass er eine Mund-zu-Mund-Beatmung versuchte. Die ganze Zeit toste weißes Rauschen aus dem Radiogerät. Als es ihm nicht gelang, die Mutter wiederzubeleben, sprang er mit der Körperspannung und der Agilität eines Boxers wieder auf.

»Sie alte Hexe! Sie haben Mama umgebracht! Und wollten gerade was aus ihrem Schrank klauen!«

Er griff in seine Jackentasche. Eine sehr lange Sekunde verschlich, ein endloser Moment, in dem Sun erwartete, dass Pennoc eine Waffe zog, um sie niederzustrecken. Aber er zückte nur sein Handy, um den Notarzt zu alarmieren. Als Sun Anstalten machte, das Haus zu verlassen, hielt er sie am Ärmel fest.

»Nee, nee, hiergeblieben!«, knurrte er und drängte sie zurück. »Sie erklär'n erst mal!«

Der Hooligan war ihr so nah, dass er nur noch aus schwarzen und roten Flächen bestand, die sich dräuend über ihr ballten. Obwohl er nicht sehr viel jünger als Sun sein konnte, gab es in seinem dichten Schopf kein einziges weißes Haar. Sie roch seine Alkoholfahne, die sie daran erinnerte, dass er drei Tage durchgesoffen und sich erst vor wenigen Stunden auf der Straße geprügelt hatte. Falls er sie jetzt packte, um sie ungeduldig durchzuschütteln, bräche er ihr das Genick wie einem Kaninchen. Rasch und ohne den Blick von seinem Gesicht abzuwenden, erklärte sie in dürren Worten, wer sie war. Endlich ließ er sie los, und sie sank dankbar aufs Sofa. Sie hätte sich gerne weiter weg von der Toten und ihrem Sohn gesetzt, doch ihre Beine zitterten so sehr, dass sie keinen einzigen Schritt tun konnte. Ihr war ein wenig übel vor Aufregung, und sie hätte gut einen Schluck Wasser gebrauchen können, traute sich aber nicht, Pennoc darum zu bitten. Er schaute noch einmal auf sein Handy, dann schaltete er endlich das Radio aus und wandte sich wieder seiner Mutter zu. Verlegen und beklommen sah Sun auf ihre Füße. Wie unpassend, dass sie heute die goldenen Schuhe angezogen hatte.

An der Wand hing eine Uhr, die deutlich hörbar tickte, nur bewegten sich die Zeiger überhaupt nicht. Suns Bein schlief ein. Wann kam endlich die Ambulanz? Pennoc hatte sich auf den Boden vor dem Sessel gehockt. Tatsächlich lehnte er sogar an Mrs. Pennocs Beinen. Er schnaufte schwer und starrte Sun wieder an. Das Etikett ihrer neuen Strickjacke juckte sie heftig im Nacken, aber sie wagte keinen Mucks. In seinem Zustand war der Hooligan unberechenbar. Bei der Prügelei heute Nacht schien er ordentlich etwas abgekriegt zu haben, und Sun konnte sich vorstellen, wie sein Gegner aussah. Sie fragte sich, ob er zwischen der Prügelei und dem Osterlauf überhaupt geschlafen hatte. Möglicherweise hatte er bei seiner Mutter im Brückenhaus übernachtet – schließlich lag der Pub nur einen Steinwurf von hier entfernt, und heute Vormittag war er ja schon wieder auf der Victoria Road unterwegs gewesen und hatte sich mit Bonnie gestritten. Bonnie hatte Mrs. Pennoc als hartherzige Mutter bezeichnet, dabei hatte die so stolz von ihrem Martin geschwärmt, erinnerte sich Sun. Nun, wer wusste schon, was zwischen einer Mutter und ihrem Sohn hinter verschlossenen Türen geschah. Wer konnte wissen, ob Martin vor seinem Streit mit Bonnie oder anschließend nicht auch eine Auseinandersetzung mit seiner Mutter gehabt hatte? Möglicherweise wegen des Hauses, wie Bonnie nahegelegt hatte? Und vielleicht hatte der Brauer im Streit, in Rage, mit seinen unkontrollierten Bärenkräften, ohne es zu beabsichtigen, und obendrein im Rausch, mit besoffenem

Kopf ...? Es sollte schon vorgekommen sein, dass Söhne ihre Mütter erschlugen. Und dass Betrunkene einen Filmriss hatten. Sun hielt den Atem an und presste die Lippen fest zusammen. Bekanntermaßen kam es auch vor, dass vorwitzige Zeugen gleich mit beseitigt wurden.

Pennoc schwieg ebenfalls, schniefte nur und rieb sich ab und zu die Blutergüsse und die rot geränderten Augen. Und dann, auf einmal, wurden seine Schnaufer tief und regelmäßig. Den Kopf an die Knie seiner Mutter gelehnt, war der Wüterich eingeschlummert.

III

Bloß nicht in den Brombeeren schlafen

12

Cosmas' erster Eindruck von Bo Starck: Was für ein unerträgliches Superego. Aber gut gecastet – er und Starck sahen sich recht ähnlich. Allerdings hatte man dem Jungen bereits den fürchterlichen Bürstenhaarschnitt verpasst, den auch er im Sommer würde tragen müssen.

Cosmas' *aller*erster Eindruck von Starck war der einer Donnerstimme in der Business-Lounge von London-Stansted, die den herrschenden gedämpften Geräuschpegel um etliche Dezibel überschritt: »Ladies and gentlemen! Please clap your hands for Germany's world-famous actor!« Im Eingang stand ein junger Kerl, die Arme wie zum Jubel – oder Bejubeltwerden – hochgerissen, die Imitation eines Box-Moderators im Madison Square Garden. Er wartete, bis ihm die volle Aufmerksamkeit der Lounge sicher war, bevor er die Arme langsam senkte und brüllte: »The Duke of Cornwall, ladies and gentlemen! The one and only Cosmaaas Pleysteiiin!!« Damit zeigte er theatralisch zur Bar, an der Pleystein bei seinem vierten Espresso saß und sich prompt fast verschluckt hätte. Der Junge sprintete zur Bar, wo er seine kalbslederne Reisetasche achtlos fallen ließ, um den älteren Kollegen mit etwas, das halb Bodycheck, halb Fingerhakeln war, zu begrüßen und dann zu umarmen. »Are you ready to rumble? Jetzt geht's los, Mann!«

Cosmas fragte sich, ob Bo auf dem Flug von Köln nach

London gekokst hatte oder ob der Kleine einfach nervös war, weil er einen so viel bekannteren Kollegen traf.

»He, was sagst du zu meiner Scheißfrisur? Haben wir noch Zeit, was zu trinken?«

Die Barfrau stand schon lächelnd parat, als Starck sich umdrehte. »Zwei Bier?«, fragte sie nach, als er die Bestellung aufgegeben hatte. »Für dich, Cosmas, also bestimmt keinen Espresso mehr?«

»Oho«, machte Starck, nachdem sie weg war, trommelte mit den Handflächen auf den Tresen und wiederholte mit verstellter Stimme: »*Für dich, Cooosmaas.* Alter! Die kennt deinen Namen?«

Gelassen zuckte Cosmas die Schultern. Bei der hübschen Kellnerin kam ihm ein vierstündiger Vorsprung zugute, doch das würde er Starck bestimmt nicht auf die Nase binden. Er sollte nicht erfahren, dass er diese endlos lange Wartezeit in Stansted eigens in Kauf genommen hatte, um mit derselben Maschine wie Starck nach Newquay zu fliegen. Er wollte den jungen Kollegen in Ruhe kennenlernen, und ihrer ersten Begegnung sollte etwas Exklusives anhaften. Die vier Stunden im Transfer hatte Pleystein eigentlich zur Lektüre des Drehbuchs nutzen wollen, doch dann hatte er *Der Liebe ist im Krieg alles erlaubt* bei Seite zwanzig zugeschlagen und war lieber durch die Duty-free-Shops gebummelt – Schmeltzer hatte schließlich selbst gesagt, dass dies noch nicht die finale Fassung war. Pleystein hatte sich einen Paisley-Schal und eine Stange Silk Cut gekauft (obwohl er kaum noch rauchte) und die restlichen Stunden an der Bar verträumt, wo er sich von der reizenden spanischen Bedienung unsinnig viele Espressi hatte zubereiten lassen.

»Da geht doch was!«, schob der Junge jetzt nach.

»Sieht sie nicht aus wie eine kleine Kornin?«, erwiderte Cosmas, ohne auf Starcks Bemerkung einzugehen, die er nicht recht einschätzen konnte: War das Schmeichelei, Herablassung oder einfach Machogehabe? Vorsichtshalber ergänzte er lächelnd: »Ich habe sie Betty getauft. Wie Hans' große Liebe.«

In Höchstgeschwindigkeit erschienen zwei Pints vor den Männern, wofür sich Bo bei der Barfrau mit Augenzwinkern und breitem Grinsen bedankte. Während sie ihr Bier tranken und sich gegenseitig mit schmeichelhaften Komplimenten über ihre neuen (Bos) und alten (Cosmas') Erfolge überschütteten, versuchte der Junge weiterhin, mit Betty zu flirten, wobei Cosmas das Gefühl beschlich, dass es hier weniger um die Frau als vielmehr um ihn, Cosmas, ging. Deshalb revidierte er seinen ersten Eindruck von Bo, dessen überdimensioniertes Selbstbewusstsein doch gar nicht so unerträglich war, weil er dabei so charmant und ausgesprochen zugewandt war. Wahrscheinlich, überlegte Cosmas weiter, hatte er selbst seinerzeit in New York genauso auf Fremde gewirkt wie Bo heute. Er war froh, dass sie sich gut verstanden, denn er wollte den jungen Kollegen, so der vage Gedanke, auf *seine Seite* bringen, ohne dass er genau hätte sagen können, welche Seite »seine« war. Er wollte einfach sichergehen, dass Starck und er sich einig darüber waren, welche Art von Film *Der Liebe ist im Krieg alles erlaubt* werden sollte, und dass Starck ihre gemeinsame Figur richtig interpretierte, dass also Starck den Hans so spielte, wie Kati und er ihn sahen. Außerdem war Pleystein zum ersten Mal Co-Produzent, und *Der Liebe ist …* war sein wichtigstes Projekt seit zehn, nein, fünfzehn Jahren. Er würde am Set Verbündete brauchen – wieder nur so ein vager Gedanke: verbündet gegen wen oder was? Gegen Michael Schneiders Rosen-in-Cornwall-Unfug vielleicht, oder auch gegen Cosmas' inneren *Lord Cranberthmoor*.

Als der Flug nach Newquay aufgerufen wurde, war Pleystein jedenfalls davon überzeugt, dass Bo, wenn auch kein zuverlässiger Verbündeter, so doch mindestens jemand war, der ihm beim Dreh die gebührende Achtung entgegenbringen würde. Insofern waren die Kosten und Mühen der gemeinsamen Anreise gut investiertes Kapital; Kosten und Kapital übrigens in fetten Großbuchstaben gedacht, denn allein für die Erste-Klasse-Flüge hatte Pleystein ein kleines Vermögen ausgegeben.

»Willkommen im Produzentenleben«, hatte Schmeltzer nur trocken erwidert, als er sich darüber beschweren wollte, dass Orion ihm statt einer Buchungsnummer lediglich Bo Starcks Flugdaten geschickt hatte. »Als Schauspieler wird dir der Arsch hinterhergetragen – als Produzent kümmerst du dich selbst. Und zahlst aus eigener Ta-Tasche.«

Das Hotel, das Orion ausgewählt hatte, stellte sich ebenfalls als verteufelt exklusiv heraus. Zu Pleysteins Glück war das King Arthur's Castle ab Ostern an den Wochenenden ausgebucht, was ihm einen Vorwand geliefert hatte, um sich wenigstens für die letzten Nächte etwas Günstigeres zu suchen. Orion hatte ihm eine Liste von Unterkünften in Camelford gemailt, aus der er die billigste ausgewählt hatte – einen Trailer. Pleystein stellte ihn sich auf den Klippen vor, mit unverstelltem Blick aufs Meer. Quasi *outdoor* zu leben, passte ohnehin besser zu seinem neuen Image: ein einfacher Kerl, mit sich und der Natur im Einklang.

In Newquay angekommen, wurden die beiden Schauspieler am Gepäckband von einer attraktiven jungen Frau gemustert.

Dickes, dunkles Haar, sehr weiße Zähne. Sie wirkte interessiert, und Cosmas hoffte, dass seine Müdigkeit und Unrasiertheit von ihr als männlich und weit gereist interpretiert wurden. Dann stellte sie sich ihm als Melek Ermiş, Produktionsassistentin von Orion, vor. Sie waren in derselben Maschine geflogen.

»Hi, ich bin Bo Starck. Ich hab dich in Stansted gar nicht gesehen«, mischte Bo sich ein. »Du wärst mir doch aufgefallen …«

Die Assistentin lächelte süßsauer. »Ich war Economyclass.«

Verlegen verwies Bo auf die Inkompatibilität der Sitze in der Touristenklasse mit seiner Körpergröße.

»Klar, natürlich«, nickte sie und bat die Männer, kurz auf ihr Gepäck aufzupassen.

»Selbstverständlich«, lächelte Cosmas galant, »nach dem Flug willst du dich sicher frisch machen.«

»… dann kann ich nämlich unseren Mietwagen holen.«

Die Männer warteten vor dem Gebäude; Cosmas rauchte eine Silk Cut, Bo checkte sein Handy und tippte Nachrichten. Im Auto hielten sie die Nasen in den englischen Wind, behaupteten, man könne schon das Meer riechen, und überließen es Melek, sie im Linksverkehr über die A39, den *Atlantic Highway*, zu chauffieren. Cosmas thronte auf der Rückbank und sagte mit Weihnachtsmannstimme: »Wir wohnen in *King Arthur's Castle*, der Burg von König Artus.«

Melek Ermiş zuckte die Schultern und spähte kurz in den Rückspiegel: »Wer war das noch mal?«, was Cosmas die Gelegenheit verschaffte zu erzählen: vom Zauberer Merlin, der dem König hilft, die schöne Herzogin von Cornwall zu verführen. Von dem unehelichen Kind, das im Meer ausgesetzt und von Merlin gerettet wird. Vom Schwert Excalibur, von Merlins

Prophezeiung, von den Rittern der Tafelrunde. Mit einem Mal saß Cosmas wieder mit Done, Tina und Kati auf dem alten Sofa und sah die Illustrationen eines bestimmten Ritterbuches vor sich. Wenn er als Kind lange genug mit Finger und Augen durch die kolorierten Bildtafeln gewandert war, hatten ihn die Bilder in einen tranceartigen Zustand versetzt. Ihre idealen, bewaldeten Landschaften mit den fürstlichen Burgen auf jedem Hügel und die fremdartigen Interieurs voll blasser Damen, die in langen Fingern Musikinstrumente hielten – all das hatte seine frühen Vorstellungen von der Welt geprägt, an diesem Ur-Dekor hatte sich die Realität lange messen müssen.

Beim Erzählen fielen ihm auch wieder die Namen der Helden und Heldinnen ein: Uther Pendragon, Igraine, Mordred – aber Melek wollte bloß wissen, ob Igraine von Uther vergewaltigt worden war. Und Bo, der die ganze Zeit sein Handy konsultiert hatte, drehte sich grinsend zu ihm um: »Wenn wir wirklich in der Artusburg wohnen, hast du hoffentlich Zelt und Schlafsack dabei«, und zeigte ihm Fotos der Burg: kümmerliche, über einen Felsen im Meer gekleckerte Ruinen. Wie dumm von ihm, lachte Cosmas verlegen, King Arthur's Castle mit King Arthur's Castle *Hotel* zu verwechseln. Er schwieg bis knapp vor Camelford. Als am Horizont zwei niedrige, hellbraune, gleichmäßige Dreiecke auftauchten, Brown Willie und Rough Tor, die beiden größten Erhebungen von Bodmin Moor, bat Cosmas seine Fahrerin, einen kleinen Umweg zu nehmen. Er wollte einen Blick auf seinen Trailer werfen. Er gab die Adresse ins Navi ein, ihre Fahrerin bog vom *Atlantic Highway* ab, und es ging landeinwärts hügelab, hügelauf. In einem Tal, in dem der einzige Wald weit und breit wuchs, endete die rote Linie auf dem Display an einem Fähnchen.

Melek hielt den Wagen an. Sie sahen aus den Fenstern. Links gab es zu einem Bach abfallende Wiesen, rechts einen Hügel, an dessen steilen Hang sich ein verfallenes Cottage schmiegte. Ein niedriges, spitzgiebeliges, im Laufe der Jahrhunderte verrutschtes Schieferdach saß auf ihm wie ein vorwitziger Hut. Neben dem Cottage stand eine kleine Werkstatt. Beides schien unbewohnt, jedenfalls unbewohnbar.

»Das kann es nicht sein«, sagte Melek. »Check die Adresse noch mal.«

Doch die Adresse stimmte, Pleystein hatte eben vorhin das Ortsschild, Slaughterbridge, Gemeinde Camelford, bemerkt. Und dann sah er auch den Caravan. Man konnte ihn nur aus einem ganz bestimmten Winkel von der Straße aus erkennen, er stand hinter dem Haus, auf dem Hang, zwischen Bambus oder Brombeeren und was nicht alles für Gewächsen. Er schämte sich ein bisschen, so offensichtlich das Allerbilligste gebucht zu haben.

»Fahren wir einfach wieder, ich such mir in den nächsten Tagen was anderes«, bat er rasch, doch da hatte Bo Starck den Caravan schon entdeckt. Er zeigte ihn Melek, und beide fingen an zu lachen. Trotzdem meinte Bo anschließend: »Ja, cool. Pleystein, der Mann aus den Wäldern. Willst du's nicht doch nehmen?« Als Cosmas den Kopf schüttelte, zwinkerte Bo Melek zu: »Dann ziehen wir zwei da ein, was meinst du?«

Sie fuhren zurück zur Küste.

Tintagel, Geburtsort des Sagenkönigs, präsentierte sich als recht weltlicher Ort, der aus einer Aneinanderreihung von Souvenirshops und Parkplätzen zu bestehen schien. Erst hinter der letzten Kurve setzte sich etwas – massiv, unzerstörbar, mit hellen Zinnen – vor dem verblassenden Nichts aus

Abendhimmel oder Wasser so scharf und unvermittelt ab wie schlampig ins Bild montiert. Es lag auf der Spitze einer kleinen Landzunge und war von drei Seiten von steilen Klippen umgeben. Von den Zinnen grüßten flatternde Wimpel.

»Die Artusburg?«, fragte Cosmas hoffnungsvoll und wider besseres Wissen.

Kurz darauf parkten sie vor dem Haupteingang des Hotels, direkt unter einer gigantischen Werbetafel für die monatlichen Abendunterhaltungen. Während Cosmas seine Koffer in den grauen Donjon des Hotels schleppte, behielt er einen kleinen Groll gegen das King Arthur's Castle Hotel, dem es durch Mimese gelungen war, eine bessere Burg zu sein als die echte. Die dunkle Eingangshalle mit ihrer englischen Gemütlichkeit und dem flauschigen, unter seinen Schuhen nachgebenden Teppichboden versöhnte ihn ein wenig. Nur die Bilder – abstrakte Gemälde auf ungerahmten Leinwänden – nahmen sich vor der Holzvertäfelung einigermaßen absonderlich aus und störten. Während die Produktionsassistentin für sie das Einchecken erledigte, sahen sich die Schauspieler in aller Ruhe um. Hinter der Rezeption kam ein großer, offensichtlich unter Bluthochdruck leidender Mann hervor, der sich ihnen als Brian McGill, Hotelchef, vorstellte.

»Wie ich sehe, interessieren Sie sich für Malerei?«

Da von den Männern keiner verneinte, deutete McGill ihren zweifelnden Gesichtsausdruck zugunsten der Kunst. »Wir haben uns absichtlich für die kontrastreiche Spannung zwischen Alt und Neu entschieden. Die Bilder stammen übrigens von einem Künstler, der seit Jahren in unserem Hotel lebt.«

، Auf dieses Stichwort hin trat ein weiterer Mann aus dem Schatten des Hotelflures, der ihnen vom Hotelchef sofort vorgestellt wurde. »Stephen Smith-Fullbright, unser Artist in Residence, von dem ich gerade sprach.«

Besagter Maler war kleiner und deutlich älter als der Hotelchef. Alles an Smith-Fullbright war völlig unauffällig und nichtssagend. Mit unbestimmter Haarfarbe und unbestimmten Gesichtszügen wirkte er beinahe transparent. Allerdings blitzte, als er den Hotelier mit einem Wink entließ, eine vielsagende Rolex unter seinem Jackettärmel auf. Der Künstler führte die Deutschen persönlich von Bild zu Bild. Für Cosmas waren sie nichts als willkürlich vom Pinsel gespritzte Acrylfäden, aber da Smith-Fullbright ihn erwartungsvoll ansah, gab Cosmas ein paar dürre Kommentare ab. Bei Gesprächen über Kunst fühlte er sich nie wohl. Doch der Maler war überaus selbstbewusst und schien kein Lob zu benötigen. Anhand seiner Bilder referierte er über alte und neue Weltrepräsentation und sprach von der Disparität der Dinge, der Brüchigkeit, »die wir jeden Tag erleben« und die der Mensch der Gegenwart täglich verarbeiten oder besser: *überwinden* müsse, nicht wahr? Cosmas fand keine Antwort darauf, die Werke sagten ihm immer noch nichts. Bo lächelte und fand alles, was der Maler vorbrachte, sehr interessant, zwinkerte Cosmas aber heimlich zu. Erst Melek Ermiş erlöste sie aus der seltsamen Führung, indem sie die Schauspieler zügig ins Restaurant schob, wo man sie bereits erwartete.

Im großen Speisesaal drängte sich ihnen als Erstes der überwältigende Ausblick auf: Bis zum Horizont wogte granitgraues Meer. Im Westen, vor einem Abendhimmel in Pink und Orange, ragten die pittoresken Ruinen der Artusinsel wie ein Scherenschnitt ins Bild. Vor dieser atemberaubenden Szenerie saß die Produktionscrew an zwei langen Tischen am Fenster. Am Kopfende residierte Philipp Schmeltzer. Ein weißer Strickpullover mit Folkloremuster und V-Ausschnitt betonte seine edle Golfer- oder Seglerbräune. Als Schmeltzer die Neuankömmlinge bemerkte, hob er grüßend die Hand, worauf ein untersetzter und nachlässig gekleideter Kerl an seinem Tisch aufsprang und ihnen entgegenkam. Bernd Czmajduk, der Kameramann, wuschelte Pleystein durch die Haare und schrie entzückt: »Miss Sophie – younger than ever! Jetzt geht's los, mein Süßer!«

Ein lang vermisstes Gefühl bemächtigte sich Cosmas'. Jetzt ging's los, ja, Czmajduk, aber diesmal wird's was *richtig* Tolles. Beim Essen sprachen alle durcheinander. Die Kellner servierten Möhren-Sellerie-Suppe, Rinderbraten mit geröstetem Gemüse, Eis als Nachtisch. Auch bei der Zimmerbuchung hatten sich Orion und Studio Black Tomato nicht lumpen lassen: Bis auf die Assistenten und die Fahrer waren fast alle in Kingsize-Suiten mit Meerblick untergebracht, außerdem hatte Melek Ermiş arrangiert, dass Pleystein, der Seniorstar der Produktion, ebenfalls eine De-Luxe-Suite erhielt – nämlich diejenige, die ursprünglich für Bo Starck vorgesehen gewesen war. Bo war es egal.

Am Ende der Mahlzeit stellte Melek die Planung der nächsten Tage vor, die für alle auch auf dem Handy, in der gemeinsamen Produktionscloud, einsehbar war. »Bo, du hast ein paar anstrengende Nachtdrehs vor dir, der erste beginnt bereits in wenigen Stunden. Bitte tagsüber kein Surfen, kein Sonnenbad. Ruh dich einfach aus. Cosmas: Dir haben wir dieselbe Agenda wie Philipp gegeben, aber wenn du kein Golf spielst, kannst du gerne auch mit mir und Mrs. Gupta kommen.«

Cosmas beeilte sich, laut zu erklären, dass er ausschließlich zum Arbeiten hier war und jeden einzelnen Produktionstermin wahrnehmen würde, immerhin sei er hier der Co-Produzent. Zur Verdeutlichung bestellte er eine Runde Getränke, die ein erhebliches Loch in sein Budget reißen würde.

Mit heiterem Gesichtsausdruck hatte Schmeltzer die engagierte kleine Ansprache über sich ergehen lassen. Er strich mit dem Daumen über seine polierten Nägel und lächelte versonnen. »Hast du schon mal von Bushidō gehört, Cosi?«, fragte er, als der Kellner fort war. »Das, das ist der Weg des Kriegers. Tolles Buch, werd ich dir bei Gelegenheit besorgen. Wer führen will, muss Schwer-Schweres leicht nehmen und Leichtes ernst. Deshalb bin ich der Chef: Ich ha-habe gute Leute, die das Schwere für mich erledigen, wie meine Melek hier.«

Seine Melek lächelte süßsauer, wieder einmal.

Schmeltzer fuhr fort: »Ich bin hier nur dabei, um ein paar Verträge zu, zu unterzeichnen, den Rest der Zeit geh ich golfen.«

Das stimmte zwar nicht, aber alle lachten. Schmeltzer gefiel sich in der Rolle des genialen Faulpelzes, dem der Erfolg – hoppla! – wie eine reife Frucht in den Schoß fiel.

Als die Getränke kamen, stand Cosmas auf und erhob sein Pintglas. »Auf einen schönen, melancholischen, kleinen Film – mein und Katharina Pleysteins Herzensprojekt!«

Bo rief »Hurra« und wollte ebenfalls eine Runde spendieren, aber der Regisseur, Schmeltzer und etliche andere erhoben sich, um sich angesichts der kurzen Nacht auf ihre Zimmer zurückzuziehen. Bo wirkte enttäuscht. Cosmas wechselte mit ihm an den lustigeren Nebentisch, aber es war eindeutig, dass sich Bo mehr für die Assistentenclique, vor allem für Melek Ermiş, interessierte als für den älteren Kollegen. Nachdem Cosmas sein Ale getrunken hatte, verabschiedete er sich ebenfalls.

13

Camelford City Parking war vermutlich der einzige Parkplatz in ganz Cornwall, auf dem das Parken kostenlos war – eine weitere wirtschaftsfreundliche Maßnahme des Ortes –, doch voll belegt war er nur dreimal im Jahr: zu den *Annual Christmas Lights* Ende November, wenn der Bürgermeister feierlich die Weihnachtsbeleuchtung der Victoria Road einschaltete, zum Kinderkarneval im August und zur Osterparade. Der Gedanke daran, wie schlecht ihr kostenloser Parkplatz genutzt wurde, erfüllte Stadtrat und Bürger mit Erbitterung. Obwohl man an der Küste für eine halbe Stunde Parkzeit ein ganzes Pfund – ab Ostern sogar mehr – bezahlen musste, zogen es die Touristen dennoch vor, dort ihre Autos abzustellen.

Doch heute war kein Tag für solch bittere Gedanken, dachte Edward Skuse, im Gegenteil, es war ein Tag der Freude, denn heute war der Tag, von dem es später heißen würde: Von da an wurde alles besser. Seit dem Mittag sammelten sich auf dem kommunalen Parkplatz die Fußgruppen und Festwagen des Camelforder Oster- nein, des Frühlings-Umzugs, wo sie von Bürgermeister Skuse persönlich begrüßt wurden. Bis auf die frommen Frauen vom *Womens' Institute*, die aus Protest dieses Jahr nicht mitzogen, hatten die meisten Teilnehmer die Verschiebung der Parade gelassen hingenommen – schließlich handelte es sich lediglich um drei Tage, wie Bonnie allen Anrufern beschwichtigend erklärt hatte, die sich im Gemeindebüro darüber beschwert hatten, dass sie am Ostersonntag auf einem verwaisten Market Place gestanden hatten. Filmstadt zu sein, hatte eben seinen Preis. Dass der Camelforder Ostermittwoch kein arbeitsfreier *Bank-Holiday*-Tag war, fiel wegen der vielen Rentner und Arbeitslosen der Stadt, für die jeder Tag ein Feiertag war (jedenfalls soweit es die *Quantität* der Freizeit betraf), kaum ins Gewicht. Damit die Kameras auch ein paar junge, unverbrauchte Gesichter einfangen konnten, war die Parade für die Schüler und Schülerinnen der Sir-James-Smith-Oberschule kurzerhand zur Schulveranstaltung erklärt worden.

»Ich kann nur hoffen«, seufzte Eddie Skuse, der seit vierzig Minuten Hände schüttelte, »dass die Filmleute gleich ihre Kameras dabeihaben. Haben wir schon was von ihnen gehört?«

Bonnie schüttelte den Kopf. Anschließend prüfte sie automatisch den Sitz ihrer Notfrisur, einem zotteligen Pferdeschwanz. Die Friseure des Städtchens waren seit vergangener Woche ausgebucht – offensichtlich hatten viele Camelforder den Grund für die Verschiebung der Parade überinterpretiert und nahmen an, dass die Filmaufnahmen *während* des Festumzugs stattfinden würden.

Lautes, von Applaus begleitetes Rappeln und Klirren unterbrach ihre Unterhaltung, weil Fabio Pierce den Teilnehmern vorab einen Gruß aus dem Darlington Inn schickte. Alles scharte sich um das Bier. Da es seit Stunden nicht geregnet hatte und sich nun sogar die Sonne zeigte, zogen die Oberschüler aus der Sir James Smith ihre schwarzen Schulpullover und Krawatten aus. Wenig später, einige Jungen hatten sich inzwischen auch noch ihrer weißen Oberhemden entledigt, stimmten sie einen Gesang an, in den die erwachsenen Biertrinker einfielen. In diesem Augenblick rollten zwei Kleinbusse auf den Parkplatz. Die Fahrer bremsten und blieben unschlüssig zwischen Festwagen und Sängern stehen. Pierce und Skuse mussten sich gerade vor einem erbosten Lehrer dafür rechtfertigten, dass sie Alkohol an Minderjährige ausgeschenkt hatten – »Immer wieder ist es das Darlington Inn!« –, als Bonnie Pierce nach ihnen rief. Erleichtert wandte Skuse sich um und sah Bonnie bei einer Gruppe von Fremden stehen, bei denen es sich eindeutig nicht um Touristen handelte, da sie keine bunte Funktionskleidung trugen – sondern um eine in Camelford noch viel rarere Spezies Mensch: zwischen fünfundzwanzig und fünfundvierzig Jahren alt, schick gekleidet (jedenfalls trug niemand Gummistiefel), mit blassen Gesichtern und Frisuren, die nicht vom Wind zerzaust waren. Drei von vier Frauen hatten Sonnenbrillen im Haar. Kein Zweifel: Die Filmleute waren eingetroffen.

Der Bürgermeister gab seinen Ratsherren und -damen ein Zeichen und marschierte los. Bonnie stellte ihnen alle vor, deren Namen sie sich gemerkt hatte, die Übrigen stellten sich selbst vor. Jeder schüttelte Skuse und seinen Kollegen und Kolleginnen die Hand und zur Sicherheit auch noch mal die von Bonnie. Das alles war so förmlich und nahm so viel Zeit in Anspruch, dass die Camelforder begriffen: Die Charme-Offensive hatte begonnen. Fabio Pierce brachte sofort ein Tablett mit Halfpints, das er mit untrüglichem Instinkt zuerst dem fröhlichsten Kerl mit der schmuddeligsten Kleidung anbot. Bernd Czmajduk griff gerne zu, ebenso Schmeltzer, der zweite Kameramann und die Requisiteure. Pleystein und Schneider lehnten ab, ebenso wie Mrs. Gupta, die auf ihrem Smartphone herumwischte, um den Agenda-Eintrag, die WhatsApp, die E-Mail zu suchen, in der etwas von einer Planänderung gestanden haben sollte. Edward Skuse klärte sie liebenswürdigerweise auf: Der Empfang war auf den frühen Abend verschoben worden, um den Gästen Gelegenheit zu geben, an ihrer alljährlichen … äh, Frühlingsparade teilzunehmen. Die Filmleute, nach dem ersten Nachtdreh ohnehin etwas dünnhäutig, rauften sich die Haare: So konnten sie nicht arbeiten! Ihr Timeslot umfasste insgesamt nur vier Stunden in Camelford. Die Location-Scouts wagten es nicht, Mrs. Gupta anzusehen. Der Vertrag für das *Mid-Century*-Haus war nicht unterschrieben, die einsamen Landstraßen, die man dem Regisseur für eine »Schlüsselszene« (wie er es nannte) gezeigt hatte, waren durchgefallen, und jetzt auch noch dieser eigenmächtig handelnde Bürgermeister.

Schneider und Czmajduk berieten sich leise über den Sinn einer Motivsichtung inmitten eines Festumzugs, doch schließlich ließen sie die Crew ihr Material holen und marschierten los. Am oberen Ende der Victoria Road, wo man vom Hügel aus die Kurve überblicken konnte, die die Straße um die alte Bibliothek mit ihrem Uhrenturm beschrieb, wurden die Assistenten angewiesen, Markierungen auf den Boden zu sprayen und Fotos zu machen.

Die Camelforder Honoratioren, die sich nicht hatten abschütteln lassen, hörten aufmerksam zu, was besprochen wurde, wenn man auf dem Weg hinunter zum Market Place stehen blieb. Bei jedem Halt versuchten sie, Informationen zum örtlichen Hotel- und Tourismusgewerbe anzubringen: hier das Queen's Head mit sechs sauberen Zimmern; rechts die Straße zum Regionalmuseum; am Ende der nächsten Straße ein neuer Komplex mit Ferienwohnungen und Blick auf das Hochmoor. Doch ihre Einwürfe wurden ignoriert, und auch das goldene Kamel interessierte die Filmleute nicht, obwohl man sie mehrfach darauf hinwies. Schließlich filmte Pleystein es aus Höflichkeit mit dem Handy ab. Schmeltzer hatte ihn absichtlich Richtung Bürgermeister geschoben, damit er seines Amtes als Co-Produzent und Frühstücksdirektor waltete und das Team in Ruhe arbeiten konnte. Pleystein genoss die V.I.P.-Behandlung und ließ seinen in Deutschland weltberühmten Charme sprühen.

Bei Duncans Metzgerei blieb die Crew länger stehen. Der Laden sollte sowohl für Außen- als auch für Innenaufnahmen genutzt werden; hier würde der Dorfklatsch über den jeweiligen Stand von Bettys Beziehung zu Hans ausgetauscht werden. Als der Scout behauptete, die Metzgerei sei eine noch nie verwendete Location, nach der sich die Rosamunde-Pilcher-Teams die Lippen lecken würden, waren die Ratsmitglieder plötzlich ziemlich stolz auf ihren Metzger – dabei kauften sie selbst ihr Fleisch lieber beim Tesco in Wadebridge.

Duncan, der Metzger, kam mit seinem Strohhütchen heraus und erklärte stolz: »Der Laden ist seit 1967 unverändert.«

Der Metzger wusste es noch nicht, aber er hatte seine Seele dem Teufel verschrieben, als er sein Geschäft gegen eine hübsche, vierstellige Summe für drei Tage Studio Black Tomato überließ. Im Juni würden sie seinen Laden auseinandernehmen, Löcher in hundert Jahre alte Kacheln bohren, elektrische Leitungen neu verlegen, seine Stromrechnung verdoppeln und am Schluss ein Schlachtfeld hinterlassen. Und Duncans Angestellte, die sich so darauf freuten, bei diesem Spaß als Komparsen mitzumachen, würden bei der Postproduktion dem Schnitt zum Opfer fallen.

Vor dem Langston Arms Inn wies der Bürgermeister auf dessen gute Küche hin; hier würde nach dem Umzug der Empfang samt warmem Imbiss stattfinden. Pleystein war schon jetzt wieder hungrig, aber der Regisseur lehnte die Einladung dankend ab: Seine Leute waren heute vor Tau und Tag aufgestanden, für diesen Abend war ein frühes Arbeitsessen im Hotel geplant.

Die Pächter des Langston Arms, der Bürgermeister und die Ratsmitglieder sahen sich enttäuscht an. »Ach Gott, ein *Arbeits*essen«, brachte einer hervor, wobei alle anderen im Kopf ergänzten: typisch deutsch.

Der nächste Halt war vor Gordon Lewes' Kunstgalerie mit seiner gläsernen Front aus dem vorvorigen Jahrhundert. Der Eingang mit der englischgrün lackierten Jugendstiltür war leicht ins Gebäude zurückversetzt, rechts und links davon wölbten sich die tiefen Schaufenster mit elegantem Schwung nach vorne zum Bürgersteig. Das bleigefasste, blassgraue Glas war so alt wie das Haus selbst und schien in einer sanften

Fließbewegung erstarrt. Eifrig wurden Notizen und Aufnahmen gemacht. Vernissage-Besucher traten mit Getränken in der Hand aus der Galerie, um eine Zigarette zu rauchen und die Filmer bei der Arbeit zu beobachten, und es bildete sich ein kleines Gedränge.

Inzwischen war die gesamte Victoria Road von Zuschauern gesäumt. Auf dem Hügel hatte sich die Parade der großen Festwagen und Fußgruppen formiert, und die Marching Band spielte das erste Lied. Vor und neben dem Bläserkorps der Sir-James-Smith-Highschool staksten Schulmädchen auf hohen Schuhen im Lämmergang daher, ihre Uniformen durch heruntergerollte Strümpfe, hochgerollte Ärmel oder vor der Brust geknotete Blusen individualisiert. Während viele Mädchen im Laufe der Parade immer fraulicher zu werden schienen, teilten sich die Jungen vom Sir James je nach Alter und Temperament in die Unterkategorien Pirat, Gangster und Citybanker auf. Als die ganze Bande sich allmählich näherte, blickte Pleystein in ihre frühlingshaften Pfirsich-Gesichter und hob gerührt das Handy. Als Edward Skuse sah, was der Deutsche filmte, stieß er einer Ratsfrau erfreut den Ellenbogen in die Seite und ließ die Brauen hoch- und niedertanzen: »Ja, ja, unsere Camelforder Frühlingsgöttinnen!«

Camelford war wirklich keine liebliche Stadt. Seine wenigen alten Häuser – in den Sechzigern mit Rauputz verspachtelt, in den Achtzigern mit Baumarktartikeln verschönert – konnten nicht mit den romantischen Cottages am Meer konkurrieren, die von reichen Privatiers oder dem National Trust liebevoll instand gesetzt worden waren. Dennoch, die Stadt Camelford und ihre Bürger besaßen einen trotzigen Willen zur Schönheit. Es gab den Uhrenturm mit dem Kamel, die

Osterparade und die *Annual Christmas Lights*, auf die sie stolz sein konnten – und seit heute waren sie auch stolz auf Duncans Metzgerei und die rabaukigen Teenager der Sir-James-Smith-Schule.

Das Filmteam eilte am Market Place, wo die Parade enden würde, vorbei zum Camel und dem Haus an der Brücke, wo Martin Pennoc ungeduldig vor der Tür auf und ab spazierte und auf sie wartete. Er trug einen dunklen Anzug – ein sehr ungewohnter Anblick für alle Camelforder –, und der Bürgermeister erklärte den Filmern, dass Pennocs Mutter vor drei Tagen verstorben war. Die Filmer nickten betroffen.

Bonnie Pierce hingegen war sich nicht so sicher, ob Martin hier seine Trauerkleidung trug oder ob er sich für die Immobilienmakler so schick gemacht hatte, die seit gestern im Brückenhaus ein und aus gingen. In jedem Fall musste er sich die schwarze Krawatte heute früh zu eng gebunden haben – oder sie hatte ihm im Kleiderschrank aufgelauert, um ihn zu erwürgen –, denn sein Gesicht erinnerte auffallend an einen Wensleydale-Blauschimmelkäse. Als Bonnie und die Camelforder Honoratioren Martin Pennoc in diesem Zustand erblickten, fragten sie sich bang, ob er die Filmleute wohl ins Haus lassen oder sie mit Gebrüll fortjagen würde, sobald jemand das Falsche sagte. Deshalb beeilte sich Bonnie, ihm vorsorglich die Verträge abzunehmen, die Mrs. Pennoc selig nicht hatte abschicken wollen und die ihr Sohn heute Mittag, unter gutem Zureden des halben Stadtrats, unterzeichnet hatte. Rasch drückte sie die Papiere der britischen Producerin in die Hand, wobei sie nachdrücklich darauf verwies, dass Martin Pennoc der einzige Erbe und legitime Landlord des Anwesens sei. Die Location-Scouts atmeten auf. Während sie mit der misstrauischen Mrs. Gupta die neue Sachlage besprachen, drängten Schneider und die Filmausstatter einfach ins Haus. Philipp Schmeltzer trat zu Pleystein und hakte sich bei ihm ein.

»Wir zwei, zwei Hübschen gehen jetzt was trinken und lassen die Briten das unter sich ausmachen. Ich habe oben auf der Straße eine kleine Party entdeckt ...«

Cosmas, der unter der Obhut des Bürgermeisters alles abgefilmt hatte, worauf er hingewiesen wurde, Kamel, städtische Blumenampeln, das Osterdiorama im Schaufenster der leer stehenden Bank und so weiter, war froh, sich absetzen zu können, und ließ sich willig mitziehen. Die Männer wurden von der Menge zurück zum Marktplatz geschwemmt, wo sie getrennt wurden. Cosmas geriet mitten zwischen die Jogger von »Camelford Up and Running« und die Gruppe »Plastic Free Camelford« mit einer Müllskulptur. Gordon Lewes und seine Künstlerfreunde umstanden lärmend einen Karren mit einer lebensgroßen Figur des gehörnten Waldgottes Cernunnos, und Amanda Hewetts *Pantomimes* trugen Fummel oder steckten in zweiteiligen Pferdekostümen, mit denen sie im Gedränge alles blockierten. Sich vergeblich nach Schmeltzer oder wenigstens einem ruhigeren Ort umblickend, kämpfte Cosmas sich die Victoria Road hoch. Als er die grüne Galerie wiedersah, betrat er neugierig den dämmrigen Laden.

Es roch nach Terpentin, alten Büchern, Parfüm, Alkohol, Holz, Staub. Drei hintereinanderliegende Räume bargen eine Überfülle an Kunst, Kunsthandwerk und rätselhaften Sammlerobjekten, die an Wänden, in Vitrinen und auf schwer beladenen Stellagen mehr gehortet als präsentiert wurden. Im vorderen Raum befanden sich nur zwei Menschen, ein Mann mit

rotem Schal und eine unförmige kleine Person mit Hippie-
mähne und goldenen Turnschuhen. Die beiden standen ruhig
in einer Ecke und unterhielten sich leise.

Cosmas warf einen kurzen Blick auf die Bilder. Seelenvolle
Rinder, Moor, viel Grün. Alles klar. Im Laufe der vielen Staffeln von *Schloss Cranberthmoor* hatte er die Gelegenheit zum
Besuch Hunderter kornischer Kunstgalerien zwischen Fal-
mouth und St Ives gehabt, und alle hatten mehr oder weniger
dasselbe Thema: die Feier Cornwalls. Hier war es nicht anders.
Er wollte weiter in den nächsten Raum.

Und doch. Er blieb und sah aufmerksamer hin. In der
Camelford Gallery fehlte etwas: das Meer. Kein Türkis, keine
Gischt, keine Möwen, keine Fische, keine Sonnenuntergänge.
Stattdessen Strommasten, bizarre Bäume, abstrakte Gebilde
aus Ton und Kunststoff, hexische Astgeflechte, Schwarz und
Braun. Viel Hässliches auch, Gekrakel, Gepansche, Ge-
schmiere.

»Sind das etwa … Schneckenspuren?«, fragte er das Paar in
der Ecke. Die Alte mit den goldenen Schuhen zögerte.

»Möglicherweise«, sagte sie langsam. »Vielleicht waren es
aber auch die Feen. Niemand war dabei, als es entstand. Es
sind dies die Spuren einer Performance ohne Zuschauer.«

Er zog eine Augenbraue hoch.

»Sie zweifeln«, stellte die alte Frau sachlich fest. Sie war
nicht besonders groß und stand auch nicht besonders gerade.
Eigentlich hätte sie den Kopf in den Nacken legen müssen,
um Pleystein ins Gesicht schauen zu können, aber irgendwie
schaffte sie es, ihn unter ihren langen Stirnfransen hervor an-
zublinzeln, ohne sich zu bewegen. »Zweifeln Sie an der Existenz von Feen? Oder von Schnecken?«

Er musste lachen. Was war das für eine Frage! »Ich hab als Kind Schnecken aus den Beeten gesammelt und mit meinen Schwestern Schneckenrennen veranstaltet. Und bei uns zu Hause isst man sie auch.«

Die Nase der Alten krümmte sich belustigt. »Sehen Sie, und ich bin gebürtige Londonerin. In meiner Kindheit gab es Schnecken nur in Kinderbüchern. Genau wie Feen.«

Zwischen Cosmas und der Alten entspann sich eine Diskussion über die Darstellung von Feen in der Kunst und, als ihr Begleiter sich einschaltete, über Black-Box-Theorien in der Wissenschaft, deren Zusammenhänge Cosmas während des Gesprächs völlig plausibel schienen, die er aber später nicht mehr rekonstruieren konnte. Während sie sich unterhielten, klingelte die Ladenglocke mehrmals, Leute kamen und verschwanden in den hinteren Räumen. Dies war das seltsamste Gespräch über Kunst, das er je geführt hatte. Aber *gut* seltsam, kein Vergleich mit der unangenehmen Begegnung von gestern Abend im Hotel.

Wieder bimmelte es, und herein rauschte Gordon Lewes im Lederwams, zerzauste Efeuranken hinter sich herziehend, gefolgt von Amanda Hewett in einem exaltierten Poncho. Beim Buchen eines Friseurtermins war sie offensichtlich vorausschauender als ihre Freundin Bonnie gewesen, denn ihr Haar war frisch getönt und wogte in festlichen rotgoldenen Wellen um ihre Schultern. Als Amanda den großen, attraktiven Mann bei Susann Joungblood stehen sah, sagte ihr ein untrüglicher Instinkt, dass dies einer der Rosamunde-Pilcher-Leute war, und stellte sich ihm sofort vor. Zu hören, dass vor ihr ein leibhaftiger Filmproduzent stand, überstieg beinahe ihre Kräfte. Sichtlich um Fassung ringend, fragte sie: »Oh, dann sind Sie der Mann, auf dessen Couch man sich legen muss?«

»Nein«, sagte Cosmas. »Das sind Psychiater.«

Interessanterweise lachten nicht die Umstehenden, sondern Amanda. Die Hippiefrau verzog keine Miene. Nachdem Amanda sich wieder gefasst hatte, zog sie gleich mehrere Visitenkarten aus der Handtasche und kam zum Geschäft. Binnen Minuten gelang es ihr, sowohl für ihr Bed and Breakfast als auch für ihre *Pantomimes* zu werben. Pleystein wollte wissen, ob es sich dabei um Pantomimen handelte – er vollführte ein paar übertriebene Gesten –, und die Briten lachten. Nein, *Pantomime*-Aufführungen waren eine urbritische Tradition (»aus der Hölle«, wie der Mann mit dem Schal verdeutlichte), bei der das ganze Dorf mitspielte.

»Man braucht zwei Kerle, die sich ein Pferdekostüm teilen, und einen Zentner Bonbons zum Werfen«, kürzte der Galerist ab, worauf Amanda pikiert protestierte: »Also wirklich! Ihr sprecht hier vom traditionellen Höhepunkt der englischen Wintersaison!« Höflich bedauerte Pleystein, noch nie im Winter in Großbritannien gewesen zu sein, und irgendjemand murmelte: »Freu dich.«

Cosmas freute sich wirklich, denn authentische kornische Gesichter, wie er zur Chefin der *Pantomimes* sagte, die bräuchte er dringend. Er gab Amanda die Telefonnummer von Mrs. Gupta. Dann fragte er, ob in ihrem B&B am Wochenende zufällig ein Zimmer frei sei, da *man* ihm (die Ausgestaltung seiner imaginären Mitarbeiter überließ er der Fantasie der Zuhörer) fälschlicherweise ein ganz unmögliches Quartier gebucht hätte: quasi einen Brombeerbusch. Alles lachte. Die Pensionswirtin war begeistert. Geschäftig notierte sie sich die

Daten und ließ Pleystein wissen, dass sie ihr schönstes Zimmer für ihn vorbereiten würde. Währenddessen rang die alte Hippiefrau offenbar mit sich und fasste sich nach einigem Zaudern schließlich ein Herz.

»Oh, ich glaube, dann haben wir beide vergangene Woche miteinander telefoniert. Ich bin Susann Joungblood.«

Hier war jetzt wirklich eine extragroße Portion Pleystein-Charme und Haarewuscheln fällig. Er lieh sich Philipp Schmeltzers sympathische Macke und brachte stotternd etwas von fehlendem eigenen Wagen und schnellem Internet vor.

Susann unterbrach ihn achselzuckend. »Ich würde da oben auch nicht wohnen wollen. Der Caravan ist eigentlich nur für meine Schwester, die wegen einer Katzenhaarallergie nicht unten im Cottage schlafen kann.«

Cosmas erinnerte sich an das bucklige Häuschen. Oje.

»Nicht doch, das braucht Ihnen nicht leidzutun. Eigentlich hat es mir sowieso nicht gepasst. Aber immerhin war ich so gezwungen, den Caravan zu putzen; meine Schwester, die im Sommer kommt, wird sich bei Ihnen bedanken wollen ...«

Gordon Lewes befand, dass Pleystein seiner guten Freundin Sun mindestens einen Drink schuldig war, und bat alle nach hinten in den Garten, wo die eigentliche Party stattfand.

Lewes' Garten bestand nur aus einem schmalen Stück Ufer-böschung am Camel, zu dem mehrere Treppen hinunterführten. Auf den Stufen und Treppenabsätzen reihten sich Party-gäste aneinander wie Hühner auf der Stange, und wo niemand stand, wucherten Pflanzen aus Töpfen, Dosen und Einmach-gläsern. Aus den geöffneten Fenstern des Souterrains drang Musik. Unter einer Weide am Flussufer stand eine improvisierte Bar, an der Pleystein zu seiner Verblüffung Philipp Schmeltzer entdeckte – zusammen mit Melek, Bo und den Fahrern der Filmproduktion.

Bo schrie entzückt: »Homie! Hierher, zu uns, mein Käpt'n Hans!«, und strahlte wie ein Leuchtturm. Amanda Hewett nutzte die neuerliche Vorstellungsrunde, um Visitenkarten ihres B&B an alle zu verteilen. Cosmas fragte Susann Joungblood nach ihrem Wunsch und bestellte dann Cider für sie beide. Bevor sie jedoch mehr als ein paar Worte miteinander wechseln konnten, tauchten die Ratsherren auf. Froh, die Produzenten wiedergefunden zu haben, entführten sie Schmeltzer und Pleystein, um sie allen wichtigen Anwesenden vorzustellen. »Großartig, großartig, Rosamunde Pilcher, ja?«, fragte man, und: »Haben Sie einen Film gemacht, den man kennt?«, und: »Schön, dass ihr da seid, das letzte Filmteam hat Camelford 1988 während des Aluminiumskandals – au, mein Fuß!« Jemand sagte leise zu Pleystein: »Die Alte, mit der Sie vorhin zusammengestanden haben, seien Sie da mal vorsichtig: Die soll am Ostersonntag eine ältere Dame wegen ein paar Hühnereiern um die Ecke gebracht haben ...« Konsterniert zog Pleystein eine Augenbraue hoch, was er für sehr britisch und besonders *posh* hielt (weshalb er diese Mimik als Hotelier in *Cranberthmoor* so lange eingesetzt hatte, bis sie sich quasi in seine Züge eingegraben hatte). Prompt hob sein Gegenüber entschuldigend die Hände: »Nur so 'n Gerücht, Sir. Aber, he, wenn man 'ne Filmhexe casten würde, hätte *sie* beste Chancen, hab ich nicht recht?«

Im vorderen Ausstellungsraum köchelte jetzt eine Art Fond der Frühlingsparade vor sich hin: grellere Farben, lautere Musik, die Menschen näher beisammen, die Gerüche intensiver. In einer ruhigen Ecke am Schaufenster entdeckte Cosmas Susann Joungblood wieder. Während er versuchte, sich durch das Gedränge zu ihr durchzuschieben, fiel ihm die Serie monochrom schwarzer Bilder hinter ihr auf. Das Schwarz schien immer tiefer zu werden, je länger er hinsah. Es war magnetisch, er konnte den Blick gar nicht mehr abwenden. Erst als er ganz nah davorstand, bemerkte er, dass die Bilder keinesfalls nur eine Schattierung von Schwarz aufwiesen, sondern viele verschiedene, und dass sie irgendetwas Undefinierbares, aber sehr Komplexes zeigten. Die ganze Reihe hatte eine unglaubliche, geradezu magische Wirkung.

»Gefällt Ihnen irgendwas in dieser Ausstellung?« Susann hatte sich zu ihm gestellt.

Cosmas zögerte. »Sagen Sie mir ehrlich, Miss Joungblood, ob Sie etwas davon gemacht haben. Ich möchte bei Ihnen kein zweites Mal in die Brombeeren treten.«

»Die da drüben«, sagte sie leise, aber ohne Zögern, »dann die schwarze Serie hier, dort hinten die Maya-Pyramide, und na ja, die Feenfährten hab ich gewissermaßen co-produziert.«

»Diese genialen schwarzen Bilder sind von *Ihnen*?«

Susann zuckte die Achseln. »Sind bloß digital bearbeitete Fotos, die ich letzte Woche auf einer alten Allee geknipst habe. Eine Auftragsarbeit.«

Bäume und Feen, das hatte Lewes bestellt, und das hatte er bekommen. Susann hatte das verschlungene Gezweig der alten Bäume, Schatten und Schwärze, Astlöcher, Wurzelknoten, verdorrte Samenkapseln fotografiert. Es war technisch herausfordernd gewesen, ohne künstliche Lichtquelle, nur mit dem Licht des Mondes, scharfe Aufnahmen zu machen, aber sie besaß eine gute Kamera und ein Stativ. Zu Hause hatte sie die Bilder am Computer vergrößert, um den richtigen Ausschnitt auszuwählen. Das anschließende Plotten war allerdings heikel gewesen, denn die verschiedenen Schwarztöne sollten beim Drucken so sauber wie auf ihrem hochauflösenden Monitor herauskommen und nicht zu einem grauen Brei verschmelzen. Dafür hatte sie ihren letzten, kostbaren Stapel Barytpapier aufgebraucht.

»Alles in allem bloß eine Frage der Technik. Einfach solides Handwerk«, murmelte sie. »Ich persönlich finde die Feenfährten spannender.«

Cosmas nicht. Wenn er lange genug auf die Flecken in Schwarz vor Schwarz starrte, erwuchsen daraus interessante Schemen, die beinahe dreidimensional wirkten und in denen man durchaus kleine Baumgeister sehen konnte, wenn man wollte. »Die sind wirklich cool.« Unwillkürlich sah er nach, ob irgendwo schon rote »Verkauft«-Punkte hingen, aber nein. Leichthin fragte er: »Kann man davon eigentlich leben?«, wie man das eben so fragt, doch Susann überlegte ernsthaft.

Ihre Nase krümmte sich, als ob sie auf dem Boden nach der richtigen Antwort fahndete. »Manchmal«, antwortete sie schließlich vorsichtig. »Jedenfalls *etwas* besser als von der Vermietung von Caravans …«

Verblüfft wandte Cosmas die Augen von den Bildern ab und suchte Susanns Blick. Darin las er etwas, das er vorher nicht bemerkt hatte, etwas nicht direkt Boshaftes, aber sehr Wachsames und Spöttisches. Er hatte die alte Hippiefrau wohl unterschätzt. Erneut schämte er sich – aber diesmal wirklich –, dass er von ihrem Haus als einem Brombeergebüsch gesprochen hatte.

»Und Sie?«, fragte sie leise. »Sie leben ja auch von Ihrer Kunst. Ich nehme an, als Schauspieler muss man schon sehr gut sein, um damit reich zu werden.«

Oder sehr schlecht, dachte Cosmas plötzlich beklommen. Obwohl das grüne Leuchten in Susanns Augen verschwand, bevor es ihm Unbehagen bereiten konnte, behielt er einen unbestimmten Respekt vor der grauhaarigen Künstlerin zurück. Gemeinsam gingen sie wieder in den Garten, wo Amanda Hewett ihren staunenden deutschen Zuhörern gerade erklärte, dass Zauberei und Druidentum in Cornwall noch immer praktiziert würden, was die umstehenden Camelforder lebhaft bestätigten. Susann nickte und verwies auf die alte Druidenallee vor den Toren der Stadt. Gordon Lewes und Susanns Freund priesen die verwunschene Allee ebenfalls in den höchsten Tönen.

Melek stupste Pleystein an. »Könnte das was für Schneider sein? Er suchte doch eine hübsche Landstraße und war nicht zufrieden mit den Vorschlägen der Scouts.«

»Ja, ja, das habe ich auch schon überlegt«, log Pleystein. »Und zwar als ich drinnen die Bilder gesehen habe. Susann, haben Sie zufällig noch andere Fotos von der Allee?«

Die Alte holte umständlich ihr Handy aus ihrer Häkeltasche. Die Deutschen beugten sich mit wachsender Aufregung über das Display.

»Das ist eine tolle Location«, rief Melek schließlich.

Schnell ließ sich Pleystein von Susann erklären, wo die Allee zu finden war, damit Melek ihm nicht wieder zuvorkam. Schließlich war er hier der Scheiß-Co-Produzent.

Währenddessen ließen sich die anderen weiter über keltische Mythen und Bräuche aus. »Ja, der alte Glaube ist noch mächtig«, behaupteten alle. »Es gibt hier viele magische Pforten, Steinkreise, Druidenbäume und so weiter. Daher konnten sich die alten Kräfte bei uns halten.«

Amanda ging sogar noch weiter und warnte vor bösen Geistern, die in alten großen Häusern spukten, zum Beispiel in Hotels. Die Fahrer, Bo und Melek sahen sich an; dann berichtete einer von einer plötzlichen Kälte in den Zimmern des King Arthur's Castle Hotel und von nächtlichem Herumschleichen und Seufzern auf den Fluren.

Amandas Miene hellte sich auf. »So was hören wir von diesem Hotel öfter.« Sie wandte sich an die Produzenten: »Versprechen Sie mir, dass Sie sich für Juni andere Unterkünfte suchen, hier in Camelford! Diese Geister ernähren sich von Unglück und Kummer, sie bringen Misserfolg und …«

Susanns Freund mit dem roten Schal, offensichtlich ein Sozialist, unterbrach sie, indem er behauptete, der einzige böse Geist, der in England immer noch umgehe, sei der von Maggie Thatcher.

»Blödsinn«, befand Amanda eisig und wandte sich wieder an die deutschen Gäste, von denen sie sich Verständnis für ihre Spukgeschichten erhoffte. Schließlich hätten bekanntlich gerade die Deutschen eine unheimliche, dunkle Seite.

In Erwartung des unvermeidlichen Hitler-Themas schauten ein paar Angesprochene auf ihre Füße. Cosmas dachte an Hans, den U-Boot-Fahrer.

Amanda legte ihm ihre kleine, manikürte Hand auf den Arm. »Na, denkt nur an euren Hang zum Übersinnlichen. Die Gotik, die Schwarze Romantik! Eure Sagen, der Rhein, Richard Wagner!«

Erleichtertes Lachen, als sie das »Hojotoho« der Walküren anstimmte.

Zwischen den Engländern entspann sich eine Fachsimpelei über Wagners *Rheingold* und die Entdeckung der Rheinromantik durch den Maler William Turner, der die Deutschen kaum folgen konnten. Gordon Lewes zitierte aus Lord Byrons Gedicht *Castle'd Crag of Drachenfels*: »Frowns o'er the wide and winding Rhine …«

Cosmas kramte in seinem Gedächtnis, *ein* Rheingedicht kannte er doch auch, es war lange her, dass er es auswendig gelernt hatte. Melek, deren Schulzeit noch nicht so weit zurücklag, sprang ihm bei. Als die beiden zusammen mit dem Sozialisten, der offenbar Heine-Fan war, die *Loreley* sangen, blickte Bo Starck Melek an, als träte sein räudiger Hund aus dem Tierheim plötzlich mit einer spektakulären Zirkusnummer auf. Kaum hatten sie geendet, gab er Melek einen übertrieben lauten Kuss mitten auf den Mund, und Melek, anstatt ihm eine zu knallen, errötete.

Gerade fand Cosmas, dass alles genau richtig war – Ort, Zeit, Stimmung –, da klingelte sein Handy. Durch die Leitung sprang ihm ohne Vorwarnung Mrs. Gupta an die Kehle. Der Empfang beim Bürgermeister! Sie wurden im Langston Arms Inn erwartet!

Mrs. Hewett erbot sich, die Deutschen hinzuführen.

Cosmas wandte sich an Susann: »Und Sie? Kommen Sie auch mit?«

Susann schien belustigt, ihre krumme Nase bog sich wieder einmal schuhwärts. »O nein, das ist hochoffiziell. Ich bin nicht eingeladen.«

Zwei Stunden waren vergangen, seit das Filmteam im Brückenhaus ausgeschwärmt war. Martin Pennoc hatte bald kaum noch gewusst, welcher Brandherd am dringendsten ausgetreten werden musste: Im Salon schoben die Requisiteure die Cocktailsessel herum, rissen die alten Chintz-Stores vor den Fenstern auf und zu und fotografierten den üppigen Inhalt der Vitrinen; man hatte die Vorlage des Erbscheins von ihm verlangt, und aus dem Anbau war schriller Jubel gekommen: Die retro-futuristische Einbauküche mit den Küchengeräten aus den Fünfzigerjahren war entdeckt worden! Allmählich hatte sich Pennocs blassbläuliches Gesicht dunkellila verfärbt. Man bemängelte die Lichtverhältnisse. Man verlangte klare Besitzverhältnisse. Man merkte kritisch an, dass das Haus nicht durchgängig »*Mid-Century*« war, brauchbar sei eigentlich nur die Küche. Man drückte den Preis auf die Hälfte der Summe, die seiner Mutter geboten worden war. Als der Bierbrauer sich wutschnaubend die Krawatte abriss, gab Bonnie Pierce das Zeichen zum Aufbruch, und Edward Skuse rief hastig: »Zum Empfang, meine Damen und Herren!«

In seiner Ansprache pries der Bürgermeister die wilde Schönheit des *Gateway to the Moors*, die Gastfreundschaft seiner Stadt, sprach von Synergien. Schneider und Czmajduk, denen während Skuse' Rede immer wieder die Augen zugefallen waren, gelang es, sich nach dem Imbiss sofort zu verabschieden – aber Schmeltzer, Mrs. Gupta und Pleystein wurden genötigt, doch noch zu bleiben, auf einen Espresso, einen Schnaps, eine Zigarre – ja, auch Camelford kannte die feine Lebensart –, und ein bisschen über den Film zu sprechen, was vor allem hieß: die Frage nach den Unterkünften zu klären. Zu ihrer außerordentlichen Enttäuschung erfuhren die Camelforder Honoratioren von Mrs. Gupta, dass die Filmer auch im Juni in Tintagel wohnen würden. Doch so schnell gab man sich nicht geschlagen: »Das King Arthur's hat einen schlechten Ruf. Und es gibt gar nicht genug Zimmer für ein ganzes Filmteam.«

»Der Rest wird in Bude untergebracht.«

»Ausgerechnet.« Der Besitzer des Langston Arms mischte sich ein. »In Bude werdet ihr in der Hochsaison kein Auge zutun, da ist es nachts fast so schlimm wie in Newquay, alles voller Surferpartys.«

Musste es denn unbedingt am Meer sein? Warum nicht in Camelford? Amanda Hewett sekundierte: »Ich hab ein B&B mit zwölf Betten – euer Star und Produzent wird übrigens am Wochenende bei mir wohnen …«

Als Cosmas dies bestätigte, rief Bonnie Pierce: »Gute Wahl! Die schlechte Aura des King Arthur's würde ich unbedingt vermeiden. Da geht was Böses um. Das weiß ich von meiner Mutter, die da lange Zimmermädchen war. Der erste Besitzer wurde verflucht, und der Fluch ist auf jeden einzelnen von den nächsten Besitzern übergegangen. Habt ihr denn noch nix gespürt?«

Als der eiskalte Lufthauch und die kaputte Klimaanlage erwähnt wurden, nickte Bonnie sachkundig und setzte zu einer blutrünstigen Schilderung der Untaten des Hotelerbauers an, doch Mrs. Gupta reichte es allmählich. »Also wirklich! Die Deutschen müssen ja denken, dass wir Briten alle *up with the fairies* sind – Spinner, die an Elfen und Geister glauben!«

Bonnie hielt sich die Serviette vor den Mund, um Amanda zuzutuscheln: »Hauptsache, die Deutschen glauben dran.«

Mrs. Gupta und Philipp Schmeltzer erhoben sich, um dem Bürgermeister im Namen von Orion und Studio Black

Tomato für den herzlichen Empfang zu danken. Und danach hieß es: *Good night*, Camelford.

Auszug aus der Produktionsagenda,
Tag zwei (Donnerstag)
08:00   Frühstück
09:00–12:00 Sichtung von Locations
14:00–18:00 Einrichtung des Sets (Pub)
17:00   Ankunft Valeria McBride (Flughafen Newquay)
19:00–24:00 Nachtdreh (Starck/McBride/Pub 1940)

Vorschau:
Fr, 09:00   Frühstück

Mitten in der Nacht wachte Pleystein mit einem Ruck auf, als ob ihn etwas oder jemand an den Haaren hochgezogen hätte. Vor Schreck hätte er beinahe die Zahnschiene verschluckt, die er neuerdings gegen nächtliches Zähneknirschen trug. Aber als er das Licht einschaltete, war da nichts außer einer eisigen Kälte, die nach kaltem Kamin roch. Die hässlichen Bilder von Steven Smith-Fullbright hingen schief. Er stand auf, um das geöffnete Fenster herunterzuschieben. Der Wind pfiff, und irgendwo in der Nähe donnerte das Meer beharrlich gegen die Felsen. Es klang rhythmisch, beinahe wie Trommeln. Am äußersten Ende der Klippe nahm er das Flackern von Feuerschein wahr, dort schienen sich Menschen versammelt zu haben, doch die dichte Hecke des Hotelgartens verdeckte ihm die Sicht. Pleystein richtete sich die Zahnschiene und versuchte, wieder einzuschlafen.

Nur ein paar Stunden später wurde im ersten Stock leise eine Zimmertür geöffnet. Bo Starck, blühend wie der junge Morgen persönlich, trat im Sportdress auf den Flur und blickte sich um. Dann nickte er zurück ins Zimmer, und Melek Ermiş glitt geräuschlos heraus. Bo sprintete hinunter in die Lobby, Melek folgte langsamer. Draußen nahm er sie in die Arme und versuchte, sie zu küssen, aber Melek schob ihn sanft von sich.

»Lass uns loslaufen. Ich muss pünktlich beim Frühstück sein.«

Die beiden joggten um das Hotel herum in den windzerzausten Hotelgarten. Ein Wachhund sprang in ihre Richtung, ein wahrer Zerberus von einem Dobermann, der zu ihrem Glück angeleint war. Wütend bellte er hinter ihnen her. Kieswege führten an vernachlässigten Beeten vorbei bis zur Klippe. Bis gestern hatten in den Beeten noch die schwarz vertrockneten Stauden des letzten Jahres gestanden, doch in der Nacht waren sie vom Wachhund umgepflügt worden. Der Garten endete an einer dichten Dornenhecke, hinter der ein öffentlicher Pfad über die Klippen führte. Gischt wehte Melek und Bo ins Gesicht. Selbst im grauen Morgenlicht war der Blick fantastisch. Sie grinsten sich an und liefen los. Der Weg führte in einer sanften Kurve um die kleine Halbinsel des Hotels und gab den Blick frei auf die bröckelnden, gischtumtosten schiefergrauen Felsen der sagenhaften Artusburg. Rechter Hand, auf einem abschüssigen grünen Hang, sah man die Reste eines großen Osterfeuers.

Auf dem Rückweg stieß Bo plötzlich einen angeekelten Schrei aus und blieb stehen, sodass Melek beinahe in ihn hineingelaufen wäre. Sie befanden sich hinter der Hecke, die den

Pfad vom Hotelgrundstück trennte. Bo deutete auf dornige Äste, auf denen etwas glänzend Klebriges wie eine geschwärzte, verdrehte, winzige Babypuppe ohne Kopf steckte. Das Ding war umkränzt von einer Kette aus blutigen Federn und geflochtenen Zweigen, die sachte im Wind schaukelten.

»Voll widerlich. Sieht aus wie in 'nem Voodoo-Film.«

Melek dachte an die gruseligen Bräuche, von denen gestern auf der Vernissage erzählt worden war. Vor ihnen, in den Stechginsterbüschen, baumelten überall weitere dieser Dinger. Hinter der Hecke schlug der Wachhund wieder an, ein kurzer Befehl brachte ihn zum Schweigen. Zwei Männer liefen im Hotelgarten herum, ein langer und einer, der kürzere Beine hatte und fast rennen musste, um mit dem anderen Schritt zu halten. Melek und Bo erkannten in ihnen den langen Hotelchef und den blassen, kleinen Hotelmaler. Der Hotelier rupfte mithilfe eines Stockes etwas aus dem Gebüsch und warf es mit angewidertem Blick in eine Plastiktüte, die ihm der Maler hinhielt.

»Diese verdammten Paganisten«, schimpfte er dabei.

Der Maler entgegnete leise: »Ich bin es wirklich leid, Brian, mich ständig ärgern zu müssen, erst über die Polen, dann über die Brauerei und jetzt auch noch diese durchgeknallten Schamanen, gegen die dein Köter …«, wütend drehte er sich um und befahl dem Hund erneut zu kuschen, »auch nicht hilft. Mein Anwalt rät uns, auf üble Nachrede zu klagen.«

»Deine Londoner Anwaltsfreunde können mir gestohlen bleiben. Du magst deine Angelegenheiten vor Gericht regeln, aber du kannst ja auch jederzeit woandershin gehen, wenn's dir nicht mehr passt. Ich dagegen muss mich hier mit den Leuten arrangieren!«

Dann wurden die beiden auf die zwei Jogger aufmerksam. »He, waren Sie das?«, rief der Maler drohend und traf Anstalten, durch die Dornenbüsche auf ihre Seite zu gelangen, aber der Hotelchef sagte: »Lass, das sind Gäste«, und lauter: »Guten Morgen! Hier haben Sie ein schönes Beispiel für unsere lebendigen kornischen Sitten und Bräuche ...«

14

Nach dem Frühstück zog sich der Himmel zu, und ein dünner, kaum sichtbarer Regenschleier wehte horizontal über den Hügel des King Arthur's Castle Hotel. Bo Starck und ein Teil des Teams hatten sich noch einmal schlafen gelegt. In der Suite des Regisseurs saßen fünf oder sechs Leute um einen Monitor und sichteten die Rohkopien des gestrigen Nachtdrehs. In Jogginghose und T-Shirt hockte Pleystein dabei und hörte zu, wie sich Regie und Kamera um Belichtung, Frames und Anschlüsse stritten. Immer wieder starrten sie auf dieselben Takes. Pleystein, der noch nie mit Rohkopien zu tun gehabt hatte, war von sämtlichen Aufnahmen enttäuscht. Er fand, dass sie nach absolut nichts aussahen: Die Farben stimmten nicht, und bei den Nachtaufnahmen war es gar nicht richtig dunkel.

Bernd Czmajduk blickte vom Bildschirm hoch und rieb sich die Augen. »Keine Sorge, Miss Sophie, da legen die uns bei der Nachbearbeitung in Köln noch schöne Filter drüber.«

Detailliert erläuterte er, wieso den Kameras die blaue Stunde von Morgen- und Abenddämmerung reichte, um Nacht zu simulieren, und zeigte Cosmas nachbereitete Muster aus der digitalen Produktionscloud von Orion. Doch da hatte Pleystein längst das Interesse verloren und schielte heimlich aus dem Fenster wie ein Schüler.

Mittags nieselte es immer noch sanft. Es war ein feiner, feuchter Hauch, der alles grün und glänzend machte. Das Team stand auf der Treppe, rauchte, fror und unterhielt sich. Man wartete auf die Location-Scouts und das Fahrteam. Melek sortierte ihre Unterlagen und kämpfte mit dem Wind und dem feinen Sprühregen. Einige Männer sprachen über die ständige eisige Kälte in ihren Zimmern; der Hotelchef hatte sich vormittags dafür entschuldigt, angeblich habe die Klimaanlage mal wieder verrücktgespielt.

Melek rief: »Und wir haben heute früh ekliges Zeug in der Hecke gesehen ...«, nur um gleich darauf rot anzulaufen und sich auf die Lippe zu beißen.

Der Wind nutzte die Gelegenheit, um eines von ihren losen Blättern zu entführen und mit nach Wales zu nehmen. Kameramann Czmajduk polterte die Treppe herunter. Über seine üblichen heruntergegammelten, schwarzen Arbeitsklamotten hatte er eine Art Exoskelett geschnallt, mit dem er an einen Cyborg erinnerte. Dem staunenden Pleystein erklärte er, dies sei seine neue rückenfreundliche Kamerahalterung – er werde eben, anders als Cosi, nicht jünger.

»Du, mein Schatz, bist heut Morgen ja wieder ein *ganz* entzückender kleiner Lord ...«

In der Tat trug Cosmas für die Location-Sichtung seinen bewährten Cornwall-Look: Cordhose, Shetlandpulli, Barbour-Weste, Tweedkappe, derbe Wanderschuhe, dazu den Paisley-Schal, den er am Flughafen gekauft hatte. Sogar einen kleinen, goldenen Siegelring hatte er sich angesteckt. Er drehte sich einmal um sich selbst, damit alle applaudieren konnten.

Als die Minibusse vorfuhren, kletterte Cosmas ins erste Fahrzeug, um der Location-Scoutin die Adresse der Allee zu nennen, die er von Miss Joungblood erhalten hatte. Im Bus wurde geplaudert und gelacht, aber Cosmas beteiligte sich nicht an den Gesprächen. Er war nervös und hoffte, dass Susann Joungbloods Tipp gut war. Czmajduk thronte in seiner Montur wie ein Michelinmännchen auf dem Beifahrersitz und genoss die Aussicht. Linker Hand leuchtete der grünblaue Küstenstreifen, rechts erhob sich das braune Hochmoor, dessen Zwillingsgipfel sich unter niedrigen Regenwolken duckten. Zwischendurch geriet die Kolonne in eine Schafherde und musste warten, bis der Schäfer die Tiere an den Wagen vorbeigelenkt hatte. Nach einer Viertelstunde Fahrt hatten sie den Weiler Slaughterbridge passiert und bogen rumpelnd auf die holperige, alte Landstraße nach Camelford ab. Sie bestand aus einem sehr schmalen, buckligen Streifen Asphalt, der an beiden Seiten von dichten, knorrigen Bäumen begrenzt wurde und jetzt im Frühling einem lichten Tunnel glich. Czmajduk und Schneider stiegen sofort aus, die Minibusse mussten das Naturdenkmal erst in ganzer Länge abfahren, bevor sie, an der Stadtgrenze zu Camelford, einen freien Platz zum Halten fanden. Pleystein rückte seine Kappe zurecht und schritt zügig aus, um als Erster beim Regisseur zu sein und dessen Votum zu hören. Es roch nach Wasser und nach moderndem Laub und verrottendem Obst. Vögel sangen. Weit und breit war kein Haus in Sicht, kein Fahrzeug kam des Wegs. Die uralten Baumgreise und deren Kinder und Kindeskinder, allesamt krumm und quer gewachsen beim Versuch, sich über die Straße hinweg die Hände zu reichen, rückten dichter zusammen, und in der Stille wuchsen den Wänden des grünen Tunnels Ohren. Pleystein, der, anders als es sein Landedelmann-Look suggerierte, kein Naturliebhaber war, fand die Allee *ganz okay*.

»Die ist es!«, rief Michael Schneider schon von Weitem. »Sehr romantisch. Hoher Wiedererkennungswert, funktioniert super für die Schlüsselszenen.« Als Pleystein neben ihm stand, schüttelte er in übertriebener Überraschung den Kopf: »Cosmas Pleystein! Star und Produzent und nun auch noch Location-Scout! Gut, dass du mitgekommen bist.«

Die richtige Location-Scoutin klopfte ihm neidlos auf die Tweed-Schulter, und Bernd Czmajduk hob, ohne das Auge vom Kameraobjektiv zu nehmen, die Hand, Daumen nach oben. »Frage ist nur, wie wir hier eine Totale …«, murmelte er und winkte ungeduldig seinem Assistenten.

»Wirklich wunderschön, nicht?«, sagte Pleystein daraufhin stolz, an niemand Besonderen gerichtet. Eine leichte Brise fuhr durch die Allee, und rechts und links begann es zu wispern.

Der Tag blieb so perfekt, wie er begonnen hatte. Am Nachmittag wurde Bo Starcks zweiter Nachtdreh vorbereitet. Die Location für Hans' Pub übertraf Cosmas' kühnste Erwartungen. Er stand abgeschieden am Ende eines kleinen Canyons, wo sich die Klippen zu einem fast symmetrischen dreieckigen Stück Strand öffneten. Ein aus den Hügeln kommender Bach rieselte sanft über den Sand und ergab sich der See. Direkt hinter einer Brücke erhob sich ein prächtiger Gasthof, mehr Trutzburg als Kneipe. Zum Schutz vor den Gezeiten stand er auf einem Steindeich, erbaut aus denselben rohen Granitsteinen wie die Brücke. Seine Südwestseite wölbte sich dem Meer entgegen wie ein Schiffsbug, mit einem hohen Fensterkranz, der an eine Kapitänskabine erinnerte. Aus diesen Fenstern, dachte Cosmas, würde im Krieg bei einer Verdunkelung immer noch genug Licht fallen, um einen einsamen, durstigen

Spion anzulocken. Das Barton Inn musste im Laufe der Zeit immer wieder erweitert worden sein, es war verwinkelt, mit Vorsprüngen und Nischen, Terrassen und Bierkellern. Cosmas vergaß den Regen und schlich um den Pub herum, so wie der durstige deutsche Spion es vor über siebzig Jahren getan hatte. Tatsächlich war er davon überzeugt, dass dies *der* Pub war, der historische, an dem seine Schwester dem alten Mann, dem ehemaligen U-Boot-Fahrer, begegnet war. Die Location-Scoutin, die von Kati Aufzeichnungen zur Lage des Pubs erhalten hatte, verneinte dies zwar, aber er musste es einfach sein!

Der Regisseur und der Kameramann beaufsichtigten die Einrichtung des Sets, und Pleystein folgte Czmajduk und seinem Team wie ein Schatten, genauso stumm, genauso überflüssig. Die Männer kraxelten über Mauern und Steine, suchten Motive und testeten Kamera-Moves. Czmajduk spähte ununterbrochen durch verschiedene Objektive und diktierte einem Assistenten die Einstellungen für jeden Take; Schneider stand daneben und überarbeitete die Skizzen in seinem Storyboard. Assistenten machten Bilder mit einer Sofortbildkamera. »Anderes Objektiv. Danke. Gigantisch.« – »Dort oben die Treppe runter kommt Betty mit ihrem Bierfass. Schuss und ...«, Bernd Czmajduk zwängte sich irgendwo hinauf und hinein, »Gegenschuss, okay.« Er blieb mit dem Exoskelett in einem von Seepocken übersäten Mauerspalt stecken und wartete seelenruhig, bis ihn jemand befreite.

Nach zwei Stunden langweilte sich Cosmas und ging Schneider suchen, um ihm ein paar Vorschläge für die Szene zu unterbreiten, in der er, also Hans, den Pub zum ersten Mal sehen würde. Das Regieteam befand sich im Gespräch mit Mrs. Gupta.

Schneider wollte ein Boot. »Wir machen eine Kamerafahrt an *dieser* Küste entlang, ich will den Pub vom Meer aus filmen.«

»Super, genau!«, mischte Cosmas sich begeistert ein, »Perspektive knapp oberhalb des Wassers. Wie durchs Periskop. Schön mit Wasserspritzern auf der Linse.«

Der Regieassistent starrte ihn an, als hätte er den Verstand verloren, aber Michael Schneider nickte freundlich und spann den Faden weiter: »Die letzte Fahrt des U-Boots führt im Morgengrauen hier vorbei, Nebel über der Bucht, wir hören das Lied aus dem Pub …«, und Cosmas ergänzte: »Gesungen von Bettys Stimme aus dem Off. Das Auffliegen der Spionageaktion ist Hans' Schuld. Er soll sich vor einem Kriegsgericht verantworten, doch vorher wird das U-Boot von einem britischen Kriegsschiff torpediert, und nur Hans überlebt.«

»Ähm, mal sehen, Cosmas. Eigentlich waren diese Szenen im neuen Drehbuch gestrichen. Aber gut, warum nicht, du bist ja der Co-Produzent. Wenn ich von dir und Philipp ein erweitertes Budget – und mehr Zeit – bekomme, könnten wir das drehen, meinetwegen als Flashback vor der großen Versöhnung.«

Cosmas fand, dass Michael Schneider der verständigste Regisseur war, mit dem er je gearbeitet hatte. Hinter seinem Rücken gab Mrs. Gupta Schneider ein diskretes Gut-gemacht-Zeichen.

15

Am frühen Abend traf Valeria McBride in Newquay ein und wurde direkt zum Barton Inn gebracht. Studio Black Tomato hatte so viel Aufhebens um ihr Starlett gemacht, dass Schmeltzer und Pleystein schon sehr neugierig auf sie waren. Nach dem Abendessen im Hotel fuhren sie deshalb wieder mit ans Set, um zuzusehen, wie Valeria alias Kellnerin Betty ein Bierfass in einen Lagerraum rollen würde.

Der abendliche Strand vor dem Barton Inn war verlassen und grau, breite Wolkenbänke waren von Wales herübergezogen, lagerten dicht über dem Horizont und verdeckten den Sonnenuntergang. Es war Flut, aber die Wellen leckten flach und kraftlos über den Sand. Nur der kleine Bach war angeschwollen und doppelt so breit und tief wie am Nachmittag. Schmeltzer verschwand irgendwo auf dem Set, und Cosmas machte vor der Audienz bei Valeria einen Spaziergang, einmal bis zum Ende der Bucht und zurück. Er trug seine besten Schuhe und hob die Hosenbeine seiner Anzughose hoch, damit der Saum trocken blieb. Er war kein Surfer wie Kati, die das Wasser geliebt hatte. Er misstraute dem Meer. Sicher hatte auch Hans dem Meer misstraut. Cosmas hatte irgendwo gelesen, dass Matrosen früher deshalb nicht schwimmen konnten, damit sie, falls sie über Bord gingen, nicht lange leiden mussten. Obwohl es für einen U-Boot-Fahrer vermutlich keinen Unterschied machte, ob er schwimmen konnte oder nicht, wenn er in hundert Metern Tiefe von einem Torpedo getroffen wurde. Als die feuchte Nachtluft allmählich in seine Kleidung kroch und die Hosenbeine trotz aller Vorsicht feucht geworden waren, wollte Cosmas schon umkehren, als plötzlich Mrs. Gupta aus der Dunkelheit auftauchte und sich wortlos neben ihn stellte. Sie sah hinaus in die Bucht und atmete ein paarmal tief ein. Mit einer Hand griff sie sich an den Hinterkopf, um die Haarspangen zu lösen. Ihre Haare, mittellang und eher dünn, öffneten sich so zögerlich, als wären sie nicht sicher, ob es erlaubt sei.

»Herrlich, nicht? Das hat schon was, das Meer.«

Cosmas zuckte unentschieden die Achseln. Vor seinem Spaziergang war seine Laune besser gewesen. Vielleicht vertrug seine Nase diese irrsinnig saubere, ozonhaltige Luft nicht.

»Kalt?« Sie reichte ihm den bunten Paisley-Schal. »Hab ich im Bus gefunden. Ist Ihrer, oder?«

Dankbar schlang er ihn sich um den Hals. Ob es nun die freundliche Geste oder die Wolle war – er fühlte sich sofort wohler. Er gestand Mrs. Gupta, dass er nervös war, weil er gleich Valeria McBride alias Betty kennenlernen würde – die Kellnerin, in die sich Hans beim Spionieren verliebte. Er erzählte ihr von der Zeit, als seine Schwester ihr Drehbuch für Orion überarbeitet hatte, und wie er ihr geholfen hatte, die kleine Liebesgeschichte einzubauen.

»Als Kati Betty erfunden hat und wir gemeinsam überlegt haben, wie Hans Betty wohl zum ersten Mal begegnet und wie dramatisch diese erste Begegnung sein muss, weil sie doch so wenig Zeit haben, um sich zu verlieben – da hab ich mich gleich mitverliebt in sie. Und jetzt geht es mir wie Hans. Ich bin nervös, weil ich gleich Betty wiedersehe.« Und irgendwie auch Kati, fügte er in Gedanken hinzu.

Die Britin schenkte ihm einen merkwürdigen Seitenblick, bevor sie wieder aufs Meer hinaussah. Sie räusperte sich. »So einen Bruder wie Sie hätte ich auch gern gehabt.«

»Nein«, sagte Cosmas brüsk, »hätten Sie nicht.«

Mrs. Gupta machte einen Schritt zur Seite, als ob sie einer heimtückischen Welle ausweichen wollte, und steckte die Hände in die Hosentaschen. »Schön. Schneider sagt, Valeria ist jetzt bereit.« Abrupt drehte sie sich um, stapfte den Strand hoch zum Deich und verschwand.

Die viel gepriesene britische Jungschauspielerin entpuppte sich als zierliche Kleine, an der Cosmas nur das schöne rote Haar bemerkenswert fand. Während der Regisseur mit ihr und Bo die Sequenzen durchging, die gleich gefilmt würden, aalte sie sich in ihrem Kellnerinnendress, als wäre sie Monica Bellucci oder eine Sexbombe aus den Fünfzigern. Cosmas fand, dass sie für eine Kellnerin viel zu mager und ihr De-kolleté zu tief ausgeschnitten war. Doch als Schneider ihn und Schmeltzer stolz – und nur pro forma – um ihre Meinung zu den Kostümen bat, schwieg er höflich, um die gute Stimmung nicht zu verderben.

Als es losging, blieb er dicht hinter Schneider, um Valeria und Bo bei der Arbeit zuzusehen. Die Setausstatter hatten auf Hans' Weg von den Klippen bis zum Pub eine Art Parcours aus Mauern, Zäunen, landwirtschaftlichen Geräten und Bier-fässern vorbereitet. Bo sprintete, sprang, hechtete und kletterte drauflos, einmal, zweimal, viermal. Den bereitgestellten Stunt-man lehnte er ab, und auch bei allen weiteren Takes war ihm keine Erschöpfung anzumerken. Cosmas fragte sich erneut, ob Bo wohl kokste, aber wahrscheinlich war dieser Gedanke total Neunziger. Trotzdem: Je länger er ihm zusah, desto furchtbarer fand er ihn. Der Junge spielte nicht Hans, den kleinen U-Boot-Spion mit dem großen Durst, sondern chargierte wie ein Actionheld. Er *schlich* nicht zum Pub, sondern glitt geschmeidig wie eine Raubkatze durch den Schatten. Vor den Engländern *versteckte* er sich nicht, er kletterte oder machte waghalsige Sprünge über Bierfässer. Und anstatt Betty sehnsüchtig zu belauschen, belauerte er sie wie ein Jäger seine Beute.

In einer Drehpause sagte Cosmas zu Schneider: »Bo spielt den Hans ganz falsch! Man kauft ihm einfach nicht ab, dass er nächtelang frierend und sehnsüchtig hinter einem Schuppen stehen würde, und Bos Hans würde sicher auch nicht zwanzig Jahre nach dem Krieg auf der Suche nach einem Pub durch halb England wandern.«

»Stopp! Stopp!« Ohne ihn anzusehen, hob Schneider die Hand, und Cosmas schwieg perplex. »Der Junge macht das goldrichtig, sag ich dir.«

»Aber schau ihn dir doch an, Kruzifix – der zaudert nicht, der zögert nicht, der kennt erst recht keine Sehnsucht!«

»Bin ich der Regisseur oder du?«

Schneider machte eine Geste, die Cosmas unmissverständlich zum Gehen aufforderte, ließ sich von einem Assistenten einen Tee reichen und begann in aller Ruhe, genüsslich zu schlürfen. Klassischer Fall von *Overacting*. Cosmas wusste nicht, womit er diese Abfuhr verdient hatte, wo er doch heute Vormittag erst bewiesen hatte, wie hilfreich seine Tipps waren. Er strich sich mit der Hand durchs Haar, setzte sein berühmtes Pleystein-Lächeln auf und versuchte es erneut, doch wieder ließ Schneider ihn abblitzen.

Daraufhin bekam er Kopfschmerzen und ging ins Barton Inn, um sich bei irgendwem eine Tablette zu schnorren. Melek gab ihm eine Aspirin. Sie saß mit Mrs. Gupta und Schmeltzer an einem Fenster, von dem aus man einen seitlichen Blick aufs hell erleuchtete Set hatte. Vor vielen anderen Fenstern waren die Läden geschlossen, und es brannten nur ein paar Kerzen, um die Aufnahmen nicht zu stören. Mrs. Gupta hatte ihr dunkles Haar wieder zu einem strengen Knoten am Hinterkopf zusammengesteckt. Falls sie sich noch über Cosmas' Antwort vom Strand ärgerte, ließ sie es sich nicht anmerken.

»Man könnte Bo ja manchmal erwürgen«, sagte Schmeltzer, Cosmas' Gesichtsausdruck *fast* richtig interpretierend. »Aber das macht er gut, schön, schön draufgängerisch, das muss man ihm lassen.«

Cosmas zog skeptisch die Luft zwischen den Zähnen ein, aber offenbar gab es da einen Subtext, der gar nicht für ihn bestimmt war, denn der Produzent blickte seine Assistentin an.

»Ein richtiger junger Heißsporn, den werden wir nicht halten können. Ich kann mir vorstellen, dass das Bos internationaler Durchbruch wird, wenn der Film bei den Engländern ankommt.«

Melek setzte ein Pokerface auf, und Cosmas rief ärgerlich, dass ihm Bos Interpretation von Hans überhaupt gar nicht gefalle. Hans sei kein pfeifender Draufgänger und Sonnyboy, sondern ein schmächtiger, schüchterner, einsamer, nachdenklicher …

»Jetzt sag nicht *nachdenklicher Nazi*«, höhnte Schmeltzer. Als er Cosmas' Gesicht sah, griff er nach seinem Arm. »Entschuldige. Hans ist eine wunderbare, vielschichtige Figur, kein Nazi, das weiß ich doch. Hans ist als komplexer Charakter angelegt, und bei Orion haben wir großen Respekt vor Katis Vorlage. Entschuldigt uns kurz.«

Er verschwand mit Mrs. Gupta, und Cosmas blieb mit Melek allein zurück, die stumm aus dem Fenster schaute. Er hielt immer noch ihre Tablette in der Hand.

»Möchtest du auch was trinken?«, fragte er sie, als er aufstand.

»Schwarzen Tee ohne Milch«, murmelte sie, ohne den Kopf zu wenden, »oder eine Limo oder ein stilles Wasser, egal.«

Durch diese offensive Zurschaustellung von Selbstkasteiung provoziert, ging Cosmas zur Theke, wo er sich eingehend vom Barmann des Barton Inn beraten ließ und schließlich mit zwei schönen, lokalen Ginger Ales und zwei gut eingeschenkten Gläsern Whisky von der Insel Skye zurückkam. Als er die Gläser vorsichtig über den Tisch in ihre Richtung schob, sagte Melek gereizt: »Aspirin und Whisky, super Mischung, gratuliere. Und warum eigentlich wollt ihr Kerle mich immer abfüllen?«

»Wahrscheinlich, weil du zu hübsch und zu jung bist, um immer nur so eine brave Streberin zu sein. Man will dich mal bei einem Fehltritt überraschen. Oder wenigstens stolpern sehen.«

Sie musterte ihn, als wäre er Harvey Weinstein mit heruntergelassenen Hosen. Er war gekränkt. Dabei stimmte es doch: Ihre Perfektion war unnatürlich. Er fand es jedenfalls ziemlich nervtötend, wie tadellos sie stets alles unter Kontrolle hatte. Trotzdem spülte er seine Tablette vorsichtshalber lieber mit dem Ginger Ale hinunter und ließ den Whisky stehen.

Philipp Schmeltzer und Mrs. Gupta kamen nicht mehr zurück an ihren Tisch, und Cosmas begann, sich mit der mürrischen Melek zu langweilen. Sie sah schön und etwas traurig aus, wie sie mit einem Kugelschreiber spielte und unablässig durchs Fenster schaute. Schließlich folgte Cosmas ihrem Blick. Bo Starck, der gerade Drehpause machte, hatte sich ein Barett der NS-Kriegsmarine aufgesetzt und alberte als Nazispion mit der rothaarigen Valeria McBride herum. Cosmas versetzte es einen kleinen Stich, und plötzlich verstand er Schmeltzers Subtext von vorhin. Arme Melek. Jetzt tat es ihm leid, dass er sie eine Streberin genannt hatte, die man beim Stolpern erwischen wollte, wo sie doch längst fiel, am Fallen war.

Falling in Love – fast war er neidisch auf die junge Frau. Liebesaffären am Set waren unvermeidlich; erstaunlich war nur, dass es so früh geschehen war. Üblicherweise dauerte es Wochen mit den typischen Pannen und kleineren Katastrophen beim Dreh, bevor der Druck im Team eine Art Stockholm-Syndrom auslöste und sich alles wild ineinander verliebte. Aber Bo hatte ja vom ersten Moment an, seit Newquay, heftig mit Melek geflirtet. Übrigens hatte Pleystein, als er am ersten Abend spaßeshalber überlegt hatte, in wen er sich bei dieser Produktion verlieben könnte, ebenfalls an Bo gedacht (und an Mrs. Gupta, die Eisfestung). Doch das waren rein theoretische Überlegungen gewesen, da ihm im Augenblick bereits der harmloseste One-Night-Stand zu anstrengend schien. Schon seit längerer Zeit benötigte er alle Zuneigung, die er aufbringen konnte, ausschließlich für sich selbst. Es war lange her, vor dem ganzen traurigen Schlamassel mit Kati, dass da noch ein Liebesüberschuss gewesen war, der für jemand Fremdes gereicht hätte. Daher beneidete er Melek. Nicht um die Affäre mit Bo, sondern um ihre Fähigkeit zum Verliebtsein – auch wenn sie von Bo Starck nicht bekommen würde, was ein Mädchen wie sie sich vermutlich wünschte, so wie Philipp Schmeltzer es vorhin angedeutet hatte.

Von dem kleinen Liebesdrama, das sich unter seinen Augen abspielte, einigermaßen wehmütig gestimmt, trank Pleystein nun doch seinen Whisky. Als er auch nach dem anderen greifen wollte, legte Melek die Hand auf das Glas. »Das ist meiner.« Dann kippte sie es ohne Respekt für das ehrwürdige Traditionshandwerk der Insel Skye in zwei achtlosen Schlucken runter.

Bis der Dreh am Barton Inn beendet war, hatte Pleystein diverse weitere Gläser intus, und als er gegen zwei Uhr nachts endlich in den Bus klettern durfte, lehnte er den Kopf an die Scheibe und schlief sofort ein. Eine allgemeine Unruhe im Wagen weckte ihn. Sie rollten langsam über den riesigen, dunklen, halb leeren Hotelparkplatz. Pleysteins Sitznachbar zeigte soeben aufgeregt nach draußen, die anderen pressten ihre Gesichter an die Seitenscheiben und versuchten, im Dunkeln etwas zu erkennen. Die Ankunft der Fahrzeugkolonne schien ein merkwürdiges Treiben zu beenden. Gestalten in bodenlangen, schwarzen Umhängen stoben auseinander, als die Lichtkegel der Fahrzeuge sie erfassten. Die Fahrer hupten. Jemand schrie. Die Gestalten flohen zu den Klippen, in den Garten, in alle Himmelsrichtungen. Als die Busse hielten, war Mrs. Gupta unter den Ersten, die heraussprangen. Sie lief zu ihrem Sportwagen. Man hörte sie laut fluchen. Müde, verwirrt oder verängstigt trotteten sie ihr hinterher.

»Seht euch das an!«

»Ihh! Wie widerlich!«

Auf der Motorhaube von Mrs. Guptas Auto waren Dornenzweige, Fischgräten und Treibholz zu einer Art Drudenfuß arrangiert worden. Die Seitentüren waren mit merkwürdigen, wie mit Blut gemalten Symbolen verschmiert. Auch auf den wenigen anderen Fahrzeugen auf dem Parkplatz fanden sich hexische Zeichen. Melek berichtete nun von dem morgendlichen Voodoo in der Gartenhecke, Valeria McBride lauschte gebannt, Bo tat unbeteiligt. Man rief: »Most bizarre!« – »Wie boshaft!« – »Erschreckend.« – »Unheimlich.« – »Alberner Hokuspokus.«

»Albern?« Mrs. Guptas Stimme schraubte sich steil nach oben. »Albern? Albern sind kleine Kinder im Zuckerrausch! Das hier, das ist Sachbeschädigung *und* Körperverletzung! Da versucht doch im Prinzip jemand, mich zu Tode zu erschrecken oder zu verhexen oder weiß der Teufel was – und wo bleibt eigentlich der verdammte Hotelier?!«

Cosmas, der zu müde war, um eine eigene Meinung zu haben, erbot sich, den Mann aus dem Bett zu klingeln. Danach ging er schlafen. Für heute hatte er genug Verantwortung übernommen (und nicht immer waren seine Initiativen goutiert worden). Jetzt sollten mal andere ran.

McGill kam in einem glänzenden Steppmantel auf den Parkplatz geeilt, um den Hexenschaden in Augenschein zu nehmen. »Uh, oh«, machte er bedauernd, kaute an der Unterlippe und suchte nach Worten. Unter seinem Mantel lugten Pyjamahosenbeine hervor. Ein vom Meer aufkommender Wind versuchte sich neugierig an dem dünnen Stoff.

»Ich versichere Ihnen, wir lassen Ihren MG noch heute fachmännisch reinigen.« Er kniff die Lider zusammen, während er versuchte, sich unauffällig mit dem Finger den Schlaf aus den Augenwinkeln zu wischen.

»Das ist wohl selbstverständlich«, erwiderte Mrs. Gupta steif. »Aber ich hätte gerne eine Erklärung für … für das alles hier!«

McGill zog den Hals ein wie eine Schildkröte. Eine Windböe stülpte ihm die Kapuze über die Augen. »Rund um Ostern spielen die Druiden immer verrückt«, erklärte er schließlich, während er vergeblich versuchte, wieder Herr seiner Kapuze zu werden. »Eben einer dieser seltsamen Bräuche in Cornwall, von denen Sie sicher schon gehört haben, haha.« Er lachte schwach, doch sein Bluthochdruckgesicht erzählte eine andere Geschichte.

Czmajduk deutete in die Dunkelheit. »Habt ihr deshalb hinten im Garten diesen armen Köter angebunden? Ich hab letzte Nacht kein Auge zugetan.«

McGill beeilte sich zu erklären, dass er den Dobermann nur versuchsweise ausgeliehen habe. »Ab morgen gehe ich persönlich mit dem Hotelpersonal auf Streife. Euer Schlaf wird gut bewacht.«

Doch in dieser Nacht fand nicht nur Pleystein keinen Schlaf. Bis zum Morgen rüttelten heftige Böen an den Fenstern, und im Garten wütete der Kettenhund und verbellte das Meer.

16

Auszug aus der Produktionsagenda,
Tag drei (Freitag)

09:00	Frühstück
10:00	Abfahrt
10:30–13:00	Sichtung von Locations
15:00–22:00	Einrichtung des Sets und Nachtdreh (Starck/McBride/Pub 1940)

Vorschau:

Samstag, 15:00	Einrichtung des Sets und Nachtdreh (Starck/McBride/Strand 1940)

Am Freitagmorgen hatten die Bewohner des Altenheims in Camelford die Qual der Wahl zwischen zwei Attraktionen: der Beerdigung der armen Mrs. Pennoc – und einem Filmteam im Park. Interessant aussehende Fremde, darunter Deutsche und ein Cyborg, liefen durch ihren Garten, filmten zu ihren Fenstern hoch und maßen ihre Blumenbeete aus. Bei so viel Unterhaltung direkt vor der Haustür sorgte sich Gina, die Haushälterin, wie sie die alten Leutchen wohl dazu würde bewegen können, Mrs. Pennoc die letzte Ehre zu erweisen. Doch als es Zeit war, zur Trauerfeier zu gehen, schlossen sich ihr fast alle Bewohner von Senior Park an, denn bei den Filmleuten hatte sich seit einer Stunde nichts Neues mehr

getan. Sie standen nur noch in Gruppen herum und disku-
tierten.

Der Regisseur war unausgeschlafen und unzufrieden. Das
Haupthaus von Senior Park war sehr, sehr authentisch, das
hieß ein bisschen schäbig und heruntergekommen, worüber
Pleystein höchst zufrieden war; Schneider hingegen verlangte
es nach Marmorstatuen, *vielen* Marmorstatuen. Der Requisi-
teur brachte einen Katalog.

Während Schneider sich nicht zwischen Amor, Diana oder
doch nur überlebensgroßen Traubenbouquets aus Gips entscheiden mochte, rief Pleystein: »These are grotesque mons-
trosities!«, und erklärte allen Umstehenden auf Deutsch und
Englisch, was er von Marmorstatuen im Garten einer Kellnerin hielt. Die Briten blätterten weiter durch den Katalog oder
taten so, als scrollten sie auf ihren Handys.

»Did I make myself clear enough?«

Schneider tippte sich ungeduldig an die Vorderzähne, bis
Cosmas seine Tirade beendet hatte. »Wenn du weiter nervst,
bestell ich gleich auch noch 'nen Springbrunnen.«

Cosmas ließ ihn stehen, um sich bei Philipp Schmeltzer zu
beschweren, doch der Produzent war unauffindbar. Danach
hielt er es für das Beste, nicht alleine zu Schneider zurückzu-
gehen, um die Situation nicht zu eskalieren. Was er jetzt
brauchte, war ein Spaziergang. Cosmas verließ Senior Park zur
selben Zeit wie eine Gruppe Trauernder. Kurz hinter der Brücke schwenkten sie nach links zur nahen Kirche Saint Thomas
of Canterbury, und Cosmas schlenderte weiter die Victoria
Road hoch. Vor dem Fudge-Laden stieg ihm der köstliche
Duft hausgemachter Süßigkeiten in die Nase, also ging er hinein und kaufte für stolze zwanzig britische Pfund Sahnebon-

bons, die vage als süße Bestechung für Schmeltzer, Schneider und das Team gedacht waren. Während die Verkäuferin buttrig duftende Toffees in drei Geschmackssorten (Whisky, mit Kokosraspeln und klassisch) in rosa gestreifte Tütchen füllte, lief eine kleine Gestalt in gepunktetem Regenmantel am Schaufenster vorbei. Wie üblich war sie spät dran und daher sehr in Eile, weshalb sie dem verführerischen Duft aus dem Geschäft nicht nachgeben würde. Sie sah noch nicht einmal ins Schaufenster.

Gina hatte Susann nur mit Mühe davon überzeugen können, an Mrs. Pennocs Trauerfeier teilzunehmen. Nach ihrem Erlebnis im Haus der Toten hätte Sun es wirklich vorgezogen, Martin Pennoc, diesem unberechenbaren Hooligan, nie wieder unter die Augen zu kommen.

Als sie die Kirche Saint Thomas of Canterbury betrat, wurde bereits der erste Choral angestimmt. Ein Meer von grauen und weißen Köpfen wogte bis zum Altar. In der ersten Reihe konnte man die riesenhaften Gestalten der Pennoc-Männer ausmachen. Rasch und möglichst unauffällig wollte Sun sich in eine der hinteren Kirchenbänke setzen, aber Mrs. Stockwell aus ihrem Malkurs hatte sie entdeckt und winkte sie energisch zu sich. Neben ihr saßen die anderen Damen und Herren Künstler aus dem Altenheim, die ihrer Kursleiterin zur Begrüßung stumm mit den selbst gemalten Abschiedskarten zuwinkten, die sie der Toten ins Grab mitgeben wollten; auf vielen waren Hühner zu erkennen. Mit heftigem Bedauern dachte Sun an ihr unfertiges Bauernhof-Diorama und die armen Glastiere. Sie hätte zu gerne gewusst, was Martin Pennoc mit der Sammlung seiner Mutter vorhatte. Die Trauergemeinde erhob sich mit raschelnder Regenkleidung für das Vaterunser. Sun, die das Gebet üblicherweise ein wenig geistesabwesend herunterzumurmeln pflegte, sprach die Stelle über die Vergebung der Sünden und das Nicht-in-Versuchung-Führen inbrünstiger als sonst mit. Sie bat darum, dass die bärtige Kunst- und Keksfreundin ihr vergeben möge, wie missgünstig sie zuletzt von ihr gedacht hatte. Und dass sie ihr vergeben möge, dass Sun, als sie für die arme Seele das Radio hatte anmachen wollen, damit es nicht so unheimlich still im Brückenhaus war, *auch* einen Blick in die Vitrine geworfen hatte. Hoffentlich war der Geist von Mrs. Pennoc nicht noch präsent gewesen und hatte sie beobachtet!

Seit Sonntag beschäftigte Sun die Vorstellung von Seelenwanderung. Wen auch immer sie in dieser Woche getroffen hatte, bat sie um eine Meinung dazu. Sie hatte mit ihrer kranken Freundin Linda in Delabole gesprochen, mit Gordon Lewes, mit den Töpfern aus Rock und ihren Künstlerkolleginnen von COOP-Art. Und als sie zur wöchentlichen Probe des Camelforder Amateur-Orchesters gegangen war, hatte Sun mit ihren metaphysischen Fragen kaum die Teepause abwarten können. Zu dem, was nach dem Tod mit der Seele – oder dem Geist, dem Bewusstsein – geschah, gab es unter den Simply Awesome Symphonians so viele verschiedene Meinungen wie Anwesende. Einige, darunter Suns Freund mit dem roten Schal, der Posaunist bei den SAS war, glaubten an gar nichts, insbesondere nicht an ein Leben nach dem Tod.

»Ich schon. Sogar an Wiedergeburt«, hatte Sun tapfer in die Runde hineingesagt und klirrend ihre Tasse abgesetzt. »Ich war in London mal bei einem Hypnotiseur, von dem ich erfahren habe, dass ich in einem früheren Leben eine russische Adelige gewesen bin, stellt euch das vor … Glaubt ihr denn wenigstens, dass die Seele noch eine Zeit lang im Raum ist, also da, wo sie gestorben ist?«

Besonders hatte sie die Meinung von Doktor Harris, dem Harfenisten, interessiert. Er war Arzt, frommer Anglikaner und ein alter Freund der Familie Pennoc. Darüber hinaus war er für seine recht eigenwilligen Ansichten berüchtigt – von der EU beispielsweise sprach er nur als »Zentralkomitee«.

»Ich weiß es nicht, Susann«, hatte Dr. Harris schlicht geantwortet. »Der *Tod* ist uns Lebenden unbekannt. Wir kennen nur das *Sterben*, einen Prozess, der von unserer Geburt an leise im Hintergrund mitschwingt. So wie bei der Geburt eines Tons. Sobald der Ton hörbar geworden ist«, er strich einen Schauer von Klängen aus seiner Harfe, »wird er auch schon wieder leiser und verklingt. Je feiner unser Ohr, desto später stirbt er, nicht wahr? Nun, durch die moderne Medizin ist aus der einst eindeutigen Grenze zwischen Leben und Tod allmählich eine immer ungreifbarere geworden. Was ist ein Körper, der künstlich am Leben gehalten wird? Ein lebendiger Mensch? Oder ein Toter? Der Geist kann ihn schon lange verlassen haben. Als Christen glauben wir, dass die Seele ein ebenso lebenswichtiges Organ wie das Herz ist. Aber sie ist unsterblich, daher dürfen wir annehmen, dass sie sich vom Körper trennt, sobald die anderen physischen Organe den Zustand der unumkehrbaren Desintegration erreicht haben. Ich persönlich glaube, dass die Seele wie die Taube ist. Sie wird automatisch wieder Teil des dreieinigen Gottes, sobald die Desintegration mit dem sterblichen Fleisch vollzogen wurde. Ich glaube daher nicht, dass eine desintegrierte Seele unabhängig von Gott existiert, geschweige denn etwas *sehen* kann, wie du meinst oder vielleicht befürchtest. Mit anderen Worten, ich glaube nicht, dass Joanne Pennocs Geist gehört oder gesehen hat, was Martin oder du gemacht haben, falls dich das beruhigt.«

Aber Sun war nicht beruhigt. Als die Teepause beendet war, hatte sie sich angeschickt, das Geschirr zu spülen, um einen Moment allein sein zu können. Die Musiker setzten sich wieder hinter ihre Instrumente, nur Dr. Harris, der Suns hausfraulichen Fähigkeiten nicht ganz traute, war aufgestanden und half beim Abtrocknen.

Dabei vertraute er ihr eine fatale Neuigkeit an: »Martin hat mich übrigens gebeten, seine Mutter zu obduzieren. Joanne wurde in die Pathologie nach Truro überführt.«

Sun ließ einen sauberen Teelöffel zurück ins Becken fallen. »Aber warum denn? Ist sie nicht ganz natürlich eingeschlafen?«

»Aber ja. Ich selbst habe den Totenschein ausgestellt. Es ist nur … es ist Martin. Er hat da so einen dummen Verdacht, eigentlich sogar zwei …«

Sie war den Tränen nahe gewesen. »Wegen mir? Er verdächtigt *mich*?«

Dr. Harris hatte ihr freundlich auf die Schulter geklopft. »Nimm es nicht persönlich, Susann. Das ist eben seine Art, damit umzugehen. Er hat dich bei ihr gefunden, und er sagt, wenn du es nicht warst, dann …« Der Arzt hatte geseufzt. »Seine Hauptverdächtige bist du jedenfalls nicht. Wenigstens werde ich Martin durch die Obduktion beweisen können, dass er sich irrt. Sonst stellt er noch was Dummes an. Also, ich konnte es ihm einfach nicht abschlagen.« Außerdem war es fachlich interessant; in dieser friedlichen Gegend bekam ein Arzt nicht allzu häufig die Gelegenheit, Leichen aufzuschneiden.

Als die Gemeinde sich nach dem Gebet raschelnd wieder hinsetzte, fiel Sun ein, dass nicht nur sie selbst, sondern auch

Bonnie Pierce zuletzt sehr schlecht auf die verblichene Mrs. Pennoc zu sprechen gewesen war, weil sie ihr Haus nicht für Filmaufnahmen hatte hergeben wollen. Und Martin Pennoc hatte sich das ganze Osterwochenende im Darlington Inn besoffen, aber Bonnie hatte nicht gesagt, woher das Geld dafür gekommen war. Hatten die Pierces es ihm gegeben, damit er seine Mutter umstimmte – oder gar *aus dem Weg schaffte*? Oder hatte Bonnie etwa selbst …?

Der Trauergottesdienst war langweilig, aber kurz. Der Bierbrauer, von dem alle einen sentimentalen und sehr lauten Abschied erwartet hatten, kippte auf der kurzen Bank immer wieder nach vorn wie ein versteinerter Troll, verzichtete aber auf eine Rede. Als sie die Kirche verließen, fiel ein feiner Sprühregen, der die Jacken nur nebelfeucht benetzte, trotzdem schreckte er einen Teil der Trauergemeinde vom Gang auf den Friedhof ab. In der kleiner gewordenen Menge erspähte Sun die Pierces, die dicht hinter der Familie des Brauers marschierten, und endlich auch zwei freundliche Gesichter, das von Dr. Harris und seiner Frau. Von dem Arzt erfuhr sie, dass bei Joanne Pennocs Obduktion keine Hinweise auf Fremdeinwirkung gefunden worden waren; die alte Dame war ganz friedlich eingeschlafen. Sun war froh und erleichtert, dass Missgunst, Neid und Habgier, diese Todsünden, als Todesursache auszuschließen waren. Die Harrises waren wehmütig und sprachen von glücklichen Erinnerungen an Martin senior und natürlich an Joanne. Nun stand das schöne, alte Brückenhaus, das seit drei Generationen den Pennocs gehört hatte, zum Verkauf oder war vielleicht schon verkauft; Martin junior wollte wohl wirklich keine Zeit verlieren.

»Es heißt, Martin möchte alles verscherbeln und an der Costa del Sol eine Brauerei aufmachen. Aber könnt ihr euch Martin am Strand vorstellen?«

Auf dem Friedhof blieb Pennoc vor dem offenen Grab seiner Mutter stehen und wandte sich der Trauergemeinde zu. Einer seiner vielen Cousins hielt einen Schirm über ihn, anscheinend wollte er jetzt doch noch einige Worte sprechen.

»Ich danke euch allen für euer Kommen. Es bedeutet uns viel, dass ihr Mama auf ihrem letzten Weg begleitet. Ja.« Der Bierbrauer blinzelte durch die Regenschleier zu den Trauernden, die dichter heranrückten, um ihn besser hören zu können. »Nun nehmen wir Abschied von unserer geliebten Mutter, Großmutter, Schwester, Tante, Nachbarin, Oma ...« Er verlor den Faden. Die Schirme der Zuhörer schwankten. »Folgendes muss ich euch noch sagen. Sonst ersticke ich daran. Also. Es wurde bewiesen, dass meine Mutter ein weiteres, spätes Opfer von South West Water ist. Damit ist meine Familie erneut ein Opfer des Aluminiumskandals geworden. Aber ich will jetzt nicht von mir sprechen, auch nicht von meiner Brauerei und der ganzen Riesensauerei, die uns alle betroffen hat, das Trinkwasser, die Fische, das ganze unbrauchbare Bier ...« Langsam kam Pennoc in Fahrt, er stemmte die Beine auseinander und schob den fetten Bauch vor, sodass seine Stimme noch mehr Volumen bekam. »Genau wie bei Carol Cross, Sarah Sillifant und Irene Neal, die alle schon vor zehn Jahren – viel zu früh – von uns gegangen sind, hat man auch bei Mama eine Riesenmenge Aluminium im Kopf gefunden.«

Bei der Erwähnung der drei toten Frauen wurde leise gemurmelt. Mrs. Harris flüsterte ihrem Mann zu: »Siehst du,

Jon, wie ich befürchtet hatte.« Zu Susann und jedem, der es hören wollte, sagte sie etwas lauter: »Irene Neal ist über neunzig Jahre alt geworden. Und auch wenn es traurig ist: Man muss akzeptieren, dass Menschen sterben. Selbst die eigene Mutter.«

Pennoc ließ sich nicht unterbrechen, sondern sprach ebenfalls lauter. »Das wurde bei der Obduktion festgestellt, die ich privat in Auftrag gegeben habe, weil sich ja unsere Polizei und der beschissene National Health Service mal wieder um nichts gekümmert haben ...« Dann forderte er die Wiederaufnahme der Untersuchung des Chemieunfalls durch die Staatsanwaltschaft. Er verlangte, dass endlich »die Köpfe der Verantwortlichen rollen. Was ist denn wegen dem schlampigen Betrieb des Reservoirs oben im Moor geschehen? Nichts. Und als sich herausstellte, dass unsere Kanalisation vor dem Unfall noch nie gereinigt worden ist? Nichts. Und als rauskam, dass SWW alles absichtlich vertuscht hat? Wieder nichts. Niemand aus der Chefetage musste dafür geradestehen! Und jetzt sitzen diese Bonzen von SWW in den schönsten Häusern an der Küste, während wir hier in Camelford krepieren dürfen.«

Als er SWW der Tötung, ja der Ermordung von einem halben Dutzend unschuldiger Menschen anklagte, sagte Mrs. Harris zu ihrem Mann: »Jon, unternimm was. Das ist nicht mehr angemessen.«

Der Arzt spähte durch seine beschlagene Brille vorsichtig zu Pennoc. »Ich würde ja gern, Liebes. Aber ich fürchte, da ist mit Vernunft nichts zu erreichen.« Er deutete auf die Cousins, die den Brauer umringten und die Fäuste auf- und zumachten, während dieser langsam das Ende seiner Rede erreichte.

Pennoc warf eine Schaufel nasser Erde auf den Sarg. »Ich schwöre dir, Mama, dafür werden sie bezahlen. So wahr ich hier stehe. Amen.«

Dr. Harris wiegte den Kopf. »Das erinnert einen doch ziemlich an William Wallace' Rede in *Braveheart*, oder? Und irgendwie hat er ja auch recht. Wir haben bei der armen Joanne siebzehn Mikrogramm Aluminium pro Gramm Gehirnmasse gefunden.« Für Sun erklärte er: »Normal sind null bis maximal zwei Mikrogramm. Aber siebzehn! Das kann man wirklich nicht einfach so wegerklären.«

Mrs. Harris schnaufte ungeduldig. »Aber sie *hatte keine Beschwerden*! Stimmt doch, Susann, sie war überhaupt nicht dement. Sie war doch in deinem Malkurs …«

Doch Sun war viel zu erleichtert, dass der Bierbrauer einen neuen Schuldigen am Tod seiner Mutter gefunden hatte, um sich auf Mrs. Harris' Seite zu schlagen. Nach dem Racheschwur verlief die Trauerfeier wieder gesittet und endete ganz traditionell: Man ging einen heben. In Anbetracht der Umstände hatten die Pierces Martins Hausverbot selbstverständlich aufgehoben, daher trafen sich die Trauernden im Darlington Inn. Die Harrises und Sun fuhren nach Hause.

17

Cosmas Pleystein fuhr am Freitagabend nicht sofort in Mrs. Hewetts Pension, sondern begleitete das Team nach Abschluss des Drehtags zurück ins Hotel, um zu feiern. An den Wochenenden bot das King Arthur's Castle Hotel die traditionelle Liveunterhaltung britischer Pubs. In der Regel traten lokale Bands auf – keine Coverbands, selten Tanzmusik –, manchmal gab es auch größere Unterhaltungsshows, sogar Theater aus dem Londoner Westend gastierten manchmal hier. Da die Preise an der Hotelbar die ortsübliche Schmerzgrenze überschritten, zogen die Veranstaltungen im King Arthur's vorwiegend Hotelgäste und Städter mit Cottage auf dem Lande an. An diesem Freitagabend standen ausschließlich auswärtige Jeeps, SUVs und große Limousinen vor dem Hotel. Der Anblick dieser Luxuskarossen auf dem von allen Spuren des Spuks gereinigten Parkplatz ließ nur den Schluss zu, dass die Urheber und Urheberinnen des gestrigen Hexentreibens entweder versehentlich die falsche Nacht ausgewählt hatten – oder kein Klassenbewusstsein besaßen, da sie mit ihrem gestrigen Voodoo-Zauber mehrheitlich die Fahrzeuge der polnischen Hotelangestellten verwünscht hatten.

Im großen Speisesaal mit dem herrlichen Blick auf die Artusburg spielte ein Folk-Quartett. Es hatte mit getragenen Stücken begonnen und sie dann der Lautstärke der Unterhaltungen angepasst. Die Musiker steigerten sich allmählich in die Polkaphase, als ein junger Matrose der deutschen Kriegsmarine von 1940 die Vordertreppe des King Arthur's erstürmte. Über seinem Overall trug der Soldat eine historische Lederjacke in Feldgrau, im zerstrubbelten Haar saß ein fesches Matrosenkäppi mit Reichsadler und Swastika. Als er in dieser Aufmachung und im Sturmschritt den Saal betrat, hoben die Gäste kurz die Köpfe. Dann speiste man gelassen weiter. In Cornwall und ganz Großbritannien gab es nicht wenige Verrückte, die gerne in Uniformen herumliefen. Das *Re-Enactment*, das Nachstellen historischer Schlachten, auch des Zweiten Weltkriegs, war quasi Volkssport.

Bo Starck hatte sein Filmkostüm nach Drehende unerlaubterweise anbehalten, und es stand ihm auch verboten gut. Bo warf einen Blick auf die Band und den voll besetzten Saal, drehte sich zu den Nachzüglern aus seinem Team um und rief laut: »Krass, hier ist ja noch voll was los! Kommt her, Leute, Cosi, Philipp, das ist erste Sahne!« Bei diesen deutschen Klängen wurden die ersten Tische nahe dem Eingang unruhig. Ein *Deutscher* in Naziuniform! Das war des Guten vielleicht doch zu viel. Aber Bo schien das Getuschel gar nicht zu bemerken. Er versuchte, sich zwischen Tischen, Tanzpaaren und Kellnern zur Bar hindurchzuschlängeln, wobei er in einen munteren Polkaschritt verfiel. Einen Arm vor sich ausgestreckt, mit dem anderen das Matrosenkäppi festhaltend, rief er übermütig: »Aaach-tung! Wirrr haben grrroßen Durrrst! Wo ist das Bierrr?«

Ein Hunne, der sich anschickte, bis zum Tresen, diesem Altar britischer Gastronomie, durchzumarschieren! Eine derartige Provokation an einem Freitagabend in einem englischen Pub (und sei es auch nur das snobistische Restaurant des King Arthur's): Hurra! Die Band steigerte ihr Polkatempo und spielte noch etwas lauter, als sich etliche Gäste von ihren Plätzen erhoben. Während die Immobilienmakler, Stockbroker, Anwälte, Schönheitschirurgen und Werbefachleute innerlich noch mit sich rangen, ob sie dem Fritz nun eine reinhauen sollten oder durften oder gar mussten, stürzten bereits zwei Männer herein, die sich beeilten, ihn einzufangen und aus dem Restaurant zu zerren. Als der Hunne außer Sicht war, ging ein Seufzer durchs Publikum. Ach, wäre man selbst doch schneller gewesen!

Im Foyer übergaben Pleystein und Czmajduk den meuternden Matrosen an den Chef von Orion, der ihnen der für Strafmaßnahmen Zuständige schien.

Doch Philipp Schmeltzer verschränkte die Arme über seinem Lacoste-Pullover und sagte: »Nö. Ich will jetzt in Ruhe noch einen Absacker trinken. – Cosi kann das erledigen. *Der* ist für so was mitgekommen.«

Alles blickte gespannt zu Pleystein, der ein kummervolles Gesicht zog und Hilfe suchend zu Schmeltzers strebsamer Assistentin sah. Doch Melek beobachtete nur mit zusammengekniffenem Mund, wie Valeria McBride Bo das Käppi vom Kopf zog und ihm damit Klapse auf Arme und Bauch gab. Die beiden schienen halb zu ersticken vor unterdrücktem Lachen.

»Ach, geh dich einfach umziehen, Bo«, murmelte Cosmas schließlich mit schlappem Handwedeln. »Und nachher erzähle ich dir mal, wie Hans zu den Nazis und ihren Symbolen steht.«

Schmeltzer grinste schadenfroh und legte Cosmas den Arm um die Schulter. »Bravo, Co-Produzent, dem hast du's gezeigt. Ich geb 'n Bier aus. Wir sehen dich nachher an der Bar, Bo!«

Doch als die Deutschen im Speisesaal Bier bestellen wollten, schüttelte der Kellner den Kopf: »No beer.« Sie bekamen kein Ale, kein Lager und auch kein Bitter. Lediglich australisches Flaschenbier bot der Kellner ihnen an – wahrscheinlich als Strafe für den Überfall seiner Bar durch die deutsche Kriegsmarine. Doch Czmajduk und Pleystein, der gelernte Brauer, weigerten sich, Massenimportware aus den Kronkolonien zu trinken, sondern verlangten beharrlich ein gepflegtes, handwerklich hergestelltes Bier aus dem Königreich, am besten aus der Region. Schließlich wurde der Hotelchef gerufen. Brian McGills Gesicht schimmerte noch eine Spur röter als gewöhnlich, als er an Schmeltzers Tisch trat und sich dafür entschuldigte, dass es heute Abend kein Fassbier gab.

»Bitte erlauben Sie mir, Ihnen stattdessen einen lokalen Weißwein anzubieten, aufs Haus natürlich.« Er gab dem mitgekommenen Kellner einen Wink und setzte sich. »Diese Cuvée ist vorzüglich, überzeugen Sie sich«, drängte er, während er ihnen einschenkte. »Na bitte!« Er freute sich, als Philipp Schmeltzer anerkennend mit der Zunge schnalzte. »Glauben Sie mir, wenn ich sage, dass die Weinstöcke keine zwanzig Meilen von hier stehen? Doch wirklich, dieser Wein wird an der Camelmündung angebaut. Der Gründer, ein ehemaliger Pilot, hat 1989 mit einer Handvoll Rebstöcke angefangen – übrigens aus Deutschland! Wir vom King Arthur's unterstützen diese Ausnahmewinzerei natürlich von Beginn an.«

Derart hätte sich der Hotelchef noch stundenlang durch sein Handbuch der britischen Weine plaudern können, doch außer Schmeltzer und Schneider interessierte sich niemand am Tisch für Wein. So unterbrach Czmajduk den Vortrag und fragte, aus welchem Grund es heute kein Bier gab.

McGill winkte unwillig ab. »Ach, ist nur ein dummer kleiner Unfall, Ärger in der Brauerei, gar nicht interessant.« Aber da Czmajduk und vor allem Cosmas ihn gespannt ansahen, seufzte er und sprach schließlich weiter. »Kurz zusammengefasst: Wir beziehen das Fassbier hier aus Tintagel. Gestern hätte die Brauerei wie üblich liefern sollen, es kam aber niemand, und wir haben nicht erfahren, wieso, angeblich ein Trauerfall oder Streik, weiß der Henker. Schön, und dann heute Abend, eben vor ein paar Stunden erst, der Freitagabendbetrieb ist schon in vollem Gange, da bringt endlich einer unsere Lieferung.« Inzwischen hatte der Hotelier sich für seinen Zorn erwärmt und pfiff auf die Kurzfassung. »Aber das war nicht der übliche Fahrer, sondern der Braumeister persönlich. Hatte selbst schon schwer getankt. Und der kippt uns unsere Bestellung, ein knappes Dutzend Fässer, einfach vor die Vordertür. Hätte ein paar schöne Unfälle geben können.« McGill runzelte in der Erinnerung die Stirn. »Aber Moment, jetzt kommt's erst! Die Fässer waren alle offen! Und der irre gewordene Kerl springt aus dem Laster und kippt sie alle aus. Können Sie sich das vorstellen? Sechshundert Liter gutes Bier, von einem Brauer in den Dreck gekippt! Wo hat man so was schon mal gehört?«

Kopfschüttelnd stand er auf und verteilte die Reste aus den Camel-Valley-Flaschen auf die Gläser seiner Gäste.

Cosmas lehnte den letzten Schluck ab und erhob sich ebenfalls. »Könnten Sie mir ein Taxi rufen? Ich muss noch nach Camelford.«

»Ein Taxi wird schwierig sein, aber einer unserer Angestellten wohnt dort, der kann Sie gleich mitnehmen. Und Sie«, McGill wandte sich an die anderen, »können heute Nacht beruhigt schlafen. Wir patrouillieren die ganze Nacht rund ums Haus. Es wird keinen weiteren nächtlichen Spuk mehr geben, das versichere ich Ihnen.«

18

Auszug aus der Produktionsagenda,
Tag fünf (Samstag)
14:00   Abfahrt Stranddreh
15:00–21:00 Einrichtung Set; Nachtdreh (Starck/
              McBride/Strand 1940)

Vorschau:
So, ab 07:00 Abreise

Doch die Patrouillen des Hotelmanagers hielten die Hexen nicht davon ab, eine dicke, fette Warnung an alle Gäste des King Arthur's Castle Hotel zu hinterlassen. Sie lag am frühen Samstagmorgen in dem nun wieder hundefreien und bis dato mindestens fünffach verfluchten Klippengarten. Es war nur ein Wort, mit Steinen, Treibholz, Knochen und Zweigen geschrieben, die Buchstaben so groß, dass man das Wort von Nahem gar nicht mehr als solches lesen konnte – von den Fenstern mit Meerblick aus allerdings schon.

Es war Valeria McBride, die das Wort entdeckte. L VE stand auf dem Rasen, mit einer unordentlichen Lücke (in der eigentlich ein E und ein A hätten liegen sollen). Im noch dämmerigen Garten harkten bereits zwei Männer den Rasen und fegten das improvisierte Gartenmosaik weg. Das fand Valeria furchtbar schade, denn sie nahm an, dass L VE nicht »Leave«

(Verschwindet), sondern »Love« (Liebe) hieß und ihr galt. Sie war eine bildhübsche, junge *Celebrity*, der eine Affäre mit Prinz Harry nachgesagt wurde – sie *musste* einfach davon ausgehen, dass L VE für sie bestimmt war. Rasch machte sie ein Handyfoto für ihre Instastory, bevor sie sich wieder in ihr Himmelbett kuschelte. Der Urheber der romantischen Aktion konnte nur Bo Starck sein. Alles an Bos Benehmen ließ darauf schließen, dass er sie erobern wollte. Valeria hatte nichts dagegen, wenn sich hübsche, junge Männer in ihrer Gegenwart wie Gockel aufführten. Es beunruhigte sie eher, wenn sie es *nicht* taten – das wirkte so gezwungen und künstlich.

Weil sie nicht mehr einschlafen konnte, ging sie in Gedanken die Liebesszene durch, die sie heute Abend drehen würde. Valeria hoffte, dass sie dabei natürlich wirken würde (aber auch nicht *zu* natürlich!). Das LOVE auf dem Hotelrasen war eine doppelt gute Idee von Bo gewesen, es inspirierte sie, sich richtig in die Szene reinzuhängen, denn es transportierte ihre Rolle ins echte Leben: hier die englische Betty, dort der deutsche Hans, der die Unerreichbare aus der Ferne anbetet; ein Feind, der sie heimlich liebte und so weiter. Das war etwas, das sie wesentlich mehr antörnte als vierzehn Grad Lufttemperatur und Sandkrümel am Po. Valeria beschloss, Bos Gefühle, sollte er sich nachher als guter Küsser erweisen, zu erwidern, bevor sie bei ihrem Wiedersehen im Juni womöglich schon wieder erkaltet wären.

Als ein wenig später an diesem Samstagmorgen Cosmas Pleystein erwachte, sah er einen Zauberstab auf sich gerichtet und schreckte hoch. Dann erinnerte er sich, dass er nicht mehr in seiner Kingsize-Suite im King Arthur's war, sondern irgendwo in den Mooren bei Camelford. Von ihrem Plakat aus bedrohten ihn Harry, Ron und Hermine weiter, während er sich pfeifend in Amanda Hewetts neuestem Motto-Zimmer anzog. Dann ging er hinunter in den Frühstücksraum, wo er der einzige Gast war. Seine Wirtin verwöhnte ihn mit dem üppigsten Full English Breakfast, das er je gegessen hatte. Drei Spiegeleier, drei Würstchen, fünf Scheiben Bacon, ein See aus roten Bohnen, dazu gegrillte Tomaten, Champignons und Toast mit Orangenmarmelade *galore*. Während er mit gutem Appetit alles wegschaufelte, was sie ihm vorsetzte, versuchte er, in der Karte seines Cornwall-Reiseführers die Locations zu finden, die sie heute Vormittag sichten würden, bevor am frühen Abend die große Liebesszene am Strand gedreht würde, demselben, an dem sich am Ende des Films der gereifte Hans – Cosmas – und die ältere Betty versöhnen und endlich zueinanderfinden würden.

Mrs. Hewett spähte ihm neugierig über die Schulter und schenkte ihm dabei frischen Kaffee nach. »Oh, der Strand von Trebarwith!«, rief sie. »Drehen Sie da auch? Ja, das verstehe ich gut, der ist traumhaft! – Aber ich will nichts verraten, Sie müssen ihn selbst sehen. Heute Abend berichten Sie mir davon, ja? Ich biete übrigens auch Halbpension an – und wenn Ihnen schon mein Frühstück so schmeckt ...«

Die anderen Locations, Wachtürme auf irgendwelchen Klippen, hatte er nicht im Reiseführer gefunden, aber seine Pensionswirtin kannte sie ebenfalls. Sie stellte die Kanne ab und setzte sich, um ihm in aller Ausführlichkeit die Park-, Picknick- und Wandermöglichkeiten vor Ort zu beschreiben. Während ihrer Aufzählung sah Cosmas unauffällig auf die Uhr – der Fahrer war seit einer Viertelstunde überfällig. Zu guter Letzt ging er nach oben, um seine Sachen zu holen, und wartete anschließend eine weitere Viertelstunde vor der Tür der Pension, bevor er Melek Ermiş anrief.

»Cosmas! O nein, man hat dich nicht abgeholt? Ich hatte die Fahrer extra auf deine neue Adresse hingewiesen. Ich regele das, kann aber dauern, bis ein Fahrer frei wird, die sind ja jetzt alle schon unterwegs …«

Als Cosmas zurück in den Frühstücksraum trottete, war seine Wirtin verschwunden, in der Küche hörte er Geschirr klappern. Er beschloss, die Wartezeit sinnvoll zu nutzen und endlich das Drehbuch zu lesen. Mit dem Script verzog er sich ins Esszimmer, wo es zwar leicht nach gebratenem Speck roch, was ihm jedoch immer noch erträglicher schien als die eindringlichen Blicke der drei Hogwarts-Schüler in seinem Zimmer. Lustlos starrte er auf die hundertsechzig Seiten Lochbindung hinunter. Das Papier auf den ersten Seiten war an den Rändern weich und leicht fettig, man konnte genau sehen, bis wohin er es jedes Mal immer bloß geschafft hatte – ab Seite fünfundzwanzig ungefähr waren die Seiten steif und scharfkantig. Cosmas seufzte tief. Er fand immer noch, dass die Lektüre sich eigentlich nicht lohnte, solange die von Philipp angekündigten, letzten Überarbeitungen noch nicht vorlagen. Außerdem hielt ihn ein dummer, kleiner Aberglaube von der Lektüre ab. Denn solange er das Drehbuch von *Der Liebe ist im Krieg alles erlaubt* nicht las, gab es immer noch *Kan Werin*, den Film, über den seine kleine Schwester und er Kameraden, Komplizen, Freunde geworden waren. Kati und er waren sich bei der Arbeit am alten Drehbuch wirklich nahegekommen. Sie hatten über die Vergangenheit gesprochen, die Jahre, in denen sie sich aus den Augen verloren hatten, die Fehler, die sie gemacht, und Chancen, die sie verpasst hatten. Sie hatten einander gestanden, was sie sich jeweils für ihr eigenes, besseres Ich gewünscht hätten – und dann hatten sie all diese Melancholie Hans, dem Antihelden, geschenkt. Die Lektüre der Orion-Story, so fürchtete Cosmas, würde diesen Hans – und mit ihm auch die Erinnerung an seine und Katis Komplizenschaft – auslöschen. Doch in der Stille der Pension blieb ihm nichts anderes zu tun, als den Tatsachen ins Gesicht zu sehen. Die Kunststoffspirale knirschte, als er die erste Seite aufschlug.

Hans, ein bildhübscher U-Boot-Matrose der NS-Marine, spioniert während des Zweiten Weltkriegs an der englischen Küste. In der ersten Szene macht die verrohte U-Boot-Mannschaft aus Langeweile Jagd auf Delfine. Hans greift einem Schützen ins Gewehr und verhindert das Blutbad. In der nächsten Szene geht es um den ersten nächtlichen Spionage-Gang. Als ein Schlauchboot die Männer am Strand absetzt, sind sie zivil gekleidet, doch Hans' schusseliger Kamerad hat vergessen, das Käppi abzunehmen, das ihn als Matrosen der deutschen Kriegsmarine ausweist. Hans kann es ihm gerade noch vom Kopf reißen, bevor sie sich trennen. Jeder zieht alleine weiter. Gesang und Biergeruch locken Hans zu einem Pub auf den Klippen. Er versteckt sich, um die Trinker zu belauschen, und verknallt sich in die hübsche, singende Kellnerin. Als der Pub schließt, folgt Hans Betty heimlich auf ihrem Weg nach Hause. (Klar, dachte Cosmas, das tut er natürlich ganz ohne Hintergedanken; und absurderweise flammte Zorn auf Bo Starck in ihm auf.) *Jedenfalls ist Hans zufällig zur Stelle, als Betty von zwei Betrunkenen überfallen wird. Er springt hinter einem Baum hervor und rettet sie heldenhaft vor der drohenden Vergewaltigung. Dabei verliert er jedoch das verräterische Käppi mit dem Emblem der Kriegsmarine.* (Nazi-Aschenputtel, grummelte Cosmas.) *Hans verschwindet in der Dunkelheit; Betty fin-*

det die Mütze. Um sie zurückzubekommen, schleicht Hans in der nächsten Nacht erneut zum Pub und gibt sich Betty gegenüber als deutscher Spion zu erkennen, womit er sein Schicksal in ihre Hand legt. Sie gerät in einen inneren Konflikt, verrät ihn jedoch nicht. In den darauffolgenden Nächten trifft sich Hans immer wieder mit Betty. Für seinen Offizier zeichnet er Fantasieland-karten der englischen Küste. Schließlich verbringt das Paar eine Liebesnacht am Strand und schwört sich ewige Liebe.

Die Tür zur Küche wurde geöffnet. Mrs. Hewett betrat das Esszimmer, um zu hören, ob ihr Gast alles hatte, was er brauchte, und linste zum Drehbuch.

»Ach ja, die elende Auswendiglernerei«, seufzte sie mitfüh-lend. »Bei uns – den Camelford Pantomimes – geht das auch bald wieder los.« Das war eine haarsträubende Übertreibung, da die Pantomimes frühestens im Herbst ihr neues Stück ein-studieren würden (wenn man überhaupt von Studieren spre-chen durfte). Amanda legte verschwörerisch einen Finger auf die Lippen: »Keine Sorge, ich lasse Sie in Ruhe lernen. Ich weiß ja, wie schwer es ist, sich diese Unmengen an Dialogen zu merken. Und falls Sie einen Anspielpartner brauchen: Sie wissen, wo Sie mich finden.«

Damit zog sie sich taktvoll zurück und schloss die Tür hin-ter sich.

19

»Susann, Liebes, rate, wer gerade eben ein Full English Breakfast für zwei Personen bei mir verputzt hat?«

Sun, die im Bett gelegen hatte, als das Telefon klingelte, war noch nicht in Form für Ratespiele. Barfuß und im Nachthemd stand sie fröstelnd am Apparat neben der Haustür. Zum Glück erwartete Amanda keine Antwort von ihr.

»Der deutsche Schauspieler und Filmproduzent. Eine Pfanne voll mit Eiern, Pilzen und Baked Beans hat er verputzt, mit fünf Würstchen und einem Berg von Bacon! Dazu Toast mit Orangenmarmelade *galore* ... Oh!«, unterbrach sie sich selbst und fragte Sun verlegen, ob es wirklich okay sei, über Cosmas Pleystein zu sprechen – gerade so, als wäre Pleystein Suns Liebhaber, den sie, Amanda, ihr ausgespannt hätte. Was ja in gewisser Weise sogar der Wahrheit entsprach.

Aber Sun machte nur spöttisch »tss«, während sie nach ihren Pantoffeln schielte. Vorsichtig versuchte sie, ihr völlig verdrehtes Telefonkabel so lang zu ziehen, dass sie während des Gesprächs hineinschlüpfen konnte. »Tss, ich hatte schon völlig vergessen, dass er im Caravan wohnen wollte.«

Amanda lachte erleichtert auf. Sie war froh, dass Sun ihr nichts nachtrug, denn um zu erklären, weshalb der Filmstar in ihrer Pension und nicht bei Sun saß, hätte sie erzählen müssen, dass es ihre, Amandas, Hexenkunst gewesen war, die ihn überhaupt erst nach Camelford gerufen hatte.

»Ehrlich gesagt, wäre er mir nur im Weg gewesen.«

»Da hast du wohl recht! Du bist ja auch nicht gerade die geborene Hausfrau.« Mit gesenkter Stimme fuhr sie mit ihrer Liveberichterstattung fort. »In diesem Moment sitzt Mr. Pleystein schon wieder in meinem Esszimmer, wartet wohl auf die nächste Mahlzeit. Ich glaub, der futtert mir noch die Haare vom Kopf. Dir ist es wahrscheinlich auf den ersten Blick nicht aufgefallen, aber wenn man Mr. Pleystein zufällig nur halb bekleidet sieht: O weh! Da bilden sich ein paar Rettungsringe um die Taille.« Sie kicherte kokett, mit ihrer kalorienreichen Kost *machte* sie es ihm aber auch schwer.

Suns Magen knurrte. Sie warf einen hungrigen Blick zum Küchenanbau, aber das Kabel würde auf keinen Fall bis zum Herd reichen. Amanda ihrerseits spähte vorsichtig durch die Tür ins Esszimmer, wo ihr Gast, satt und zufrieden, mit einem Drehbuch in der Hand in der Sonne saß.

»Jetzt liest er. Lernt fleißig seinen Text«, berichtete sie atemlos wie eine Sportreporterin. »Ach, Künstler sind zu beneiden. Verdienen ihren Lebensunterhalt mit einem schönen Hobby. Apropos, wie läuft's bei dir?«

Sun dachte nach. Heute Nacht hatte sie die Arbeit am Diorama wieder aufgenommen. Das war gut. Aber die leeren Lehmställe, der leere See und die leeren Wiesen auf der alten Eisenbahnplatte hatten sie schmerzhaft an das erinnert, was noch fehlte. Das ganze Werkstück verlangte nach den Glastieren, es existierte nur wegen ihnen, und es würde nicht beendet werden können ohne sie. »So lala.«

Die Trauerfeier für die dahingeschiedene Hühnersammlerin und ihr schlechtes Gewissen Mrs. Pennoc gegenüber hatten Suns Bedauern über den Verlust der Tiere nicht abgemildert.

Im Gegenteil, seit der Beisetzung gab es sogar wieder ein wenig Hoffnung. Wenn die Gerüchte, die sie gestern gehört hatte, stimmten und Martin Pennoc alles verkaufen wollte, käme sie vielleicht doch noch an die schönen Figuren heran. Man müsste jemanden kennen, der den Bierbrauer kannte …

»Aber das ist doch kein Problem, Darling!«, rief Amanda eifrig. »Ich bitte einfach Bonnie Pierce, Martin zu fragen, ob er dir diese Glastiere überlässt! Samstags arbeitet Bonnie im Darlington Inn. Treffen wir uns doch nachher dort, ich muss sowieso in die Stadt.«

Wenig später an diesem Tag wurden also die mittäglichen Trinker und jugendlichen Delinquenten im Darlington Inn aufgescheucht, als helles Licht den immerwährenden Winterabend ihres Refugiums flutete. Dann fiel die Tür wieder ins Schloss, und Amanda schritt resolut – Sun verzagter – durch die Dunkelheit und den Bierdunst des Tap-Rooms. Bonnie Pierce war noch nicht da, also orderte Amanda zwei Halfpints Cider bei Fabio und machte am Tresen ein wenig Small Talk, bevor sie ihn nach Martin Pennoc fragte. Der Wirt war ernsthaft besorgt um seinen Freund.

»Hab Martin die ganze Woche nich' gesehen, bloß gestern zur Beerdigung. Der brütet irgendwas aus, ist nicht mehr er selbst, der arme Kerl. Genau wie damals, wo er die Brauerei verloren hat.«

Mit Grausen erinnerte Sun sich an den Racheschwur am offenen Grab. Während Pierce seine Zapfhähne blank wienerte, plauderte er aus, dass das Haus an der Brücke noch dieses Wochenende verkauft würde, Martin habe den Kaufvertrag schon so gut wie unterzeichnet. »Bonnie meint, dass er sich heute mit einem sehr reichen Immobilienkerl aus Tintagel trifft. Wenn der Verkauf erst unter Dach und Fach ist, will unser Martin nach Spanien ziehen.« Er stieß einen halb ungläubigen, halb missbilligenden Grunzer aus und polierte noch heftiger.

»Und was wird aus den Sammlungen seiner Mutter?«, fragte Sun.

»Dem ganzen Kitsch? Bah, ich denk mal, wenn er den Kram nicht verscherbeln kann, wirft er ihn weg.«

»Wenn es so weit ist, ruft mich vorher an«, bat Amanda. »Wir sind an ein paar Tierfiguren aus Muranoglas interessiert.« Sie zwinkerte Susann zu und bestellte eine zweite Runde, die sie schnell auf dem Tablett davontrug, um mit ihrer Freundin noch einen ausgiebigen Ratsch führen zu können.

Ergeben folgte ihr Sun in ein abgelegenes Parlour mit Teppichboden und gepolsterten Bänken. Unter den niedrigen Deckenbalken baumelten verstaubte Whiskykrüge, die entweder bei der letzten Renovierung übersehen worden waren – oder der Raum war nachträglich auf alt gemacht. Als Sun ihre Jacke auf einem Stuhl ablegen wollte, fand sie dort eine Schachtel mit Pizzakrusten. Der Raum wurde wirklich selten genutzt. Amanda wischte mit der Handkante die Bierpfützen von der Tischplatte und zog auf der Suche nach einem Taschentuch eine Autogrammkarte von Cosmas Pleystein aus ihrer Handtasche. Stolz schob sie Sun die Karte hin, während sie einen kräftigen Schluck Bier nahm. Auf dem Bild saß Pleystein im Landedelmann-Look auf einem Findling und blickte wehmütig an der Kamera vorbei in die Ferne. Ein wirklich attraktiver Mann, dachte Sun, und in echt sah er sogar noch besser aus.

»Für Amanda – Cosmas«, las Amanda ihr überflüssigerweise die Bildunterschrift vor. »*Sieht* der gut aus, nicht wahr?

Und er ist sehr charmant, muss ich sagen. Natürlich hatte ich noch nicht so viel Gelegenheit, mit ihm zu sprechen. Aber seine Casting-Agentur hat sich tatsächlich bei mir gemeldet, stell dir vor! Also werden echte Camelforder in diesem Film mitspielen, ist das nicht fantastisch? Im Juni geht's los, dann kommen die mit hundert Leuten her – stell dir bloß vor, die würden bei uns in Camelford wohnen … Es hieß zwar, sie würden alle in Tintagel und Bude untergebracht, aber ich habe so das Gefühl, dass sie es sich noch mal überlegen werden.« Amanda lächelte wissend und verstaute die Autogramm-karte wieder sorgfältig in ihrer Tasche.

Sun, die noch nie so viel Kontakt zu ihrer Ex-Schwägerin gehabt hatte wie in den vergangenen Wochen, nickte und lä-chelte ebenfalls.

»Dabei fällt mir ein«, sagte Amanda leichthin, »vorgestern hatte ich in Tintagel einen Tierschutzeinsatz.«

Hinter dem King Arthur's Castle Hotel war drei Tage und Nächte lang ein Dobermann im Garten angekettet gewesen. Die Freiwilligen vom RSPCA unter Amandas Führung waren im Interesse des Hundewohls eingeschritten und hatten das Tier von dort weggebracht. Sun nickte nur und lächelte und trank das spendierte Bier. Allmählich bekam sie das Gefühl, höflicherweise auch etwas zur Unterhaltung beisteuern zu müssen, deshalb kramte sie nun in *ihrer* Tasche, um Amanda ebenfalls einen kleinen Schatz zu präsentieren. Es war ein merkwürdiges Objekt, eine dicke, wie Lakritz glänzende Wur-zel, die sie am Strand gefunden hatte.

Bei ihrem Anblick wurde Amanda ganz aufgeregt. »Eine Mandragora!« Sie bat, die bizarre Pflanze in die Hand nehmen zu dürfen. Im schummrigen Licht des Darlington Inn sah sie richtig unheimlich aus, wie ein verhutzelter Fötus oder ein vertrockneter und lackierter Minimensch. Amanda bewunderte sie so sehr, dass Sun sie ihr einfach überlassen musste. »Danke im Namen meines Wicca-Konvents, Liebes!«, rief Amanda, während sie die Wurzel behutsam in ein Taschentuch wickelte. »Wir versuchen uns gerade in unkonventionellen … äh, Übungen, für die wir eine mächtige Mandragora gut gebrauchen können.«

Auf der Stelle bereute Sun, ihrer Schwägerin die unheimliche Wurzel geschenkt zu haben. Sie versuchte herauszufinden, für welche Zwecke sie eingesetzt werden würde, doch Amanda ließ sich nichts entlocken, außer dass es für eine gute Sache sei.

20

*Über dem Strand verblassen die Sterne, am östlichen Himmels-
rand dämmert es: Hans hat in Bettys Armen komplett die Zeit
vergessen! Auf dem Rückweg wird er auf den Klippen von der britischen Küstenwache entdeckt. Alarm und Verfolgungsjagd. Hans
entkommt mit knapper Not, aber die Spione sind enttarnt, das
U-Boot kehrt nie mehr an diesen Teil der Küste zurück.*

*Etwa zwanzig Jahre später wandert Hans die Küste Corn-
walls entlang, auf der Suche nach dem Pub und seinem Mädchen. Der Zweite Weltkrieg ist hier kein Thema mehr. Eigentlich
hat er gar nicht stattgefunden. Hans sieht kein zerstörtes Plymouth, hört keine gehässigen Heil-Hitler-Rufe. Im Gegenteil,
Hans hat lauter reizende Begegnungen mit urigen Einheimi-
schen, von denen niemand den Deutschen etwas nachträgt. Er
muss auch gar nicht lange wandern, bis er den Pub findet. Er
nimmt sich ein Zimmer im Ort, um Nachforschungen über Betty
anzustellen.*

Nebenan in der Küche wurde das Radio eingeschaltet. Pleysteins Wirtin war aus »der Stadt« zurück. Sie betrat das Esszimmer, stellte frische Blumen auf den Tisch, bot ihm Tee,
Kaffee, Bier, Cider, Cola an. Um Mrs. Hewett loszuwerden,
ging Cosmas kurz auf sein Zimmer. Vor dem Weiterlesen
wollte er Katis Glückspullover anziehen. Doch als er im Koffer
wühlte, fiel ihm ein, dass er den Pulli zu Hause in Berlin vergessen hatte, also griff er stattdessen nach der letzten Packung

Duty-free-Zigaretten, stieg wieder nach unten und stellte sich zum Rauchen vor die Haustür. Von hier sah man auf Bodmin Moor und dessen gar nicht mehr so weit entfernte Gipfel. Irgendwann saß er erneut im Frühstücksraum vor der ungeliebten Lektüre. Weiter geht's, dachte er nervös.

Auf einer Landstraße (derselben, auf der Hans einst Betty rettete) hilft er nun einem jungen Mädchen, das von einem Auto angefahren worden ist. Er bringt sie zum Arzt, später treffen sie einander zufällig wieder, trinken Tee (hier fehlen ein paar Seiten), *während seine Suche nach Betty weiterläuft. Betty ist aber längst keine Kellnerin mehr, weil sie einen sehr reichen, sehr alten, sehr adeligen Landlord aus der Gegend geheiratet hat, der – wie es sich gehört – inzwischen das Zeitliche gesegnet hat. Sie hat sein Anwesen geerbt und –*

Es folgten noch über dreißig Seiten, aber Cosmas wollte sie nicht mehr lesen. Orions Drehbuchautoren hatten um jede einzelne Szene rosa Spitzenrüschen gehäkelt, kein Dialog, keine Interaktion war ohne Zuckerguss geblieben. *Der Liebe ist im Krieg alles erlaubt* war nicht der unaufgeregte, lakonische Film, den Kati und er hatten machen wollen.

Cosmas rief sofort bei Schmeltzer an, legte aber noch während der Durchwahl wieder auf. Lieber nicht, Philipps lehrerhaften Spott konnte er sich bestens vorstellen: Cosis Bedenken kämen reichlich spät, noch vor einem halben Jahr hätte man über alles reden können, aber jetzt, mitten in der Produktion … Nein, er würde sich bloß lächerlich machen. Doch er hatte über die Jahre so viele Fassungen gelesen, Katis Original, Katis erste Überarbeitung, einen Rohentwurf von Orion, Katis und Cosmas' zweite Überarbeitung. Philipp würde sagen, dass Cosmas diese letzte Fassung schon ewig vorlag. Ja,

Philipp, dachte er bitter, aber sie kam in einem schlechten Moment. Ich hatte letzten Winter keinen Kopf für dein bescheuertes Drehbuch.

Weil er nicht den ganzen Tag in Mrs. Hewetts Pension sitzen konnte und sich außerdem mit jemandem streiten wollte, rief er den Fahrdienst an, um sich an den Strand von Trebarwith, ans Set fahren zu lassen. Bis der Wagen eintraf, tat er etwas, das er längst hatte tun sollen: Er googelte Michael Schneiders Filmografie. Ungeduldig scrollte er sich durch die angezeigten Filmtitel. Die Filme, bei denen Schneider Regie geführt hatte, hießen *Ein Cottage und zwei Rosensträucher, Der Graf und das Mädchen, Leuchtturmwärter der Liebe, Stürmische Zeiten für die Liebe.* Cosmas fühlte sich leicht hysterisch, wie kurz vor einem Lach- oder einem Weinkrampf. Angewidert warf er das Handy auf den Tisch, es schlitterte über die blank polierte Platte und rutschte am anderen Ende herunter. Besorgt streckte Mrs. Hewett den Kopf zur Tür herein. Sorry, nein, alles heil geblieben. Danke, er wollte auch nichts essen. Als der Chauffeur endlich vorfuhr, wollte Cosmas doch nicht mehr zum Strand. Er war zu der Einsicht gelangt, dass es nicht hilfreich war, mitten in die Dreharbeiten zu platzen und einen Eklat zu provozieren, wenn er seinen Film noch retten wollte. Er ließ sich also nach Tintagel bringen.

Die Rezeption des King Arthur's Castle Hotel war verwaist. Nur Smith-Fullbright, der Hotelmaler, saß in einem offenen Büro am Schreibtisch und telefonierte. Nach seinem Tonfall zu urteilen, war er in ähnlicher Stimmung wie Cosmas. Als er den Schauspieler bemerkte, knallte er ihm die Tür vor der Nase zu und schrie weiter ins Telefon. In der unsinnigen Hoffnung, dass Philipp Schmeltzer vielleicht schon auf seinem

Zimmer war, um zu packen, lief Cosmas durch die Flure und klopfte an allen Türen, aber niemand öffnete. Nachdem er in Erfahrung gebracht hatte, dass die Briten bereits ausgecheckt hatten und die Deutschen erst am späten Abend zurückerwartet wurden, verließ er das Hotel durch den Garten und wanderte ziellos über die Klippen.

Als die Filmcrew gegen zehn Uhr abends eintraf, saß Pleystein an ihrem Tisch im Speisesaal, wo er grimmig wie ein gekränkter Wikingergott eine Steak and Kidney Pie hinmetzelte. Unter dem Tisch wippten seine Beine rastlos auf und ab. Hinter ihm klaffte die beleuchtete Artusburg wie ein grellgelbes, gezacktes Loch im schwarzen Abendhimmel.

Bo Starck lief zu ihm. Sand rieselte aus seinem Haar und seiner Kleidung, als er sich neben Pleystein auf die Sitzbank fallen ließ. »Alter! Wo warst du? Du hättest dabei sein sollen! Frag mich mal, wie's gelaufen ist. Natürlich bombe, obwohl, Czmajduk ist voll der Perfektionist. Aber der Strand ist mega. Und ich und Valeria«, Bo verstummte kurz, »das ist irgendwie richtig abgegangen ...« Er lachte leise vor sich hin und zupfte versonnen an seiner Lippe. Aber er stand immer noch unter Strom, boxte Pleystein auf den Arm, machte die Beine unter dem Tisch lang, bewunderte den Sternenhimmel über dem Meer, rief nach dem Kellner. Schließlich seufzte er dramatisch: »Gut, dass du da bist! Ich glaub, ich verschwinde nachher mit dir in deinen Caravan ...«

Cosmas wurde erst bleich und dann rot. Verspottete Bo ihn schon wieder wegen Susann Joungbloods Brombeerbusch – oder war das etwa eine kunstlose, sexuelle Avance? Zum Glück wartete der Junge Cosmas' gestotterte Antwort gar nicht ab, sondern gestand ihm – ziemlich prahlerisch, wie Cosmas fand –, dass er wegen zwei Frauen in Schwierigkeiten stecke und deshalb heute Nacht abtauchen müsse. Nach dem ersten Glas Cider (es gab noch immer kein Bier im King Arthur's) beruhigte sich Bo etwas.

»Das war meine erste *richtige* Liebesszene, ich meine, mit Rummachen vor der Kamera. Wie ich schon sagte: Dabei hat es total zwischen mir und Valeria geknistert. War voll das komische Gefühl. Jedenfalls, auf der Rückfahrt konnte sie die Finger gar nicht mehr von mir lassen …« Er missdeutete Cosmas' Blick und korrigierte sich: »Schön, wir *beide* konnten die Finger nicht stillhalten. Aber echt, so mit dem ganzen Team als Spanner drum herum? Das Problem ist auch: Irgendwie gibt es da noch eine andere. Hast du ja sicher mitbekommen, wie ich auf Melek abgefahren bin. Also, das ist *total* dumm gelaufen, und jetzt will ich kein Arsch sein. Bei keiner der beiden Ladys. Verstehst du?«

Cosmas schob sich das letzte Stück Pie in den Mund, um nicht antworten zu müssen. Bos amouröse Verzwicklungen interessierten ihn überhaupt gar nicht, null Komma null. Zero. Er saß hier vor einem ruinierten Drehbuch und riskierte, wieder einmal Pleystein-Quatsch zu drehen. Als Bo ihn fragte: »Also was ist, kann ich heut Nacht bei dir pennen? Oder hast du 'n besseren Tipp für mich?«, erwiderte Cosmas in süßestem Rosamunde-Pilcher-Ton: »Tu einfach, was dein Herz dir befiehlt. Oder besser: Lass uns das Orakel von Köln befragen …« Wahllos schlug er sein bekleckertes Drehbuch auf. »Ah, ich sehe: Du wirst dich erst *beinahe* falsch, schließlich jedoch goldrichtig entscheiden und mit der Erwählten bis an dein Lebensende glücklich werden. Obendrein ist deine Lady eine verwunschene Prinzessin!«

Dass Bo neben ihm einfror, kümmerte Cosmas nicht im Geringsten. Nach und nach versammelte sich die ganze Crew an den beiden Tischen, geduscht, hungrig und in Letzter-Abend-Stimmung.

Schneider, der weder auf Pleysteins noch auf Starcks Laune achtete, verkündete, dass er schon die Muster vom Strand gesichtet hatte. »Werden in der Postproduktion super!« Er wirkte übernächtigt und nieste auf ein Stück Baguette, das er Pleystein geklaut hatte und sich nun hungrig in den Mund steckte. »Valeria ist der Hammer. Du natürlich auch, Bo. Also echt: Vierzehn Grad und Windstärke fünf, aber bei euch sieht's aus wie 'ne lauschige Sommernacht. Respekt. Hoffentlich hat sich die Kleine am Strand keinen Schnupfen geholt. Bah, egal, morgen früh geht's ab nach Hause.«

Für Melek, die kurz nach den Männern auftauchte, war kein Platz mehr am Tisch. Bo warf ihr einen zerknirschten Blick zu: *Sorry, die anderen sind schneller gewesen.* Dasselbe machte er kurz darauf noch einmal mit Valeria McBride. Endlich kam auch Philipp Schmeltzer, der kurzerhand einen leeren Stuhl heranzog und sich neben Pleystein quetschte. Er roch nach teurem Duschgel und Hautcremes und verteilte launige Bemerkungen nach allen Seiten. Cosmas schwieg, bis die Kellner den Leuten ihren Mitternachtssnack serviert hatten. Dann erklärte er unvermittelt und etwas zu laut, dass Orion seinen ehrlichen kleinen Film völlig verkitscht hätte. Er sah Philipp nicht an, er sah niemanden an. Seine schönen blauen Augen waren verschattet.

In diesem Moment hätte Schmeltzer sich gern eine Zigarette angezündet, nur um Cosi den Rauch ins Gesicht blasen zu können. Stattdessen winkte er seine Assistentin vom anderen Tisch herüber. »M-Melek, m-mein Hase, was ziehst du denn am letzten Abend für ein Gesicht? Komm her, hier wird's jetzt lustig.«

Cosmas hatte das Drehbuch aufgeschlagen und begann mit zitternder Stimme, die seiner Meinung nach haarsträubendsten Szenen vorzulesen. Am Tisch drehten sich verlegene Köpfe weg.

Schmeltzer sagte spitz: »Aha. Der Herr Hauptdarsteller hat also endlich, endlich das Drehbuch gelesen.«

Bo stand auf und verzog sich zur Bar, Schneider und die Assistenten führten ihre Unterhaltungen weiter, als bekämen sie den Streit nicht mit, Melek sah stumm zu Boden. Weder Cosmas noch Philipp konnten ein überraschendes Argument vorbringen. Jeder wusste im Voraus, was der andere einwenden würde: Hätte Cosi seine Hausaufgaben gemacht und das Drehbuch eher gelesen, müsste er jetzt nicht heulen, weil sein Spielzeug kaputt war … Hätte Cosmas nicht andere Sorgen gehabt … Wo war die Seele des melancholischen kleinen Films geblieben … Für Änderungen war es zu spät.

»Aber es werden doch noch Szenen überarbeitet. Es fehlen an die zwanzig Seiten …«

»Vergiss es. Da wird nur an Dialogen gefeilt, doch nicht mehr am P-Plot.«

Der Plot, rief Cosmas, sei aber totaler Quatsch. Er schob den Teller von sich und pflügte mit bebenden Händen die Manuskriptseiten um. Zum Beispiel, dass Betty jetzt eine reiche Großgrundbesitzerin sei. Was für ein Quark!

»Wie bitte?«, rief Melek prompt. »Die weibliche Hauptrolle darf kein Eigenleben führen? Schon mal was vom Bechdel-Test gehört?« Sie zählte die drei Standardproben für Sexismus im Film auf, während Cosmas, der gar nicht bemerkt hatte, dass sie sich an den Tisch gesetzt hatte, noch nach dem Ursprung ihrer Stimme suchte.

Schmeltzer nippte am Wein und lehnte sich zurück. Er ging jetzt den Weg des Kriegers und ließ Melek das Schwere erledigen.

»Betty darf nicht unabhängig und erfolgreich sein? Das ist ja wohl eine total paternalistische Haltung, die du da einnimmst.«

Cosmas zwinkerte verwirrt.

»Unsere Zuschauerinnen akzeptieren es nicht länger, dass nur aus männlicher Perspektive erzählt wird wie früher. Auch Betty ist ein starker Charakter, und sie hat ihre eigene Geschichte.«

Cosmas wurde unwillkürlich rot. War er ein Chauvinist? Es stimmte schon, dass er sich Betty nie *ohne* Hans vorgestellt hatte. Als Kati und er die verwünschte Liebesgeschichte ins Script geschrieben hatten, war es sicher ohne Nachdenken über das Schicksal ihrer weiblichen Heldin geschehen – aber wenigstens hatten sie sie nicht mit einem adeligen Greis zwangsverheiratet!

»Wie wahrscheinlich ist es, dass ein junges Ding vom Lande, das im Krieg mit einem feindlichen Spion geschlafen hat – einem bescheuerten adligen Snob also noch nicht mal ihre Jungfräulichkeit zu bieten hat –, dass so eine ins Schloss reinheiratet? Wie wahrscheinlich?«

Der Regisseur legte die Gabel weg, um seinem Hauptdarsteller auf die Schulter zu klopfen. »Mach kein Drama daraus, Cosi. Du wirst dich glänzend schlagen, wie immer.«

Plötzlich stand Bernd Czmajduk auf, sagte zu seinem Assistenten: »Lass mein Essen warm stellen«, und zu Cosmas: »Komm, Miss Sophie, gehen wir 'ne Runde spazieren.« Er griff nach seinem Anorak, nahm Cosmas sanft am Arm und führte ihn hinaus in den Garten.

Die hohen Fenster des Speisesaales warfen viereckige Lichtflecke auf frisch umgepflügte Beete, und in der Mitte des Rasens steckte noch der Pfahl mit der Leine, aber der Dobermann war fort. Weiß der Henker, dachte Cosmas flüchtig, was aus ihm und den durchgeknallten Druiden geworden sein mag. Als sie um die Hecke bogen und den Küstenpfad erreichten, pfiff ihnen ein scharfer Wind entgegen. Die Männer schlugen ihre Kapuzen hoch. Ein Schwarm aufgescheuchter Möwen kreuzte in den Böen und versuchte vergeblich, auf den Klippen zu landen. Die Vögel kreischten wie um ihr Leben.

Cosmas furzte wenig feierlich und entschuldigte sich sofort. »Das Essen ...«

Czmajduk winkte ab und zog grinsend eine schmale, kleine Flasche Famous Grouse aus der Jackentasche. Auf die erste halbwegs leeseitige Bank setzten sie sich hin, um den Whisky zu köpfen.

Nach ein paar Schlucken räusperte sich Cosmas und sprach wieder mit einer fast normalen, heiteren Stimme. »Also, die Strandszene vorhin war toll? Und ... äh, Bo und Valeria, da stimmt die Chemie, ja?«

»Ich geb zu, es ist schon 'ne verdammte Herausforderung, neue Bilder für ein so klischeebeladenes Sujet wie die Liebesszene am Strand zu finden.« Seufzend drückte der Kameramann den Rücken durch und streckte die kurzen Beine von sich. »Da sieht man doch automatisch immer *Die blaue Lagune* und *Verdammt in alle Ewigkeit* mit.«

»Michael Schneider wollte die Szene sicher sehr geschmackvoll inszenieren. Ein Penis und zwei Rosensträucher, haha. Gut, dass du andere, eigene und originellere Vorstellungen hast«, sagte Cosmas. Dann gab er sich einen Ruck und fragte, ob *Der Liebe ist im Krieg alles erlaubt* seiner Meinung nach Pleystein-Quatsch werden würde.

Der Kameramann zögerte. »Na ja, die Zweite-Weltkrieg-Geschichte darin find ich schon spannend: deutsche U-Boote, die nachts Leute an Land setzen, um die englische Küste auszuspionieren … Hab ich vorher nicht gewusst. Mit Glück wird's ein Melodram vor historischem Hintergrund, so in Richtung von *Verdammt in alle Ewigkeit*.«

Da er den Film nun schon zum zweiten Mal erwähnte, gestand Cosmas, ihn nicht zu kennen.

»Ein Kriegsmelodram«, erklärte Czmajduk. »Klassiker. Aber leider ist Bo nicht Montgomery Clift … und Michael nicht Fred Zinnemann … Wenn's mein Film wäre, würde ich ihn sowieso schlecht ausgehen lassen: Hans wird von einem Briten erschlagen, der im Krieg sein Bein verloren hat. Oder direkt von 'nem Holocaust-Überlebenden. Zack! Auch die Ahnungslosen sind nicht unschuldig.«

Cosmas starrte ihn verblüfft an. Dass in diesem freundlichen Kerl so viel Aggression und Zynismus steckten … Er nahm noch einen Schluck Whisky. Während Czmajduk unauffällig sein Handy kontrollierte, fummelte Cosmas eine zerknautschte Schachtel Silk Cut aus der Tasche. Bald würde er fast so viel rauchen wie Kati früher. Im nächsten Moment hörte er sich laut über Rauchen und Rauchzeichen, Drehbücher und die Botschaft von *Kan Werin* sinnieren. Obwohl Czmajduk nur brummte und über sein Handy wischte, fühlte er sich ermutigt weiterzureden.

»Hans ist auf der Suche, so wie ein Ritter auf einer Quest. Er kommt nach Cornwall, weil – ja, schon auch, weil er sich das im Krieg geschworen hat. Aber warum hat er es sich geschworen? Weil er Vergebung und Erlösung will, weil er Teil dieser Gemeinschaft sein will, deren Singen und Lachen er belauscht hat. Er hat irgendwie Sehnsucht nach richtigen Menschen. Oder einfach nur Sehnsucht, dass am Ende ... alles Sinn ergibt ... dass alles gut wird ...«

Czmajduk, der sein Handy weggesteckt und ihm ernst zugehört hatte, schüttelte den Kopf: »Mit so einem Stoff wäre ich aber nicht zu Orion gegangen.«

Cosmas nickte. Nein, natürlich nicht. Inzwischen war es stockdunkel, die Beleuchtung der Artusburg war ausgeschaltet worden. Der Wind und die Möwen gaben langsam Ruhe. Es wurde ziemlich kalt. Vom Famous Grouse mitteilsam gemacht, wollte Cosmas von Czmajduk wissen, ob er früher auch Pornos gedreht habe; Cosmas selbst hatte in New York zwar nicht direkt in Pornos, aber doch in Filmen mitgespielt, in denen alle ganz unbekümmert nackt gewesen waren. »Oder nee, unbekümmert nicht, mehr so: Schaut mal her, wie tabulos und dekadent wir sind! Ach ja, war 'ne ganz andere Zeit.«

Er hatte das Bedürfnis, in Czmajduk einen Freund zu finden, wenigstens einen Komplizen, jemanden, der ihm helfen würde, seinen Film zu retten. Doch der Kameramann stand plötzlich kommentarlos auf, klopfte Cosmas auf die Schulter und beteuerte, dass alles gut werden würde, aber er müsse jetzt dringend mit seinem Mann telefonieren und anschließend noch packen. Cosmas begleitete ihn ein Stück zum Hotel zurück, dann setzte er sich zum Nachdenken am Rand der Klippe ins Gras. Unter ihm donnerte das Meer gegen die Felsen. Mit einsetzender Flut nahm die Wucht des Wassers zu, und er konnte die Erschütterungen im Hintern und bis ins Rückgrat fühlen.

Er fühlte sich verkatert. Er war nicht geübt im Streiten, und nun, da der erste Zornesrausch verflog, begann er, sich für seinen Auftritt im Hotelrestaurant zu schämen. Doch er konnte noch keinen klaren Gedanken fassen, da war nur das Rauschen der Vorwürfe, die er Schmeltzer an den Kopf geworfen hatte und Schmeltzer ihm, und die Repliken, die er vergessen hatte, alles drehte sich immerfort im Kreis wie ein außer Kontrolle geratenes Karussell. Je länger er hier hockte, desto stärker wurde seine Dankbarkeit für Czmajduk, der ihn da rausgezogen hatte. Es lag nicht in Pleysteins Natur, zu streiten und sich unbeliebt zu machen. In Wahrheit, aber das ahnte Pleystein nur dunkel, hatte er das neue Drehbuch nicht aus Aberglauben erst heute gelesen, sondern eben *weil* er befürchtet hatte, dass er um Katis Story würde kämpfen müssen, und zu bequem oder zu ängstlich gewesen war, um sich mit Orion, angefangen bei Philipp, *rechtzeitig* auseinanderzusetzen. Jetzt hatte er einen kleinen Wutanfall gehabt, aber in Wahrheit war er froh, wenn man ihn vor vollendete Tatsachen stellte. Die Wahrheit war wohl einfach, dass er ein Opportunist war und immer den Weg des geringsten Widerstandes wählen würde.

Statt den des Kriegers.

Die Nacht war kalt und das Gras feucht, aber Cosmas beschloss, sitzen zu bleiben, bis er die Schachtel leer geraucht hatte. »Ja mei, wenn's mir schlecht geht, dann rauch i, bis die Lunge pfeift«, hatte Kati immer gesagt, »dann geht's mir besser.« Ihre gemeinsame Bude in Marzahn hatte nach Qualm gestunken wie eine Eckkneipe, aber lustig war's schon gewesen mit ihr. Ihre bescheuerte Surfertasse ...

Endlich, als ihn die Brandung schon halb taub gemacht hatte, kam ein tröstlicher Gedanke. Was hatte Bernd

Czmajduk zum Abschied gesagt? Dass der Film gut werden würde. Ein Kriegsmelodram. Cosmas beschloss, sich unbedingt *Verdammt in alle Ewigkeit* anzusehen, sobald er wieder in Berlin war. Dann erhob er sich, um mit klammen Kleidern den Klippenpfad zurückzuklettern. Ein stumpfes graues Licht hing über dem Land, während der Himmel über dem Wasser farblos war und den Blick ins finstere Weltall freigab. Cosmas machte halt, um in die dunkle Ewigkeit zu schauen und die letzte Zigarette aus der Packung zu rauchen. Während er sie sich im Windschatten der Dornenhecke, die zwischen ihm und dem Abgrund wuchs, anzündete, sagte er sich: *I rauch, bis die Lunge wehtut*; dabei tat ihm sowieso schon alles weh.

Das war jedoch ein weinerlicher Gedanke, wie sich herausstellte, nachdem er das Feuerzeug klicken ließ, denn im nächsten Moment erwischte ihn etwas sehr Hartes sehr fest an der Schulter. *Das* war Schmerz. Cosmas war verblüfft. Er hätte sich gern länger nur dem zeitlupenhaften Nachspüren des Brennens und Reißens links unterhalb seines Halses hingegeben, doch etwas riet ihm, sich der Quelle des Schmerzes zu widmen: dem Angreifer, der wie aus dem Nichts hinter ihm aufgetaucht war. Während er einen zweiten Schatten auf dem Pfad auszumachen glaubte, hob der Erste schon zu einem weiteren Hieb an, und Cosmas begann zu schreien und sich gegen die Schläge zu wehren. Auch sein Angreifer brüllte und drohte, ihn und seine kleinen Freunde allezumachen, bei Vollmond auf seinen blutenden Matscharsch zu pissen und die Reste an die Tür des Hexenmuseums von Boscastle zu nageln.

Dann kippte er seitlich in die Dunkelheit. Kurz noch gab es dornige Sträucher und dann nur noch das Beben der nahen Brandung – und aus.

21

Am nächsten Morgen war die See ruhig. In dem winzigen Hafenbecken von Tintagel stand die Flut, als Susanns alter Kajakclub im Morgengrauen die Boote zu Wasser ließ. Das Meer strömte den Kajaks mit spielerischem Gekräusel entgegen. Das Wetter war besser, als es die vergangenen Tage hatten erwarten lassen, und im Laufe des Vormittags kletterte das Thermometer auf achtzehn Grad. Der Himmel war hellblau und sehr weit oben. Noch lag ein Dunstschleier über dem Wasser. Von den steinigen Abhängen schrien nistende Möwen herab. Sun war glücklich. Es war ihr erster Paddelausflug in diesem Jahr, denn die Wintermonate, wenn der Club im Schwimmbad von Camelford die gefürchtete Eskimorolle übte, ließ sie inzwischen einfach ausfallen.

In der Hoffnung, Seehunde zu sehen, paddelten sie an Merlins Höhle vorbei und südwärts um den Artusfelsen herum Richtung Glebe Cliff, wo es kleine Buchten gab, auf denen sich die Tiere gerne sonnten. Meistens roch man sie, bevor man sie sah. Jungtiere schwammen manchmal dicht an die Boote heran, doch Sun war nicht erpicht auf so eine Begegnung, denn von einem Kajak aus war eine Seehundschnauze größer und zahnreicher, als man meinen sollte. Auf dem offenen Wasser kam Wind auf, der die Wellenkämme in kurzen, schnellen Abständen vor sich hertrieb. Die Kajakfahrer hatten zu kämpfen, um ihre Boote auf Kurs zu halten. Als die

Strömung Suns Boot gegen einen unter Wasser liegenden Felsen schob und ihr Bug ins Trudeln geriet, bekam sie einen ordentlichen Schwall Wasser ab, doch mit ein paar kräftigen Schlägen brachte ihr Steuermann sie in Sicherheit. Als sie nach einer halben Stunde noch keine Seehunde gesichtet hatten, kehrten sie um.

Wären sie vom Hafen aus nur eine Viertelmeile nordwärts gepaddelt, hätten sie Seehunde gefunden. Bei Barras Nose, gleich unterhalb der Klippe, auf dem das King Arthur's Castle Hotel stand, lugten mehrere zahnreiche Schnauzen aus dem Wasser. Sie spielten bei den Felsen mit etwas. Neugierig schnappten die verspielten Tiere ein paarmal danach, bevor sie gelangweilt abdrehten und geräuschlos ins tiefere Wasser glitten. Dass im Brackwasser bei den Felsen ein bleicher Mann wie ein kaputtes Ding zwischen Algen und Plastikflaschen dümpelte, blieb bis zum nächsten Tag unentdeckt.

IV

In den Brombeeren schlafen

22

Cosmas Pleystein hatte Friedhöfe immer gehasst. Trotzdem lag er jetzt hier. Mit einem Strauß hässlicher Blumen in den gefalteten Händen und einem malträtierten Gesicht, dessen schöne Augen fest geschlossen waren.

»Steh auf, was sollen denn die Leut denken?«

Ohne die Augen zu öffnen, erklärte Cosmas seiner Mutter, dass der Arzt ihm empfohlen hatte, viel zu liegen. Trotzdem rappelte er sich ihr zuliebe mühsam wieder auf, um im Stehen auf einen Stock gestützt zu warten, bis sie mit der Grabpflege fertig war und er ihr den Strauß anreichen durfte.

Zweimal im Jahr kam Pleystein mit den obligatorischen Blumen (Tulpen im Frühling, Astern im Herbst) zum Friedhof: zu Ostern und während der Filmtage, was traditionell die beiden Gelegenheiten waren, bei denen er zurück nach Hof fuhr. Den Osterbesuch hatte er dieses Jahr wegen der Arbeit an *Der Liebe ist im Krieg alles erlaubt* ausfallen lassen. Doch da er nun bis Juni krankgeschrieben war, hatte Done, seine Schwester Antonia, ihn gebeten, den Osterbesuch nachzuholen, »denn wer weiß, ob die Muddi bis Allerheiligen noch da is'«.

Nach ein paar Tagen Bettruhe in Berlin war er also zu seiner Familie nach Hof gefahren. In Leipzig, beim Umstieg in den Regionalexpress, hatten nur wenige Reisende hochgeschaut, und nur einer hatte Pleystein erkannt und ihm zugelächelt. Im Abteil hatte eine solche Ruhe geherrscht, dass die Klimaanlage das lauteste Geräusch gewesen war. Vom Koffertragen hatte Cosmas' Schulter wieder angefangen zu schmerzen, daher spazierte er im Gang herum. Slawische Ortsnamen flogen vorüber; lauter Witz-Städte, Rackwitz, Podelwitz, auf der Karte im Gang entdeckte Cosmas sogar ein Badewitz – wie Badewitz, Heinz, der verstorbene Gründer der Hofer Filmtage. Heinz Badewitz war sein Idol gewesen, als er mit den *Dreißigtausend Wimpernschlägen* im Triumph heimgekehrt war. Allerdings war er Badewitz schon Jahre vor dessen Tod nicht mehr begegnet.

Während Cosmas die Deutschlandkarte studierte, hatte sich ein älteres Pärchen auf dem Weg ins Bistro an ihm vorbeigedrängt. Auf dem Rückweg sprach es ihn an und bat um ein Selfie. Cosmas drehte ihnen seine zerkratzte, geschwollene blaugrüne Gesichtshälfte zu und sagte: »Wie witzig, ich werde öfter mit dem Schauspieler verwechselt.« Anschließend zog er sich wieder ins Abteil zurück und drückte die blaugrüne Wange an die kühle Scheibe. Draußen tauchten die Ausläufer von Erzgebirge und Frankenwald auf, doch je mehr der Zug sich Hof näherte, desto weiter schienen sich die blassen Hügelketten wieder an den Horizont zurückzuziehen. Ödnis wirkt noch leerer ohne Berge, dachte Cosmas mitleidig, *mit* konnte man im Winter wenigstens rodeln. Aber wie hielt man es hier bloß als Erwachsener aus? Er bedauerte seine Schwestern Tina und vor allem Antonia, die den Absprung nicht geschafft hatten, immer noch in Hof herumdümpelten und provinziell geworden waren. Er liebte sie trotzdem, aus einem fernen, auf ihrer gemeinsamen Kindheit beruhenden Grund. Als sich für Cosmas mit zwölf, dreizehn Jahren der Spielwert der Natur erschöpft hatte, waren die drei Schwestern das Einzige gewesen, was in der Zeit danach nicht öde gewesen war. Die Schwestern – und die Filmtage, wenn sich die Stadt mit Studenten und Filmstars füllte. Antonia und Martina hatten Autogramme gesammelt und sich verstörende Filme angesehen, von denen sie den Eltern lieber nichts erzählten, sondern nur ihm. Kati, die späte Dreingabe vom Klapperstorch, war noch zu klein gewesen, als die mittlere, Martina, anfing, Cosmas mit ins Kino zu nehmen. Zu Antonia, der ältesten, hatte es immer eine unausgesprochene Distanz gegeben, weil sich ihre Vernunft oft störend zwischen ihn und seine Vergnügungen stellte – und mit Kati hatte er sich erst viel später angefreundet. Als Kind war Kati lieb gewesen, ein Anhängsel ihrer Dreierbande, das nicht störte, bis sie sich später in eine echte Nervensäge – und für die Eltern wohl auch Sorgenkind – verwandelt hatte. Beim Erhalt ihres Abgangszeugnisses hatte Katharina Maria Pleystein sämtliche Schulen in Hof und Umgebung durchgehabt. Als sie an *Kan Werin* arbeitete, hatte sich seine Schwester deshalb gern ausgemalt, wie ihr Film im Hofer Scala liefe und wie sie nach der Premiere ehemaligen Lehrern und Mitschülern Autogramme geben würde. Doch nun war der Heinz vom Filmfestival gestorben und die Schwestern … Eigentlich konnte es Cosmas egal sein, ob *Der Liebe ist im Krieg alles erlaubt* auf den Filmtagen lief oder nicht. *Fat chance*, dachte Cosmas und massierte seine Schulter.

Antonia erwartete ihn am Bahnhof. Aufgeregt rief sie »Cosi! Hier, Cosi!« über den sehr übersichtlichen Bahnsteig. Zur Begrüßung sagte er als Erstes »Vorsicht, die Schulter«, und erst anschließend, bei der Umarmung: »Grrrüß dich, Done.« Im Gegensatz zu ihm hing sie an ihrem Kindernamen und mochte es, wenn die Geschwister sie so riefen. Er humpelte neben

Done her, dankbar, dass sie seinen Rucksack zum Auto trug. Ihr Haar war grau geworden, anscheinend färbte sie es nicht mehr. Mutig, dachte Cosmas, ich könnte mich nicht so gehen lassen. Aber Antonias offensichtliche Freude, ihn zu sehen, verursachte ihm sofort ein schlechtes Gewissen.

»Wie geht's der Muddi? Der Familie? Deinen Buben?«

Er hoffte, dass die Namen der Jungs im Gespräch fallen würden, weil er den des Jüngsten vergessen hatte – ausgerechnet von dem, der noch zu Hause wohnte.

Im Elternhaus, das jetzt Dones Haus war, empfing ihn der typische Pleystein-Geruch. Hier hatte sich seit dem vergangenen Herbst nichts verändert. Im Eingangsflur, den schon seine Eltern als Kindereck dekoriert hatten, hingen immer noch Zeichnungen und Kinderfotos, auch er und die Schwestern hingen hier, aber die meisten stammten von Dones Söhnen, hübschen Jungs. Während er die Fotos von Boris, Anton und dem Jüngsten kommentierte, kam seine Mutter langsam die Treppe herunter. Bei der Umarmung war es, als hielte er ein zerbrechliches Bündel dürrer Zweige im Arm. Vorsichtig ließen sie einander wieder los, und er griff nach seinem Stock.

Seine Mutter lachte in kurzen, atemlosen Stößen. »Des da ist meiner, Cosi.«

Hinter ihnen wartete immer noch Done mit dem Gepäck. Sie blieben alle drei im Flur stehen, ratlos, was nun zu tun sei. Er deutete auf eine Aufnahme von Kati, auf der sie wie ein amerikanisches Pin-up aus den Fünfzigern mit Surfbrett und Bikini posierte. »Das kenne ich noch gar nicht.«

»Done tauscht sie regelmäßig aus«, sagte die Mutter. Cosmas' eigenes Foto an der Ehrenwand (ein offizielles Pressebild, zu einem feierlichen Anlass aufgenommen, an den er sich nicht mehr erinnerte) war schon sehr alt. Um etwas Abschließendes zu sagen, kommentierte er die Familienähnlichkeiten auf alten und neuen Fotos. Von seiner großen Schwester wurde er darauf aufmerksam gemacht, dass er ihr selbst, Done, am ähnlichsten sehe. Verblüfft schüttelte er den Kopf. Er hatte immer gedacht, dass Kati und er sich am meisten glichen (ihre Statur, ihr Haar, ihre Abtrünnigkeit).

Wenig später aßen sie zu Abend. Cosmas saß mit der Mutter, dem Schwager und dem namenlosen Neffen im niedrigen Esszimmer, während Done überwiegend in der Küche stand und sich durch die Durchreiche mit ihnen unterhielt – genau wie es die Mutter früher getan hatte. Der (ungefähr) elfjährige Neffe wollte alles über den Überfall auf den Klippen wissen und wackelte ungeduldig mit dem Stuhl, weil Cosmas nur ganz knapp wiederholte, was er Done schon am Telefon erzählt hatte: dass es sich um ein Missverständnis gehandelt hatte; dass seine Angreifer jemanden erwartet hatten, der am Hotel Unfug anstellen wollte, und er einfach zur falschen Zeit am falschen Ort gewesen war. (Wobei er mit dem Zeitpunkt sogar Glück gehabt hatte, denn zwei Abende zuvor wäre er noch dem Dobermann begegnet, der keine Taschenlampe gehabt hätte, um zu kontrollieren, wen er gebissen hatte, und keinen Wagen, um ihn ins Krankenhaus zu fahren.) Was Cosmas nicht erzählte: Noch im Krankenhaus hatte ihm der Hotelier des King Arthur's ein üppiges Schmerzens- und wohl auch *Schweige*geld zugesteckt. Als er zehn Stunden später mit vermöbeltem Gesicht, gezerrter Schulter und einem Gehstock das Flugzeug nach Hause bestiegen hatte, war zum Glück niemand aus dem Filmteam in der Maschine gewesen. Außer Pleysteins Agenten und seiner Familie wusste niemand von dieser Sache, und Cosmas hatte Mark gebeten, es dabei zu belassen. Wenn er an den letzten Abend in Cornwall dachte, dann möglichst nur an Czmajduks »Alles wird gut«, nicht an das Danach.

Doch der Neffe brauchte mehr Details: Dauer und Art des Kampfes, welche Waffen, welche Taktik und Verteidigungsstrategie? Der Kleine sprang auf, lief um den Tisch und zeigte Cosmas einen tollen, schmerzhaften Würgegriff sowie eine Technik, mit der man Würger abwehrte. Weil Cosmas sich erinnerte, dass im Zimmer des Jungen eine gerahmte Pleystein-Autogrammkarte hing (jedenfalls hatte sie das vor einem Jahr getan), gab er schließlich die dramatische Version eines langen, harten, schmutzigen, ungleichen und unfairen Kampfes zum Besten. Dann zeigte er ihm seinen Schulterverband und ließ ein bisschen die Hose runter, um auch die Blutergüsse zu zeigen. Er zwinkerte seinem kleinen Fan zu: »Aber du solltest mal den anderen sehen!«

»Liegt im Leichenschauhaus?«

»Korrekt.«

Mit den Erwachsenen sprach Cosmas über seine Eindrücke vom Vordreh. Alles entwickele sich super, die Locations seien traumhaft und: »Kennt ihr *Verdammt in alle Ewigkeit*? Ist so ein Kriegsmelodram, das zig Oscars gewonnen hat! Also – so ähnlich wird unser Film jetzt auch, nur ohne Oscars. Aber – wer weiß?«

Die Mutter legte ihre schrumpfende, krumme Hand auf die seine, drückte sie und wollte wissen, ob er *jemanden* habe und wann er endlich genug vom Rumzigeunern habe und zurück nach Hof komme. Unter ihren Nägeln klebte noch der schwarze Trauerrand aus Friedhofserde. In der Anstrengung, ihr seine Hand nicht zu entziehen, schnitt er eine Grimasse und sagte nur: »Ich bin Schauspieler, Mama.«

»Ha-ja, stimmt! Dann wird's auch höchste Zeit, dass man dich mal wieder im Fernsehen sieht«, gab ihm der Schwager ungefragt zurück. »Also nicht bloß in der Werbung …«

»Hauptsach', er spielt unser Geld wieder rein.«

Done hatte es sich nicht verkneifen können, noch einmal darauf hinzuweisen, dass in *Der Liebe ist im Krieg alles erlaubt* auch ihr Geld steckte. Schnell stand sie auf und fing an, klappernd das Geschirr abzuräumen. Laut lobte Cosmas ihr Essen; er lobte nacheinander die Petersilienkartoffeln, die Mairübchen, die Bratwürste, das Bier und schließlich noch die fast verblühten Rosen auf dem Tisch.

»Zum Hochzeitstag. Wir hatten Zweiundzwanzigsten letzte Woche.«

Cosmas raufte sich durch die Haare und entschuldigte sich.

»Ah was, lass nur«, winkte der Schwager genüsslich ab. »Du warst damals ned bei der Hochzeit, da kannst dir halt das Datum auch ned merken.«

Der Mutter waren während ihrer Unterhaltung am Tisch die Augen zugefallen. Bevor sie sich schlafen legte, nahm sie ihm das Versprechen ab, sie am nächsten Tag wieder auf den Kirchhof zu begleiten.

Cosmas' Mutter ging täglich zum Friedhof, ohne Aufhebens und ohne Sentimentalität, so, wie andere Leute ihren Hund ausführten. Also humpelte er am nächsten Tag wieder mit ans Familiengrab und beobachtete, wie sie mit ihrem immer kleiner und immer unförmiger werdenden Körper ihre üblichen Handgriffe ausführte. Er durfte für sie das verrostete Feuerzeug aus der Grablampe fingern, damit sie die Kerze anzünden konnte, dann stand er wieder nutzlos daneben und spielte mit seinem Gehstock, während sie gelbe Birkenpollen von den Steinen fegte. *Um nicht über den neuesten nachdenken zu müssen, vor dem ihm grauste und der vergangenes Ostern noch nicht hier gestanden hatte,* überlegte er rasch, ob der ehemalige Leiter der Hofer Filmtage, Horst Badewitz, ebenfalls irgendwo auf diesem Friedhof lag. In Cosmas' goldenen Jahren, nachdem er in Deutschland als Schauspieler etabliert war, hatte er Badewitz, den Helden seiner Jugend, nur mehr mit herablassender Milde geschätzt und erst in den letzten Jahren wieder stärkere Gefühle für den Mann mit der Beatles-Frisur entwickelt – als er nämlich bloß noch als Zuschauer zu den Filmtagen kam. Da hatte Badewitz ihn schon gar nicht mehr erkannt und wohl längst vergessen.

Wie merkwürdig es doch war, in dem Leben eines Menschen, der für die eigene Biografie so wichtig war, nicht einmal annähernd eine Rolle zu spielen. Manchmal war das schwer erträglich. Kurz dachte Cosmas an Kati und ihren Surfer. Dann, mit einem Anflug von schlechtem Gewissen, an seine Mutter.

»Wer von uns vieren war eigentlich dein Liebling?«

Die Mutter nahm ihm den Tulpenstrauß aus der Hand, um ihn gegen den alten auszutauschen. »So was fragt man eine Mutter nicht.«

Weil er insistierte, sagte sie schließlich: »Immer die, die mich grad am meisten zum Weinen gebracht hat.« Vermutlich sah er schockiert aus, deshalb fügte sie hinzu: »Aber du warst immer so ein lieber Bub. Und bist ja nun auch wieder aus Amerika zurück.« Es war nicht klar, ob ein Teil ihrer Antworten, und wenn, welcher, überhaupt ernst gemeint war. Ungeschickt versuchte er, es herauszufinden.

»Schluss mit dem Gschmorgl, Cosi, so sentimental könnt ihr wegen mir im Fernsehen red'n, aber wir führen solche Unterhaltungen nicht.«

Resolut zwickte sie eine Löwenzahnwurzel zwischen Daumen und Zeigefinger ein, um sie aus der lockeren Graberde zu ziehen. Alles war makellos. Gestutzte, kleine, immergrüne Büsche umstanden symmetrisch die Steckvase und eine Pflanzschale, aus deren Bauch purpurne Erika und Alpenveilchen quollen. Nachdem die Mutter, wohl zum Zeichen für ihren Besuch, mit einer viel zu kurzen Harke ein Muster in die fast schwarze Erde geharkt hatte, waren sie endlich fertig. Cosmas fragte sich, warum er überhaupt mitgekommen war. Sein Vater hätte solchen Besuchen gleichgültig gegenübergestanden. Und Kati hätte gar nicht hier liegen dürfen.

Am Mittag rief seine Schwester Tina aus Bamberg an. Sie hatte ursprünglich beim Familienessen dabei sein wollen, aber es war etwas dazwischengekommen. Erfolglos versuchte Cosmas, sie noch umzustimmen. Weil Dones Familie zuhörte, verkniff er sich, Tina zu sagen: »Lass mich hier nicht alleine sitzen«, aber nach dem Telefonat sah man ihm seine Enttäuschung deutlich an.

Der Tag zog sich in die Länge. Weil sie nicht wussten, was sie miteinander anfangen sollten, schlug Done schließlich ein Binge-Watching von *Der Erbe von Schloss Cranberthmoor*, der Mini-Hotelserie mit Cosmas Pleystein, vor. Die Mutter freute sich, und Cosmas und der Schwager seufzten: Was immer die Frauen glücklich machte …

In *Cranberthmoor* spielte Cosmas einen vom Pech verfolgten deutschen Kleinkriminellen, den unehelichen Sohn eines verschollenen britischen Kampfpiloten. Von diesem erbt er ein Schloss in Cornwall. Nachdem er es in ein Hotel umgewandelt hat, taucht ein weiteres, uneheliches Kind des Earl auf, eine attraktive, aber intrigante Frau, zwischen der und dem deutschen Erben es erotisch knistert. Pleystein *wusste*, dass das der pure Edelkitsch war (beim Dreh hatte er sich so geschämt, dass er sich geschworen hatte, nie wieder in Cornwall zu drehen und nie wieder so einen Quark, egal wo), aber nun sah er sich dennoch fasziniert zu. Er kannte keinen Schauspieler, dessen Arsch und Beine in Tweedhosen und Gummistiefeln so gut aussahen wie seine eigenen.

Nach dem Abendessen folgte er Done in die Küche, um ihr beim Geschirrspülen zu helfen und mit ihr zu reden. Er hätte vor der großen Schwester gerne seine Verunsicherung, seine Laschheit, all seine Versäumnisse bekannt. Er hätte auch gern über Kati gesprochen. Aber Done war in einem unerbittlichen Alltagsmodus, zeigte ihm, wie sie die Dessertteller in der Spülmaschine sortiert haben wollte, und sprach über den Nachwuchs einer ehemaligen Schulfreundin. Es kam nicht die richtige Stimmung für ernste Gespräche auf, und Cosmas war zu feige, um unvermittelt von seiner Enttäuschung darüber, wie *Kan Werin* sich entwickelte, zu reden. Antonia lag nicht halb so viel an dem Filmprojekt wie ihm oder Kati; sie hätte ihm sowieso geraten weiterzumachen, schließlich hing ihr Haus daran. Außerdem schien ihr der Quark, den Pleystein in den vergangenen Jahren gedreht hatte, zu gefallen, sie war schließlich ein treuer Fan seiner kornischen Hotelserie.

Als sie in der Küche fertig waren, musste der kleine Paul schlafen gehen. Done folgte ihm, um ihn ins Bett zu bringen. Als sie nicht wiederkam, stand auch Cosmas auf, um nicht noch länger mit Dones strengem und langweiligem Mann allein am Tisch sitzen zu müssen. Er gab vor, ins Bad zu wollen, aber eigentlich hoffte er, Done oben abpassen zu können, um auf seinem Zimmer noch ein bisschen allein mit ihr zu reden. Im Flur hörte er sie mit Paul sprechen. Sie wollte offenbar, dass er Pleysteins Autogrammkarte wieder aufhängte, denn »schau, der Cosi freut sich doch so darüber. Der hat doch sonst nix.« Da schlich er leise an der angelehnten Zimmertür vorbei in sein Zimmer und legte sich hin.

Vor dem Einschlafen kippte er das Dachfenster in die frostige fränkische Nacht. Irgendwann stand er noch einmal auf, weil seine Schulter schmerzte und um nach einer zweiten Decke zu suchen. Hier ist Deutschlands Sibirien, dachte er, die arme Kati liegt in Deutschlands Sibirien begraben.

23

Ein Toter in den Klippen! Ein Toter in den Klippen!

Seit man eine zerschmetterte Leiche in dem unzugänglichen, brackigen Felsenbecken unterhalb des King Arthur's Castle Hotel entdeckt hatte, sprach die ganze Gegend von nichts anderem mehr. Es war Steven Smith-Fullbright, der Painter in Residence, dessen aufgedunsener und von Seehunden angeknabberter Körper am Montagabend aus dem Wasser gefischt worden war. Todesursache? Die Pathologen schüttelten den Kopf und wollten sich noch nicht festlegen. Posthum wurde der blasse kleine Maler mit der goldenen Rolex, der jahrelang zurückgezogen in dem Tintageler Hotel gelebt hatte, zu einem geheimnisumwitterten Mysterium. Niemand hatte zu ihm ein Gesicht vor Augen, und außer Gordon Lewes schien ihn niemand persönlich gekannt zu haben. Lewes, der selber gern mal eine Ausstellung in dem teuren Hotel bekommen hätte, nannte Smith-Fullbright nur abschätzig den »Maler mit Vollpension«, der das King Arthur's zu seinem »exklusiven Jagdrevier« gemacht habe.

In Camelford, bei den Besitzern von Hotels und Frühstückspensionen, wuchs die Hoffnung, dass das King Arthur's zum Zwecke polizeilicher Untersuchungen ganz geschlossen würde – was die deutsche Filmcrew schließlich doch noch in ihre Arme treiben würde! Doch die Polizei tat nichts dergleichen; sie hatte einen polnischen Verdächtigen festgenommen

(Motiv: Streit um eine ausstehende Handwerksrechnung) und ließ es seither offenbar ruhiger angehen.

Suns Freundinnen und Freunde sahen die Sache so: Der Pole war aus purem Fremdenhass verhaftet worden. Manche vermuteten gar eine Verschwörung lokaler Brexiteers dahinter, denen die Trennung vom Kontinent nicht schnell genug ging und die sich durch Intrigen der lästigen EU-Arbeiter entledigen wollten. In Suns Amateur-Orchester, den Simply Awesome Symphonians, regte man sich über die wachsende Ausländerfeindlichkeit seit dem Brexit-Referendum auf. Es gehe jetzt nicht mehr nur gegen Leute aus den ehemaligen Kolonien (woran man sich, wie der Posaunist mit dem roten Schal ironisch beklagte, ja irgendwie fast gewöhnt habe), sondern nun richte sich die Ablehnung auch schon gegen andere EU-Bürger. Sun, die den verhafteten Polen kannte, weil er ihr die praktische Katzenklappe für Sphinx in die Hintertür gesägt hatte, seufzte ein übers andere Mal: »Der arme Wojtek! Dabei war er so ein guter Handwerker«, fast als ob er ebenfalls gestorben wäre. Die Symphoniker verlängerten ihre Teepause über Gebühr und spekulierten, wer sonst noch ein Motiv gehabt haben könnte, den Maler zu töten – ein anderer Maler zum Beispiel, der seine Nachfolge als Painter in Residence im King Arthur's antreten wollte –, aber der fantasielose Harfenist, Dr. Harris, beendete ihre makabren Spekulationen, indem er behauptete, Smith-Fullbrights Tod sei ein Unfall gewesen.

»Wahrscheinlich kam er betrunken nach Hause und ist im Dunkeln über die Klippe gestürzt.« Dr. Harris verwies darauf, dass Verbrechen in Cornwall statistisch schlicht nicht existierten, weshalb es hier ja auch zu Recht keine Polizeistationen und Gefängnisse mehr gebe.

Sun beteiligte sich nicht an den Spekulationen um den rätselhaften Todesfall, obwohl sie natürlich hoffte, dass der arme Handwerker bald freikäme. Doch dann machte sie einen Fund, der sie dazu veranlasste, sich persönlich in die Ermittlungen einzuschalten.

Es war auf einem ausgedehnten Spaziergang, den sie mit ihrem Freund Bob unternahm. Die beiden hatten sich im SAS-Orchester kennengelernt, eine Abkürzung, die laut Bob in Wahrheit für Simply *Awful* Symphonians stand (unter anderem, weil sie ihn trotz seines mäßigen Posaunenspiels aufgenommen hatten). Bob lebte in Bude. Er liebte es, stundenlang über die berühmten Sonnenstrände der Stadt zu wandern. Da gerade Ebbe war, führte er seine Freundin zu den Gezeitentümpeln. Sie stiefelten durch flache Salzwasserteiche und krochen zwischen den Felsen herum, wo sie Seesterne und pinke Erdbeeranemonen entdeckten, die sich halb unter, halb über Wasser an die rauen, von Seepocken bewachsenen Felsblöcke klammerten. Immer wieder hob der Posaunist die dichten, langen Algenstränge von den Steinen, bis er Sun schließlich aufgeregt zu sich winkte. »Hier, schau.« Vorsichtig zog er einen schwarzen, klebrig feuchten Vorhang beiseite. Etwas huschte tiefer in die glitschige Gesteinsspalte hinein und starrte sie aus seinem Versteck an, mit glänzenden Augen und breitem, weißem Mäulchen. »Ein Fisch.« Ein blassgrauer, kaum fingerlanger Fisch, der die Hälfte seiner Tage ohne Wasser auf einem Felsen ausharrte, im Vertrauen darauf, dass das Meer immer wieder zu ihm zurückkam. Sun und der sonderbare kleine Überlebenskünstler staunten einander an, er mit einem Grinsen, das von einer Kieme bis zur anderen reichte. »Hallo, Kumpel«, flüsterte sie.

Später wanderten sie über den weiten, flachen Strand bis zur Bucht von Summerleaze. Sun hielt Ausschau nach Strandgut und fand tatsächlich ein paar wie Lakritz gemusterte Steine, außerdem ein »Nixentäschchen«, die leere Eihülle eines Katzenhaies. Dann entdeckte sie ein interessantes Stück Treibholz. Es war bizarr verdreht und grünlich schwarz vom Tang. Sein Anblick erinnerte Sun an die Mandragora, die sie Amanda Hewett überlassen hatte. Amanda hatte damals geheimnisvolle Andeutungen gemacht, was sie mit der Zauberwurzel zu tun gedachte. Sun las das feuchte Stück Treibholz auf und hakte sich wieder bei ihrer Begleitung ein. Im Gehen pulte sie geistesabwesend Sand aus ihrem bizarren Holzstück. Ihr war plötzlich eine seltsame morgendliche Begegnung mit Amanda und Bonnie Pierce wieder eingefallen, die sie am Sonntag nach Ostern gehabt hatte. Das war, wie Sun jetzt wusste, nur wenige Stunden nach dem Sturz des Malers von der Klippe gewesen.

Suns Kajakclub hatte sich im Morgengrauen in der winzigen Bucht von Tintagel getroffen, um mit der Flut hinauspaddeln zu können. Ganz entgegen ihrer Gewohnheit war Sun als Erste angekommen. Es war noch neblig, die Sonne musste eben erst aufgegangen sein, doch der kleine Platz lag im Schatten des hohen Artusfelsens. Hier unten war es noch düster und sehr frisch, und die Buden, in denen Artus-Souvenirs und Eis verkauft wurden, waren geschlossen. Aber auf einer taufeuchten Picknickbank hatten zwei weitere Frühaufsteherinnen gesessen: eine jüngere, tätowierte, und eine ältere untersetzte Rothaarige, die Tüten und Thermoskannen vor sich stehen hatten. Beide Frauen wirkten übernächtigt. Ihre Stiefel waren schlammverkrustet, Gräser lugten unter den

Profilsohlen hervor, und die Hose der jüngeren war eingerissen. Die Trägerin dieser Hose war die furchterregende Bonnie Pierce, die natürlich so tat, als hätte sie Sun nicht gesehen.

Doch Amanda Hewett rief verlegen: »Na so was, guten Morgen, Sun! Ich wusste gar nicht, dass du so ein früher Vogel bist …«

»Oh, ja, na ja, bin ich auch nicht, aber wir wollen gleich raus zu den Seehunden paddeln.«

Unter dem Picknicktisch lagen ein praller Rucksack, an dem Vogelfedern klebten, und eine fleckige Plastiktüte, aus der ein leichter Blutgeruch aufstieg. Seit Sun Vegetarierin war, hatte sie eine feine Nase dafür.

»Nanu, habt ihr in Tintagel ein Huhn überfahren? Oder in Bude?«

Die Frauen wechselten einen verschwörerischen Blick. »Wie kommst du denn darauf?«

Sun deutete auf die rosa-weiß gestreifte Tüte mit der Aufschrift »Pengenna Pasties«, die neben der Kanne lag. Sie enthielt unzweifelhaft Scones, und Pengenna, Suns bevorzugter Bäcker, hatte nur in Bude und Tintagel Filialen.

Bonnie stotterte überrumpelt: »Oh, das. Äh, nein, wir haben meine Mutter besucht, Meg. Ihr kennt euch, glaube ich.«

»Um diese Uhrzeit? Da hat die Ärmste wohl schlimme Schlafstörungen, dass sie euch so früh empfängt«, staunte Sun, die wirklich kein *early bird* war.

Amanda lachte heiser und hielt Sun die rosa Tüte hin. »Nimm dir einen Scone, Darling.«

Sun dankte und wählte ein Hefebrötchen mit Rosinen. Kauend fragte sie: »Ihr wart also schon oben bei Meg im Altenheim und seid dann zu Fuß über den Klippenpfad hier runter, und das alles vor halb sieben?« Es stand kein Auto hier unten außer Suns Toyota.

Statt einer Antwort blickte Amanda auf ihre Armbanduhr. »Tatsächlich! Du meine Güte, du meine Güte – das Full English Breakfast für Cosmas!«

Kopflos hatte sie ihre Taschen eingesammelt. Weil in diesem Moment der erste Wagen mit den Kajaks vorsichtig die steile Straße herunterrollte, hatte Sun sich verabschiedet, um beim Abladen der Boote vom Anhänger zu helfen.

Auf dem Rückweg von Summerleaze hielten Bob und Sun ihre Gesichter in die Sonne, die hier wirklich ein bisschen wärmer schien als in Camelford. Bob streifte sogar seinen unvermeidlichen roten Schal ab. Im Meerwasserpool zogen ein paar sehr abgehärtete ältere Leute ihre Bahnen, und rund um das Becken tobten kreischende Kinder in Gummistiefeln. Sun sah und hörte nichts von alldem, weil sie angestrengt über Amandas und Bonnies Geschichte nachdachte: Etwas daran hatte ganz und gar nicht gestimmt. Bonnies Mutter Meg lebte in einem Pflegeheim an der Hauptstraße, wo alles gepflastert oder asphaltiert war. Dort würde man sich weder die Hose zerreißen noch die Schuhe dreckig machen. Außerdem, wenn die Frauen zu Fuß bei Bonnies Mutter gewesen wären – um diese frühe Uhrzeit –, dann hätten sie doch dort ihren Tee getrunken und nicht unten in der klammen Bucht. Die beiden müssten also nach einem Besuch bei Meg zu Fuß quer durch das Städtchen gelaufen sein, um zum Küstenpfad zu gelangen und auf ihm bis in den Hafen hinunterzuwandern. Dafür hätten sie bereits im Dunkeln aufbrechen müssen. Aber warum sollte man den gefährlichen Küstenweg bei Nacht gehen?

Was mochten Bonnie und Amanda bloß angestellt haben? Den ganzen Spaziergang über grübelte Sun über dieses Geheimnis nach. Bonnie Pierce, der alles zuzutrauen war, hatte ihren Hass auf das King Arthur's Castle Hotel mehrfach öffentlich geäußert, und die bekennende Hexe Amanda hatte unverhohlen gewünscht, dass man dem Tintageler Hotel einen Fluch aufhalsen möge, um die Gäste zu verjagen. Und keine vierundzwanzig Stunden, nachdem Sun ihnen für ihr Treiben auch noch eine mächtige Mandragora geliefert hatte, war der Hotelmaler tot.

Als die Sonne selbst über Bude nicht länger verweilen konnte und es kühl und windig wurde, kehrten Sun und ihr Freund in einem Surfercafé ein. Die Musik war zu laut, und es roch penetrant nach Pommes frites, aber Bob behauptete, dass es nirgendwo in Bude einen schöneren Blick aufs Meer und den Sonnenuntergang gab. Außerdem war es billig, und die Kellner hatten nichts dagegen, wenn kiloweise salziger Sand aus ihren Gästen rieselte, der überall auf den Bänken und dem Boden klebte. Während die Flut hereinrollte und die Wellen späte Surfer vor sich her auf den flachen Strand jagten, nippten die beiden an ihrem Cider.

Sun beschloss, den Freund in ihre kriminologischen Überlegungen einzuweihen, da er Amanda und die übrigen Beteiligten nicht kannte und neutral urteilen konnte. Doch je länger der Posaunist ihr zuhörte, desto krauser wurde seine Stirn, und desto breiter sträubte sich sein strubbeliger weißer Bart. Am Ende ihrer Geschichte schmunzelte er: »Ernsthaft, Sun? *Hexen?*«

Bei aller Klugheit war er bestimmten Themen gegenüber, vor allem bei Fragen der Metaphysik und Magie – für Bob nur

»Esoterik« –, leider wenig aufgeschlossen. Für einen Materialisten wie ihn existierte das, was man weder sah noch mit Instrumenten messen konnte, schlicht nicht. Es war, als hätte er dort einen blinden Fleck. Man musste Nachsicht mit ihm üben, und deshalb kränkte Bobs leiser Spott Sun überhaupt nicht.

»Nun, warum nicht Hexen?«, erwiderte sie gelassen. »Selbst wenn es *unwahrscheinlich* ist, dass ein Hexenzirkel einen Menschen mit einem Fluch tötet, ist es doch *denkbar*. Ich, Susann, *habe* es gedacht. Liebster Bob, schließlich geht es um die Aufklärung eines Todesfalls und um einen Unschuldigen, der verhaftet wurde. Da sollte man doch lieber nichts ausschließen, nicht wahr?«

Bob zuckte die Achseln und stand auf, um an der Theke noch zwei halbe Pints Cider zu holen. Den Rest des Abends sprachen sie über nichts Besonderes mehr, sondern schlürften ihr *Strongbow,* knabberten Chips und beobachteten die Feierabendsurfer.

Als Sun später zurück nach Slaughterbridge kam, marschierte sie sofort ins Atelier. Das tat sie immer, wenn sie nachdenken wollte. Bei der Arbeit konnten ihre Gedanken frei schweifen und kamen für gewöhnlich mit guten Ideen zurück. Sie nahm einen Klumpen krümeligen Ton, benetzte ihn mit Feuchtigkeit und begann, ihn zu kneten. Hatte das Treiben von Hexen am Hotel den Maler getötet? Wenn ja, steckte Amanda Hewetts Hexenzirkel dahinter? Wäre Amanda skrupellos genug, um schwarze Magie zu gebrauchen? Mit dem Nagel kratzte Sun Sandkörner aus dem schon geschmeidiger werdenden Ton und legte ihn auf die Töpferplatte. Die Indizien ließen sich nicht von der Hand weisen: die blutige Tüte, die Drohungen gegen das King Arthur's … Und Sun hielt Bonnie Pierce für durchaus fähig, einen gelingenden Todesfluch auszusprechen. Wenn allerdings Smith-Fullbright tatsächlich an Hexerei gestorben war, dann hätte sie selbst, Susann, den Verschwörerinnen das Mordwerkzeug geliefert: die unheimliche Mandragora. Das war ein fürchterlicher Gedanke. Sun hätte, wenn auch unwissentlich, eine nicht wiedergutzumachende Schuld auf sich geladen. Unwillkürlich fragte sie sich, wie es Amanda wohl heute Nacht ging. Vielleicht hatte sie niemanden, dem sie sich anvertrauen konnte, und fand in dieser Nacht genauso wenig Schlaf wie Sun. Wenn ihre Hexerei den Tod des Malers – direkt oder indirekt – verursacht hatte: Wie konnte sie damit weiterleben? Um Bonnie Pierce brauchte man sich keine Sorgen zu machen, die schlief nachts garantiert durch. Aber Amanda? Vermutlich würde sie anderen die Schuld zuweisen, rechthaberisch und selbstgerecht werden, ihre Großzügigkeit verlieren, um schließlich einsam und verbittert zu enden … Und wie sich erst der unschuldige Wojtek in seiner Zelle fühlen musste! Ihr Mitgefühl ließ Sun keine andere Wahl: Sie musste die Ex-Schwägerin zur Rede stellen.

Amanda machte jeden Vormittag Yoga in der Camelford Hall, und dort passte Sun sie ab. Als die Kursteilnehmerinnen, die zusammengerollten Gymnastikmatten unter den Armen, schwatzend aus der Halle strömten, loderte Amandas Haar fröhlich wie immer. Sie wirkte weder schuldbewusst noch niedergeschlagen, sondern freute sich aufrichtig, Sun zu sehen. Die übersprang den Small Talk und sagte ihr die Hexerei am King Arthur's Castle Hotel auf den Kopf zu.

Amanda war perplex, gab dann aber freimütig zu, dass ihr Hexenzirkel tatsächlich den Versuch unternommen hatte, die

Filmleute aus Tintagel zu vergraulen. »Wir haben sofort nach der Ratssitzung einen Hexenkonvent eingerichtet. Und was soll ich dir sagen: Du weißt ja selbst, dass sich der Erfolg unmittelbar eingestellt hat: Der erste Filmer hat das King Arthur's verlassen, um bei mir in der Pension zu wohnen!«

Die Wirksamkeit ihres schwarzmagischen Tuns hatte die Wicca-Geschwister selber überrascht. Daraufhin hatten ein paar von ihnen ein quasi wissenschaftliches Interesse entwickelt; sie hatten verschiedenste Schadenszauber aus aller Welt getestet, Mandragoras besprochen – einfach um herauszufinden, ob ihre Magie auch im großen Stile funktionierte. Da alles zum Besten der Stadt Camelford geschehen war, hatte Amanda überhaupt kein schlechtes Gewissen. Das King Arthur's floriere schließlich nach wie vor. Sie wedelte mit ihren glitzernden Fingernägeln, um das Gesagte zu unterstützen.

»Aber ein Mann ist gestorben.«

Amanda stritt kategorisch ab, etwas mit dem Tod des Hotelmalers zu tun zu haben. »Wir haben doch keine Todesflüche ausgesprochen, ich bitte dich, Liebes! Wir haben uns bei Duncan Schlachtabfälle besorgt und damit ein bisschen auf den Klippen herumgespukt. Es war doch bloß Spaß.«

Sun gab zu bedenken, dass ihre Verwünschungen vielleicht stärker gewesen waren als gedacht oder womöglich danebengetroffen hatten. Nachdenklich nickte die Camelforder Oberhexe: Dass Menschen grundsätzlich durch Zauberei geschädigt werden konnten, ließ sich nicht abstreiten; die Wirksamkeit von Telepathie und dem bösen Blick war bewiesen. Die Vorstellung, dass ihr hausgemachter Hokuspokus so effektiv gewesen sein könnte, dass er jemanden getötet hatte, war schockierend und faszinierend zugleich. Unwillkürlich klopfte Amanda auf ihre große Umhängetasche, in der sich das Notizbuch mit den Aufzeichnungen all ihrer Rituale mit Datum und potenzieller Wirkung befand. Sun drängte sie, zur Polizei zu gehen.

Amanda zögerte. »Ich kann das nicht allein entscheiden, Bonnie und ein paar andere stecken schließlich auch mit drin, also werde ich erst mit ihnen sprechen müssen.«

Sun, die diese Angelegenheit sofort ins Reine gebracht wissen wollte, überredete Amanda daraufhin, mit ihr nach Slaughterbridge zu fahren, wo die Pierces ein Häuschen am Camel besaßen.

Obwohl es weder kalendarisch noch klimatisch schon Sommer war, lag Bonnie Pierce oben ohne in ihrem Garten und sonnte sich mithilfe eines aufklappbaren Reflektors. Als Amanda sie vom Gartenzaun aus anrief, erhob sie sich von der Liege und winkte die Besucherinnen zum Vordereingang. Am ganzen Körper hellrot leuchtend und mit all ihren Tätowierungen bot sie einen furchterregenden Anblick, ehe sie im Haus verschwand.

Sun murmelte: »Ihr hättet das King Arthur's wahrscheinlich schneller ruiniert, wenn ihr nackt im Hotelgarten getanzt hättet ...«

Bevor Amanda darauf antworten konnte, wurde die Haustür geöffnet, und Sun stellte fest, dass sie auch vor der angezogenen Wirtin des Darlington Inn Angst hatte. Doch Bonnie Pierce benahm sich ganz zivilisiert und bat sie auf die Terrasse, wo sie ihnen Bier und Knabbergebäck servierte. Eine Small-Talk-Runde wurde schlecht und recht gemeistert, bis Sun die Karten auf den Tisch legte. Aber Bonnie lachte sie aus, knackte

Pistazien, spuckte die Schalen ins Gras und leugnete rundweg, dass es so etwas wie Zauberei überhaupt gab. Wie Sun befürchtet hatte, war Bonnie die härtere Nuss.

»Und überhaupt, wieso ausgerechnet ich? Was ist mit den anderen?« Sie, Bonnie, habe schließlich einen Job bei der Stadt zu verlieren …

»Unsinn«, rief Amanda ungeduldig, »das halbe Darlington Inn weiß doch Bescheid.«

»Erst mal stimmt das nicht. Nur einige *wirklich* vertrauenswürdige Freunde«, korrigierte Bonnie, wobei sie der Freundin einen gehässigen Blick zuwarf. »Und die haben darüber genauso gelacht wie wir. Unter Mordverdacht zu stehen, ist ja wohl etwas völlig anderes. Ich glaube kaum, dass Eddie Skuse darüber glücklich wäre … Und überhaupt, wer sagt euch denn, dass der Pole den Maler *nicht* im Streit von den Klippen geschubst hat? Bei den meisten Morden geht's doch um Geld. Und es ist überall bekannt, dass sich der Pole mit dem Hotel wegen einer Rechnung gestritten hat. Sogar eine Morddrohung soll er ausgestoßen haben.« Sie bewegte selbstgefällig die Zehen, um zu prüfen, ob der Nagellack noch rundum tipptopp war. »Der Typ ist bestimmt kein Heiliger, nur weil er Ausländer ist.«

Es war ein Glück, dass sie das sagte, denn es regte Amanda auf und nahm sie gegen Bonnie ein. Mit vereinten Kräften versuchten nun die beiden Ex-Schwägerinnen, ihre Gastgeberin mürbezumachen. Nachdem sie ihr versichert hatten, dass Hexerei in Großbritannien seit den Fünfzigerjahren nicht mehr strafbar war, gab sie sich endlich geschlagen und erklärte sich bereit, mit ihnen zur Polizei zu gehen.

»Also gut. Aber wir machen unsere Aussage in Exeter,

verstanden? Ich geh nicht nach Bude, da kennen uns alle, Fabio bringt mich um.«

Sun beschloss, die beiden Hexen nach Exeter zu begleiten, teils aus Solidarität, teils um sicherzustellen, dass sie es sich unterwegs nicht noch anders überlegten. Da Bonnie sich weigerte, in Suns klappriges Auto zu steigen, nahmen sie Bonnies Wagen. Sie stoppten kurz bei Amandas Pension, wo die umsichtige Wirtin Vorkehrungen für den Fall einer sofortigen Verhaftung traf und sogar ein Übernachtungsköfferchen packte, das sie während der Fahrt auf dem Schoß umklammert hielt.

Der Sitz der Polizeibehörde von Devon & Cornwall befand sich in einem Neubau, der größer als jedes andere Gebäude in Cornwall war, größer als das Krankenhaus in Truro, größer als das neue Tate-Museum in St Ives. Es mochte wohl einen halben Kilometer lang und ebenso hoch sein – oder es war einfach sehr lange her, dass Sun, die Londonerin, ihr Camelford verlassen und in der *City* gewesen war. Spätestens vor dem schusssicheren Glaskasten der Rezeption, in der drei eng beisammenhockende Uniformierte wie ein mehrköpfiges Ungeheuer Wache schoben, wollten Amanda und Bonnie umkehren.

»Wisst ihr was?«, keuchte Bonnie. »Ich war noch nie in der Kathedrale von Exeter, da würde ich jetzt gern mal rein.«

»Und ich«, quiekte Amanda, »würde mir jetzt lieber ein Tattoo stechen lassen.«

In dem Versuch, zwei Widerspenstige zu bezwingen, musste Sun über sich hinauswachsen, und schließlich umklammerte sie Amanda am Handgelenk, bildete auf diese Weise mit ihr zusammen eine Art Sperre, mittels der sie Bonnies Rückzug blockieren und sie vor sich herschieben konnte. Die von Berufs wegen nervösen Wachleute im Kasten schienen mit jedem Schritt, den das merkwürdige Trio auf sie zutrat, misstrauischer zu werden.

»Guten Tag«, sprach Sun die am wenigsten Zerberus-ähnliche Person im Kasten an. »Wie geht's Ihnen? Wir sind gerade den weiten Weg aus Cornwall nach Exeter gekommen, weil wir eine Selbstanzeige wegen Hexerei erstatten möchten. Es geht um Mord.«

Den gesamten restlichen Tag verbrachten die drei in der Polizeibehörde. Zunächst veranstaltete man mit ihnen eine Art Schnitzeljagd durch sämtliche Trakte des Gebäudes, bei der sie ihr Anliegen mal als Gruppe, mal einzeln vortragen mussten, sodass die gesamte Belegschaft der Polizei von Exeter Gelegenheit bekam, einen Blick auf die kornischen Hexen zu werfen. Zu guter Letzt landeten sie in einem sehr abgeschiedenen Korridor des Criminal Investigations Department East-Cornwall. Aus offenen Türen drangen normale, nichtssagende Bürogeräusche, von denen das Rattern eines Druckers und das Gurgeln einer Kaffeemaschine die lautesten waren. Es roch sogar nichtssagend, nach Gummisohlen, saurem Kaffee und Aktendeckeln. Bonnie, die gerne Krimis guckte, war enttäuscht, dass es hier nicht von muskulösen Uniformierten, tobenden Schwerkriminellen und halb bekleideten Prostituierten wimmelte.

»Nicht mal 'ne Raucherecke haben die hier, Mist«, murmelte sie.

Sun warf ihre gesamte Barschaft in einen Cafeteria-Automaten, um die Hexen mit Schokoriegeln und Seven-Ups bei Laune zu halten. Dann endlich tauchte eine unscheinbare

Beamtin unbestimmbaren Alters auf und nahm sie mit in ihr Büro, wo eine Inspektorin die drei Camelforderinnen erwartete. Es stellte sich heraus, dass die Kriminalpolizei längst von dem Hexentreiben am King Arthur's wusste.

»Mr. Smith-Fullbright hat am Tag vor seinem Tod Anzeige wegen Hausfriedensbruch erstattet.«

»Danke, Susann, Fabio bringt mich um«, zischte Bonnie, als sie das hörte.

»Ich nehme an, die ... äh«, die Inspektorin zeichnete Anführungsstriche in die Luft, »Hexe sind dann wohl ...« Sie musterte die sportliche städtische Angestellte und die dralle Dame im Kostüm, bevor ihr Blick an der buckligen kleinen Wollhexe hängen blieb. »Sie?«

»Nein, Frau Inspektor«, sagte Amanda tapfer, »wir beide sind's.« Sie deutete auf die schmollende Bonnie und sich selbst. »Aber wir berufen uns auf die Religionsfreiheit im Vereinigten Königreich sowie auf das Recht auf Brauchtumspflege.«

Die Kommissarin verzog keine Miene. »Wirklich, tun Sie das? Wir haben jede Menge Spuren von, na ja, okkulten beziehungsweise«, wieder zeichnete sie Anführungszeichen in die Luft, »satanistischen Aktivitäten im unmittelbaren Umkreis der vermuteten Absturzstelle von Mr. Smith-Fullbright gefunden. Das ist einen Monat her. Und Sie melden sich erst *heute*?«

Bonnie und Amanda erbleichten. »Dann ist es also wahr, dass unsere Verwünschungen ihn getötet haben? Wir hatten doch keine Ahnung, dass unsere Zauber ... wir wollten doch niemanden ...«

»Sie sind wichtige Zeuginnen!«, unterbrach die zweite Polizistin. »Sie waren vermutlich zur Tatzeit am Tatort. Warten Sie bitte draußen, bis der Kollege hier ist, der Ihre Aussagen aufnehmen wird.«

Als die drei aufstanden, konnte es sich die erste Kommissarin nicht verkneifen, ihnen noch etwas mit auf den Weg zu geben. »Steven Smith-Fullbright hat in der Nacht seines Todes Wache geschoben, um Sie auf frischer Tat zu ertappen.« Falls er dabei verunglückt war, ergänzte sie, hätte die Anführungszeichen-Hexenkunst den Hotelbesitzer zwar nicht direkt getötet, aber doch mindestens indirekt, weil er sich nur ihretwegen nachts auf den Klippen herumgetrieben hatte.

»Indirekte Hexenkunst ist ja wohl noch weniger strafbar als direkte«, behauptete Bonnie, als sie wieder auf dem Flur standen, aber ihre Stimme zitterte. Schweigend beobachteten sie und Sun, wie Amanda wortlos *Der Graf von Monte Christo* aus ihrem Übernachtungsköfferchen zog und die erste Seite aufschlug.

Zum Glück ergaben ihre Aussagen, dass sie erst lange nach dem Sturz vor Ort gewesen waren, und Bonnie hatte sogar ein wasserdichtes Alibi, da sie zur Tatzeit noch im Darlington Inn gearbeitet hatte. Denn obwohl man in Devon nicht daran glaubte, dass Geisteskraft töten konnte, hielt man Handgreiflichkeiten auch bei Okkultistinnen nicht für ausgeschlossen. Nachdem die Protokolle schließlich unter K wie Kurioses aus Cornwall abgeheftet worden waren und sie endlich gehen durften, drückte Bonnie das Gaspedal durch und fuhr mit Bleifuß zurück nach Hause.

Bei der Stimmung, die im Auto herrschte, hätte es sich eigentlich erübrigt nachzufragen, ob sich die Hexen durch ihr Geständnis kathartisch gereinigt fühlten. Aber als Bonnie hinterm Lenkrad zum wiederholten Male stöhnte: »Sinnlose

Scheiße! So eine verfickte sinnlose ...«, meldete sich Sun vorsichtig vom Rücksitz: »Entschuldige, meine Liebe, du hast sicher recht. Aber meinst du nicht, dass ihr beide in ein paar Tagen, wenn das alles verdaut ist, sehr erleichtert sein werdet? Und froh, euer Gewissen erleichtert zu haben?«

Von Bonnie gab es böse Blicke im Rückspiegel, Amanda schwieg und starrte stur nach vorn. Aber tatsächlich schienen die beiden Hexen mit jeder zurückgelegten Meile bereits froher zu werden, und kaum hatten sie den Tamar überquert und waren wieder im heimischen Cornwall, gewannen sie ihre alte Selbstsicherheit zurück und werteten die Einstellung der Devoner Polizei zur Kraft des Übersinnlichen als Ignoranz und sogar als persönliche Kränkung. Beim Aussteigen stellte Amanda schließlich befriedigt fest, dass eines festgehalten gehörte: In gewisser Weise hatte ihre Hexerei Wirkung gezeigt.

In den darauffolgenden Wochen wurden der gute Ruf und die Ehre der polnischen Handwerker in Cornwall im Allgemeinen und die von Wojtek im Besonderen vollständig wiederhergestellt. Zwei neue Gerüchte machten jetzt die Runde. Hexen aus Bodmin Moor hätten Smith-Fullbrights Tod verursacht, lautete das eine Gerücht, und das andere: Das deutsche Filmteam sei am Morgen nach der Tat verdächtig schnell (überstürzt?) abgereist und komme auch nicht mehr wieder.

Bei ihrem üblichen Pech hatten die Camelforder fast nichts anderes erwartet.

24

Doch im Juni kehrte das Filmteam zurück, und Cosmas bezog wieder sein luxuriöses Zimmer im King Arthur's. Er warf den Koffer aufs Himmelbett, schob das Fenster hoch, hörte die Brandung und sog genüsslich die Meeresbrise ein. »Hat schon was, das Meer«, dachte er bei sich. Inzwischen hatte er nämlich *Verdammt in alle Ewigkeit* angesehen; die heiße Stelle, in der sich Burt Lancaster und Deborah Kerr an einem hawaiianischen Strand in den Armen liegen, während sie von den Wellen des Pazifik überrollt werden, sogar zweimal. Danach hatte Cosmas beschlossen, dass *Der Liebe ist im Krieg alles erlaubt* ebenfalls ein ernsthaftes Melodram werden würde, mit ihm selbst in der höchst anspruchsvollen und ernsthaften Rolle Burt Lancasters.

Im Speisesaal des Hotels war für das viel größer gewordene Team nun ein ganzer Raum reserviert. Gleich am ersten Abend führte die Kellnerin zwei unscheinbare Damen herein, die offenbar Interviews mit dem Filmcast machen wollten. Mrs. Gupta schien sie erwartet zu haben und folgte den recht förmlich wirkenden Frauen als Erste in das Büro hinter der Rezeption. Pleystein freute sich über die Publicity, fand es jedoch merkwürdig, dass man nicht gleich ihn oder Valeria McBride interviewte. Als die Produzentin, gefolgt von den Journalistinnen, wieder zurückkam, fragte er sie leise, welches

Käseblatt diese verhuschten Reporterinnen geschickt hatte – nach ihrem Aussehen zu schließen, wohl kaum ein Hochglanzmagazin.

Daraufhin verlor Mrs. Gupta, die Eisfestung, zum ersten Mal die Fassung und lachte schallend. »Criminal Investigations Department East-Cornwall«, gluckste sie, nachdem sie sich wieder gefangen hatte, und Pleystein verschluckte sich.

Die Inspektorin stellte sich dem inzwischen vollständig versammelten Team vor. Sie ermittele zu den Todesumständen von Mr. Steven Smith-Fullbright, der in diesem Hotel gelebt und im April in der Nacht vor ihrer Abreise von den Klippen gestürzt war. Schneider, Czmajduk und die Assistenten nickten – jeder Ausländer, der in jener Nacht im King Arthur's gewohnt hatte, war bereits von Europol angeschrieben worden; heute wurden nur noch einmal ihre Antwortbögen überprüft. Während einer nach dem anderen befragt wurde, wartete der Rest hungrig auf das Essen, trank zu viel und spekulierte lautstark, wer von ihnen den Painter in Residence getötet hatte. Es gab Gelächter, als Bernd Czmajduk mit Blick auf Smith-Fullbrights seltsame Gemälde lästerte, dass wohl jeder, der ansatzweise über Geschmack verfüge, ein Motiv habe. Die polnischen Kellnerinnen, die alle den armen Wojtek gekannt hatten, servierten die Drinks mit undurchsichtiger Miene. Aber an den Tischen war die Stimmung recht ausgelassen – allein schon das Gerücht über einen Mord während der Drehs würde eine Spitzenanekdote dieser Produktion werden.

Cosmas saß still dabei und versuchte, nicht an den Überfall auf den Klippen zu denken, an dem Smith-Fullbright beteiligt gewesen war. Er sah keinen Anlass, die britische Polizei mit dieser Erkenntnis zu behelligen. Wäre sie von Bedeutung, hätte sie McGill, der Hotelier, längst zu Protokoll gegeben. »Lord-Darsteller in Cornwall vermöbelt« war eine Schlagzeile, die er sich gern ersparen würde, genau wie »Mörder im Tweed-sakko?« oder »Painter slain by Killer-Kraut«. Schon mit nüch-ternem Kopf vermied er Ärger mit der Polizei, und hier war er bereits beim dritten gut eingeschenkten Gin Tonic. Er fischte einen Eiswürfel aus dem Glas und ließ ihn an seiner Stirn zer-schmelzen.

Die Detectives interessierten sich vor allem für diejenigen, die ein Zimmer mit Meerblick gehabt hatten, und wollten wissen, wann Mr. Philipp Schmeltzer und Mr. Bo Starck für eine Befragung zur Verfügung ständen.

»Herr Schmeltzer ist diesmal gar nicht dabei«, erklärte Me-lek, »und Bo Starck kommt erst in zehn Tagen. Aber er hatte im April gar kein Zimmer mit Meerblick.« Für Starck sei zwar eine Kingsize-Suite gebucht worden, die er jedoch freundli-cherweise dem Co-Produzenten überlassen habe, und am Wo-chenende sei er zu faul für einen Zimmerwechsel gewesen. Obwohl es Meleks Job war zu wissen, wer wo schlief, wurde ringsum so anzüglich gegrinst und gepfiffen, dass Valeria McBride ihr Gespräch unterbrach, um die Produktionsassis-tentin zu scannen. Melek starrte zurück, und Cosmas, der just dort saß, wo ihre Blicke sich kreuzten, bekam eine Ladung eis-kalter Aura ab. Der Schwall feindseliger weiblicher Energie rührte an etwas in seinem Gedächtnis, und er erinnerte sich wieder an Bos Aufreißersorgen am letzten Abend. Dann wurde endlich das Essen serviert, und er vergaß den Mord und wandte sich seinem blutigen Roastbeef zu.

An seinem ersten Drehtag sollte Cosmas hauptsächlich wandern und der Kamera sein schönes Profil zeigen. Das

bisschen Text, das dazugehörte, hatte er abends im Bett überflogen und wie üblich erst heute früh in der Garderobe me-
moriert. Auf diese Weise, so glaubte er, wirkten die Dialoge
frischer, natürlicher, irgendwie improvisierter. Dass er damit
Kollegen und Regisseure in die Verzweiflung trieb, war er gewöhnt; seine kleine Marotte erachtete er inzwischen als das
Vorrecht eines Altstars. Bei der Produktion von *Cranberthmoor* hatte man sich deshalb angewöhnt, Pleystein am Set eine
zweite Drehbuchfassung in die Hand zu drücken, die lediglich
seine eigenen Szenen enthielt, und zwar auseinandergerupft,
nach Drehtagen sortiert und mit eigens für ihn gemarker-
ten Textzeilen. Dasselbe hatte sich Cosmas diesmal von Melek Ermiş erbeten, und wider Erwarten hatte sie ihm seinen
Wunsch umstandslos erfüllt.

Um halb acht lief er durch die kleinen Gassen von Port
Isaac, immer dicht an den Hauswänden vorbei, damit die kleinen Milchfläschchen im Bild waren, die den englischen Requisiteuren so wichtig waren. Anschließend ging es durch ein
Labyrinth aus Fischbuden und Souvenirläden zu einem Dorf-
platz, wo die Requisite eine Bushaltestelle aufgebaut hatte. An
der Haltestelle begegnet Hans einer verhärmten Witwe, deren einziger Sohn im Krieg gegen Deutschland gefallen ist.
In Katis Drehbuch ließ sich Hans schweigend von ihr beschimpfen, in der neuen Fassung zeigt ihm die Mutter ein
Bild ihres gefallenen Sohnes, das Hans andächtig und kummervoll betrachtet, während sie versöhnliche Plattitüden über
die menschliche Katastrophe namens Krieg äußert. Zum Abschied wünschte die Orion-Mutter dem Orion-Hans von
Herzen alles Gute und machte zu allem Überfluss auch noch
eine segnende Geste. Cosmas unterbrach die Aufnahmen und

stritt mit der Darstellerin über ihre Körpersprache. Schneider kam und wurde ebenfalls beschimpft, bis Czmajduk rief: »Ho, ihr Kampfhähnchen! Der Tag hat nur vierundzwanzig Stunden, und mir tut der Rücken weh. Wir drehen jetzt verschiedene Versionen, dann könnt ihr die Frage im Schnitt klären.«

Nachdem der Platz wieder freigegeben worden war, strömten die Touristen herein, und in den Hafen tuckerten die Jachten zurück. Aber das Wetter schlug um, das Türkis des Wassers verwandelte sich in ein trübes Grau. Cosmas ließ sich einen Anorak geben, stand mit hochgeschlagener Kapuze zwischen Eisverkäufern und Urlaubern und wartete trübsinnig darauf, dass das Team eine Gasse absperrte oder die Requisiteure Details an einer Fassade korrigierten. Sein Adrenalin war verflogen, und er merkte, dass er am Vorabend zu viel Gin Tonic getrunken hatte. Als ob sie seine Gedanken lesen könnte, brachte ihm Mrs. Aruni Gupta, die heute mit Hermès-Kopftuch und Sonnenbrille an eine Stilikone aus den Sechzigern erinnerte, einen Kaffee.

Sie sah ihn an und legte ihm plötzlich ihre kühle Hand flach auf die Wange. »Achtung, deine linke Kotelette fliegt gleich im Wind davon.«

Cosmas tastete danach und drückte sie fest.

»Wir sollten die Maskenbildnerin auspeitschen lassen und dann feuern«, sagte er düster.

»Oder den Barmann vom King Arthur's«, grinste sie. Aruni hatte ihm gestern Abend, nach dem Besuch der Detectives, überraschenderweise an der Hotelbar Gesellschaft geleistet und ihm bei dieser Gelegenheit ihren Vornamen geschenkt. »Nächsten Monat bin ich übrigens schon wieder in Port Isaac, dann drehen wir für Spanier. Cornwall ist trotz des Brexits bei ausländischen Produktionen immer noch sehr beliebt, und das ist einerseits ja auch schön. Aber die Kosten für die Locations sind spek-ta-ku-lär. Haarsträubend.«

Das sollte Cosmas wohl diskret daran erinnern, wie kostspielig seine Zicken von vorhin für die Produktion waren. Er nickte, sie nickte.

Dann sah Aruni, Mrs. Gupta, auf ihre kleine goldene Armbanduhr und nahm ihm den leeren Becher ab. »So, dann ist alles klar für die letzten Aufnahmen des Tages?«

»Easy-peasy«, erwiderte Cosmas ironisch. »Ich hab nämlich weder Mitspieler noch Text.«

Er rechnete damit, in zwei Stunden fertig zu sein, weil Schneider nur noch Bilder für eine schnell geschnittene Sequenz brauchte, die Hans' lange Suche nach »seinem« Pub verdeutlichte. Doch bei der Kontrolle der Takes fand der Chef-Beleuchter das Licht im ersten Pub schlecht gesetzt, die Aufnahmen wurde wiederholt; bei der nächsten Sequenz hatten die Komparsen falsch gesessen, es wurde wiederholt; und der Regen vor dem dritten Pub gefiel abwechselnd Czmajduk oder Schneider nicht – oder sie ließen Pleystein aus purer Boshaftigkeit immer wieder unter der Dusche durchlaufen.

25

Im Juni gab es auf Camelford City Parking keinen einzigen freien Platz mehr, denn die Filmer hatten dort ein Container-dorf errichtet. Die Camelforder fuhren mit Freude daran vor-bei, obwohl sie sich kostenpflichtige Parkplätze suchen muss-ten. Und als die Victoria Road für mehrere Tage komplett gesperrt wurde – zum Ärger der Touristen, die auf dem Weg zur Küste nun einen Umweg fahren mussten –, waren die Camelforder auch darüber erfreut.

Paradoxerweise war die Victoria Road seit fünfzig Jahren nicht mehr so belebt gewesen wie während ihrer Vollsperrung. An allen Ecken und in sämtlichen Fenstern versammelten sich Neugierige, um zu beobachten, wie Schauspieler und *Extras*, wie die Statisten beim Film genannt wurden, mit Hüten, Kopftüchern und Tweedkappen über ihre Hauptstraße spa-zierten oder radelten, Läden betraten und sich auf der Straße unterhielten, über die hin und wieder ein alter Vauxhall, ein Bus oder ein rostiger Ford-5000-Traktor rollten.

Dank Amanda Hewetts Beharrlichkeit beziehungsweise – in ihrer eigenen Darstellung – dank ihrer persönlichen Bekannt-schaft mit dem Star und Produzenten waren die *Pantomimes* mit ihrer authentischen kornischen Physiognomie tatsächlich als Statisten in den Cast aufgenommen worden. Die Laiendar-steller hatten auf dem Parkplatz ihr eigenes Zelt, in dem sie geduldig auf den »Action!«-Ruf des Regisseurs warteten. Oder sie warteten darauf, eingekleidet zu werden, oder sie warteten in der Schlange vor dem lausigen Caterer von Studio Black Tomato. Die meisten hatten sich für ihren Einsatz als *Extras* einen Urlaubstag genommen. Mit Genuss verspeisten sie nun die kostenlosen Sandwiches, die hier auch nicht schlechter waren als auf einem Flug an die Costa del Sol. Während sie Tee aus Styroporbechern tranken, unterhielten sie sich über ihre »Rollen« (Rad fahrender Mann, schwatzende Hausfrau) und erklärten einander, wie sie ihnen »Tiefe« verliehen. (»Ich denke, meiner kommt von der Schicht aus dem Granitsteinbruch bei Delabole zurück, wisst ihr, den gab's doch damals noch.«) Dass die Pantomimes ihre Schauspielerei auf einmal ernst nahmen, fiel zwar dem Regisseur nicht auf, wohl aber Amanda, die ihre Truppe bei den Proben für die nächste Show noch einmal daran erinnern würde. Doch abgesehen davon schwebte sie im siebten Himmel. Für ihren eigenen Auftritt war sie in der Statisterie nicht nur eingekleidet, sondern sogar eine halbe Stunde lang geschminkt und frisiert worden. Nun trug sie einen üppigen Petticoat, und ihr Haar war zu einem extravaganten Beehive aufgetürmt. So ausstaffiert, öffnete sie die Tür von Duncans Metzgerei, um Valeria McBride herauszulassen. Wenn Amanda zwischendurch zu ihren Bekannten in den Charity-Shops hinüberwinkte, tat sie es mit hoheitsvollen, kleinen Bewegungen, um den Beehive nicht ins Wanken zu bringen.

Am zweiten Tag des Drehs ärgerten sich die ersten Angestellten darüber, dass sie keinen Parkplatz fanden, wenn sie zur Arbeit kamen, und die Ladenbesitzer, dass niemand etwas bei ihnen einkaufen konnte. An Tag drei begannen viele Camelforder, Mitleid mit den Leuten aus Port Isaac zu haben, die diesen Filmwahnsinn jeden Sommer ertrugen. Am vierten

Tag regnete es morgens so stark, dass die Dreharbeiten unterbrochen werden mussten. Schauspieler und Extras wurden nach Hause geschickt. Alles beeilte sich, vom verregneten Set zu verschwinden. An der Küste herrschte strahlender Sonnenschein, die meisten wollten surfen gehen. Nur Cosmas blieb trübsinnig in Camelford zurück und sah den Maskenbildnerinnen beim Aufräumen des Trailers zu. Er wünschte, Bo Starck wäre schon hier – dem Jungen wäre bestimmt ein besserer Zeitvertreib eingefallen als Handyspiele oder Schlafen! Oder die Lektüre von zwanzig neuen Drehbuchseiten. Cosmas hatte endlich die letzten Änderungen erhalten; der Regisseur hatte sie ihm beim Frühstück in einem Umschlag über den Tisch geschoben wie ein Mafiaboss, der neue Anweisungen für seinen Killer hat. »Das hat's in sich«, hatte er geheimnisvoll geraunt. Davon war Cosmas überzeugt, weshalb er es auch nicht gewagt hatte, das dünne Paket sofort zu öffnen. Dass ihm die Lektüre noch bevorstand, war ein Grund mehr, nicht ins Hotel zurückzukehren. Lieber so spät wie möglich erfahren, auf welche Weise Orion Katis Geschichte den Todesstoß versetzen würde! Als es im Containerdorf wirklich nichts mehr für Cosmas zu tun gab, lieh er sich einen Regenschirm und begab sich auf die Suche nach einem Leihwagen. Er würde einen Ausflug auf König Artus' Spuren machen.

Camelfords Antwort auf die Tintageler Artusburg bestand aus einer Baracke, die immer etwas klamm nach Teppichfliesen roch. Darin befanden sich eine kleine Ausstellung der archäologischen Ausgrabungen in Slaughterbridge und ein großer Souvenirshop mit Cafeteria, beides stundenweise von Susann Joungblood betreut. Im Shop wurden die üblichen Artus-Souvenirs angeboten, die man auch in Tintagel bekam: Bücher,

Fotobände, Kühlschrankmagneten, Becher, Spielzeugschwerter und körbeweise polierte Halbedelsteine, in deren rieselnde Kühle Sun gerne ihre Hände tauchte.

Für heute Nachmittag hatte sich eine Studiengruppe aus Reading angekündigt, die eine Führung über das Gelände wünschte. Sun war aufgeregt. Sie machte nicht oft Führungen, und bei dieser Gruppe handelte es sich um ganz besondere Besucher: Es waren Spiritisten, die nach dem Rundgang über das Schlachtfeld am sogenannten Opferstein (der eigentlich eine mittelalterliche Ciderpresse war, wie Archäologiestudenten herausgefunden hatten) eine Zeremonie durchführen wollten, mittels der sie in versunkene Zeitalter zurückgeführt würden, um mit etwas Glück die Schlacht und den fallenden König Artus zu sehen. Die Museumsbesitzer hatten Sun angehalten, sich jeden kleinsten Vorfall genau zu merken. Eine Vision der Schlacht – oder besser noch: eine Massenhypnose – wäre ein weiteres wertvolles Indiz, das die Artusschlacht endgültig in Slaughterbridge verorten würde.

Die Tür ging auf. Die Spiritistengruppe brachte feuchte Luft mit in die Baracke und flutete sie mit fröhlichen Geräuschen wie ein Schwarm kleiner Vögel an einer neuen Futterquelle. Auf den ersten Blick waren es überwiegend Frauen mittleren Alters mit bunten Schals über praktischer Regenkleidung. Zwei junge Mädchen waren darunter und ein blasser Mann mit der Aura eines glücklosen Theologiestudenten – was übrigens nicht Suns Einschätzung war (die Menschen nicht nach ihrem Äußeren beurteilte), sondern die der Spiritistinnen, die es lieber gehabt hätten, wenn Mr. Hurle zu Hause in Reading geblieben wäre. Mr. Hurle wiederum, der in Wirklichkeit kein Theologie-, sondern ein Literaturstudium abgebrochen hatte, um Druide zu werden wie der von ihm verehrte Dichter William Blake, hielt einige Damen aus seiner Reisegruppe für ausgemachte Schwindlerinnen und die anderen für beschäftigungslose Hausfrauen. In Letzterem täuschte er sich, denn sie waren vielleicht *auch* Hausfrauen und Mütter, aber durchaus nicht beschäftigungslos. Darüber hinaus hatten einige von ihnen das Dritte Auge, und fast jede war ein Medium und hätte Mr. Hurle detailliert und mit großer Überzeugung von Begegnungen mit dem Übersinnlichen berichten können.

Während Sun das Geld für die Führung in Empfang nahm und der Studienleiterin umständlich eine Quittung ausschrieb, prüfte Mr. Hurle stirnrunzelnd den Inhalt des Bücherregals. Es gab Ritter- und Fee-Morgane-Romane in allen gängigen Besuchersprachen, unterschiedlich editierte Ausgaben von *Le Morte d'Arthur* sowie Sachliteratur. Allein die Wicca- und Zauberbücher füllten zwei Regalmeter, darunter Gardners *Buch der Schatten,* lokale Hexengeschichten sowie Bücher, die Sun sich lieber nicht so genau ansah, besonders nicht, wenn es dunkelte und sie allein im Bungalow war.

Sun schloss die Kasse ab, warf ihr gepunktetes Cape über und marschierte mit ihrer Gruppe in den Regen hinaus.

Zunächst führte sie sie zu den archäologischen Ausgrabungen, denn die Landeigner legten Wert darauf, die wissenschaftliche Anbindung ihres Centers hervorzuheben. Sun, die keine gute Rednerin war, erklärte, was es zu erklären gab, und geleitete die Gruppe dann zu der spätmittelalterlichen Ciderpresse. Sie befand sich am Rande einer abschüssigen Wiese, versteckt hinter einer blühenden Weißdornhecke, und ähnelte einem aufgebockten Mühlstein mit einer Rinne zum Abführen von

Flüssigkeiten. Schweigend umschritten die Spiritistinnen den Stein. Jede fasste ihn an und ließ die Finger über seine Riefen gleiten, als könnten sie ertasten, ob er ein Mahl- oder ein Folterwerkzeug gewesen war, als hätten ihre Hände Ohren für die grausigen Geschichten, die er erzählte. Dann stapfte Sun mit ihnen durch das nasse Gras bis auf den Hügel. Sie zeigte auf das Land jenseits der Kuppe. Hinter dem Regenschleier war gerade noch eben der Bachlauf des Camel erkennbar, der sich durch die Wiesen und Weiden am Fuß der Anhöhe wand und in einem Wäldchen verschwand. Dort unten im Wald lag der römisch-keltische Runenstein, den man gleich besichtigen würde, und hier oben, direkt unter ihren Füßen, das sagenumwobene Schlachtfeld. Zwar gab es in Großbritannien weitere Ortschaften, die von sich behaupteten, Schauplatz von Artus' letzter Schlacht zu sein, doch die mittelalterliche *Historia* des Geoffrey of Monmouth, die als verlässliche Quelle galt, verortete sie nun einmal in Slaughterbridge. Von hier oben, erklärte Sun, habe Artus seine wackeren Kelten Schrägstrich Christen Schrägstrich Britonen gegen die feindlichen Sachsen Schrägstrich Heiden geführt. Der mörderische Kampf habe zu beiden Seiten des Flusses getobt. Sun machte eine kleine Pause, damit sich alle in Ruhe umschauen konnten, bevor sie weitersprach. Hier sei Artus schließlich von seinem Halbbruder Mordred erschlagen worden. In Bodmin Moor, eine stramme Stunde Fußmarsch von hier entfernt, liege übrigens der Tümpel, in dessen trüben Tiefen Sir Bedivere das kostbare Schwert Excalibur nach dem Tod seines Königs versenkt habe. An dieser Stelle merkte eine Spiritistin kritisch an, dass Excalibur nach der Schlacht zurück nach Avalon gebracht worden sei, welches nahe Glastonbury liege, wie die Ausgrabungen eines

Seedorfes dortselbst bewiesen hätten. Deshalb könne der von Mrs. Joungblood erwähnte Tümpel nicht der richtige sein. Es entspann sich eine Debatte darüber, dass Sir Bedivere (der dreimal unverrichteter Dinge zum sterbenden König zurückkam, bevor er es über sich brachte, Excalibur in den See zu werfen) leicht von hier ins Bodmin Moor und zurück hätte laufen können, aber auf keinen Fall dreimal bis nach Glastonbury und zurück. Sun, die ihre dürren Informationen recht leidenschaftslos dargeboten hatte, äußerte sich nicht zu diesen Fragen. Dadurch gewann sie zwar Mr. Hurles Achtung, verlor jedoch die Aufmerksamkeit der Gruppe. Das Dutzend bunter Regenschirme zerstreute sich, als die Spiritistinnen das mythische Terrain und den Artusstein unten am Camel auf eigene Faust zu erkunden begannen.

Nach der Führung picknickten die Spiritistinnen erst einmal unter dem Regendach der Baracke. Während Sun so freundlich war, Wasser für ihren magischen Kräutertee zu kochen, verstummten draußen langsam die munteren Gespräche, man schien sich zu sammeln. Der Regen ließ nach, und der Himmel klarte auf. Eilig gen Moor ziehende Wolken knipsten das Sonnenlicht in raschem Wechsel aus und an. Dann war endlich die Zeit für den Höhepunkt des Tages gekommen. Man brach zum Opferstein auf. Sun wartete darauf, dass die letzten Spiritistinnen von der Toilette kamen, um das Center wieder abzuschließen. Während die Frauen drinnen schwatzten, lehnte sie sich an die noch feuchte Holzwand und genoss die Sonnenstrahlen. Auf dem Parkplatz hielt ein Wagen. Ein großer, schlaksiger Mann stieg aus und blickte sich suchend um. Von Weitem wirkte er ein bisschen vernachlässigt und traurig.

»Da ist ein Nachzügler«, sagte sie zu den frisch parfümierten Spiritistinnen, die jedoch niemanden mehr erwarteten. Dann erkannte Sun ihn. Sie hatte den Mann im April auf Gordon Lewes' Vernissage getroffen.

Cosmas Pleystein, der zunächst zur Tintageler Burgruine gepilgert war, wollte jetzt das Schlachtfeld und den Artusstein besichtigen. Er hatte eine altmodische kleine Videokamera dabei, um für seinen Neffen Paul eine Artus-Dokumentation zu drehen. Als er die grauhaarige Künstlerin aus der Galerie wiederkannte, wechselte er ein paar erstaunte Sätze mit ihr. Da er ihren Namen vergessen hatte, gab er ihr die Hand und stellte sich noch einmal ganz förmlich vor, damit auch sie ihren Namen nennen musste. Susann Joungblood, ja genau. Um die Scharte wettzumachen, lächelte er und bemerkte augenzwinkernd: »Ohne Ihre goldenen Turnschuhe hätte ich Sie fast nicht wiedererkannt.«

»Die fanden Sie wohl ein bisschen extravagant – für jemanden wie mich …«

Cosmas dachte an die alten Spießerinnen aus Wilmersdorf und die jungen aus Berlin-Mitte, die solche Schuhe trugen, um für extravagant gehalten zu werden.

»Ganz im Gegenteil, Madame. Wenn mir diese Schuhe in Berlin auf der Straße entgegenkämen, würde ich zu ihnen sagen: Kommt doch mit zu Susann Joungblood, ihr passt so gut zusammen.«

Sun neigte nicht zum Erröten, aber nun wurde ihr unter den vielen Lagen Wolle sehr, sehr warm. »Oh, wie lieb von Ihnen! Irgendwie habe ich so eine Ahnung, dass Sie diesen Satz aus einem Film gestohlen haben …«

»Ertappt. Aus *Ninotschka* von Ernst Lubitsch.« Pleystein

legte beide Hände aufs Herz und strahlte sie an wie ein Bühnenscheinwerfer. »Aber ich habe ihn noch nie zu einer anderen Frau gesagt als zu Ihnen, Susann, Ehrenwort.«

Sun genoss es, zur Abwechslung mal wie eine Diva behandelt zu werden. Während sie den Schauspieler ein Stück durchs Gelände begleitete, gestattete sie ihm sogar, sie zu filmen. Auf dem Hügel angelangt, erklärte sie Pleystein den Weg zum Artusstein und ließ ihn ziehen. Die Spiritistinnen wollten wissen, ob der Mann mit der Kamera etwa ein einheimischer Reporter sei, der von ihrem Experiment mit der mentalen Rückführung erfahren hatte. Als sie hörten, dass er nur zu einer deutschen Filmproduktion gehörte, war die Enttäuschung groß.

»Ach, sollen sie doch ein letztes Mal filmen«, meinte Mr. Hurle trübsinnig, »wenn der Brexit erst durch ist, kommt von denen keiner mehr her. Dann haben wir wirklich *splendid isolation*. Dann treiben wir auf unserer Insel ins Nirwana des Weltbewusstseins.«

Unterdessen war Cosmas den Hügel hinabgeklettert und betrat den Wald. Er folgte dem Flüsschen, dessen Ufer von meterhohem, dumpf-süßlich riechendem Springkraut gesäumt war. Unter den Bäumen wuchs ein Teppich aus verblühten, zerrauften Blauglöckchen. Bald darauf stand er vor Camelfords größter Sehenswürdigkeit: dem Artusstein. Die geheimnisvolle Stele, vielleicht das Grabmal des Sagenkönigs, lag umgekippt im Uferschlamm. Cosmas filmte sie trotzdem, und er filmte auch die Infotafel, die er vorher gewissenhaft durchlas. Anschließend zoomte er mit dem Objektiv an die lateinische Inschrift und die seitlich in den Stein geritzten, kaum noch erkennbaren keltischen Runen heran. Unter ihm gluckerte friedlich der Camel. Er fand ein Otterhinweisschild, aber keine Otter. Eigentlich gab es hier, genau wie auf der Felsenburg in Tintagel, überhaupt nichts zu sehen, aber das, überlegte er, war gerade das Schönste daran. Euphorisch atmete er die Waldluft ein (modriges Holz, nasses Grün) und filmte den langweiligsten Urlaubsfilm aller Zeiten. Es tat gut, der Maschinerie und dem strengen Czmajduk für ein paar Stunden zu entkommen. Weil sich das Wetter endgültig aufzuklaren schien, hatte Cosmas zwar einen halbherzigen Versuch unternommen, die Produktionsassistentin zu erreichen, aber sein Handy hatte keinen Empfang. Darüber fühlte er sich so klammheimlich froh wie ein Schüler, der die Schule schwänzt.

Auf dem Rückweg sah er ein paar Frauen, die ebenfalls den Hügel hinabgestiegen waren und sich unten am Bach halb entkleideten, um sich ... ja, was? Rituell zu reinigen? Damit sie ihn nicht für einen Voyeur hielten, ließ er rasch die Kamera sinken und wartete, bis die Spiritistinnen die Böschung wieder erklommen hatten. Jenseits des Hügels, am Weißdorn, hatten sich der Mann und die Frauen um die Ciderpresse (den Opferstein!) versammelt, hielten sich bei den Händen und intonierten einen monotonen Singsang. Auf dem Stein lagen Haselnüsse und kleine Salzhäufchen. Als Cosmas sich eben näherte, lösten sich mehrere Frauen aus dem Kreis und wanderten traumverloren über die Wiese. Der Singsang verstummte. Plötzlich sackte vor dem Opferstein jemand zusammen, eine blasse Frau, deren Augäpfel nach oben rutschten, bis man nur noch das Weiße sah. Während sich die erschreckten Spiritistinnen noch um sie bemühten, riss eine der Frauen auf der Wiese die Arme hoch und begann ebenfalls zu schreien und zu stöhnen. Sie ließ sich nicht anfassen und zog sich, ohne ihre Gefährtinnen zu erkennen, vor ihnen zurück. Gebannt zoomte Cosmas ihr Gesicht heran, die aufgerissenen Augen waren tiefschwarz. Sie deutete auf den Abhang und schlug sich vor Entsetzen die Hand auf den Mund. Als die Anfälle nachließen, half Cosmas, die benommenen Frauen zurück zur Baracke zu bringen, wo sie auf eine Sitzbank gebettet wurden. Als sie allmählich ins Diesseits zurückwechselten, bestürmte man sie mit Fragen. Matt winkten beide ab und baten nur um etwas zu trinken. Sie bekamen Wasser von Sun und Gin aus dem Reisebus. Mr. Hurle und die Anführerin vergossen mit großem Gestus etwas von dem Schnaps auf den Boden, bevor sie sich selbst einen Schluck auf den Schrecken genehmigten. Als die Flasche kreiste, wurden auch Pleystein und Susann eingeladen.

Das Medium von der Wiese erholte sich zuerst und fing an zu erzählen: »Ich war mitten in der Schlacht. Reiter stürmten aus dem Wald, von den Hufen ihrer Pferde spritzte Schlamm auf. Das Pferd des Königs stürzte, und Artus kämpfte zu Fuß weiter gegen die bärtigen Reiter. Mit ihren Lanzen stießen sie immer wieder von oben in das Fußvolk hinein. Einer von ihnen trug eine silberne Maske vor dem Gesicht. Sie sah grausam aus, heidnisch.« Sie runzelte die Stirn. »Die Maske hatte … ja, einen silbernen Schnurrbart«, sie lachte in der Erinnerung daran, dann wurde sie mit einem Stöhnen wieder ernst. »Der Maskenträger suchte im Gewühl nach dem König und attackierte ihn schließlich. Es war schrecklich. Blut, viel Blut. Ich war wie gelähmt, ich hatte Angst, die Kämpfenden würden mich entdecken. Es war *real*.«

Sun beschloss, sich jedes Wort zu merken, um später den Landeignern und Archäologen minutiös Bericht erstatten zu können. Mr. Hurle wollte wissen, wie *genau* Waffen und Kleidung der Männer ausgesehen hätten. Das Medium erbat sich eine Pause. »Wenn ihr mich gleich noch einmal auf den Hügel begleiten würdet? Vielleicht erinnere ich mich dann an mehr. Doch ehrlich gesagt würde ich es lieber nicht tun. Es war ein so furchtbares Erlebnis. *Filmen* Sie das etwa?«

Cosmas senkte die Kamera und murmelte eine Entschuldigung. Das Medium lächelte enttäuscht. Die andere Frau, die am Opferstein umgefallen war, konnte sich hingegen nur an Ungenaues entsinnen. »Ich hatte das Gefühl, dass etwas Böses mich streift. Ich fühlte Verrat.« Sie warf dem deutschen Touristen und Mr. Hurle einen misstrauischen Blick zu. »Da war eine Frau, die verraten worden ist. Sie bat mich um Hilfe, aber ich verstand ihre Sprache nicht. Es war jedenfalls kein Englisch. Sie war überhaupt ganz anders als ich, ich weiß nicht, vielleicht viel jünger oder sehr alt? Sie schien zu fallen oder zu fliegen oder zu schwimmen. Dann verlor ich das Bewusstsein. Der Einfluss des Steins war zu stark.«

Während ihres kurzen Berichts hatte Cosmas durch den Mund geatmet und die Frau angestarrt. Nun schluckte er hart und blickte schnell weg. Die Ginflasche kreiste erneut, und er nahm einen großen Schluck. Zwei große Schlucke. Nachdem sie geleert war, beschloss die Gruppe, sich vor der Rückfahrt nach Reading bei der Ciderpresse mit weiteren Gaben von Salz und Nüssen für die Visionen zu bedanken. Im Trubel des Aufbruchs suchte Cosmas die Nähe des zweiten, stillen Mediums. Es war ein merkwürdiger Zufall, dass er ausgerechnet heute Morgen die letzten fehlenden Seiten des Drehbuchs erhalten hatte. Verrat lag in der Luft, und das Medium hatte es offenbar gespürt.

Als die Spiritistin die Aura eines Hilfesuchenden wahrnahm – vielleicht hatte sie auch einfach bemerkt, wie Cosmas in ihrer Nähe herumlungerte –, sprach sie ihn an. Doch ihm fielen nur ein paar Floskeln zu ihrer Absence ein, und er fragte, ob sie sich wieder wohlfühle. Er konnte sich nicht überwinden, nach der angeblich gespürten weiblichen Präsenz zu … nein, es war ihm vor sich selber peinlich, wie er seinen persönlichen Aberglauben hätschelte. Cosmas entfernte sich ein paar Schritte, blieb jedoch in Hörweite, als Susann Joungblood ein Gespräch mit der Spiritistin begann.

»Ich glaube, in meinem Cottage lebt eine verirrte Undine. Meine Schwägerin hat mir deshalb ein Medium empfohlen, das per Telefon arbeitet. Was halten Sie davon?«

»Oh, es gibt Hunderte von uns, die ihre Dienste kommerziell anbieten. Aber die wenigsten können auf Kommando mit Geistern kommunizieren. Ich kann es nicht. Dass es durchs Telefon klappt, habe ich auch noch nie gehört.«

Erst als Cosmas sicher war, dass die Spiritistin nichts mehr über den Verrat und das fremde, fliegende Mädchen, das sie in ihrer Trance gesehen hatte, erzählen würde, murmelte er Susann etwas Unverständliches zum Abschied zu und wandte sich zum Gehen. Doch das Medium rief ihn zurück. Aus einer alten Pfefferminzdose zog sie eine Visitenkarte hervor, die sie ihm übereichte. *Mrs. Margaret Cunningham. Chairwoman of Mediumistic Studies, Reading. Member of the Ascension Spiritist Society, UK*, las er. Sie lächelte und entließ ihn dann mit einer Handbewegung. Dies alles geschah mit so sanfter und unwiderstehlicher Autorität, dass Cosmas sich ganz und gar gewiss war, gleich morgen ein Telefonat mit Mrs. Cunningham führen zu müssen.

Im Auto behielt er ihre nach Minze duftende Karte in der Hand. Kurz hinter dem Arthurian Center passierte er ein windschiefes Cottage, das ihm vage bekannt vorkam, dann führte ihn die Landstraße mitten in den Feierabendstau von Camelford. Es fing erneut an zu regnen. Als er den Uhrenturm mit dem goldenen Kamel passierte, spielte seine freie Hand immer noch mit Mrs. Cunninghams Visitenkarte, aber als er den Wagen abgab, vergaß er sie beim Aussteigen. Da sein Handy endlich wieder Empfang hatte, summte eine Nachricht nach der anderen herein, die meisten von Melek Ermiş. Der Dreh war auf einen anderen Termin verlegt worden, Cosmas hatte auch den folgenden Tag frei. Um nur nicht zurück ins Hotel und zu Schneiders Umschlag fahren zu müssen, beschloss er, einen Pub-Crawl durch Camelford zu machen.

Das Queen's Head hatte eigentlich noch geschlossen, aber die Bedienung, die den Teppichboden saugte, gewährte Cosmas Asyl. Er bestellte einen Tee und versuchte, weder an das fliegende Mädchen noch an das Paket zu denken, das im Hotelzimmer auf ihn wartete. Die letzten Seiten, die aus *Kan Werin* endgültig *Der Liebe ist im Krieg alles erlaubt* machen würden. Aus einer plötzlichen Laune heraus fragte er die Kellnerin, ob ihr der Begriff »Kan Werin« etwas sagte.

»Vielleicht 'ne Band aus Wales?«

Das Mädchen, das weder Gälisch noch Walisisch oder Kornisch sprach, bedauerte, ihm nicht weiterhelfen zu können, und schickte ihn ins Langston Arms Inn, wo sich die Alten trafen. Im Langston Arms, in dem vor neun Wochen der Empfang des Bürgermeisters stattgefunden hatte, spülte Cosmas den Teebeutelgeschmack mit starkem Kaffee und einem Brandy fort. Am Nebentisch begoss eine Runde neugieriger alter Männer ihr Abendessen mit reichlich Ale. Als sie erfuhren, dass Pleystein vom Film war und sich für Folkgesang und die örtliche Musikszene interessierte, luden sie ihn an ihren Tisch ein. Bei ihnen war der Deutsche genau richtig. »Alan und Tony hier sind in der Camelford Marching Band!«, schrien sie, ein anderer war als Junge im Schulorchester der Sir James Smith gewesen, der Vierte hatte eine Frau, die Flöte bei den Simply Awesome Symphonians spielte, der Fünfte sang im Kirchenchor von Saint Thomas.

»Ja, ja, das gemeinsame Musizieren ist eine unserer zahlreichen kornischen Traditionen«, rief Alan, und jemand korrigierte: »Eine der *letzten* Traditionen, die zwei Weltkriege, Maggie Thatcher *und* das europäische Zentralkomitee überlebt haben!« Es entbrannte ein heftiger Streit darüber, was die korrekte Steigerung der Schrecken des zwanzigsten Jahrhunderts war und ob Margaret Thatcher überhaupt auf diese Liste gehörte. Schließlich kam die Runde in folgenden Punkten überein: Erstens, Kornen waren die besten Briten. Zweitens, zum Britentum gehörte der Pub, den einstmals vier Dinge ausgezeichnet hatten (»*Fünf* mit der Samstagabendschlägerei!«, rief Tony): Teppichboden, Gesang, Sperrstunde und bekömmliches, lauwarmes Bier. Von diesen vier (*fünf*) traditionellen Elementen waren zwei längst gefallen: die Sperrstunde und die Temperatur des Biers, die sich beide globalisiert hatten. Die anderen beiden, Teppichboden und Gesang, waren vom Aussterben bedroht. Nur hier in Nordcornwall gab es noch handgemachte Musik wie in der guten alten Zeit (beziehungsweise in der *schlimmen* alten Zeit, wo man zum Trinken und Singen erst recht in den Pub gegangen war). Zum Beweis erhoben sich die alten Herren und brachten dem Deutschen ein Ständchen. Sie sangen *It's a long way to Tipperary*. Daraufhin sah Pleystein zu, dass er fortkam.

Er steuerte das Darlington Inn an. Drinnen empfing ihn höhlenartige Dunkelheit, doch am hinteren Ende des Raums glomm ein Licht, das ihn sicher zum Gral der Trinker leitete. Pierce, der Wirt, erkannte Pleystein von der Osterparade wieder und zapfte ihm ungefragt Tester von allen lokalen Bieren, die er im Angebot hatte.

»Wird in deinem Pub eigentlich manchmal gesungen?«, fragte Pleystein, nachdem er zwei kleine Bitter geext hatte.

»Aber sicher doch, jeden Samstagabend!«

»Großartig! Ich bin auf der Suche nach authentischem Folk für meinen Film …«

»Unsere Sänger grölen die Texte von Coverbands mit.« Pierce grinste. »Garantiert nicht das Richtige für einen Rosamunde-Pilcher-Film.«

Allerdings kannte der Wirt ein paar Kneipen an der Küste, die das, was Pleystein vorschwebte, noch veranstalteten – *Nostalgieabende für unsere lieben Alten*, wie er meinte. Er versprach, sich umzuhören. Pleystein trank ein Arthur's Ale aus Tintagel, um seinen Tag auf des Königs Spuren damit abzurunden. Dann ein Tintageler IPA, zwei Best Bitter aus St Austell, ein dunkles Stout aus den Mooren und noch etwas, das er wieder vergaß. Gab es denn kein Camelforder Bier? Auf dieses Stichwort hin lieferte Pierce die traurige Geschichte seines Freundes, des Brauers Martin Pennoc, in allen Einzelheiten. In zu vielen Einzelheiten, wie er mitten in der Schilderung des Chemieunfalls feststellte. Um den Aluminium-Nachgeschmack seiner Geschichte fortzuspülen, spendierte er dem Deutschen ein Doom Bar, das berühmte Ale von der Camelmündung, das gerüchteweise gar nicht mehr in Rock gebraut wurde, seit eine Großbrauerei aus Nordengland es aufgekauft hatte.

Im Laufe ihrer Unterhaltung hatte sich die Kneipe gefüllt, und Pierce stellte Pleystein allen als deutschen Filmproduzenten vor. Pleystein, dem die Pints immer besser schmeckten, wuschelte sich bei jeder neuen Vorstellungsrunde das Haar und ergänzte bescheiden: »Eigentlich bin ich bloß ein entlaufener Bierbrauer.«

Pierce betete, dass Martin Pennoc nicht auftauchen würde, während Pleystein an seinem Tresen lehnte, sich den Bauch kraulte und mit dem halben Pub flirtete.

In dieser Nacht träumte Cosmas von Hopfen, Malz und Spionen mit silbernen Schnurrbärten. Am frühen Morgen musste er sich übergeben und bestellte Kamillentee mit trockenem Toast aufs Zimmer. Während er vorsichtig am Tee nippte, sah er vom Bett aus dem Wetter dabei zu, wie es über das Meer zog. Ihm war zwar immer noch kotzübel, aber er war glücklich. An der Bar des Darlington Inn hatte er eine Eingebung gehabt: Es war gar nicht schlimm, dass Bo Starcks Hans kein melancholischer Matrose war, denn *Der Liebe ist im Krieg alles erlaubt* handelte gar nicht von Hans! Sondern von einem Pub! Im Pub (sprich, unter dessen Fenstern hockend) lernt Hans, wie echte Menschen echte Gemeinschaft schaffen, indem sie einander in ihrer dunkelsten Stunde beistehen. Sowohl *Kan Werin* als auch *Der Liebe ist im Krieg alles erlaubt* handelten von Volksliedern, Pubs und singenden Säufern. *Das* waren die wahren Schlüsselszenen des Films! Was für ein Glück, dachte Cosmas in seinem Himmelbett, dass die dämlichen Drehbuchschreiber von Orion sie übersehen hatten.

Denn da sie bei diesen Szenen einen blinden Fleck gehabt hatten, gab es keine Dialoge und kaum Regieanweisungen – was ihnen beim Dreh völlige Freiheit ließ. Zusammen mit Czmajduk würde er die Botschaft von *Kan Werin* unter der klebrigen Schicht von Liebe und Landadel schon wieder zum Vorschein bringen. Czmajduks Kamera würde die wahre, die hinter der Liebeshandlung verborgene Botschaft erzählen. Sie brauchten dafür lediglich authentische Lieder und authentische Pubgänger.

Sobald die Kopfschmerzen nachließen, ging Cosmas mit seiner Vision zu Czmajduk.

Der schüttelte abwägend den Kopf. »Mach dir mal keine allzu großen Hoffnungen, Miss Sophie: Die Pubszenen drehen wir im Studio. Da werden dann ein paar Nasen aus Potsdam und Umgebung sitzen, die alkoholfreie Getränke aus der Requisite süppeln. Dass die vor der Kamera eine Unio mystica feiern werden, glaube ich kaum.«

Doch die Bedenken des Kameramanns konnten Cosmas' Heureka-Moment nicht verderben.

26

Ein paar Tage später wurde es kontinental heiß. Auf der alten Allee in Slaughterbridge sollte eine Choreografie aus Fußgängern, Radfahrern und Verkehrsunfall gefilmt werden, bei dem Hans (der ältere) einem verunglückten jungen Mädchen, Joanie, beistand. Cosmas wartete am Ende des schattigen Baumtunnels darauf, dass Schneider die Stellproben mit den Extras beendete. Leise pfiff er *Tipperary* vor sich hin. Von Weitem hörte er Czmajduk fluchen, weil das Licht jetzt unter dem Sommerlaub völlig anders war als bei der Begehung im April und die Bäume seine Kamerafahrten behinderten. Vom flirrenden Licht hypnotisiert, mäanderten Cosmas' Gedanken hinauf ins grüne Dach der Allee. Bäume und Hecken und Lieder und Bier und schöne britische Traditionen.

Im Trailer, wo die Maske untergebracht war, träumte er weiter vor sich hin, jetzt mit dem extraleeren Blick seiner blauen Kontaktlinsen. Sein Spiegelbild lächelte. Er selbst fühlte sich, wie immer kurz vor der Aufnahme, ebenfalls ganz und gar zweidimensional.

Da er das Kölner Paket nie geöffnet hatte, vergewisserte er sich bei Melek, dass die heutige Szene nicht von der Überarbeitung betroffen war, bevor er seinen Text einstudierte. Valeria McBride kam herein und nahm auf dem Stuhl neben ihm Platz. Cosmas hörte ihr nicht sehr aufmerksam zu, als sie von ihrer anstrengenden Doppelrolle bei *Der Liebe ist im Krieg alles erlaubt* sprach, die sie mit einem »sehr fordernden« Engagement verglich, das sie an einem Theater im Londoner Westend gehabt habe. Achtlos warf Cosmas ein, noch nie Theater gespielt zu haben, worauf das rothaarige Starlet ihm mit falscher Großzügigkeit zurückgab, sich so einen Knochenjob in *seinem Alter* auch nicht mehr geben zu wollen. Achselzuckend blickte er in den Spiegel.

»Musste ich zum Glück überhaupt noch nie.«

Die Maskenbildnerin befahl »Augen zu!« und sprühte Farblack auf, der seine graue Härchen abdecken sollte.

Cosmas schlug die Beine unter dem Kosmetikschürzchen übereinander und lächelte mit geschlossenen Augen. »Bin in New York einfach so in die Indie-Filmszene gerutscht und dann dabei geblieben. Fand das immer 'nen ganz bequemen Job. Und tja«, schloss er selbstzufrieden, »bisher scheine ich ihn okay gemacht zu haben.«

Als er die Augen wieder öffnete, zog sich Valeria unbeeindruckt den bunten Petticoat unter dem Po zurecht. Sie trug jetzt blaue Kontaktlinsen wie er – und einen schwarzen Bob, den ihre Maskenbildnerin gerade kämmte.

»Haha«, entfuhr es ihm ahnungsvoll, »jetzt könnten wir ja fast Vater und Tochter sein …«

Valeria ließ den Hals in einer gekünstelten, aus amerikanischen Serien abgeschauten Bewegung hin- und herrucken und erwiderte zickig: »Äh – ja? Joanie *ist* vielleicht die Tochter von Hans!?«

In diesem Augenblick brachte jemand ein Tablett mit großen, klirrenden Bechern Eistee herein und flötete »Zimmerservice«. Cosmas schob die Person aus dem Weg und stürzte aus dem Container. Immerhin hatte er noch genug Geistesgegenwart, sich das Handtuch von der Schulter zu wischen und durch die offene Tür zurückzuwerfen, damit er nicht wie ein Vollidiot aussah. Er rief nach Schneider, Aruni Gupta, Melek Ermiş, irgendwem. Wenig später hörte man ihn über die schöne, stille Allee brüllen. »Unfassbar! Ihr denkt wohl, Cosmas Pleystein macht jeden Scheiß mit!«

Die Frauen in der Maske versuchten, Schneiders Antwort zu verstehen, doch der Regisseur sprach zu leise.

»Nein, natürlich findest *du* nicht, dass das hier Telenovela-Scheiß ist! *Du* drehst ja andauernd solche Drecksfilme! Aber das hier ist *mein* Film!«, schrie Pleystein, und etwas später: »Hier wird gar nichts mehr gedreht, ich will sofort mit Philipp sprechen!«

»Sehr gern. Ich seh sowieso nicht ein, warum wir uns hier für den Mist anschreien lassen müssen, den du mit Schmeltzer klären musst.« Das war Schneider, jetzt ebenfalls laut.

Valeria fing an zu weinen. Ihre schmalen Schultern zitterten, aber sie guckte stur nach oben zur Decke, damit die Tränen nicht aus ihren Augen kullern konnten. Die Maskenbildnerinnen versuchten, sie zu trösten und das Make-up zu retten. In den unbeachteten Teegläsern schmolz das Eis.

Draußen stand Cosmas im Zentrum einer Menschentraube, die respektvoll Abstand hielt, als wäre er ein Autounfall. Melek hatte Philipp Schmeltzer angerufen und überreichte ihm nun wortlos das Telefon. Cosmas ging mit dem Handy hinaus in die Allee, in der es gespenstisch ruhig war, weil Crew und Extras neugierig ihre Posten verlassen hatten. Eine Statistin winkte ihm mit rot lackierten Nägeln zu. Normalerweise hätte er freundlich zurückgegrüßt, doch weder erkannte er seine alte Pensionswirtin, noch funktionierten seine Reflexe.

»Ja, Mensch, das tut mir leid«, hörte er Philipps aufgeräumte Stimme, »aber dass Valeria McBride in einer Doppelrolle besetzt ist, wusstest du doch. Warum bist, bist du mit deinen Bedenken nicht längst zu mir gekommen?«

Cosmas schüttelte stumm den Kopf und dachte an die Änderungen, die Orion bis vor ein paar Tagen zurückgehalten hatte. Man hatte ihn reingelegt.

»Ähm, ich fürchte, *jetzt* lässt sich da nichts mehr, nichts mehr ändern. Pass mal auf, wir telefonieren heute Abend, ja? Bin gerade in einem wichtigen Termin, tschö, ciao.«

Als Cosmas zurückkam, um das Handy zurückzugeben, traten die Umstehenden neugierig näher, doch Schneider hob ungerührt das Megafon und brüllte: »Hier gibt es nichts zu sehen, Leute! Zurück auf eure Plätze.« Er schien den Eklat sportlich zu nehmen. Im Container plauderten die Maskenbildnerinnen, als wäre nichts gewesen, aber die Atmosphäre war zum Schneiden. Valeria lehnte mit verschränkten Armen in ihrem Stuhl und blickte nicht auf, als Cosmas hereinkam und, immer noch blind vor Rage, seine Sachen einsammelte. (Wo war der Missoni-Pullover? Sein Handy? Den restlichen Kram konnte der Teufel holen.) Vor dem Spiegel sah er Valerias Drehbuch liegen und lieh es sich ungefragt aus – er hatte so eine Ahnung, dass alle außer ihm die »Änderungen« längst in ihren Skripts stehen hatten –, bevor er die Maske wieder verließ. Draußen passten ihn nacheinander Melek, die Regieassistenten und Aruni Gupta ab, um ihn aufzuhalten. Doch Schneider winkte von den Bäumen her – lasst die Diva ziehen –, und zu Cosmas' Erstaunen ließen sie ihn wirklich ohne Widerspruch gehen. Als Wegzehrung holte er sich am Catering-Wagen ein großes Stück Kuchen, nahm noch ein zweites, weil das erste unter seinen zitternden Händen zerbröselt war, und marschierte kauend an Schneider und seinen Leuten vorbei. Auf der Allee standen die Statisten schon wieder auf Position und warteten auf ihr Signal. Im Vorbeigehen schritt er so kräftig aus, wie seine wackeligen Knie es erlaubten, und winkte diesmal auch Amanda Hewett zu, ganz cool aus der Hüfte (weil sein Arm zu kraftlos war, um sich zu heben). Er empfand Bedauern, beinahe ein schlechtes Gewissen wegen der Extras: Ohne ihn würde man sie gleich alle nach Hause schicken, und das Team würde eine *sehr* lange Teepause machen, in der, wie er annahm, heftig über den absurden Filmplot gestritten werden würde. (Wer wären dabei seine Alliierten? Czmajduk, Aruni, ein pfiffiger Regieassistent?) Doch als Pleystein am Ende der Allee anlangte, hörte er, wie hinter ihm am Set die Oldtimer gestartet wurden. Ohne sich umzublicken, marschierte er weiter bis nach Camelford, direkt ins Darlington Inn. Da Fabio Pierce nicht hinter der Theke stand, konnte er sich mit einem Ginger Ale in ein leeres Hinterzimmer verkriechen, um endlich die letzten zwanzig Seiten der Kölner Verbrecher zu studieren. Er schubste einen leeren Pizzakarton beiseite und schlug Valerias Script auf. Beim Lesen hielt er Katis Glückspullover wie ein Kissen vor die Brust gedrückt.

Der alte Hans hat Bettys Spur aufgenommen. Auf einer Allee begegnet ihm eine junge Radfahrerin (Joanie), und der Hauch einer Erinnerung streift ihn. Während Hans in Camelford einen ergebnislosen Besuch macht, wird Joanie angefahren, das Auto fährt einfach weiter. Als Hans sie auf dem Rückweg verletzt auf der Allee findet, erinnert er sich, dass er hier einst Betty rettete (kurzer Flashback). Jetzt hilft er Joanie – die jedoch der einzige Mensch

in England ist, der alle Deutschen hasst, weil ihr Vater kurz vor
ihrer Geburt im Krieg gegen die Nazis gefallen ist. Trotzdem fühlen
sich die beiden auf geheimnisvolle Weise zueinander hingezogen.
In Camelford begegnen sie sich wieder, zunächst zufällig, später
als Verabredung. Währenddessen verpassen Betty und Hans einan-
der mehrmals knapp, und Joanie verliebt sich in Hans, der jedoch
Gentleman bleibt. Just, als er bei der süßen Joanie doch schwach zu
werden droht, findet er endlich Betty wieder. Die Distanz scheint
zunächst groß, dann kommen verdrängte Gefühle wieder hoch,
Kuss. (Ungeduldig überblätterte Cosmas die nächsten Seiten,
bis er zu den entscheidenden Dialogen kam, an denen angeblich bis zur letzten Sekunde gefeilt worden war.) *Joanie, die al-*
leine am Rand der Ländereien ihrer Mutter lebt (in Mrs. Pennocs
Brückenhaus), *lädt Hans zu sich ein, um ihn zu verführen. Bevor*
er ihr gestehen kann, dass er eine andere liebt, platzt Betty herein.
Skandal: Sie ist Joanies Mutter und Hans der leibliche Vater. (Auf
diese Szene folgte das obligatorische retardierende Moment
mit einer sehr kurzen Krise aller Beteiligten, und dann:) *Ver-*
söhnung am Strand. Letztes Bild: Die glücklich vereinte Familie
im blühenden Garten des Herrenhauses.

   Beim Lesen hatte Cosmas Katis edlen Pullover immer fester
in den Magen gepresst, bis er schließlich als schweißfeuchtes,
ruiniertes Bündel in seinem Schoß lag. Danach saß er lange
einfach nur gedankenlos in dem ewigen Winterlicht und dem
schalen Bierdunst des nachmittäglichen Darlington Inn. Sein
Handy hatte mehrmals vibriert, die letzten Anrufe waren von
seinem Agenten aus Berlin. Er drückte alle weg. Er war müde
und erschöpft. Orion hatte also eine allerletzte Rüsche an die
Geschichte gehäkelt, und Cosmas würde wieder Pleystein-
Quatsch drehen.

27

Vor zwei Jahren war Katharina Pleystein völlig unbedarft zu dem Treffen mit Schmeltzer gereist. Aber ihr großer Bruder hatte sie ja begleitet, auf Drängen seines Agenten, damit Cosis Prominenz und Erfahrung ihrer Sache den nötigen Schmackes verleihen würden. So hatte sie es jedenfalls verstanden. Vom Kölner Hauptbahnhof aus war sie direkt in die Fußgängerzone gerast, um vor dem Termin bei Orion noch zu shoppen. Sie hatte sich einen sündhaft teuren Strickpullover gekauft (denselben, den Cosmas jetzt zerfledderte) und ihren Bruder anschließend mit zu »4711« geschleppt, wo sie, begeistert von dem Retrodesign der Verpackungen, eine halbe Stunde brauchte, um ein Bodyspray und eine Moisturizing Lotion auszuwählen. In dieser Zeit hatte Cosmas, der in Berliner Läden nie von Fans angesprochen wurde (jedenfalls war das seit einem ganzen Jahrzehnt nicht mehr geschehen), fremde Menschen Selfies mit sich schießen lassen und auf einen eingestaubten Werbeaufsteller für Parfüm schwungvoll *Herzliche Grüße, C. Pleystein* geschrieben. Aber es hatte ihn gewurmt, dass seine letzten treuen Fans ausgerechnet in solchen Läden anzutreffen waren – *by the way* etwas, das sich mit *Kan Werin* grundlegend ändern würde: das Publikum. Seine neuen Fans wären keine überhöflichen Parfümverkäufer oder weißhaarigen Autogrammjägerinnen, sondern coole junge Film-Afficionados! Stopp: Hatte Cosmas das etwa damals schon gedacht, oder war dieser Gedanke erst nachträglich in seine Erinnerungen gerutscht? Hatte er geahnt (sogar gehofft) oder *nicht* geahnt, dass eine Rolle für ihn herausspringen würde, als er Kati nach Köln begleitet hatte?

Interessanterweise hatte ihm Philipp in seinem präsidialen Büro dieselbe Frage gestellt: Was erhoffte sich der große Bruder? Sogar die Antwort hatte Philipp damals schon gewusst: »Cosmas Pl-Pleystein zurück in Cornwall! Großartig! Diesmal mit einem Familienprojekt, einer Geschichte, die sich seine schöne Schwester echt und ehrlich aus dem Herzen geschnitten hat!«

Überrumpelt hatte Kati zu Cosmas geschaut, der natürlich sofort den Kopf geschüttelt und Nein gesagt hatte. Er hatte oft genug im Vordergrund gestanden, dies hier sollte ganz allein *Katis* Auftritt werden. Doch seine Reflexe hatten dem brüsken Nein sicherheitshalber ein strahlendes Lächeln hinterhergeschickt.

»Ich hatte bislang in *Kan Werin* gar keine Rolle für mich gesehen. Und falls du glaubst, ich könnte einen achtzehnjährigen U-Boot-Matrosen spielen, ist das zwar äußerst schmeichelhaft, aber ich fürchte, die Kamera würde mir das nicht mehr abkaufen.« Der kleinen Schwester zuliebe hatte er augenzwinkernd und grimassierend hinzugefügt: »Und hoffentlich siehst du mich nicht in der Rolle des achtzigjährigen Wanderers!«

Kati hatte gelacht, Schmeltzer auch – bevor er ihnen die langweiligste Szene aus Katis Drehbuch vorgelesen hatte, stirnrunzelnd, mit falschen Betonungen und ungekürzt. Fünf lange Minuten, bis sie den Geschmack der Demütigung auch wirklich kosteten. Anschließend war er wieder leutselig geworden, hatte freundliche Worte gefunden und sich persönlich an den Geschwistern interessiert gezeigt. Für Kati, die damals schon nicht mehr ganz gesund war, musste es anstrengend gewesen sein, ein so langes Treffen durchzustehen, aber sie hatte sich wacker gehalten.

Verlegen hatte Cosmas zugehört, wie sie in Schmeltzers Büro ihr Herz geöffnet und ihre innersten, kindlichen Wünsche und Träume aufgezählt hatte. Anschließend hatte sich Schmeltzer dem großen Bruder zugewandt und noch einmal ohne Umschweife gefragt, ob er sich ein Comeback in Cornwall vorstellte. Nein, hatte Cosmas behauptet. Eigentlich habe er sich nach Abschluss der fünften Staffel seiner nulligen Hotelserie »nie wieder Cornwall« geschworen. Und das galt eigentlich immer noch. Also nein, er wollte *eigentlich* – wieder hatte er »eigentlich« gesagt – nur, dass es seiner Schwester gut ging. Und dass jemand diese kleine, melancholische Geschichte erzählte.

Cosmas hatte Kati nie gestanden, wie sehr ihn die Rolle des Hans' interessierte. Dass er sich in Gedanken schon die kornische Küste abwandern sah, einsam, nachdenklich und gereift. Dass er gewusst hatte, diese Rolle wäre ein Geschenk des Himmels, und dass er sie unbedingt haben wollte und dass er insgeheim dankbar war, von Schmeltzer quasi genötigt zu werden, sie zu spielen. Denn Kati sollte keinesfalls glauben, dass er ihr Projekt an sich reißen wollte. Schließlich hatte er schon so vieles. Und sie, sie hatte noch gar nichts, dabei bemühte sie sich so hart, schon ihr Leben lang, während er sich überhaupt noch nie angestrengt hatte. Ihm war immer alles in den Schoß gefallen. Jetzt war Kati mal dran, hatte er sich gesagt.

Im Darlington Inn hörte Cosmas für einen Moment auf, an dem Pullover zu rupfen. Er war erleichtert, weil er wusste, dass dies eine echte Erinnerung war.

Aber als Kati ihn damals in Schmeltzers Büro gefragt hatte, ob er *ihr zuliebe* bereit wäre, die Rolle des Hans zu übernehmen, da hatte er in geheuchelter Hilflosigkeit lächelnd die Hände gehoben, so als ob er sich *ihrem Willen* fügen würde. Zusammen hatten sie Schmeltzers Erdnüsse aufgefuttert, bis ihm am Ende des Treffens schlecht geworden war. Doch das hatte nicht an den Nüssen gelegen.

Es war, wie Czmajduk im April auf der Klippe gesagt hatte: Niemand mit Verstand und Erfahrung wäre mit einem Projekt wie *Kan Werin* zu Orion gegangen, weil jeder in der Branche wusste, was für Filme Schmeltzer gern produzierte. Cosmas hatte das gewusst. Mark hatte das gewusst. Aber sie hatten auch gewusst, dass kaum ein anderer Produzent Pleystein die Chance geben würde, die Rolle des Hans zu spielen.

Dass Schmeltzer nie an *Kan Werin* interessiert gewesen war – dem Krieg, dem Lied, der Sehnsucht –, sondern nur daran, Cosmas Pleystein billig einzukaufen, war den Geschwistern damals egal gewesen – Kati sicher mehr als ihm –, weil sie beide geglaubt hatten, dass etwas Gutes aus ihrem Projekt werden würde. Gemeinsam hatten sie Katis Manuskript umgeschrieben, sogar eine Liebesgeschichte eingefügt, aber die neuen Fassungen waren immer wieder abgelehnt worden.

»Ta-Talent allein reicht eben nicht, etwas handwerkliche Erfahrung gehört schon auch dazu«, hatte Schmeltzer Kati getröstet, bevor er sie vor die Wahl gestellt hatte, ihm entweder die Rechte an der Story komplett zu überlassen – oder mit ihrem Drehbuch hausieren zu gehen, bis sich möglich-möglicherweise ein völlig unerfahrener Kollege fände, der es mit einem Minibudget, ohne namhafte Schauspieler, und mehr schlecht als recht produzieren würde. Schließlich hatte sie unter der Bedingung eingewilligt, wenigstens eine Zeile im Abspann zu bekommen: »nach einer Idee von«. Das Geld hatte für mehrere Spontanflüge nach Bristol gereicht, von denen sie trotz neuer »Ficktöppe« jedes Mal deprimiert zurückgekehrt war. Schmeltzer hatte die verhinderte Autorin an zwei Folgen einer Serie mitschreiben lassen, um ihre handwerkliche Erfahrung zu fördern. Die Serie war nach dem Pilotfilm eingestellt worden. Das alles lag nun auch schon ein Jahr zurück.

28

Cosmas Pleystein spielte also wieder einmal in einem unsäglichen Telenovela-Quark mit und ließ sich dafür *noch nicht einmal* sehr, sehr gut bezahlen. Das war schlimm dämlich, sogar kriminell, wenn er bedachte, dass er das Geld seiner Familie investiert hatte. Und weggesehen hatte, während Orion aus Katis Geschichte ein neues Klo für die alte Scheiße machte. Vor Scham und Selbsthass wäre Cosmas am liebsten gestorben. Er hielt es in dem stickigen Pub nicht mehr aus. Aus allen Poren rann es heiß über sein Gesicht und breitete sich über Hals und Achseln aus. Oh, diese hilflose Wut. Und die Scham. Schmeltzer hatte einkalkuliert, dass er erst merken würde, wie sehr sie die Story verändert hatten, wenn es zu spät zum Aussteigen war. Es war ja allgemein bekannt, dass Pleystein seine Texte erst in der Garderobe lernte. Und zur Sicherheit hatte man die letzte Wendung bis vor ein paar Tagen zurückgehalten. Wie einfach es gewesen war, einen so faulen Schauspieler und Co-Produzenten zu übertölpeln!

Auf der Straße war es noch wärmer als im Darlington Inn. Planlos lief er durch das Städtchen. Ihm war nach kreischenden Möwen, tosender See und Sturm. Es hätte gutgetan, in den Sturm zu brüllen wie ein Ochse. In Tintagel, auf den Klippen, hätte er sogar auf tragische Weise abstürzen und ums Leben kommen können. Plötzlich hatte er ein sehr plastisches Bild des zerschellten Hotelmalers vor Augen. Also entweder *das* – oder vielleicht lieber nur das Bewusstsein verlieren und mit Blut auf dem weißen Hemd in ein Fischerboot gehievt werden. Aber in Camelford herrschte ausnahmsweise Bilderbuchwetter, und er lief durch eine unansehnliche Siedlung voller gärtnernder Rentner und spielender Kinder, die ihm neugierig hinterhersahen. Er trug immer noch seinen Filmanzug, über dessen unmodisch breite Schultern er den ruinierten Merino-Pullover geschlungen hatte, mit dem es ihm allmählich ganz schön warm wurde. Hinter den Hausdächern erahnte Cosmas die zwei verschwommenen braunen Hügelkappen des einsamen Bodmin Moors, das möglicherweise sein Ziel war. Er wollte sich verausgaben, die Wut ausschwitzen. Doch das Kleinstadtlabyrinth ließ ihn einfach nicht entkommen. Schließlich kehrte er um. Am oberen Ende der Hauptstraße fand er den leeren städtischen Parkplatz mit dem verwaisten Containerdorf wieder und setzte sich dort, vor der Camelford Hall, auf eine Bank. Er wählte Philipps Nummer. Dann die des Büros von Orion. Beide Telefone waren aus oder nicht erreichbar. Zornig hieb er mit dem Handy auf die Bank, was kindisch war und nichts brachte. Er versuchte es mit einer Meditation, schloss die Augen, streckte die Beine aus und ließ den Oberkörper ohne Spannung nach vorn sinken. Kaum hatte er seine tiefe Seitenatmung gefunden, da klingelte das Telefon. Der Produzent hatte ihn genau die Zeit schmoren lassen, die es brauchte, um einen bockigen Star in die Schranken zu weisen und ihm anschließend zu zeigen, dass man sich um ihn sorgte. Um es in den Worten auszudrücken, die Kati gewählt hätte: *Soaftoarsch, raffinierter.*

»Mein Lieber, wie geht es dir? Wo steckst du? Ich hab gehört, du wä-wärst vom Set verschwunden?«

Cosmas sagte Philipp, wohin genau er sich sein hinterfotziges Getue stecken konnte, und fragte, ob sein Drehbuch das Produkt einer KI wäre, von einem Roboter mithilfe seelenloser Algorithmen heruntergeschrieben und mit Einschaltquoten aus den frühen Achtzigerjahren gefüttert. Philipp entgegnete, dass das Drehbuch keinesfalls seelenlos sei, sondern sehr viel Seele enthalte, wahrscheinlich mehr, als der arme Cosi seit Katharinas Tod verkrafte, und er das zwar verstehe, sie beide aber immer noch Geschäftspartner mit gewissen vertraglichen Bindungen seien, was in Cosmas' Fall heiße, dass er nicht einfach ein ganzes Team im Stich lassen könne, schon gar nicht bei einer so teuren Auslandsproduktion. Er fügte hinzu, dass Cosmas sicher wisse, dass in solchen Fällen sogenannte Konventionalstrafen verhängt werden könnten.

»Sauber!«, rief Cosmas erbittert. »*Ihr* strickt aus meinem Film ein Rosamunde-Pilcher-Graus, aber *ich* soll dafür büßen?«

Schmeltzer war gut. Er ließ sich in aller Ruhe beschimpfen und wartete geduldig wie ein Therapeut, bis Pleystein sich verausgabt hatte, bevor er sagte: »Großer Gott, Cosi! Du wolltest doch wohl keinen Wanderführer drehen – oder einen Schei-Scheiß-Schulfilm!«

Pleystein sagte schwach: »Sag das nicht …«

»Was denn, Fakt ist einfach, dass Orion die falsche Adresse für deine … hm … neuartigen Be-Bedürfnisse war.«

»Sag nicht Cosi. Niemand nennt mich so.«

»So-so-sorry. Das hatte ich anders in Erinnerung, aber bitte. Verehrter Herr Pleystein, ich mache keine skurrilen Independent-Filme. Abgesehen davon hätte dir jeder andere P-Produzent erklärt, dass *du* auch kein Michael Fassbender oder Lars

Eidinger bist, der einen öden Film ohne Handlung vielleicht, vielleicht trägt – sondern dass du nur der distinguierte Lord Sowieso aus dem Öffentlich-Rechtlichen bist. Mach deinen Frieden damit oder st-st-steig aus dem Geschäft aus. Und nebenbei bemerkt war euer Drehbuch ohne den schlecht recherchierten U-Boot-Plot einfach mal dreißig Minuten zu kurz. Sei froh, dass wir aus dem Schrott was Passables gemacht haben.«

»*Passabel?* In welchem Keller haltet ihr die Leute gefangen, die diesen Schmonzes für *passabel* halten, verrat mir das!«

»Na, na, na, vergleichst du dich jetzt etwa mit Opfern sexualisierter Gewalt, oder hab ich das, das grad falsch verstanden? Und was die Story angeht: Frauen werden nun mal schwanger, wenn man sie bumst. Vor allem in Kriegszeiten, bei Männermangel. Das ist ein bi-biologischer Fakt.«

»Schmarrn. Die Leute sind nicht immer alle unwissentlich miteinander verwandt und dazu noch adelig, nur weil einer Null von Drehbuchschreiber sonst nix einfällt. *Das* ist Fakt. Ihr habt Katis Film massakriert. Noch ein Fakt.«

Nach dem Telefonat mit Schmeltzer musste Cosmas ein paarmal seinen Agenten wegdrücken. Marks Textnachrichten öffnete er erst gar nicht. Was nun? Wohin jetzt? Irgendwo musste er ja hin, und etwas anderes als das Hotel in Tintagel fiel ihm nicht ein.

Als Cosmas sich halbherzig auf die Suche nach einem Taxi machte, floss der Feierabendverkehr auf der Victoria Road nur noch spärlich. Er ließ sein Smartphone einen Taxidienst in Camelford suchen, aber es gab keinen. Jetzt ärgerte er sich, dass er die Nummer des Fahrdienstes der Produktion nicht längst in sein Handy eingespeichert hatte. Er fand eine Bushaltestelle, aber der letzte Bus, der ihn zur Küste gebracht hätte, war schon abgefahren. Er sah auf die Uhr. Mit etwas Glück waren noch ein paar Leute auf der Allee in Slaughterbridge beschäftigt. Während er (hoffentlich) in diese Richtung lief, überdachte er seine Optionen. Die sofortige Abreise wäre die befriedigendste – Aussteigen ohne Rücksicht auf die Konsequenzen! Aber selbst wenn Cosmas das Rückgrat dazu gehabt hätte, war da noch die Hypothek auf Dones Haus. Ein tödlicher Unfall auf den Klippen war eine weitere Option, die er allerdings inzwischen ausschloss. Abstürzen und sich ein Bein brechen wäre vertragsrechtlich optimal und schon eher vorstellbar, aber leider in der Umsetzung unberechenbar. (Mit Bedauern verabschiedete er sich von der blutigen Hemdbrust und dem Fischerboot.) Die dritte Möglichkeit – die wahrscheinlichste – war also, dass er heute Abend im King Arthur's bei Schneider und Aruni Gupta zu Kreuze kroch und morgen weiterspielte. Bei dieser Vorstellung wurde ihm schlecht. Er musste am Straßenrand stehen bleiben, um tief durchzuatmen. Jetzt nur nicht hysterisch werden, Miss Sophie, dachte er, sah sich aber vorsichtshalber nach einem Platz um, an dem er sich übergeben konnte.

29

Ein paar Schritte vor ihm drang Licht aus einem Haus. Genauer betrachtet kam es aus einer Art Autowerkstatt, das Haus selbst befand sich dahinter. Es war das baufällige Cottage, an dem er schon ein paarmal vorbeigefahren war. Der Caravan im Brombeergebüsch! Richtig, rechter Hand auf dem Hügel entdeckte er ihn. Im Abendlicht wirkte er gar nicht so übel, zudem bot er einen herrlichen Blick auf die alte Allee und die Wiesen am Fluss. In der Werkstatt sah Cosmas nun auch die alte Künstlerin, die mit dem Rücken zur Straße an einem Arbeitstisch stand. Die Tür war halb offen, er klopfte an die Scheibe und rief Susann an. Sie blickte sich um, zeigte mit einem Nicken, dass sie ihn erkannte, und machte eine unbestimmte Handbewegung, bevor sie sich wieder der Töpferscheibe zuwandte und weiterarbeitete. Also blieb Cosmas, wo er war, und beobachtete sie eine Weile. Das Licht der untergehenden Sonne, das seitlich durch die schmutzigen Scheiben fiel, hüllte die unordentliche Werkstatt in einen rötlichen Dunst. Czmajduk hätte geschimpft, das Streulicht verwische alle Konturen. Undeutlich erkannte Cosmas bizarre Skulpturen, getöpferte Schalen und Vasen, in Plastik gehüllte und fingerdick von Staub bedeckte Gegenstände. Auf dem Boden säckeweise Ton, Farbeimer, Kartons mit halb vergessenem Inhalt. Mittendrin stand Susann in einer leuchtenden Aura aus tanzenden Staubteilchen, auch sie etwas unscharf, flimmernd wie eine Fata Morgana. Cosmas atmete abwechselnd Tondunst, Grasduft, Holzstaub, Blüten, Eisenrost. In den Brombeeren hinter der Werkstatt sang eine Amsel. Sein Kopf wurde leer und leicht.

»Sie sind ja noch da«, bemerkte sie trocken, als sie sich endlich von der Arbeitsplatte fortbewegte und ihn bemerkte. Sie wischte sich die Hände an der Hose ab und klemmte sich eine graue Haarsträhne hinters Ohr. »Möchten Sie vielleicht reinkommen?«

Staunend betrat er das Atelier. Im Halbdunkel lagerten ausrangierte Maschinen, Schreibtischschubladen aus Aluminium, Werkzeuge. Auf Arbeitstischen und in hohen Regalen lagerten Pinsel, Malerrollen und farbbekleckerte Schaber in Einmachgläsern, Holzlatten für Rahmen, viel Metall. Unter einer mit einem Tuch abgedeckten Platte glaubte Cosmas im Halbdunkel eine Modelleisenbahn zu erkennen, und … »Sind das da hinten etwa Orgelpfeifen?« Er ging hin, um sie anzufassen.

»Das sind nur die kleinen. Die großen liegen draußen. In Davidstow haben sie eine neue Orgel bekommen, und ich dachte, mit der alten könnte ich noch was anfangen. Meine allererste Auszeichnung als Künstlerin, das war im Jahr 1957, habe ich für eine Metallschweißarbeit erhalten, können Sie sich das vorstellen?«

Er schüttelte lächelnd den Kopf. »Da war ich noch gar nicht auf der Welt.«

»Möchten Sie mal sehen, was ich heute so mache?«

Sie zeigte es ihm. Große Skulpturen aus Schrott und Eisen schweißte sie nur noch selten (das Alter!), im Moment machte sie »Pötte« – sie wies zur Töpferscheibe –, und neulich bei

Ebbe hatte sie die Abdrücke des Meeres auf dem Strand in Kunstharz gegossen. Wie er bereits wusste, fotografierte sie, aber natürlich malte sie auch. An der hinteren Wand lehnten Bilder in dichten Reihen, aus denen Susann hier und da willkürlich eines herauszog. Die Leinwände waren leer. Dann zeigte sie ihm die Rückseite: Hinter den Sperrholzlatten waren wüste Gemälde in Acryl, die Explosionen oder wilde Frauengesichter zeigen mochten. In Erwartung einer Erklärung blickte er Susann an, doch sie zuckte nur die Achseln. Cosmas fand die Hässlichkeit von allem, was sie ihm zeigte, atemberaubend. Die Werke waren durch und durch kompromisslos. Fast brutal abstoßend. So also sieht authentische Kunst jenseits von Orion, Box-Office-Zahlen und Einschaltquote aus, dachte er begeistert. Das Zeug ließ sich nie im Leben verkaufen! Susann Joungblood war so frei – er hingegen war ein Hamster im Rad der Filmindustrie, gefangen in einem Zwangskorsett aus Abhängigkeiten und Erfolgsdruck, und je mehr Gelder flossen, desto schlimmer.

Susann schien seine Gedanken zu lesen und zuckte die Achseln. »Ich mache auch Kunsthandwerk, baue Mobiles aus leeren Sojasoßentütchen, häkele Taschen, drucke Postkarten – so was lässt sich sogar verkaufen.«

Wie aufs Stichwort summte sein Handy. Cosmas schaute kurz aufs Display, verzog das Gesicht und wischte die Nachricht weg.

»Sie haben heute auf der Allee gedreht«, sagte Susann.

Er nickte. Er wollte sich durchs Haar wuscheln, doch dann landete die Hand unbeabsichtigt vor seinem Gesicht und wischte dort herum, bis es sich verzerrte. Schließlich blieb sie still liegen, um die Grimasse zu verbergen.

»Es gab Ärger. Ich bin weggelaufen«, brachte er schließlich heraus. Er stieß die Worte zwischen den Fingern hervor. »Der Film ist geplatzt. Ich mach nicht mehr weiter. Und jetzt weiß ich nicht, wohin.«

Als er die Hand endlich sinken ließ, hatte Susann ihre scharfen grünen Augen auf ihn gerichtet. Aber zum ersten Mal, seit er sie kannte, lächelte sie. »Sehen Sie das hier?« Sie deutete über eine Plastiktütenparade im Regal. »Das sind alles missratene Pötte. Ich bewahre sie auf – vielleicht fällt mir eines Tages doch noch ein, wie ich sie retten kann.«

Cosmas nickte wie ein Kind und schluckte hart. Er war noch nicht getröstet.

Susann seufzte. »Kommen Sie, ich will Ihnen was zeigen.« Sie ging zu dem abgedeckten Oval im Hintergrund, das er beim Hereinkommen schon bemerkt hatte. Widerstrebend zog sie das Tuch fort, und zum Vorschein kam eine bizarre Modelleisenbahnlandschaft ohne Eisenbahn und Schienen, mit abgestoppelten Feldern und kugeligen Gebäuden.

»Meine letzte unfertige Skulptur. Ich habe im Frühjahr lange daran gearbeitet.« Liebevoll stellte sie ein paar umgekippte Garbenbündel auf und arrangierte die Hütten um ein kleines blaues Stück Plastik, den Entenpfuhl. Cosmas strich vorsichtig über den Filz. »Darf ich?« Er nahm eins der kugeligen Tongebilde, die Scheunen und Ställe darstellten. Es schmiegte sich in seine Handfläche wie eine vertraute Hand und fühlte sich seltsam warm an. Erstaunt entdeckte er, dass es von innen mit bunten Reliefs verziert war. Er wog es eine Weile in der Hand, bevor er es kopfschüttelnd wieder umstülpte. Susann Joungblood baute an einem Waldorf-Bauernhof.

»Die Tierfiguren, die hier ursprünglich eingefügt werden sollten, sind verloren gegangen. Nun wird es unfertig bleiben bis zum Sankt-Nimmerleins-Tag, fürchte ich.«

Mit leisem Bedauern zog sie das Laken wieder über die Landschaft. »Sehr schade, wirklich, aber nicht zu ändern. Ich arbeite an neuen Pötten.«

Als wäre ihr das gerade erst eingefallen, drehte sie sich abrupt um, stellte sich wieder an die Töpferscheibe, an der sie bei Pleysteins Ankunft gearbeitet hatte, und werkelte dort herum. Sie schaltete eine von roten Fingerabdrücken und Tonklumpen verdreckte Lampe ein. Pleystein blieb, an einen Arbeitstisch gelehnt, einfach stehen und schwieg. Er fühlte sich etwas gefasster, machte aber keine Anstalten, wieder zu gehen oder wenigstens zu telefonieren. Sein Handy klingelte mehrmals, doch er ignorierte die Anrufe, und schließlich schaltete er das Handy ganz aus.

Die Skulptur auf der Töpferscheibe war ein tulpenförmiger Pokal oder eine Vase, je nachdem, was dem Betrachter lieber war. Von außen war sie roh, man sah grobe Spatelstriche, aber die Innenseite war spiegelglatt poliert. Nach dem Trocknen wollte Sun das Innere bunt lasieren und mit floralen Motiven bemalen. Kleine Tonfiguren, Schnecken, Käfer, saßen auf dem Vasenboden oder krabbelten die Innenwand hoch. Ehe Sun es sich versah, begann sie wieder, an einem Käfer zu arbeiten. Plötzlich stieß Pleystein ein kleines, überraschtes »Uh!« aus. Ohne sich umzudrehen, fragte sie: »Spinne? Hier leben Massen von Spinnen, ich hab einfach nicht das Herz, sie rauszuschmeißen. Sphinx hält sie für mich ein bisschen in Schach.« Sie drehte sich um und sah, dass Pleystein die Arme um sich geschlungen hatte, als wäre ihm kalt. Tatsächlich waren die

Temperaturen jetzt, nach Sonnenuntergang, beträchtlich gesunken.

»Oje«, sagte sie ratlos. »Was machen wir denn jetzt mit Ihnen?«

Pleystein zuckte die Achseln. Verlegen fuhr er sich durchs Haar. »Verzeihung, ich störe Sie. Ich sollte wohl jetzt gehen.«

Sun, die nicht gerade die geborene Hausfrau war, empfing sehr selten Gäste bei sich, aber sie wusste, was sich gehörte. »Möchten Sie vielleicht einen heißen Tee? Oder lieber Wein?«

Nur ihre Schwester und sehr enge Freunde hatten je ihr Cottage betreten. Sie ließ Cosmas in der Werkstatt zurück und kam mit Getränken und einer Decke wieder. In der Zwischenzeit hatte Cosmas das Radio eingeschaltet und einen BBC-Sender gefunden, der Songs in einer ihm völlig unverständlichen Sprache spielte. Sie verstärkte sein Gefühl, aus der Welt katapultiert zu sein, die er kannte. Er war in einem fernen Land, in einer fantastischen Erfindung gelandet, wie er es schon beim Betreten von Suns Atelier gespürt hatte, einer Fata Morgana in der Wüste.

Es wurde eine lange Nacht, in der sie auch noch eine zweite Flasche Wein öffneten. Wenn ihre Unterhaltung einmal abriss, hörten sie Musik oder die Nachrichten auf Walisisch. Sie sprachen über keltische Sprachen und Milchviehwirtschaft, über die Christusübermalungen des österreichischen Künstlers Arnulf Rainer, von dem Cosmas noch nie gehört hatte, über Gott, Kirchenmusik und die Swinging Sixties, und wie schon bei Cosmas' erstem langen Gespräch mit Sun in der Galerie konnte er hinterher nicht mehr sagen, wie das alles zusammenhing. Am Ende führte Sun ihn im Lichte einer Taschenlampe den Hügel hoch. Cosmas stolperte – zu viel Wein auf nüchternen Magen –, das hohe Gras durchnässte seine Hosenbeine, weiß leuchteten die Blüten an den Brombeerranken, dann war da das Bett, da die Decke. Er schlief sofort ein.

Die folgenden achtundvierzig Stunden verbrachte Cosmas auf dem Brombeerhügel. Susanns Cottage durfte er nur durch den Hintereingang betreten, um das Bad im Anbau zu benutzen. Dieses Badezimmer musste vor langer Zeit spektakulär dreckig gewesen sein, doch dieser Zustand war längst überwunden. Das Bad hatte eine höhere Dimension erreicht. Cosmas musste es ein paarmal benutzen, bevor er das verstand. Um Suns Bad zu beschreiben, eignete sich am besten der Begriff *Installation*, in seiner ganzen schillernden Doppelbedeutung. Die angelaufenen Armaturen, die krustigen Oberflächen der Porzellanbecken und die rustikalen Schöpfgeräte in der Wanne fügten sich mit Kalkstalagmiten, Moosen und Spinnweben zu einer Installation, in der das Waschen eine künstlerische und zugleich ursprüngliche Erfahrung wurde. Natur, Wetter, Flora und Fauna waren in diesem einst von Menschen gestalteten Innenraum wieder heimisch geworden, und man badete in Harmonie mit den Elementen. Zum Duschen benutzte Cosmas ein Plastikeimerchen und eine Kindergießkanne, weil die Brause verkalkt und unbrauchbar war.

Sein Essen nahm er im Café des Farmshops oben auf dem Hügel ein.

Susann Joungblood war nicht nur keine geborene Hausfrau, sie hielt sich überhaupt viel seltener zu Hause auf, als er angenommen hatte. Als Cosmas am Abend des ersten Tages endlich ihren rot-grünen Toyota wieder vor dem Cottage parken sah und das Licht in der Werkstatt anging, fand er sich mit einer Flasche Biowein aus dem Farmshop dort ein.

»Sie sind ja noch da.«

»Ich wollte mich bei Ihnen für gestern Abend bedanken.«

»Und Ihr Film?«

Cosmas verzog das Gesicht und holte sein Handy aus der Tasche. »Keine Ahnung. Hab mein Aufladekabel nicht dabei.«

»Ich kann Ihnen eins leihen.« Sun rieb sich die Hände mit einem Tuch trocken und traf Anstalten, hinüber zum Cottage zu gehen. »In meiner Sammlung ist bestimmt eins, das passt.«

»Oh, nein, nicht nötig. So ist es mir sogar lieber.«

Sun musterte ihn forschend, sagte aber nichts. Wie schon in der vergangenen Nacht ließ sie zu, dass er ihr bei der Arbeit Gesellschaft leistete. Cosmas war fasziniert von allem, was sie tat.

Sie arbeitete offenbar unsystematisch, an verschiedenen *Pötten* gleichzeitig und abwechselnd, stand dabei lange untätig vor einem Werkstück. Manchmal verwarf sie dann das Geschaffene oder packte es weg, wenn sie nicht weiterkam, und begann einen anderen Pott. Genauso fasziniert war er von dem Atelier selbst. Es war wie das Innere einer Maschine, nein, keiner Maschine, sondern von etwas Organischem, das unabhängig von Zeit und Raum funktionierte, wie ein Traum, der sich materialisiert hatte. Alles, was Susann hier hortete, die Dinge, die sie draußen gefunden und hierhergebracht hatte, waren angefangene Schöpfergedanken, die sie jederzeit aufgreifen und weiterdenken konnte. Die Werkstatt war ihr nach außen gestülpter Bewusstseinsstrom. Cosmas befand sich *in* Susanns Fantasie. Hier mit ihr zusammen zu sein, war für ihn sehr intim. Intimer als Sex.

Sun war es gar nicht recht, bei der Arbeit einen Zuschauer zu haben. Wenn Pleystein sie dabei beobachtete, kam sie sich vor wie eine Hochstaplerin oder wie eine schlechte Schauspielerin. Und die Absencen (das Geschenk der Musen) blieben aus. Von Pleysteins eigener Arbeit verstand sie inzwischen, dass er sie für minderwertig hielt. Er sprach von Scheitern und Versagen und davon, einmal etwas »Richtiges« schaffen zu wollen – Kunst, sagte er, so wie Sun. Insgeheim fragte sie sich, ob er wohl deshalb die Geisterseherin Margaret Cunningham nach ihrer Visitenkarte gefragt hatte: um mithilfe eines Mediums künstlerischen Erfolg zu erlangen. In Pleysteins »Versagen« schwangen Tragik und Absolutheit mit. Das war eine Sichtweise, die Sun für sich nicht mehr akzeptieren konnte, weil sie ihr überdimensioniert und pathetisch vorkam. Aber Cosmas war ja noch so jung: In seinem Alter war es normal, dass man Selbstmitleid empfand. Mit der Zeit würde er sich und auch das Scheitern weniger ernst nehmen und aufhören, es sich übel zu nehmen. So wie Sun es getan hatte. Das Einzige, worin sie wirklich versagt hatte, war das Geldverdienen. Und auch damit hatte sie sich inzwischen arrangiert.

30

»Ich habe Valeria McBride die Tür geöffnet!« Amanda Hewett produzierte ein quieksiges Teenagergeräusch, und Sun verkleckerte vor Schreck Tee aufs Telefon. Sie kam gerade von einer Schicht im Arthurian Center zurück und hatte es sich eigentlich noch kurz gemütlich machen wollen, bevor sie am Abend zur Orchesterprobe musste, aber dem Klingeln des Telefons hatte sie noch nie widerstehen können.

»Valeria ist sooo hübsch – und dabei völlig natürlich. Und du solltest mal unsere Camelford Pantomimes sehen, richtige Profis sind die geworden, kaum wiederzuerkennen. Vorgestern haben wir schon wieder mit Valeria gedreht, sogar quasi vor deiner Haustür, auf der Allee. Ich hatte schon überlegt, dir Bescheid zu sagen, du hättest mich doch sicher gern mal wieder im Petticoat gesehen, so wie früher. Aber ich hatte einfach keine Zeit dafür! In diesem Film steckt der Wurm drin: erst der Dauerregen, und nun ist doch tatsächlich der Hauptdarsteller verschwunden, Cosmas Pleystein, du weißt schon, der im Frühling bei mir gewohnt hat. Totales Chaos, sag ich dir! – Aber jetzt erzähl *du* doch mal: Ich hab gehört, du hast einen Gast im Caravan?«

Sun seufzte, sagte aber nichts.

»Ich *weiß*, dass es nicht deine Schwester ist«, bohrte Suns Ex-Schwägerin weiter. »Du sollst Männerbesuch haben …?«

Ein Nachbar aus Slaughterbridge musste Pleystein auf ihrem Hügel oder oben im Café des Farmshops gesehen und es weitererzählt haben – sicherlich Bonnie Pierce, die es dann Amanda weitererzählt hatte. Deshalb also meldete sie sich zum ersten Mal seit ihrem Ausflug nach Exeter wieder bei ihr.

»Hast du etwa einen geheimen Liebhaber?«

Die Versuchung war groß, aber Sun konnte einfach nicht lügen. »Also schön, ja, ich hab jemanden im Caravan zu Besuch. Es ist Mr. Pleystein.«

Amandas Überraschung war so groß (und so schrill), dass erneut Tee aufs Telefon kleckerte. Nachdem Schock und Unglauben ausreichend Ausdruck verliehen waren und Amanda sich wieder gefasst hatte, wollte sie Details hören. Sun sagte nur, dass der arme Mann in einem seltsamen Zustand gewesen sei, als er plötzlich vor ihrer Tür gestanden habe.

»Wir haben über Kunst gesprochen, wir haben Wein getrunken, es ist sehr spät geworden«, fasste Sun für Amanda einen langen Abend knapp zusammen. Daher hätte sie Mr. Pleystein »in den Brombeeren« schlafen lassen, als er sie darum gebeten hatte. Warum auch nicht, er hatte den Caravan ja sogar mal gebucht.

Über diese Andeutung ging Amanda kommentarlos hinweg. Es machte sie völlig fertig, dass Sun nichts Interessantes über den Schauspieler zu erzählen hatte, obwohl er seit *Tagen* bei ihr wohnte. In dieser Hinsicht war Susann schon immer ein bisschen zu … spröde gewesen. Man konnte auch »langweilig« sagen. Amanda fand es sehr unfair, dass ausgerechnet Sun den untergetauchten Filmstar aufgenommen hatte, wo sie doch der einzige Mensch in Camelford war, der sich überhaupt nicht für die Dreharbeiten interessierte.

»Du *glaubst* nicht, *was* ich dafür getan hätte, damit er wieder bei mir wohnt«, rief sie aufgebracht in den Hörer. Sich an ihr gemeinsames Exeter-Abenteuer erinnernd, fügte sie verlegen hinzu: »Also nicht, was du vielleicht denkst – ich bin wirklich raus aus dem Hexenbusiness.« Dann schließlich ließ Amanda die Bombe platzen: »Die Polizei sucht Cosmas! Er soll was mit dem Tod des Hotelmalers aus Tintagel zu tun haben, stell dir vor! Und jetzt verrate ich dir was furchtbar Merkwürdiges: Am Morgen seiner Abreise – damals ist Cosmas ja *mein Gast* gewesen –, da war er beim Frühstück schrecklich zugerichtet. Als ob er mit jemandem auf Leben und Tod gerungen hätte! Genauso habe ich es gestern auch dieser Inspektorin aus Exeter erzählt.« So. Das Beste hob man sich immer für den Schluss auf. »Du solltest dich vor ihm in Acht nehmen, Liebes. Ich kenne seinen Charme, mir war der Mann ja eigentlich auch sehr sympathisch – aber was, wenn er nun ein Serienkiller ist, der es auf Künstler abgesehen hat? Soll ich Fabio Pierce oder Mr. Evans bitten, sofort rüberzukommen, damit du nicht mit ihm alleine bist?«

Das lehnte Sun entschieden ab. Da ihr Tee inzwischen kalt geworden war, kochte sie sich neuen. Während sie in der Küche stand, überlegte sie, was an Amandas Geschichte dran war. Dann ging sie ihren Gast suchen. Der potenzielle Serienkiller saß im Schatten der Brombeerbüsche und genoss die Aussicht. Sun reichte ihm einen Becher Tee und hockte sich vorsichtig auf den Rand eines kaputten Liegestuhls.

»Schön haben Sie es hier«, sagte er.

Es stimmte, von hier oben war der Blick fast noch schöner als aus ihrem Schlafzimmer. Sun machte ihn auf Verschiedenes aufmerksam: Die schlangenförmige Linie des Camel am Ende der Wiese, die verschiedenen Grüntöne des Waldes, den schimmernden Fasan vor einer Hecke, die ins Bild ragende Spitze des krummen Schornsteins ihres Cottages. Dabei musterte sie Pleystein heimlich: Ob er wirklich etwas mit dem Tod des Malers zu tun hatte? Pleysteins Aura war jedenfalls ziemlich desperadomäßig. Seit drei Tagen trug er dieselbe Anzughose und ein längst müffelndes Kunstfaserhemd, und seine Wangen waren von einem kratzigen schwarzen Bartschatten bedeckt. Er wirkte so unglücklich, wie Sun es von einem Mörder erwarten würde. Doch genauso unglücklich hatte er schon bei ihrer ersten Begegnung ausgesehen, und die war Tage vor Smith-Fullbrights Tod gewesen. Schon auf der Vernissage in der Camelford Gallery hatte ein Schatten auf ihm gelegen. Das, was ihn plagte, musste also etwas Älteres, länger Zurückliegendes sein. Verschwommen dachte Sun an Undinen und Mrs. Pennocs Seele im Brückenhaus. Nein, sie war ganz sicher, mit dem Schauspieler keinen Mörder zu beherbergen.

Als der Tee getrunken und Landschaft und Himmel so ausgiebig betrachtet worden waren, dass es nichts Neues mehr zu entdecken gab, gestand Sun Cosmas schweren Herzens, dass sein Versteck aufgeflogen war. Er nickte gefasst, als hätte er diese Botschaft schon erwartet. Sun nahm an, dass er sich inzwischen langweilte und froh war, wenn ihm die Entscheidung abgenommen wurde.

Dann räusperte sie sich verlegen. »Die Polizei soll übrigens nach Ihnen suchen. Wegen dem toten Maler vom King Arthur's ... Haben Sie sich etwa in der Nacht damals mit ihm geprügelt?«

Verblüfft starrte er sie an. Dann grinste er und sagte nur: »Ach, das.« Ihren grünen Augen zuliebe fügte er noch hinzu:

»Das war, ehrlich gesagt, nur ein Versehen, ein dummer Unfall. Nichts, was der Rede wert wäre.«

Er wuschelte sich durchs Haar und stand auf, um in den Caravan zu gehen. Mit dem Handy in der Hand kam er zurück. »Dann wollen wir mal den Dingen ihren Lauf lassen«, sagte er gleichmütig. »Die werden mich sicher bald finden. Haben Sie ein Ladekabel für mich?«

Während sein Handy lud, fragte er Sun: »Haben Sie Hunger? Es würde mich nämlich sehr freuen, wenn Sie mir bei meiner Henkersmahlzeit Gesellschaft leisten.«

Gemeinsam stiegen sie den überwucherten Hang zum Farmshop hinauf. Cosmas half Sun über den Holzzaun und rückte im Café den Stuhl für sie zurecht. Sie bestellten zweimal gegrillte Sardinen mit frisch gebackenem Brot und Hühnchen in Salbei. Obwohl Sun von sich selbst als Vegetarierin dachte (so, wie sie sich auch als Diabetikerin sah), war sie doch so wenig dogmatisch, dass sie sich meist mit dem Verzicht auf *rotes* Fleisch begnügte (und wegen des Diabetes keinen Zucker in ihren Kaffee tat). Zum Nachtisch verspeisten sie jeder eine riesige Rhabarber-Meringue.

Seit Amandas Telefonanruf waren kaum zwei Stunden verstrichen. Sie waren wieder unten im Atelier, als Cosmas' Handy klingelte. Er entschuldigte sich und verließ mit dem Handy die Werkstatt.

»Ich hab denen gesagt: Freiwillig komme ich nicht«, teilte er Sun danach mit. »Die müssen mich schon holen.« Dann fragte er, ob er die verbleibende Zeit hier bei ihr im Atelier bleiben dürfe. Die Frage fühlte sich an wie die Bitte um ein letztes Rendezvous, und sie hatte nicht das Herz, es ihm abzuschlagen.

Im Laufe des Abends klingelte Cosmas' Telefon noch mehrmals, und am späten Abend fuhr schließlich ein Minivan von Studio Black Tomato vor. Bevor Cosmas Sun verließ, ließ er sich von ihr noch einmal das abgedeckte Eisenbahn-Diorama zeigen. Als er wieder seinem Reflex nachgab, alles anzufassen, nickte sie. »Genau, gehen wir noch ein wenig spazieren.«

Sie legte ihre Hand neben seine auf den breiten Sandweg, der vorn am Rand der Modelleisenbahnplatte begann. Mit zwei Fingern wanderten sie in die Landschaft hinein. Über den kleinen Weg, den Sun vor Monaten angelegt hatte, durch filzgrüne Wiesen, vorbei an winzigen Trockenmauern, von zerzausten Zweigen bewachsen, folgten sie dem immer schmaler werdenden Sandpfad, der sich durch abgeerntete Felder schlängelte. Unterwegs hob Sun wieder einmal umgefallene Miniaturgarben auf. Sie stiegen den stillgelegten bemoosten Eisenbahntunnel hinauf, dessen Eingeweide dreißigtausend Jahre alte Höhlenmalerei bargen, die niemand jemals zu Gesicht bekommen würde. Auf dem Hügel verlief der Pfad nur noch als dünne Spur von Sandkörnern, bis er sich zwischen den winzigen Plastikbäumen eines Laubmischwaldes verlor. In der Ferne konnte man Hundegebell und Kirchenglocken und, mit ein wenig Konzentration, die Geräusche von Traktoren, Schafen und Kühen hören. Kein Grund, sentimental zu werden, dachte Sun und trat wieder von der Platte zurück.

31

Sie sah Cosmas erst wieder, als er im Altenheim von Camelford drehte. Es war Mrs. Stockwell, die den schönen Schauspieler als Erste entdeckte. Suns Malkurs hatte sich in Ginas Küche verlagert, von wo man den besten Blick auf das Geschehen hatte. Techniker verlegten Kabel und Schienen, Filmleute riefen sich unverständliche Befehle zu, und eine sehr hübsche Rothaarige wurde von Gina, die gern Serien guckte, als »Valentina O'Bride« identifiziert. Mrs. Stockwell hatte nur Augen für Cosmas Pleystein, den sie »besonders stattlich« nannte. In seinem Kostüm eines britischen Landedelmanns sah er aus wie ein wandelndes, etwas aus der Mode gekommenes Rasierwasser. Die längere Betrachtung des schönen Mannes brachte Mrs. Stockwell zu der Frage, ob der Kurs es nicht mal mit Aktzeichnen versuchen sollte.

»Meinetwegen. Ich kann Cosmas ja mal fragen, ob er für uns Modell steht«, erwiderte Sun cool.

Als es auf Mittag zuging und die Haushälterin weder das Püree noch den Hackbraten fertig hatte, verjagte sie die Malerinnen aus ihrer Küche. Sobald der Braten im Ofen war, bekam sie Mitleid mit ihrem Idol Valentina, die zum Essen sicher zu Peckin'Fish hinüberging, obwohl die Arme doch Vitamine brauchte. Also bereitete Gina für sie und ihre Kollegen ein Tablett mit Rohkostdips zu, so wie sie es auch für die polnischen Handwerker zu tun pflegte. Kurz darauf kam sie mit dem vollen Tablett in den Wintergarten und bot es Suns Malgruppe an. »Die haben ihr eigenes Catering«, erklärte sie enttäuscht. Als sie von Mrs. Stockwell erfuhr, dass Susann mit dem deutschen Hauptdarsteller bekannt war, bestand sie darauf, wenigstens ihm vorgestellt zu werden. Sun hätte das lieber nicht getan, doch da sie erwartete, dass man sie das Set gar nicht betreten lassen würde, willigte sie ein. Überraschenderweise führte ein Arbeiter sie in der nächsten Drehpause tatsächlich zu Pleystein. Sun war das Ganze unangenehm, sie fühlte sich sehr aufdringlich, aber die Köchin, die ihr mit ihrem Rohkosttablett auf den Fersen folgte, war selig, als nicht nur Pleystein eine Selleriestange nahm, sondern auch Valeria, die sich von Gina sogar in ein Gespräch über ihre Rolle in der Serie *Hollyoaks* verstricken ließ.

Für Sun und Cosmas war es das erste Wiedersehen seit seinem Auszug aus dem Caravan. Er schien sich ehrlich darüber zu freuen und umarmte sie sogar. Man hatte ihm die Haare frisch geschoren, und unter seinem Film-Make-up wirkte er sehr fremd. Sie gingen ein paar Schritte durch den Park, um sich ungestört unterhalten zu können.

Mrs. Gupta hatte ihren deutschen Geschäftspartnern wegen Pleysteins Verschwinden die Hölle heißgemacht, und seit seiner Rückkehr – seiner *Zuführung*, wie Cosmas es formulierte – sorgte sie dafür, dass auch er eine Kostprobe dieses Fegefeuers abbekam. Er unterstand nun ihrer persönlichen Aufsicht. Vermutlich sollte ihn das demütigen, doch er hatte gar nichts dagegen einzuwenden, in Aruni Guptas Eis und Feuer gegrillt zu werden. Im Grunde freute es ihn sogar, dass seine kleine Eskapade die Produktionsfirmen wenigstens ein bisschen aufgescheucht hatte. Da er beschlossen hatte, es

Orion so schwer wie nur möglich zu machen, erfüllte es ihn auch mit grimmiger Genugtuung, dass man ihn am Set jetzt abwechselnd wie ein krankes Kind oder wie einen Schwerverbrecher behandelte. Zu Letzterem hatte vor allem das erneute Auftauchen der Detectives beigetragen.

Der Hotelier hatte der Polizei die Begebenheit auf den Klippen schließlich doch noch gestanden. Er hatte zu Protokoll gegeben, Pleystein sofort nach Truro ins Krankenhaus gebracht, nach Hause gefahren und sich schlafen gelegt zu haben, während Steven Smith-Fullbright die Wache allein beendet hatte. Vielleicht, so hatte McGill den Kommissarinnen suggeriert, war der Schauspieler im Morgengrauen zum Hotel zurückgekommen, um es ihnen heimzuzahlen? Rache war ein handelsübliches Motiv. Die Kommissarinnen hätten Pleystein am liebsten in Handschellen aus dem King Arthur's eskortiert – wahrscheinlich sehr zur Genugtuung des halben Filmteams. Doch hatte sich sein Alibi als lückenlos erwiesen, da es von der Notambulanz in Truro sowie dem Taxifahrer, der ihn im Morgengrauen zu Mrs. Hewetts Pension gefahren hatte, bestätigt wurde. Was für die britische Polizei und gewisse Filmproduzenten sicherlich eine Enttäuschung darstellte.

Während Cosmas erzählte, spazierten sie an frisch angelegten Rabatten vorbei. Requisiteure und Gärtner hatten den vorderen Park des Altenheims im Sinne des Regisseurs umgestaltet, wenn auch nicht hübscher gemacht. Die Sommerrabatten, die für die Filmaufnahmen angelegt worden waren, hätten dem pleysteinschen Familiengrab in Hof Ehre gemacht: Fleißige Lieschen, so stramm in Reih und Glied gepflanzt, dass man Lust zu salutieren bekam.

»Herrlich«, murmelte Cosmas mit bitterem Mund, »es geht doch nichts über einen üppigen englischen Bauerngarten, nicht wahr?«

Sun war bestürzt über seine Aura. Der ganze Mann war so leer wie ein versiegter Festungsbrunnen bei einer Belagerung. Ein schwarzes Loch hätte sich neben Cosmas geradezu wie eine Energiequelle ausgenommen. Nachdem sie im Schneckentempo an den preußischen Rabatten vorübergewandert waren, gab er sich aufrichtig Mühe, etwas netter zu sein, schließlich konnte Susann nichts für seinen vermasselten Film. Aber als sie Schneiders scheußlichen Springbrunnen passierten, murmelte er doch wieder: »Herrlich, herrlich.« Unvermittelt fragte er Sun nach dem Medium aus Reading, das am Arthurian Center eine Vision gehabt hatte. Leider hatte Sun keinen Kontakt mehr mit Margaret Cunningham gehabt. Doch nun, wo Cosmas das Thema von sich aus ansprach, wollte sie wissen, ob er etwa wegen des gescheiterten Films übersinnlichen Rat benötige. Cosmas brummte nur, er habe Mrs. Cunninghams Visitenkarte verloren. In der Küche wurde das Fenster hochgeschoben, und ein intensiver Geruch von gebratenem Fett stieg ihnen in die Nase, bis der unangenehme Dunstschwall weiterwaberte und sich über dem Kunststoffspringbrunnen auflöste.

Sun überlegte: Vielleicht hatte sie mit ihrem ersten Eindruck richtiggelegen, und Cosmas wurde von einem Geist verfolgt. Wenn der Schauspieler so dringend ein Medium benötigte, musste sie dem Armen helfen. In Camelford gab es eine Spiritistengemeinde, die wöchentliche Treffen veranstaltete; eine Freundin von Sun hatte dort eine Botschaft ihres verstorbenen Vaters erhalten. Weil sie mittlerweile beim Wintergarten angelangt waren, ging Sun rasch hinein und holte einen Armvoll alter Zeitungen, die sie auf der Suche nach dem Veranstaltungskalender durchblätterte.

»Hier: Spiritist Church, Freitag, achtzehn Uhr, Camelford Hall«, las sie vor. »Das ist übermorgen.«

»Ich gehe nur, wenn Sie mitkommen.«

Nachdenklich senkte sich Suns Nase noch weiter als gewöhnlich. »Ehrlich gesagt, ist das eigentlich nichts für mich. Damit ist nicht zu spaßen.«

Cosmas' Handy summte – die Drehpause war vorbei. Zum Abschied nahm er Suns Hand und flüsterte mit seiner berühmten sonoren Stimme: »Hat Ihnen eigentlich schon mal jemand gesagt, was für entzückende grüne Nixenaugen Sie haben? Sie sind ja eine Verführerin, Susann, wissen Sie das?« Er ließ ihre Hand erst los, nachdem Sun und er für das große spiritistische Abenteuer, wie er es nannte, fest verabredet waren. Dann trat er an zum filmischen Happy End, dem Familienbild mit Hans, Betty und Joanie vor Springbrunnen und Herrenhaus.

32

Am Freitagabend stand Cosmas zur verabredeten Zeit auf dem kommunalen Parkplatz von Camelford und befürchtete, versetzt worden zu sein. Es war sechs Uhr, doch weder Susann Joungblood noch irgendjemand, der auch nur annähernd wie das Mitglied einer okkulten Sekte wirkte, ließ sich blicken. Andererseits – was wusste er schon, wie die Besucher einer schwarzen Messe aussahen? Da Sun bezüglich des Outfits keine Vorgaben gemacht hatte, hatte er sich für ein langärmliges, schwarzes Seiden-T-Shirt, eine enge, schwarze Hose und Seglerschuhe aus anthrazitfarbenem Skai entschieden. Als Sun eintraf, entschuldigte sie sich für die Verspätung und beglückwünschte ihn zu seiner Kleiderwahl. »Sie sehen aus wie John Robie, ›die Katze‹, aus *Über den Dächern von Nizza* …«

»Danke schön! Sie sehen aber auch aus wie hunderttausend Dollar.«

»Ach nein, sicher nicht«, sagte sie schüchtern. »Vermutlich sehen Sie nur meine Aura – in einem früheren Leben war ich eine russische Gräfin …«

Zu ihrem einzigen langen Kleid trug Sun die neue Strickjacke und ihre extravaganten goldenen Sneaker, und in ihrem Haar glitzerten gleich drei Obstclips. Cosmas reichte ihr den Arm, und gemeinsam betraten sie die Camelford Hall. An der Tür wurden sie von einer weißhaarigen Spiritistin empfangen, die ihnen ein Eimerchen mit Tombolalosen hinhielt. »Ein

Pfund das Los, die Gewinne sind drinnen ausgestellt«, flüsterte sie. Cosmas kaufte zwei Lose, und sie wurden eingelassen. Die spiritistische Messe fand nicht im großen Saal der Ratsversammlung statt, sondern im Vorraum. Der schwere Lehnstuhl des Bürgermeisters stand hinter einem Klapptisch, der mit weißem Leinen, Kerze und Blumen wie ein Altar geschmückt war. Davor lag ein dicker, alter Bernhardiner, der sich grunzend erhob und herbeigetrottet kam. Auf einem Sideboard nahe dem Eingang waren die Preise der Tombola aufgereiht: Duftkerzen, Badezusätze und eine Flasche Weinbrand.

»Sind Sie sicher, dass wir hier richtig sind?«, flüsterte Cosmas. Ehe Sun antworten konnte, nahte eine Frau, die leise fragte, ob sie die *Spiritist Church* zum ersten Mal besuchten. Dass die zwei bejahten, schien sie zu freuen. Ein weiteres Gemeindemitglied, ein Mann in mittleren Jahren mit Silberblick, wurde herbeigerufen, um ihnen zu erklären, was sie erwartete: keine schwarze Magie, sondern weiße; Selbstheilungskräfte; Wunder zulassen; Frieden und Harmonie schenken und in sich selbst akzeptieren; Naturgeister und deren unerklärliches Weben und Wirken jenseits unserer Wahrnehmungskraft erfahren. Der Mann mit dem Silberblick lud sie ein, vor der Messe ihre Wünsche für kranke oder verstorbene geliebte Menschen in ein dickes Buch zu schreiben, das auf einem Lesepult seitlich des Altars lag. Ein junges Pärchen, kaum dem Teenageralter entwachsen, beriet dort flüsternd seinen Eintrag. Als es fertig war, trat Sun ans Pult und schrieb in dünnen, hohen Buchstaben, dass sie ihrer bettlägerigen Freundin aus Delabole Gesundheit wünsche, für den Weltfrieden bete und um eine ganz bestimmte Gruppe von Glastieren trauere, die sie verloren habe und wiederzufinden hoffe. Cosmas trug nichts ein. Sie setzten sich in eine leere Stuhlreihe, Cosmas ganz außen am Rand.

Gegen halb sieben war klar, dass die Gemeinde nicht weiter wachsen würde. Die Vorhänge wurden zugezogen und die Kerze auf dem Altar angezündet. Dann betrat der Mann mit dem Silberblick mit einer unbekannten Frau den Raum. Gemessen wie Pastoren schritten die beiden nach vorn, wo er die Frau als das Gastmedium des heutigen Abends vorstellte und die Abfolge der spiritistischen Messe erläuterte. Im Großen und Ganzen ähnelte sie einem Gottesdienst mit Liedern und gemeinsamem Gebet für die Namen aus dem ledergebundenen Bittbuch. Anstelle der Predigt gab es den Auftritt des Mediums. In einem Film hätte Pleystein die Frau für eine Fehlbesetzung gehalten, zu jung, zu normal, fast hübsch mit ihren Locken und Ohrringen. Das Auffälligste an ihr war der Bernhardiner, der immer wieder kam, um sie anzustupsen, und den sie zärtlich wieder wegschob. Als es losging, hob sie ihre Hände zu den Schläfen und horchte lange. Man sah, wie sich ihre Brust hob und senkte, so tief und entspannt ging ihr Atem. »Hallo?«, fragte sie endlich. »Bitte komm näher, wir warten auf dich. Wer bist du?« Sie kniff die Augen vor Konzentration zusammen. Dann blickte sie über ihr Publikum. »Ich sehe einen Mann ... ja, einen älteren Mann, früher vielleicht Geschäftsmann, ich sehe ihn im Auto, er fährt jeden Morgen zur Arbeit, vielleicht in die City – er arbeitet hart, für seine Familie, er hat Erfolg, aber wenig Zeit.« Sie machte nach jeder Eingebung eine Pause, um dem Publikum Zeit zu geben, mitzudenken und den Geist zu identifizieren. »Kennt jemand diesen Mann? Gibt es hier jemanden, der ihn gekannt hat? Dem er vielleicht eine Botschaft übermitteln will?«

Das junge Mädchen blickte unentschlossen, hob zögernd die Hand, aber auch die Weißhaarige nickte.

»O ja, ich sehe. Ein Vater. Ein strenger Mann ...«

Nicken. Das Medium tastete sich voran. Der erschienene Geist schien einem emotional sehr zurückhaltenden Mann zu gehören. Beide Frauen nickten. Vieles zwischen ihnen sei unausgesprochen geblieben. Das stimmte wieder für beide. Sein Anfangsbuchstabe war ... etwas mit A ...? Nein, mittendrin ein A?

»Marcus!«, rief das junge Mädchen. »Mein Vater hieß Marcus!«

Pleystein stieß den angehaltenen Atem aus. Empört und fasziniert zugleich, verfolgte er das Geschehen. Von Zeit zu Zeit hob das Medium die Hand in die Luft, gebieterisch, einladend. Der Vater des Mädchens hatte sich etwas zuschulden kommen lassen? Nicht? Aber das Medium bestand darauf; der Geist schien keine Ruhe zu finden, bat um Verzeihung für ... er hatte jemanden im Stich gelassen.

»Meine Mutter hat *ihn* verlassen.«

»Aber er gibt sich die Schuld dafür.«

Es stellte sich heraus, dass der Mann entweder getrunken oder seine Frau betrogen hatte und nicht bei der Schulfeier seiner Tochter gewesen war. Es tat ihm furchtbar leid. Er liebte seine Tochter und auch deren Kinder – »Ich bin erst in der siebten Woche!« Ein Raunen ging durch die Gemeinde, und der Bernhardiner sprang auf, weil eine Frau Applaus geklatscht hatte. Das Medium war blass. Es setzte sich auf den Bürgermeisterstuhl und trank einen Schluck Wasser. Sun sah Cosmas an und bedeutete ihm mit Gesten, dass sie beeindruckt war. Doch es war noch nicht vorbei.

»Da ist noch jemand, der eine Botschaft übermitteln möchte. Eine Frau, ja, ich sehe eine junge Frau.« Das Medium schaute sich im Saal um, versuchte, Pleysteins Blick einzufangen. Sie hob die Hand ans Ohr. »Ich kann … sie nicht gut verstehen. Sie spricht undeutlich. Oh, das ist nicht Englisch.«

»Das ist für Sie«, wisperte Sun aufgeregt, wenn auch etwas enttäuscht, dass es nicht Mrs. Pennoc mit einer Botschaft wegen der Glashühner war. Cosmas bekam wider Willen eine Gänsehaut. Das Medium blickte ihn nun entschiedener an. »Eine sehr hübsche junge Frau. Sie ist viel zu früh von uns gegangen.«

Er nickte unwillkürlich.

»Für wen ist deine Botschaft?«, sang das Medium mit hoher Stimme. »Für wen? Oh, das ist aber ein seltsamer Name, den habe ich noch nie gehört …«

Cosmas räusperte sich, aber er wollte der Hochstaplerin den Gefallen nicht tun. Sun rutschte unruhig auf ihrem Stuhl herum.

»Sie glaubt, dass Sie ihretwegen leiden.« Das Medium machte eine eindrucksvolle Pause. »Sie geben sich die Schuld an ihrem Tod, nicht wahr?«

Cosmas schüttelte heftig den Kopf. Nein. Wirklich nicht. Obwohl. Wenn er öfter zu Hause gewesen wäre, wenn er etwas mehr auf sie aufgepasst und gemerkt hätte, dass sie nicht einfach nur niedergeschlagen und etwas durchgedreht war, sondern richtig verrückt, seelisch krank, dann …

»Was sagst du? Du verzeihst ihm, aber es gibt nichts zu verzeihen?« Sie sah Cosmas an. »Werden Sie daraus schlau? Ergibt das irgendeinen Sinn für Sie, mein Lieber?«

Er schluckte, jetzt hatte sie ihn. Widerwillig nickte er. Der Zauber ging noch eine Weile weiter. Katis Botschaft war, dass sie sich nicht verraten fühlte – wieder dieses Wort, das auch das stille Medium in Slaughterbridge gebraucht hatte – und dass sie sich dort, wo sie war, glücklich und aufgehoben fühlte. Ein Ort mit viel Wasser, sie liebte doch das Wasser so, ja, auch das stimmte. Und dass sie sich nicht richtig von ihm verabschiedet habe. Dafür solle er ihr verzeihen, das sei ihr Wunsch.

»Nehmen Sie jetzt Abschied von ihr. Sagen Sie etwas, sie kann Sie hören.«

Als es vorbei war, saß Cosmas noch einen Moment reglos da, bis die Gewinnernummern der Tombola ausgerufen wurden. Er gab Sun zu verstehen, dass er alleine sein wollte, und ging nach draußen. Das Licht der Abendsonne überrumpelte ihn, lieber hätte er unsichtbar im Dunkeln gestanden. Außerdem – er kramte nervös in seiner Juwelendiebshose – hatte er keine Zigaretten dabei. Ihm fiel ein, dass er schon die letzte Zigarette, auf die er Lust gehabt hatte, nicht geraucht hatte, das war an der Hecke hinter dem King Arthur's gewesen.

Als Sun aus der Halle trat, sah sie den Schauspieler mit hängenden Schultern auf dem Parkplatz stehen. Er wirkte nicht, als ginge es ihm besser – dabei war sie selbst von der Séance immer noch recht beeindruckt, und zwar hauptsächlich wegen Cosmas. Sie hatte den Eindruck gehabt, das Medium habe ihm geholfen, schließlich hatte es ihm eine wichtige Botschaft von seiner Schwester überbracht, und es war ja offensichtlich, dass ihr Tod ihn bedrückte. Doch Cosmas wirkte immer noch müde und niedergeschlagen. Also waren sie ganz umsonst hergekommen – ihre beiden Tombolalose hatten auch nichts gewonnen.

Cosmas wollte den Fahrdienst von Studio Black Tomato anrufen, doch Sun bestand darauf, ihn persönlich zurück in sein Hotel zu fahren. Vorsichtig kletterte er in ihren drolligen Wagen, der keine Rückbank hatte, und zwängte seine langen Beine zwischen Holzbohlen, Musikinstrumente, Leergut und Plastiktüten voll Töpfererde. Er bemühte sich, nirgendwo draufzutreten. Sie fuhren über die Landstraße, bis Sun abbog, um die Abkürzung über die alte Druidenallee zu nehmen.

»Ist sie nicht herrlich?«, fragte Sun und kurbelte das Fenster herunter. Unter den Bäumen war schon Nacht. Der Toyota rollte im Schritttempo dahin. Plötzlich bat Cosmas sie, kurz anzuhalten, stieg aus und entfernte sich ein paar Schritte vom Auto. Der Camel rauschte, und ein Vogel sang. Sun machte den Motor aus und wartete, bis Cosmas sich ausgeweint hatte und zurück ins Auto stieg.

»Wann ist Ihre Schwester gestorben?«

Erst letztes Jahr, neun Monate war es her. Im Herbst. Er war gerade mit Freunden auf Gomera wandern gewesen, als Kati sich nackt ausgezogen hatte und aus dem Fenster in den hässlichen Hof gesprungen war. Kurz vorher war es ihr eigentlich besser, nein, sogar gut gegangen. Sie hatte an ihrem Blog und an einem neuen Drehbuch geschrieben, hatte ihre Tabletten genommen und nicht mehr *täglich* von Ian gesprochen. Ian, dieser Surferarsch, der dann noch nicht mal zu ihrer Beerdigung gekommen war. Wenn es nach Cosmas gegangen wäre, wäre Ian natürlich gar nicht erst über ihren Tod informiert worden, und der Familie wäre die Enttäuschung über seine Abwesenheit erspart geblieben, aber Done und Tina waren der Ansicht gewesen, Kati hätte gewollt, dass er es erfuhr.

Hoffentlich fühlte Ian sich jeden Tag schuldig an ihrem Tod. Hoffentlich wurde er nie wieder glücklich. Hoffentlich starb er nicht auf dem Surfbrett, denn Cosmas gönnte ihm keinen romantischen Tod. Ian sollte ein Spießer mit schlabbernden Tattoos und vielen hässlichen Kindern werden, die sich alle in drogenabhängige, wilde Surfer verliebten, auf einem Trip hängen blieben und dann sich selbst überlassen wurden wie Kati. Das Schlimmste war – nein, bloß *zusätzlich* schlimm: Die Mutter hatte nicht zugelassen, dass Katharina eingeäschert und ihre Asche im Bristol Channel verstreut wurde, wie sie es sich gewünscht hätte. Nein, die Mutter hatte sie unter die durchgesiebte, keimfreie Erde dieses neurotischen Familiengrabes gezwungen, wo sie schön ordentlich auf ihr herumharken konnte, anstatt sie freizulassen.

Sun räusperte sich. »Ihre Mutter hat Kati bestimmt sehr lieb gehabt. Nicht nur *Sie* haben den Verlust erlitten, wissen Sie? Sie wollte sicher einfach nur ihre Tochter bei sich haben.« Sie warf ihm einen vorsichtigen Seitenblick zu, bevor sie in ihrer leisen, tastenden Art weitersprach. »Haben Sie Kinder, Cosmas? Nein? Ich auch nicht. Es muss sehr schwer sein, Kinder großzuziehen und ihnen dabei immer eine gute Mutter zu sein, glauben Sie nicht?«

Sie waren in Tintagel angelangt, aber Cosmas blieb weiter im Wagen sitzen. Sun schien es ganz natürlich zu finden, dass er nicht ausstieg. Er wollte ihr eigentlich davon erzählen, dass er sich manchmal vorstellte, wie Kati in Marzahn die sieben Etagen – aber die Stimme versagte ihm. Er zerrte ungeduldig ein eingeschlafenes Bein in eine andere Position und dachte an etwas Banales (Schuhcreme), um nicht wieder mit Weinen anzufangen.

»Wir gehen alle davon aus, dass es nur ein Unfall war. Kati war psychotisch, sie wusste nicht, was sie tat. Sie hat auch keinen Brief hinterlassen oder so. Sie war im Wahn und wollte ... äh«, er räusperte sich und schluckte laut, »äh, wollte bestimmt nur eine Runde fliegen. Einmal um den Block und wieder rein. Das wär doch schön, nicht wahr?«

Sun nickte. »Ich habe eine Freundin, die sagt, sie verwandelt sich nachts manchmal in einen Vogel und fliegt eine Runde über ihr Haus. Wenn sie danach aufwacht, hat sie immer einen solchen Hunger, als wäre sie 'ne Stunde geschwommen. Tja ...«, endete sie lahm. Es tat ihr leid, dass sie Cosmas nichts Bedeutenderes zu sagen hatte. »Also hat Ihnen die Séance gar nicht geholfen? Ihre Schwester hat Ihnen doch ausrichten lassen, dass es ihr gut geht.«

Cosmas zuckte die Achseln. Vielleicht. Er wusste es noch nicht. »Kati hat mehrere Jahre in England gewohnt, gar nicht weit von hier, bei Bristol. Sie ist gern gesurft. *Hier* ging es ihr richtig gut. Wissen Sie, was merkwürdig ist?« Er machte eine Pause und überlegte, ob das Folgende wirklich merkwürdig war. »Ich hab damals jeden Sommer in Cornwall gefilmt, allerdings weiter unten«, er winkte Richtung Westen, »aber wir haben uns nie getroffen. Im Nachhinein: Was für eine Verschwendung! Ich hier, sie hier, uns beiden ging's gut – aber getroffen haben wir uns nicht.« Er verzog das Gesicht.

»Vielleicht hatten Sie beide einfach keine Zeit. Sie haben Filme gedreht. Da scheint man nicht viel freie Zeit zu haben, außer man taucht unerlaubt unter ...«

Beide mussten lächeln.

»Ja, das stimmt. Aber Kati hätte doch bequem zu *mir* kommen können. Trotzdem hat es sich nie ergeben. Ich konnte ihren Freund auf den Tod nicht ausstehen, aber das ist doch kein Grund.«

»Nehmen Sie ihr das übel?«

Verblüfft dachte er über Suns Frage nach. »Ja«, sagte er schließlich. »Ja. Das nehm ich ihr übel. Mir fehlt diese Zeit, in der sie glücklich war – wo sie nicht mehr noch ein halbes Kind war wie damals, als sie mich in New York besucht hat. Und die letzten Jahre, in Deutschland, da war sie ja nur noch ein Wrack, na ja, das vielleicht nicht, aber ziemlich fertig. Wir haben in Berlin zusammengelebt. Ich habe so viel Zeit mit ihr verbracht, wie ich konnte, aber da war sie schon nicht mehr sie selbst. Arme Kati! Leben war anstrengend für sie, das war schon in der Schule so. Und am Ende war sie richtig kaputt, bloß wir haben immer gedacht, Geduld, sie bekrabbelt sich wieder. Na ja. Sie hatte eine drogeninduzierte Psychose, hab ich das schon erzählt? Haben Sie eigentlich jemals Drogen genommen, Sun?«

»Noch nicht mal in meiner wilden Londoner Zeit. Ich bin wohl zu bürgerlich für so was.«

Beide schwiegen. Über den nächtlichen Hotelparkplatz fegte ein Wind, der von weit her gekommen war, um im Bristol Channel mal nach dem Rechten zu sehen. Die Kühlerhaube des Toyotas pfiff leise.

»Jedenfalls, bei Katharina hat das was ausgelöst, das war am Ende ihrer Englandzeit, sie war dann dort erst in einer Psychiatrie, bevor sie mutlos und verändert nach Hause zurückkehrte. Sehen Sie, Susann, ausgerechnet die kostbare, kurze Zeit dazwischen – zwischen ihrem Kindsein und dem Kaputtsein –, die habe ich verpasst. Als sie endlich selbstständig war und, wie ich glaube, zufrieden. Sie hatte einen Freund, hat gejobbt, gesurft, geschrieben. Sie war wohl sie selbst. Aber sie so zu erleben, das hat sie uns … einfach nicht gegönnt.«

Cosmas rieb sich mit den Händen übers Gesicht. Er seufzte noch einmal, dabei sank sein Körper tiefer in den Sitz, als hätte er sich endlich entspannt. Dann ließ er die Arme fallen und sah Sun an. »Danke fürs Herfahren. Ist ganz schön spät geworden, nicht?«

Sie winkte ab, sie war doch, wie er wusste, eine Nachteule. Weiter sagte sie nichts mehr und Cosmas auch nicht, doch er blieb sitzen, weil er keine Worte fand, um sich zu verabschieden. Es erschien ihm zu brüsk, einfach aus dem Auto zu steigen und diese Fremde – seine fremde Freundin – nach seiner Beichte (oder als was man es auch bezeichnen mochte) nie mehr wiederzusehen. Denn seine Außenaufnahmen waren so gut wie abgedreht, nach dem Wochenende würde er abreisen.

Sun ihrerseits fand nichts dabei, dass sie nur beieinandersaßen und jeder für sich nachdachte. Als er endlich den Gurt löste und die Tür öffnete, fragte sie ihn: »Werden Sie heute Nacht von Katharina träumen?«

»Wer weiß. Vielleicht …«

»Dann grüßen Sie sie von mir. Gute Nacht. Schlafen Sie wohl.«

33

Der Strand von Trebarwith war ein Albtraum für die Disposition. Er tauchte nur bei Ebbe und nur für wenige Stunden aus dem Meer auf, doch dann: feiner, fast goldener Sand, übersät von bizarren Felsen mit zarter blau-rosa Maserung, die sich von den grünen Hügeln hinab ins türkisblaue Wasser ergossen. Die Kameras würden daraus einen bunten Kindervulkanausbruch machen. Bei der Ankunft am Set gab es spitze Freudenschreie, die Mitglieder der Filmcrew, die im April noch nicht hier gewesen waren, waren entzückt. Selbst der sachliche Czmajduk war in diese Naturkulisse verguckt, nur Pleystein machte gelangweilt: »Pff, kennst du einen Strand, kennst du alle.« Er hatte bis zum Überdruss an malerischen Stränden gearbeitet. Wahrscheinlich gab es keine Bucht in ganz Cornwall, in der er noch keine Liebesszene gedreht hatte. 'ne Knutscherei im finsteren Bunker, ja, *das* wäre mal was Neues, dachte er, bevor ihm seine Rolle als nachdenklicher Nazi wieder einfiel. Mist, im Bunker auch schon.

Alle hielten ihre Handys hoch, bis die Kameraleute schrien: »Jetzt lasst mal die Erwachsenen ran«, und jeden bis auf Pleystein und die Darstellerin der älteren Betty aus dem Bild jagten. Sie hatten nur knapp fünf Stunden für die Schlussszene, bis zur Flut mussten sich Hans und Betty auf dramatische Weise ausgesprochen und anschließend einander ihre Liebe erklärt haben. Sehr viel Text. Cosmas überflog den Dialog, während ihm

seine Koteletten angeklebt wurden. Trotz des windigen Surf-
wetters hatte er heute noch kein einziges Mal »Scheiß-Surfer«
gedacht, und wenn er hochsah, grüßte ihn sein umwerfendes
Spiegelbild. In der Nacht hatte er überraschend gut geschlafen,
mindestens sieben Stunden am Stück, und überhaupt nicht ge-
träumt. Er hatte Kati Susanns Grüße nicht ausrichten können.

Dem Regisseur schwebte für die große Liebes- und Versöh-
nungsszene weniger eine Unterhaltung als ein Ballett vor: Er
ließ Hans und Betty barfuß im seichten Wasser planschen,
über malerisch rosa Felsbrocken klettern, sich trennen und
wiederfinden. Bei den Proben musste Pleystein auf Dutzende
Markierungen achten, seine Schritte zählen, nicht zu schnell,
nicht zu langsam sein, damit nicht versehentlich eine Kamera
ins Bild geriet. Er nahm an, dass selbst Schneider den grotti-
gen Dialogen misstraute und hoffte, sie würden sich vor der
prächtigen Kulisse versenden und im Äther verschwinden wie
ein verhaspeltes Wort im Radio. Mit dieser Hoffnung wären
sie dann schon mal zu zweit, denn Cosmas hatte seine Zeilen
so schlampig gelernt, wie *Der Liebe ist im Krieg alles erlaubt* es
verdiente. Die Darstellerin der Betty, eine ältere Ausgabe von
Valeria McBride, sozusagen die voll erblühte *English Rose,*
sprach ihren Part routiniert herunter, allerdings auf eine recht
schnippische, kühle Art. Cosmas war ihr am Morgen bei den
Proben zum ersten Mal begegnet; sie hatte behauptet, in einer
Folge von *Schloss Cranberthmoor* mitgespielt zu haben, und
nahm es ihm übel, dass er sich nicht an sie erinnerte. Er spielte
mit lässigem Pleystein-Charme über den Kolleginnenfrust
und seine Textlücken hinweg.

Ständig wurden die Aufnahmen unterbrochen, und die
Requisiteure eilten herbei, um die Felsen gleichmäßig nass

zu halten, sodass ihre Maserung weiterhin kräftig blau-rosa schimmerte.

In einer Pause trat Bernd Czmajduk zu ihm. »Versuch doch mal, *nicht* die ganze Zeit zu lächeln.«

Der Hinweis kam als kalte Dusche. Cosmas fand zwar, dass der Film nicht der Mühe wert war, aber gekränkt war er dennoch – ein Kameramann hatte ihm gar nichts zu sagen. In der nächsten Pause achtete er darauf, Czmajduk aus dem Weg zu gehen, und spazierte mit seiner Soja-Chai-Latte alleine an den Strand, was wiederum der Maskenbildnerin nicht recht war: »Wenigstens ein Hut gegen die Sonne!« Sie ließ ihn erst ziehen, nachdem er ihn aufgesetzt und obendrein mit Sunblocker eingecremt war. Der Saum des Wassers kroch bereits wieder näher.

Cosmas stellte sich vor, wie Kati hier auf ihren »Ficktöppen« über die bunten Felsen stakste und Selfies von sich im Pareo und von sich und Ian schoss. Der Strand von Trebarwith lag direkt am *Atlantic Highway*, gar nicht mehr so weit von Bristol entfernt. Kati musste ihn gekannt haben. Sie und ihr Freund waren unter Garantie zusammen hier gewesen. Ian, dieser Surferarsch, hätte Kati natürlich wegen der romantischen Stimmung hergeschleppt, damit sie bei Sonnenuntergang Pilze und Pillen oder Trips und was nicht alles einwerfen und hinterher auf den blau-rosa Steinen rummachen konnten – eigentlich genau wie Hans und Betty, dachte Cosmas plötzlich. Wahrscheinlich hatte seine Schwester Hans' und Bettys Versöhnung am Strand sogar mit eigenen Erfahrungen ausgeschmückt.

Erst als der Dreh weiterging, fiel Cosmas wieder ein, dass dieser Teil der Handlung gar nicht von Kati stammte.

Pünktlich zum Drehschluss wehte ein appetitlicher Duft von warmen Pasteten über die Klippe. Nach der spiritistischen Sitzung war Cosmas' Appetit mit einem Schlag zurückgekehrt; heute früh hatte er ein Full English Breakfast verputzt und war jetzt schon wieder hungrig wie ein Bär. Der Toningenieur, der ihm das Mikrofon abnahm, murrte über den Wind, alles müsse nachvertont werden. Beruhigend fügte er hinzu: »Bei dir ist's egal, da wird Musik drübergelegt, aber heute Abend bei Bo Starcks Aufnahmen brauchen wir den Ton.« Klar, dachte Cosmas, bei mir ist's egal, bin ja bloß der zickige Hauptdarsteller; im Geiste notierte er ins schwarze Büchlein: Tonmeister auspeitschen lassen. Dann folgte er dem köstlichen Geruch bis zur Quelle, die, wie kaum anders zu erwarten, nicht der Stand des Caterers von Studio Black Tomato war, sondern ein Wäschekorb voll frischer *Cornish Pasties*, die Bo Starck gerade beim Bäcker geholt hatte.

»Ich fass es nicht! Das ist ja so was von geschmacklos!« Melek Ermiş' buschige schwarze Augenbrauen bildeten Buckel wie zwei böse Kater, die einem Hund begegneten – und der Hund, das war dann wohl Bo Starck. Abgesehen von dem Wäschekorb war seine gesamte Erscheinung wieder einmal so schneidig, wie es sich ein Nazi-U-Boot-Kommandant nur wünschen konnte: breitbeinig, in Stiefeln und Lederjacke, das U-Boot-Käppi schräg im künstlich verfilzten Haar, stand Bo da, mit demselben draufgängerischen Lächeln, das Melek beim Vordreh noch süß gefunden hatte. Doch was man im April mag, muss einem im Juni nicht immer noch gefallen.

»Ihr seid so zum Bäcker rein?«, sagte Melek zu dem Fahrer, der Bo zum Strand gebracht hatte. »Das ist total daneben.«

Der Fahrer, der einen Sonnenbrand auf der Nase hatte und wie Bo leicht nach Skunk roch, zuckte nur die Schultern und grinste. Er kam vom Surfen mit Bo und Valeria. »Hab ja versucht, ihn aufzuhalten, aber das hat ihn nur noch mehr angestachelt. Hab ihm immerhin die zwei British-Army-Statisten hinterhergeschickt, damit er nicht gelyncht wird.«

Gerade, als sich Cosmas grinsend eine von Bos Pasteten greifen wollte, kam Czmajduk und rief: »Auf, Miss Sophie! Husch, ein letztes Mal in die Maske. Wir haben grad noch Zeit für ein paar schöne Schnittbilder!«

Eintrag in Cosmas' schwarzes Büchlein: Bo Starck durfte sich also am Strand von Bude einen schönen Tag machen, während er hier herumgehetzt wurde. Aber der Kameramann versuchte offenbar immer noch, seinen Film zu retten.

Er legte Cosmas einen kurzen, behaarten Arm um die Schultern und schüttelte ihn aufmunternd. »Jetzt sieh dir nur diese Wolkenbildung an! Das gibt prächtige Bilder!«

Froh, dass sie sich wieder vertrugen, folgte ihm Cosmas ohne Murren auf die Klippen. Jedes Mal, wenn er es wagte, den Blick vom Boden zu heben, verschlug ihm die Landschaft den Atem. Über dem Meer war die Wolkendecke aufgerissen und zeigte dramatische Formationen in Schattierungen von bläulichem Weiß bis Anthrazit. Dazwischen gab es weite, tiefblaue Flächen, unter denen das Wasser türkis schimmerte. Die Küste war eine Zickzacklinie in Grün, Schwarz, Blau. Felseninseln ragten wie Trittsteine von Riesen aus der Brandung und zogen eine gepunktete Spur neben dem Festland her. Zwischendurch regneten sich eilige Wolken minutenlang über ihnen ab, sodass Czmajduk immer wieder die Kameralinse trocken wischen musste. Als sie endlich zum Strand zurückkehrten, gab es zwar keine Pasteten mehr, aber zur Abwechslung schimpfte Aruni Gupta gerade mal mit Bo Starck. Der ließ ihren Vortrag über angemessenes Verhalten am Set stumm über sich ergehen, doch seine blitzeblauen Nazimatrosenaugen wanderten suchend umher. Er zwinkerte Cosmas zu, und der zwinkerte zurück. Solange Bo, die hohle Nuss, wenigstens so tat, als würde er Cosmas mögen, konnte der sich immer auf seine Seite schlagen, auch wenn er ein grauenhafter Hans war.

Melek Ermiş ärgerte sich über Pleysteins Augenzwinkern beinahe noch mehr als über Bos Benehmen. Von Pleystein, dem Scheiß-Co-Produzenten des Films, hatte sie erwartet, dass er sich wie ein Erwachsener benahm und sie ein *bisschen* unterstützte! Schmeltzer hatte Melek im Juni die gesamte Produktionsleitung übertragen, und diese Scheiß-Verantwortung hätte sie sehr gern mit Pleystein geteilt. Doch schon beim ersten Problem war der ja fröhlich durch die Pubs gezogen, anstatt mit ihr im Dauerregen in der Baracke auf dem Parkplatz über den Plänen der Disposition zu brüten. Und kaum war es ihr gelungen, den verlorenen Drehtag aufzufangen, hatte Pleystein Starallüren entwickelt – und als Krönung obendrein unter Mordverdacht gestanden. Sein tagelanges Abtauchen hatte ihr Budget endgültig gesprengt. Jetzt träumte sie nachts nur noch von Excel-Tabellen und rechnete sich im Schlaf durch Zahlenkolonnen. Als gäbe es keine schöneren Gründe, im Bett wach zu liegen. Doch Melek war fest entschlossen, sich künftig sehr professionell zu verhalten und keiner weiteren Einladung auf Bos Zimmer zu folgen. Und was Bos heutiges Verhalten betraf, schlussfolgerte sie mit der Logik der Verliebten, so lag das nicht an seiner mangelnden charakterlichen

Reife, sondern an Valeria – Bo führte sich nämlich nur dann so auf, wenn das britische Starlet am Set war.

Der Regisseur beendete die Pause mit der Drohung, dass er und die britische Navy Bo Starck jetzt Dreck fressen lassen würden.

Doch der winkte nur ein fröhliches Okay und schlenderte nicht zu Valeria – sondern zu Melek hinüber. »Ahoi, schöne Frau, haben wir noch Zeit für eine Versöhnung im Sonnenuntergang …?«

Sie warf ihr langes Haar über die Schulter zurück und musterte Bo mit gesträubten Katerbrauen. Als müsste sie noch überlegen.

Pleystein, der inzwischen richtig hungrig war, ging zum Imbisswagen des Caterers und durchstöberte das Angebot.

»Gib's auf.«

Jemand hatte ihn ungeduldig beiseite geschoben, um einen Tee zu bestellen. Cosmas wandte sich um und erkannte die Location-Scoutin.

»Hier gibt's nur noch Scotch Eggs von vorgestern«, grinste sie. Nachdem sie ihren Teebecher entgegengenommen hatte, blieb sie stehen, um kopfschüttelnd zu beobachten, wie Pleystein resigniert in ein hart gekochtes, in runzligem Hackfleisch frittiertes Ei biss. Sie kniff die Augen zusammen. »Ich hab gehört, du bist der Bruder von der Frau, die das Drehbuch geschrieben hat?«

Cosmas schob sich gerade die zweite Hälfte eines zweiten Scotch Eggs in den Mund und konnte bloß nicken. Er hätte gewettet, dass die Scoutin in der vergangenen Woche noch ganz andere Sachen über ihn gehört hatte.

»Willst du wissen, an welchem Pub deine Schwester den Typen getroffen hat? – Wenn du Zeit hast, kann ich ihn dir noch zeigen, bevor ich fahre.«

Die Scoutin führte Cosmas zurück auf den Klippenpfad, auf dem er vorhin mit Czmajduk gedreht hatte. Nachdem sie die Klippe umrundet hatten, bemerkte Cosmas unten einen winzigen Hafen, auf den er vorhin nicht geachtet hatte. Vor der Ausfahrt erhob sich, wie ein Wal in einem Kinderbuch, ein riesiger, schwarz glänzender Felsen aus dem Meer, von Hunderten Vögeln umkreist. Ihr Gekreisch war bis zur Küste zu hören. Es roch nach Ozon. Als sie näher ans Wasser hinunterkletterten, spürte er die Brandung als feines Prickeln im Gesicht. Aufschäumende Gischt wurde von Windböen hochgeschleudert und landete in schaumigen Flocken zu seinen Füßen. Die Hänge waren felsig, rau, mit Gestrüpp bewachsen. Am Wegrand blühte ein später Stechginster. Kokosnussduft, dachte Cosmas aufgeregt, ja, davon hatte Kati immer erzählt – als ob das für den Film wichtig gewesen wäre. Es war bloß ein Pub, den er gleich sehen würde, doch es fühlte sich an, als wäre er unterwegs zu einem Treffen mit Kati. Vergangene Nacht war ihm seine Schwester zwar nicht im Traum begegnet, aber jetzt, bei Tag, war sie endlich wieder zurück.

Die Scoutin führte Pleystein in ein merkwürdiges Hafendorf, in dem es zwar Wasser, aber kein Meer gab. Die Ausläufer zweier Klippen schlossen sich wie Arme um die Bucht und ihr winziges Häflein und verhinderten den Blick hinaus. In das Hafenbecken, das eher wie ein Bergsee wirkte, mündete ein kleiner Fluss, und rechts und links dieses mickrigen Gewässers drängte sich je eine Reihe granitgrauer Lagerhäuser und Fischercottages mit Souvenirshops und Cafés. Vor einem dieser Cafés blieb die Scoutin unvermittelt stehen. »Das ist der Pub.«

Es war ein gewöhnliches Touristencafé. Wegen der späten Uhrzeit waren die Stühle auf der Terrasse bereits gestapelt und festgekettet. Ungläubig presste Cosmas das Gesicht an die versperrte Tür und blickte hinein. Birkenholzstühle, Selbstbedienungstheke, ein weißer Kühlschrank. Von Hans' Aura keine Spur, geschweige denn von Katis; »No Smoking«-Schilder standen neben dem Eingang.

»Nein, das kann es nicht sein«, sagte er bestimmt.

Doch die Kornin nickte. »Für die Location-Suche habe ich die Aufzeichnungen deiner Schwester bekommen. Ich bin sicher: Das *ist* ihr Pub – oder war es jedenfalls vor 2004.« Sie zeigte Cosmas das kuriose Hexenmuseum neben dem Pub, das Kati in ihren Aufzeichnungen erwähnt hatte. »*Museum of Witchcraft and Magic*« hatte sie spöttelnd mit »Hexenkraft und Maggi« übersetzt (dabei war ihre seltsame Surferclique damals selbst esoterisch angehaucht gewesen). »Deine Schwester war vor der großen Sturmflut hier. Im Jahr 2004 ist das gesamte Dorf zerstört worden, hier unten im Hafen war alles weg, sogar Prince Charles ist zum Gucken gekommen. Der National Trust hat inzwischen alles originalgetreu wiederaufgebaut.«

Es gab also keinen Zweifel: Hier war seine kleine Schwester dem echten *Hans* begegnet. Vor *diesem* Pub hatte sie geraucht und war mit einem alten deutschen Touristen ins Gespräch gekommen.

»Ist schon verdammt schön hier«, hatte der Alte gebrummt, aber, als Kati ihm überschwänglich zustimmen wollte, abgewiegelt: »Nee, nee, für mich ist es mit Sicherheit schöner als für Sie.« Er hatte zur Hafenmole gezeigt, da draußen habe damals sein U-Boot gelegen. Im Krieg. Der Alte hatte mit seiner

Frau jahrelang Cornwall bereist, bis er endlich (die Frau war vor Kurzem gestorben) die Kneipe wiedergefunden hatte. Von seiner Frau hatte er nur als »der Frau« gesprochen, doch Kati war sich hundertprozentig sicher gewesen, dass er sie geliebt hatte und sehr vermisste. »Die Frau wäre ja lieber mal nach Mallorca gefahren, aber sie ist immer brav mitgekommen, den halben Coastal Pathway sind wir gewandert, von Newquay bis Clovelly und zurück. Jetzt hat sie's nicht mehr miterlebt, wie ich den Ort doch noch gefunden hab.«

Der pensionierte U-Boot-Spion hatte Kati hinter den Pub geführt – ein Schuppen, ein Klippenpfad, Ginsterbüsche, die nach Kokos rochen. Alles war noch so gewesen, wie der Alte es in Erinnerung hatte: Ginster, Aussicht, Felsen, Mond, die See, der scharfe Wind. Nur *er* hockte jetzt nicht mehr bang und durstig hinterm Schuppen, sondern konnte in Frieden sein Ale *vor* dem Pub trinken. Als sie krachend mit ihren halb leeren Pintgläsern anstießen, hatte Kati ergriffen »Auf den Frieden« gesagt, worauf er nur eine wegwerfende Geste gemacht hatte, als ob es ihm leidtäte, sich vor ihr so aufgespielt zu haben. Anschließend hatte er sich ziemlich lange geräuspert und das Bier im Glas herumgeschwenkt, bevor er endlich grob geantwortet hatte: »Diese Katzenpisse hier – dafür hat es sich doch eigentlich nicht gelohnt, was?« Kati hatte nicht gefragt, was er meinte, den Frieden oder was anderes. »Wenn ich als junger Kerl gewusst hätte … Die Frau hat das auch nie verstanden.«

Jahre später, als Kati in Berlin an ihrem Drehbuch schrieb, konnte sie sich nicht mehr an den Namen des Alten erinnern, weshalb sie ihn Hans getauft hatte, wie den Bruder aus *Hänsel und Gretel*.

Also dieses öde Touristencafé war der magische Ort, zu dem sich der alte Hans, als er jung war, immer wieder geschlichen hatte, viele Nächte lang und unter großen Gefahren? Selbst vor der Flut konnte der Pub nicht besonders imposant gewesen sein, und ohne die Möwen hätte man sich hier in einem Mittelgebirgstal geglaubt, an dessen Ausgang ein Teich aufgestaut war. Cosmas hasste es, wenn die Realität hinter seinen Erwartungen zurückblieb. Hans' Pub, *Katis* Pub, an dem alles seinen Anfang genommen hatte, dazu der winzige Hafen ohne Meer: Das alles war so nichtssagend – kein Ort, der sich unauslöschlich einbrannte, den man bis ans Ende seines Lebens nicht vergaß und für den man sonst was auf sich nehmen würde, um ihn wiederzufinden. Um wie viel glaubwürdiger war dagegen der Film-Pub von *Der Liebe ist im Krieg alles erlaubt*. Das Barton Inn mit seinem düsteren, verwinkelten Gebäude erzählte Geschichten, Geschichten von den Menschen, die ein Bollwerk gegen das gefräßige Meer errichtet hatten, von Menschen, die in schweren Zeiten hierherflüchteten, um sich gegenseitig Trost und Wärme zu spenden. *Das* war ein Pub, an den man sich auch nach fünfzig Jahren noch erinnern würde! – Was hatte Kati ihm da bloß erzählt?

Cosmas brauchte etwas Zeit für sich. Er ließ die Location-Scoutin alleine zurück zum Set klettern und schlenderte zum Ende der langen Hafenzeile, wo der Bach unter einer Brücke verschwand und das eigentliche Dorf begann. Wie in der Bucht vom Barton Inn lag auch hier direkt hinter der Brücke ein großer, verwinkelter Gasthof. In einem Nebengebäude war sogar eine Galerie untergebracht, COOP-ART, las Cosmas. Das Wellington war Hotel, Restaurant und Bar zugleich. Hier oder in einem anderen Pub in diesem Ort wollte Kati dem deutschen Rentner noch einmal begegnet sein, auf einem Gesangsabend. Bei dieser Gelegenheit habe »Hans« zu ihr gesagt: »Es ging ja gar nicht ums Bier. Da war so ein Lied, das sie immer gesungen haben, das hätte ich einfach gerne noch mal gehört.« Er hatte eine kaputte, halbe Melodie gesummt. »Na ja, so ähnlich. Wird hier wohl keiner mehr kennen.«

Cosmas betrat das Wellington durch den Restauranteingang. Von einem Kellner wollte er wissen, ob es hier wenigstens die Gesangsabende noch gab, bei denen seine Schwester »Hans« noch einmal begegnet sein wollte – oder ob Kati auch hier die Fantasie durchgegangen war.

Zu Cosmas' Überraschung nickte der Mann und zeigte mit dem Daumen in die hinteren Räume. »Wenn Sie sich beeilen, finden Sie noch 'nen Sitzplatz. Die *Buoys* fangen gleich an.«

Die *Buoys*, die Bojen, waren ein trinkfester Männerchor, der kornische Seemanns- und Bergmanns-Lieder zum Besten gab, und ihr Probenraum war der Tresen des Wellington. Als Cosmas den *Tap Room* betrat, war er bereits brechend voll. Zwei Dutzend Leute umstanden den Tresen, schwer zu sagen, wer zum Chor der *Buoys* gehörte und wer nur zum Trinken hier war. Da Cosmas immer noch Hunger hatte, ging er zurück in den vorderen Gastraum und bestellte ein Curry; gerade als sein Essen eintraf, stimmte der Tresen-Chor das erste Lied an.

Im Kamin brannte ein kleines Feuer – weniger wegen des unbeständigen Wetters als für die Touristen. Die schweren Türen klappten, Leute kamen und gingen, Gläser klirrten, das Holz im Kamin knackte laut, wenn jemand im Feuer stocherte. Im Tap Room wurde beifällig gelacht, bei einigen Liedern gab es Zwischenrufe, manchmal flocht der Vorsänger Erklärungen für das Publikum ein, manchmal sang der halbe

Pub mit. Cosmas streckte behaglich die Beine aus. Satt vom Curry und beschwipst von mehreren Pints, geriet er in den Bann dieses Sounds. Selbstvergessen streichelte er sich den Bauch. Gut möglich, dass Kati dem alten deutschen U-Boot-Fahrer in diesem Pub wiederbegegnet war, vielleicht hatte sie sogar auf demselben Platz wie Cosmas heute gesessen. Möglich auch, dass Kati und der Rentner, die ja keine sechzig Jahre nach Kriegsende hier gewesen waren, sogar noch *dieselben* sangesfreudigen Kornen gehört hatten, die der Rentner als junger Marinesoldat belauscht hatte. Ein plötzlicher Schwindel erfasste ihn, und beinahe wären ihm die Tränen gekommen: Endlich hatte er *Kan Werin* gefunden. Hier waren die Sänger, hier waren die Lieder für Katis Film. In der aufwallenden Rührung vergaß Cosmas, was für eine Schmonzette aus dem Film geworden war und dass er im Exil in den Brombeeren beschlossen hatte, es der Produktion von *Der Liebe ist im Krieg alles erlaubt* so schwer wie möglich zu machen. Vielleicht würde ja doch noch alles gut werden. Er verschickte euphorische Textnachrichten an Czmajduk, Aruni, Melek und, über Meleks Nummer, auch an den Tonmeister, der seine Ausrüstung mitbringen sollte.

Als die *Buoys* eine Pause einlegten, stellte Cosmas sich ihnen als deutscher Filmproduzent vor. Er sagte, er sei auf der Suche nach authentischen Seemannsliedern für seinen Film, verteilte Orion-Visitenkarten und spendierte eine Runde Bier, worauf ihm die Sänger ein Ständchen brachten:

»*Well Cornish lads are fishermen / And Cornish lads are miners too / But when the fish and tin are gone / What are the Cornish boys to do? / The hammer of the auction man / Is the only sound we soon will hear / And visitors will make the noise*«, an der Stelle änderten die *Buoys* den letzten Vers ab in: »*And order drinks* for *Cornish boys.*«

Johlend erhoben die Bojen ihre Gläser und tranken auf Cosmas, der die Arme hochriss wie ein Champion. Es wurde sehr gemütlich. Später am Abend, als die vielen Räume des Restaurants und des Pubs sich allmählich leerten und nur noch im Tap Room Zuhörer saßen, schrie es plötzlich hinter Cosmas: »Ahoi, mein Käpt'n Hans!«, und Bo Starck, Aruni Gupta, Melek, der Tonmeister sowie fast alle Regie-, Kamera- und Tonassistenten drängten sich herein. In Trebarwith hatten sie offensichtlich Drehschluss. Bo Starck sah sich anerkennend um. »*Nice.*«

Eine Runde Getränke für die Filmer wurde bestellt. Die Buoys begriffen, dass das jetzt Business war, und gaben ohne Ende Zugaben. Ein Lied handelte von dem Glück, Christ und Korne zu sein. Unter den Sängern (und ihren Zuhörern) waren zwar kaum Christen und herzlich wenig gebürtige Kornen, doch das Stammpublikum sang inbrünstig mit. Es folgte ein anstößiges Lied über die Tochter des Käpt'ns, die es mit jedem Matrosen trieb. Nach jedem Lied trommelten die Deutschen vor Begeisterung mit den Pintgläsern auf den Tisch. Aruni Gupta tauschte Visitenkarten mit dem Chef der Buoys, und der Tonmeister durfte ein Aufnahmegerät mitlaufen lassen. Bo, diese Blitzbirne, lehnte sich weit im Stuhl zurück und suchte Cosmas' Blick: »Halloooo! Sollten wir da etwa Hans' Sänger hören? Und Hans' Lied?« Nur Melek fand den Hype um die Sänger übertrieben, außerdem seien die Lieder sexistisch.

Aruni Gupta grinste: »Dabei hast du wahrscheinlich nicht mal die Hälfte der Anspielungen verstanden.«

Bo sagte: »Boah, Melek, mach mal halblang«, worauf Melek extra klar prononciert wie eine Nachrichtensprecherin wiederholte: »Sexistisch, rassistisch und bigott.«

Aruni Gupta zuckte gelassen die Schultern: »Passt doch perfekt in den Film. In die gute alte Zeit.«

Bo legte seinen Arm um Meleks Lehne und brachte sein Gesicht ganz nah an ihres. »Richtig sexy, wie viele Fremdwörter du kennst.« Seine Lippen waren sagenhaft voll, und seine geraden kleinen Zähne blitzten.

Melek musste lachen, aber sie drückte Bos Mund zu einer Schnute und drehte ihn von sich weg.

Eifersüchtig beobachtete Cosmas, wie der umwerfende Bo Starck am Tresen von den Buoys angesprochen und umringt wurde. Der Junge hätte sich gar nicht auch noch die ganze Zeit durchs Haar zu strubbeln brauchen, um Cosmas einen Spiegel vorzuhalten: sein eigenes dämliches Spiegelbild vor zehn (also schön: *zwanzig*) Jahren. Doch dann erkannte einer der Sänger in Bo den Nazisoldaten wieder, der heute Nachmittag vierzig Pasteten bei ihm geordert hatte. Man schrie und knuffte ihn, bis die Stimmung beinahe gekippt wäre. Später wollte der Bäcker von Pleystein wissen, ob Bo sein Sohn sei. »He's your spitting image.« Der gab sich entsetzt: *So* gut sah Bo nun auch wieder nicht aus – außerdem sei er, Cosmas, zu jung für einen erwachsenen Sohn. Aber Barry, der Bäcker, war kaum älter als er und hatte schon Enkel. Cosmas mimte erneut Entsetzen. Barry lachte herzlich und klopfte ihm auf die Schulter: was für ein schlechter Schauspieler.

34

Wenige Tage später fiel die letzte Klappe für die Außenaufnahmen, und Orion und Black Tomato luden alle Filmleute zu einem großen Barbecue im Barton Inn. Melek nannte das Fest beharrlich »Bergfest«, da noch zehn Drehtage in den Babelsberger Studios vor ihnen lagen, doch für die Briten war es der letzte Tag, und ihnen war es einerlei, wie die Party hieß. Bei Mrs. Guptas Politik der Austerität waren sie froh, überhaupt etwas spendiert zu bekommen, egal, zu welchem Anlass. Die Crew hatte dann auch gar nicht erst auf Schneiders letzten »Gestorben!«-Ruf gewartet, um mit dem Feiern zu beginnen. Ab dem Nachmittag sammelten die Leute sich am Strand unterhalb des Barton Inn und tranken das Bier, das sie sich selbst im Spar besorgt hatten. Als um sechs Uhr der Duft des Grillfleischs von der Terrasse wehte, blieben am Strand nur noch fachsimpelnde Kameraassistenten, knutschende Pärchen und ein einsamer Cosmas Pleystein zurück. Der Rausch, Hans' Sänger gefunden zu haben, hatte ihn durch die letzten Tage getragen. Da Aruni Gupta ihr Okay bereits gegeben hatte, war auch der Regisseur einverstanden gewesen, die *Buoys* zu engagieren und alle Kneipenszenen mit dem Sound aus dem Wellington zu hinterlegen. Cosmas hatte sich ein paarmal mit Barry, dem Bäcker, getroffen und ihn zum »Bergfest« ins Barton Inn eingeladen.

Aber nun war die schöne, künstliche, elektrische Erregung plötzlich erloschen, als hätte jemand einen Stecker gezogen.

Cosmas ließ Sand durch die Finger rieseln und fühlte sich seltsam taub. Er wusste nicht mehr, was er von *Der Liebe ist im Krieg alles erlaubt* halten sollte. Je länger er sich in Orions gruselige Version von *Kan Werin* verstrickt hatte, desto unsicherer war er in Bezug auf die ursprüngliche, *wahre* Geschichte geworden. Kati hatte ja nicht einmal den wahren Namen ihres Protagonisten gekannt. Was hatte sie noch, abgesehen von Hans' Namen, erst später dazuerfunden – ob aus Empathie oder verblassender Erinnerung? Welche Teile vom Bericht des Alten stimmten überhaupt? Vielleicht war der echte Hans ja ein beinharter Nazi auf einer *sentimental journey* gewesen. Oder ein vereinsamter Rentner, der sich alles nur ausgedacht hatte, um einer jungen Frau zu imponieren. Konnte ein Soldat wirklich mitten im Krieg von einem Lied zutiefst und bis an sein Lebensende erschüttert werden – oder nicht doch eher von einem hübschen Mädchen? Orions *Der Liebe ist im Krieg alles erlaubt* mochte aus Zufall der Wahrheit näher kommen als Katis *Kan Werin*. Philipp hatte recht, dachte Cosmas, der Name war wirklich bescheuert. Er ließ die Sandkörner langsam zurück zu ihren Milliarden Mitkörnern rieseln. Seine leere Hand blieb ein bisschen klebrig vom Salz. Dann stand er auf und ging zum Wasser.

Er hatte tatsächlich drei Wochen im Sommer am Meer verbracht, ohne ein einziges Mal baden zu gehen. Kurz entschlossen zog er sich bis auf die Unterhose aus und stakste ins Wasser. Bis zu den Schenkeln war es angenehm kühl, aber dahinter war die Bucht doch nicht die Badewanne, nach der sie ausgesehen hatte. Wegen der Zuschauer am Strand (Bo, Valeria und Melek) wollte sich Cosmas keine Blöße geben, daher kehrte er nicht um, sondern wanderte parallel zum Strand im

Knietiefen weiter. Immer wenn der Wind die Wasseroberfläche kräuselte, setzte sich das Gekräusel auf Cosmas' nackter Haut fort. Bo Starck, der Pleysteins Verhalten als Einladung deutete, ließ seine *Ladys* am Strand sitzen und sprang zu ihm ins Wasser. Befriedigt stellte Cosmas fest, dass auch dem Jungen das Meer zu kalt war: Bos löwenmäßiges Freudengebrüll war doch eigentlich nur ein kaschiertes, zimperliches Wehgeschrei. Da er sich aber nicht lumpen lassen wollte, ließ er sich mit zusammengebissenen Zähnen ebenfalls hineinfallen. Er schwamm eine hastige Runde hinaus – sie kraulten, Bo gab das Tempo vor –, dann kehrte er um. Am Strand zog Cosmas den nassen Slip aus und steckte ihn in eine Jackentasche, dann wischte er sich mit festen Handstrichen das Salzwasser vom Körper und zog sich schlotternd wieder an. Die Jeans klebte auf der Haut.

Auf dem Parkplatz traf er Melek, die schon zurück ins Hotel wollte. Beinahe hätte er sich ihr angeschlossen, aber Bo Starck, dem es allein im Wasser zu langweilig geworden war und der ihnen mit Valeria gefolgt war, rief mit blauen Lippen: »Alter, jetzt sei du nicht auch noch so 'ne Spaßbremse! Jetzt wird gefeiert, komm!«

Melek war bereits in den Van gestiegen, der Fahrer ließ ungeduldig den Motor aufheulen: »Wollt ihr nun mit oder was?« Von der Terrasse wehten Grillduft, Musik und Gläserklirren herunter. Die Sache war entschieden: Die Männer gingen Spareribs essen.

In der Bar des Barton Inn fiel das letzte Licht der Sonne waagerecht blendend durch das schiffsheckartige Ende, und die beiden Schauspieler mussten im Eingang stehen bleiben, bis sie sich daran gewöhnt hatten. Gleich neben der Tür spielte eine Band für eine Handvoll Zuhörer, die meisten waren noch draußen am Grill. Am Tresen saßen ein paar ältere Einheimische, darunter Barry, der singende Bäcker. Auch der Kameramann stand dort mit seinen Leuten. Als Cosmas sich zu ihnen gesellte, klopfte Czmajduk ihm auf die Schulter. Um den Kragen herum war Cosmas' Polohemd feucht vom Salzwasser, das ihm immer noch aus den Haaren tropfte, doch Czmajduk ließ seine Hand schwer dort liegen, während er weitersprach.

»Lohmann, das war so einer, der mit der Kamera gemalt hat. Toller Mann. Hab als junger Mann mal mit ihm zusammenarbeiten dürfen. Dietrich Lohmann, kennst du?« Mehr zu Cosmas als zu seinen Kollegen meinte er: »Der hat die Bildsprache des neuen deutschen Films erfunden. Viel mit Fassbinder gearbeitet. *Effi Briest*, das war er. Ich sagte schon vorhin, den Film kannst du jederzeit egal wo anhalten – der Bildaufbau stimmt in *jedem* fucking Frame. Unfassbar! Der Mann war ein Künstler ... Hey, Miss Sophie, Bo, was trinkt ihr?«

»Dasselbe wie du, Bernd.«

Czmajduk drehte sich zum Barmann und gab eine Bestellung auf.

»Ah, Touristenbrause!« Ein schwarzhaariger Typ, so groß wie Cosmas und breiter als Czmajduk, lehnte sich schwer über den Tresen und starrte den Kameramann an. »Strongbow – Touristenplörre. Kornen trinken so was *nie*.«

Czmajduk tat, als hätte er nicht verstanden, prostete dem Kerl zu und reichte den Cider an die anderen weiter. Gemeinsam schlenderten sie zurück auf die Terrasse, um sich den Sonnenuntergang anzusehen. Martin Pennocs stierer Blick folgte ihnen; die ganze Bande hatte er doch im Haus seiner Mutter gehabt – und speziell mit den Requisiteuren hatte er noch ein Hühnchen zu rupfen. Der Barmann kam den Deutschen hinterher, um sie zu warnen: »Der ist als Schläger bekannt. Fangt keinen Ärger mit ihm an …«

»Hä? Der arbeitet doch als Wachmann im King Arthur's.« Das war Bo Starck, die hohle Nuss. Er behauptete, Pennoc aus dem Hotel in Tintagel zu kennen, wo es nur liebe fromme Angestellte gebe. Der Barmann zuckte die Achseln und verschwand wieder nach drinnen, während sich Bo weiter lobend über das Hotel und dessen »Philosophie«, wie er sagte, verbreitete. Er hatte sich neulich länger mit McGill unterhalten und: »Krass, wusstest du, dass wir nur dreißig Prozent unseres Gehirns nutzen?«

»Du vielleicht«, sagte Cosmas. Bo schloss die Augen. Als er sie wieder öffnete, fügte Cosmas schnell hinzu: »Ich maximal ein Viertel. Reicht ja auch. Jedenfalls für *Der Liebe ist im Krieg alles erlaubt bla, bla.*«

Bo ging mit Valeria tanzen, und Cosmas wurde von Emily, der Maskenbildnerin, aufgefordert. Nach zwei Liedern ließ er sie stehen. In seiner Jackentasche steckte immer noch die nasse Unterhose, und er wollte nicht, dass Emily das irgendwie merkte. Die Bar war jetzt voll. Es war laut und lärmig. Martin Pennoc waren die Gesprächspartner abhandengekommen, und als Valeria McBride ihn beiseite schob, um etwas zu bestellen, pöbelte er: »Oi, wer bist du denn, Rotschopf? 'ne kleine Irin? Wieso trinkst du kein Guinness? Ham Guinness da, nich', Pete?«

»Was trinken Sie denn?«, entgegnete die kleine Celebrity unerschrocken und wand ihren Teenagerkörper nach Filmdiven-Art.

Erfreut begann Pennoc, sein Bierfachwissen auszubreiten.

»Wie lustig«, mischte sich Bo ungefragt ein, »Cosi war doch auch mal Brauer. Cosi, komm mal her!«

Als Cosmas hörte, dass der bärige Einheimische Bierbrauer war, ergriff er dessen Hand und schüttelte sie kräftig: »Kollege! Ich war wirklich mal Bierbrauer. Hab in New York 'ne kleine Craft-Brauerei gehabt.« Zu der bescheidenen Einschränkung, dass das im vorigen Jahrhundert gewesen war, kam er nicht mehr, denn Pennoc war kein Mann, der sich von Fremden vertraulich anwanzen ließ.

»Bierbrauer? Ach ja?« Er entzog dem Schauspieler seine Pranke. »Was hast du denn so gebraut?«

Während Cosmas mit schon etwas schwerer Zunge, aber wachsender Begeisterung für seine eigene Vergangenheit von Lager und Rauchbier und Festtagsrezepturen sprach, wuchs Pennoc vor Zorn aus seinem Hemd heraus.

»Wie viel Barrel pro Braugang?«, blaffte er und stand von seinem Hocker auf, um sich Aug in Auge mit dem Schauspieler zu messen.

»Zwanzig Hektoliter, glaub ich.«

»Tss. Kleinkram. Wie viel Sude pro Woche?«

»Weiß nicht genau, zum Schluss vielleicht vier.«

»Wir acht. Welche Sorten? Den Amis konntest du ja sicher alles vorsetzen.«

Cosmas hatte Pennocs Benehmen zunächst übersehen und in unschuldigem Stolz geantwortet. Aber allmählich hatte er keine Lust mehr zu lächeln und ließ die Mundwinkel fallen. »Lager. Untergäriges. Weißbier immer. Rauchbier hab ich mal versucht. Als ich 'ne gute Kühlung hatte, auch richtiges Pils. Und du so?«

Pennoc war um das Doppelte seiner Körpergröße ange-schwollen und dabei ganz schwarz und rot angelaufen. Valeria war längst beiseite geweht worden. Auch bei Cosmas erreichte das Adrenalin im Blut allmählich eine Konzentration, die seine Hände veranlasste, sich zu Fäusten zu ballen.

Pennoc schob den Bauch noch weiter vor und pustete ihm ins Gesicht. »Hattest du in New York auch 'ne eigene Quelle? Nee, klar. Wir aber!«

Ein unkontrollierbarer, heißer Strom zog Cosmas' Ober-körper aufrecht, seine Fäuste hoben sich automatisch. Wenn er auch nur *eine* weitere Frage parieren musste, würde er Pen-nocs ausladende Wampe antitschen.

»Nur Cask oder auch Flaschenabfüllung?«

Er schob ihn von sich. Konnte auch sein, dass er ihn leicht schubste, aber das war anschließend nicht mehr von Bedeu-tung. Jeder wusste ja, wie Martin war. Sie brüllten sich an und schubsten sich gegenseitig immer fester, bis Cosmas aus-rutschte, gegen ein paar Gläser auf der Theke fiel und mit der Hand in Scherben griff. Als Pennoc zum ersten richtigen Schlag ausholte, gingen welche dazwischen. Cosmas bekam zwar eine verpasst, aber den einzigen echten Schwinger steckte ausgerechnet Bo ein, der in so etwas nicht geübt war. Er musste sich setzen. Die Thekenmannschaft beförderte Pennoc zum Seitenausgang, und jemand reichte Starck und Pleystein kalte Lappen. Cosmas' Hand blutete stark. Vorsichtig ver-suchte er, sich mit der anderen Hand die flachen Glassplitter aus der Haut zu zupfen. Er fühlte, wie sein linkes Auge an-schwoll. Sein schönes Gesicht würde morgen im Flieger or-dentlich Schlagseite haben. (Schon wieder, dachte er. Hoffent-lich waren nicht dieselben Stewardessen an Bord wie im April.)

Der Rest des Teams strömte in den Pub, um nachzusehen, was los war.

Aruni Gupta blickte vorwurfsvoll zu Pleystein. Mit dem Kerl hatte sie nichts als Ärger gehabt. »Wieso hat er sich mit Starck geschlagen?«

Schneider verdrehte die Augen und machte mit abgespreiztem Daumen und kleinem Finger eine Trinkgeste.

»Ah so, Alkoholproblem.«

Cosmas, höflicher Schönling und Lorddarsteller mittlerer Güte, widersprach nicht. Wenn er dabei war, sich einen Ruf als Raufbold zu erwerben, sollte es ihm recht sein. Vielleicht würde ihn das in Zukunft vor weiteren Rollen wie in *Der Liebe ist im Krieg alles erlaubt* bewahren. Das regelmäßige Verprügeltwerden hatte sogar etwas Kathartisches; schon beim ersten Mal, im April auf der Klippe, hatte er festgestellt, dass sich der Kummer über den verhunzten Film in körperlich angeschlagenem Zustand deutlich besser ertragen ließ. Großer Schmerz verdrängt kleinen Schmerz. Nun, beim zweiten Mal, fühlte Cosmas sich fast glücklich. Irgendwie war er sogar stolz: Es mochte dümmlich sein und machohaft, aber er hatte sich mit einem Bären gemessen – und der Bär war fort! Im Grunde konnte er Pennoc sogar dankbar sein. Eigentlich hatte er mit ihm ein richtig interessantes Gespräch über Bier geführt. Cosmas hatte seit über zwanzig Jahren mit niemandem mehr übers Bierbrauen gesprochen. Der Schwanzvergleich unter Konkurrenten hatte die guten alten Zeiten, bevor er eine Filmtussi und ein alter Sack geworden war, wieder aufleben lassen. Der Barmann war zuversichtlich, dass der Krankenwagen in weniger als einer Stunde da wäre, und reichte Cosmas ein frisches, in Eiswasser getränktes Tuch. Es war ein orangefarbenes

Fensterleder, wie Cosi mal eines fürs Auto gehabt hatte. Oder hatte Kati einen Lederrock in dieser Farbe besessen, der ihn immer an Scheibenwischtücher erinnert hatte? Er sah beides, Rock und Lappen, hyperreal vor sich, mit diesem winzigen Lochmuster und den kleinen Flusen, die aus den Löchern wehten. Vorsichtig versuchte er, die Faust zu öffnen, um den Lappen zu wechseln. Er war heiß und hatte sich mit Blut vollgesogen, und seine Handinnenfläche pulsierte, als er versuchte, die Finger zu bewegen. Aus mehreren Schnitten quoll erneut Blut. Grimmig sah er weiter hin, obwohl ihm dabei leicht übel wurde.

Es war ganz richtig, dass er umso lädierter wurde, je kaputter man den Film machte. Er konnte Katis schadenfrohe Lache förmlich hören. Lach nur, dachte er, während er sich bückte, um auf dem Boden nach seiner Sonnenbrille zu suchen. Wahrscheinlich werde ich am letzten Drehtag in Babelsberg auch noch von einem Fahrradkurier angefahren oder vor die S-Bahn geschubst, und sie müssen mir was amputieren. Aber dann sind wir quitt, Kati.

V

Ein neuer Pott wird getöpfert

35

In Camelford kehrte nach der Abreise des Filmteams wieder der Alltag ein. Über die Victoria Road floss der sommerliche Urlaubsverkehr, doch die Touristen hielten nach wie vor nicht an, und der kommunale Parkplatz blieb verwaist wie ein zahnloser Mund beim Gähnen. Tiefe Wolken hingen über der Stadt, und als die Schulferien begannen, zog prompt ein Geschwader Regenwolken seine Ladung über dem Moor zusammen, um stündlich einen erfrischenden Guss auf die Kinder von Camelford hinabzuschicken.

Das Brombeergebüsch, das voller Blüten gewesen war, als Pleystein in Suns Caravan gewohnt hatte, trug inzwischen große, saftige Beeren, süße und bittere, saure und vollreife mit kratzigem alkoholischem Aroma. Sun kostete eine Handvoll davon, als sie einen Altkleidersack zum Caravan schleppte. Sie wollte die Kleidung bis auf Weiteres hier oben deponieren, solange sie noch nicht entschieden hatte, ob sie sie lieber Oxfam oder der British Heart Foundation spenden sollte. Seit dem Auszug des deutschen Schauspielers war sie nicht mehr hier oben gewesen, und deshalb entdeckte sie auch erst jetzt die drei schönen bunten Zwanzigpfundnoten, die Cosmas Pleystein im Caravan zurückgelassen hatte. Er hatte die Scheine, die gesamte Barschaft seines Portemonnaies, kurz vor der Abfahrt (seiner *Zuführung*) zusammen mit der abgezogenen Bettwäsche ordentlich auf dem Kopfkissen platziert. Über diese

Entdeckung war Sun so verblüfft, dass sie zusammen mit dem Geld auch den Altkleidersack wieder mit ins Haus nahm, wo sie ihn geistesabwesend auf der Treppe deponierte. Was konnte sie mit dem unverhofften Geldsegen anstellen? Eigentlich war er viel zu schade, um damit bloß den Tank oder den Kühlschrank zu füllen. Zum Nachdenken ging sie in den hellen vorderen Raum und ließ sich auf dem Klavierhocker nieder, der einzigen freien Sitzgelegenheit im Salon. Sie konnte sich von Pleysteins Geld ein zweites Didgeridoo kaufen. Sie konnte auch den Schreiner beauftragen, ein Podest für die immer noch unverkaufte Maya-Pyramide herzustellen. Oder sie kaufte Martin Pennoc die Tierfigürchen aus Muranoglas ab.

Auf dem Klavier standen die Noten der Lieder für den nächsten Gottesdienst in Davidstow und dahinter ein paar Mozart-Etüden. Sun verbrachte einen langen, müßigen Nachmittag mit glücklichen Gedanken und Klavierspiel, ganz so, als wäre sie die Heldin eines Jane-Austen-Romans. Am Abend ging sie noch einmal nach draußen, um Brombeeren für Marmelade zu pflücken. Die Sonne war herausgekommen und wärmte das Land, golden leuchtete der Hügel. Wieder im Cottage, schob Sun alle Fenster hoch, und während die Beeren auf dem Herd köchelten, mischte sich ihr süßer Geruch mit der würzigen lauen Sommerluft. Sun beschloss, das gefundene Geld der Seenotrettung oder dem Tierheim zu spenden. Aus dem Atelier holte sie sich ein paar missratene Pötte, die sich gut als Einweggläser eigneten, und beim Einfüllen der blubbernden Brombeermasse – ein Töpfchen für ihre kranke Freundin in Delabole, ein Töpfchen für Bob, ein Töpfchen für die Teepause des SAS-Orchesters, eins für Gordon Lewes –

hatte Sun das Gefühl, dass an ihr vielleicht doch eine echte Haushaltsfee verloren gegangen war.

Cosmas Pleystein war unterdessen mit lädiertem Gesicht, unbrauchbarer Hand und ruiniertem Film aus Cornwall zurückgekehrt. Zu Hause hatten ihn das vertraute Ledersofa, die Espressomaschine und das Bügelzimmer erwartet. Der sehr müde Heimkehrer räumte ein paar frische Lebensmittel in Katis Kühlschrank, warf einen Armvoll Schmutzwäsche in Katis Waschmaschine und ließ einen doppelten Espresso aus Katis Maschine in Katis Surfbecher laufen. Es waren gute, vertraute Dinge, die jetzt endlich keine Aura mehr umgab, die sich endlich von ihm gebrauchen ließen, ohne Missbilligung oder Tadel auszustrahlen. Auch die weiße Couch war bequemer, als Cosmas sie in Erinnerung hatte. Noch bevor er seinen Kaffee ausgetrunken hatte, nickte er auf dem Sofa ein, und der Surfer zog die Badehose wieder hoch.

Wenige Tage später meldete sich Barry, der singende Bäcker, per Skype in Berlin. Barry war genervt: Der potenzielle Filmruhm der *Buoys* hatte seinem kornischen Männerchor bislang nichts als Arbeit verschafft.

»Musstest du dich schon mal mit Musiklizenzrecht rumschlagen?«, fragte er Cosmas. »Hast du je von Eurimages und den Standardklauseln bei der Übertragung von Interpretenrechten für europäische Co-Produktionen gehört?«

Nein, gestand Cosmas fröhlich. Er saß barfuß in Shorts vor seinem Rechner und fächelte sich mit einem Pizza-Flyer Luft zu. Nachdem Barry stellvertretend für die *Buoys* seinen Ärger losgeworden war, wechselte er zum eigentlichen Grund seines Anrufs.

»Wollte nur mal hören, ob du dich schon von deiner Prügelei erholt hast. Also los, zeig mir deine Wunden, Veteran!«

Das lila Veilchen unter Cosmas linkem Auge war so gut wie verblüht, aber die vielen kleinen Schnitte in der Hand waren immer noch hellrot entzündet. Cosmas hielt seine Hand vor die Kamera. Dass Barry davon nicht beeindruckt war, musste wohl an der verpixelten Übertragung liegen. »Ja, ja, ihr Hunnen ändert euch wohl nie, kommt immer nur nach England, um brave Brits zu hauen, was?« Der Bäcker grinste und öffnete sich ein Bier. »Feindesbräu«, grinsend hielt er das Etikett vor die Kamera. Es war aus Tintagel, »von Martin Pennoc persönlich gebraut«. Nach der unvermeidlichen Fachsimpelei über deutsches und englisches Bier sprachen sie über den Bierbrauer.

»Martin hatte in den Achtzigerjahren kurz 'ne eigene Brauerei. Aber die ist bei dem Chemieunfall pleitegegangen.« Barry hatte den Skandal hautnah miterlebt, 1988 war er auf die Sir-James-Smith-Schule in Camelford gegangen.

»Anfangs hieß es bloß, das Wasser habe einen komischen Beigeschmack, man solle es mit Sirup oder Saft mischen. Aber dann klagten immer mehr Menschen, hauptsächlich aus Camelford und Bodmin Moor, über Gliederschmerzen, Beschwerden beim Urinieren, Durchfall oder Erbrechen, ihre Haut entzündete sich. Bei 'nem blonden Klassenkameraden hat sich das Haar blaugrün verfärbt!« In der Erinnerung daran musste Barry unwillkürlich grinsen, doch er wurde sofort wieder ernst. »Es dauerte zwei Wochen, bis SWW herausfand, was los war – oder zumindest, bis sie uns aufklärten: Der Lkw eines Bristoler Chemiebetriebs hatte zwanzig Tonnen Aluminiumsulfit zur Kläranlage oben in Bodmin Moor gebracht.

Der Fahrer war neu, erwischte das falsche Becken und entleerte seine Giftbrühe ins Trinkwasser! Die Zeitungen nannten Camelford nur noch das ›Dorf der Verdammten‹. Kannst dir ja vorstellen, was das mitten in der Feriensaison für unsere Hotels und B&Bs bedeutet hat. Von SWW wurde der Skandal kleingeredet, weil sie im Jahr darauf, zusammen mit neun anderen regionalen Wasserwerken, an die Börse gebracht werden sollten – es war ja die Thatcher-Ära, in der alles privatisiert wurde, was nur ging. Bürgerinitiativen haben Jahre gebraucht, um aufzudecken, inwieweit SWW sogar eine Mitschuld an dem trug, was geschehen war: Da sie die Rohre jahrelang nicht gewartet hatten, hatte sich dort Metallschlamm abgelagert, der dann mit dem Aluminiumsulfit aus dem Laster reagierte, es entstand Schwefelsäure. Und als SWW *nach* dem Unglück die Rohre durchspülte, floss diese hochtoxische Brühe durch die Kanalisation und landete im Camel und im Naturschutzgebiet. Alles verseucht! Entschädigungen gab's erst spät und zu wenig; die Pennon Group, die SWW übernahm, hat häppchenweise gerade mal eine halbe Million Pfund gezahlt. Gerüchteweise hätte es eine Verschwörung auf höchster Ebene gegeben, um die Privatisierung nicht zu gefährden.«

»Und Pennoc?«

»Wie gesagt, der war damals 'n junger Mann, so Mitte zwanzig, mit zwei, drei kleinen Kindern. Er hatte die Brauerei in Camelford noch nicht lange. Das Bier, das er in den ersten Wochen nach dem Unfall gebraut hatte, war vergiftet. Die Brauerei aus dem Dorf der Verdammten war damit ruiniert, er konnte den Laden dichtmachen. Seine Frau nahm später die Hälfte der Entschädigung – viel kann es nicht gewesen sein – und zog mit den Kindern nach Somerset. Martin hat sie danach nur noch in den Ferien zu Gesicht bekommen … Und seitdem ist er, na ja, wie er eben ist. Hat für jeden Wochentag 'ne andere Kneipe. Du hast ihn ja kennengelernt.«

Schweigend tranken die Männer ihr Bier. Cosmas erinnerte sich gut an den Sommer 1988, in dem er die Schule geschmissen hatte, um eine Brauerlehre zu beginnen – was für ein seltsamer Zufall, dass er im selben Jahr mit dem Brauen angefangen hatte, in dem Martin Pennoc seine Brauerei verloren hatte.

Nach dem Gespräch blieb Cosmas lange am Schreibtisch sitzen und dachte an Pennocs gescheitertes Leben. Und an seine eigenen gescheiterten Ambitionen. *Der Liebe ist im Krieg alles erlaubt* würde seiner Karriere weder nützen noch schaden. Aber eine radikale Neuerfindung war der Film eben auch nicht. Trotzdem *gab es* da etwas Neues in Cosmas. Es war noch nicht viel mehr als die Ahnung einer Veränderung, in etwa so, wie wenn man einen Kiesel in einen trüben Teich warf. Über der Stelle, wo er hineingefallen war, schloss sich die grüne Suppe rasch wieder, und die konzentrischen Kreise, die sich träge ausbreiteten, verebbten. Aber der Stein hatte irgendetwas vom Grund aufgescheucht – und das bewegte sich nun dort unten. Etwas, das die Nächte in Susann Joungbloods Werkstatt und die Gespräche mit ihr aufgeweckt hatten.

36

Dann begann der Studiodreh, und Pleystein fuhr täglich nach Potsdam-Babelsberg, wo er sich in Halle 18/19 ohne Zicken herumschieben ließ und seine Szenen genau so spielte, wie Schneider es ihm vorgab. Er versuchte sogar, beim Sprechen nicht immer zu lächeln. Inzwischen gestand er sich ganz ohne Bitterkeit ein, dass Hans in Wirklichkeit nie der melancholische und wahrhaftige Mensch gewesen war, den er gerne gespielt hätte, sondern nur eine fiktive, erst von Kati und später von Orion erfundene Figur. Czmajduk und Schmeltzer hatten recht gehabt: Orion war die falsche Adresse für seine neuartigen Bedürfnisse gewesen. Der Pott war missraten, Punkt. Er würde einen neuen töpfern.

In Suns Atelier hatte Cosmas seine Gastgeberin vor allem für die Selbstgenügsamkeit ihrer Kunst bewundert, doch nun erinnerte er sich auch wieder an das Schulterzucken, mit dem sie Missratenes verwarf. Fehlende Käufer, Unverständnis und Missachtung waren für Sun keine Kategorien des Misserfolgs, sie allein entschied, ob sie an etwas gescheitert war. Und wenn ja, wandte sie sich eben mit einem Schulterzucken von dem missratenen Pott ab und vergaß ihn. Cosmas dachte an den Waldorf-Bauernhof, der in einer Ecke des Ateliers unter einem Tuch aufgebahrt war, und korrigierte sich: Nein, schlechte Pötte wurden nicht vergessen. Allerdings verdarben sie Sun auch nicht den Tag, weil sie keine Veranlassung sah, ihretwegen mit sich, Dritten oder gar dem Schicksal zu hadern. Es war diese Haltung, ihre Gelassenheit im Scheitern, die Cosmas nun am stärksten beeindruckte. *Der Liebe ist im Krieg alles erlaubt* war auch bloß so etwas wie ein missratener Pott. Ja, genau, Cosmas war einfach nur heimgekommen und hatte einen missratenen Pott mitgebracht – am besten warf er eine Decke darüber und vergaß ihn. Wenn es diesmal mit dem melancholischen kleinen Film nicht geklappt hatte, sagte er sich, dann musste es eben ein nächstes Mal geben.

Im Studio begegnete Cosmas Bo Starck, der ihn freudig umarmte und ihm heftig auf den Rücken klopfte. Sie verglichen ihre Wunden aus dem Kampf im Barton Inn.

»Alter, das war vielleicht ein Stier!«, sagte Bo über ihren Gegner. »Der hatte es ja voll auf dich abgesehen.«

Zu seiner eigenen Überraschung nahm Cosmas Martin Pennoc in Schutz.

»Du kennst ihn also!«, rief Bo. »Wusste ich's doch, dass das zwischen euch was ganz Persönliches war!« Cosmas' Einwand, dass das Schicksal dem Bierbrauer übel mitgespielt und ihn zum Schläger gemacht habe, wollte Bo nicht gelten lassen. »Nee, nee, komm, das kannst du mir nicht erzählen! Der Kerl hat dir ja schon im April am Hotel aufgelauert. Also, worum ging's bei eurem Zoff wirklich?« Bo tippte sich schlaumeierisch an die Nase. »Cosmas Pleystein – der Mann mit den vielen Gesichtern. Verschwindet spurlos vom Set, taucht wieder auf, begleicht alte Rechnungen …«

Wider Willen fühlte Cosmas sich geschmeichelt: Wenn er Bo (und Schneider und Aruni Gupta und Melek) glauben durfte, entwickelte er sich allmählich zu einem richtig finsteren Charakter – vielleicht war er wirklich abgründiger, als er immer angenommen hatte. Bo war jedenfalls davon überzeugt, dass Pleystein und der kornische Bierbrauer sich von früher kannten, und behauptete erneut, Pennoc schon im April beim King Arthur's gesehen zu haben. Damals hatte er ihn für einen Wachmann gehalten, der anstelle des Dobermanns die durchgeknallten Druiden verjagen sollte, doch seit der Schlägerei im Barton Inn wusste er es besser: Pennoc war im April zu einem geheimen Stelldichein mit Pleystein gekommen. Neugierig darauf, wohin das Ganze führte, ließ Cosmas sich halb auf Bos Spiel ein. Worum war es denn in seiner angeblichen Gangstergeschichte gegangen?

»Sag du's mir«, rief Bo. »Ihr habt wahrscheinlich in deiner *Cranberthmoor*-Zeit gemeinsam krumme Dinger gedreht. Illegalen Schnaps gebrannt? Alkohol geschmuggelt? Drogen gekocht? Oder einer hat den anderen aus dem Geschäft gedrängt? Oder ging's um eine Frau? Auf jeden Fall hat der Typ schon in der letzten Nacht unseres Vordrehs im Hotelgarten rumgelungert und auf dich gewartet …«

Als Cosmas merkte, dass es Bo ernst war, rief er belustigt: »Du willst Pennoc also unter meinem Fenster gesehen haben? Aber *ich* habe an dem Wochenende gar nicht mehr im King Arthur's gewohnt – und *du*, Sherlock Holmes, hattest gar kein Zimmer mit Blick auf den Garten!«

Bo wurde rot. In der Nacht vor der Abreise hatte er nämlich nicht in seinem Zimmer geschlafen, sondern in einer Suite mit Gartenblick. »Na ja, das war doch direkt nach diesem heißen Dreh am Strand. Ich hab dir ja erzählt, wie es zwischen Valeria und mir abgegangen ist …«

»Uhh, Bo Starck – der Spion, den die Frauen liebten!«

Bo grinste geschmeichelt. »Bitte erzähl es keinem, vor allem nicht Melek. Aber Valeria ist so heiß, du wärst auch kein Heiliger geblieben. Und es war auch voll die romantische Nacht, nur 'n paar Stunden vor Abflug, und wir haben das Fenster hochgeschoben ... und das Meer und der Mond ... Anschließend haben wir im Bett Champagner getrunken, und ich hab am Fenster eine geraucht. Und dabei hab ich diesen Riesen unten rumlungern sehen. Ich schwör dir, das war der Brauer aus dem Barton Inn.«

37

In Camelford staute sich der Ausflugsverkehr hinter einem mitten auf der Brücke geparkten Bierlieferwagen. Martin Pennoc wuchtete einen Kühlschrank aus dem Wagen, und die Pierces halfen, Kisten und Stühle ins alte Brückenhaus zu tragen. Sun wechselte rasch die Straßenseite, um ihnen nicht in die Arme zu laufen.

»Eröffnet Martin Pennoc also doch keine Kneipe in Spanien?«, fragte sie Gordon Lewes, der wie üblich vor seiner Galerie stand.

Lewes schüttelte den Kopf. Pennoc zog jetzt selber in das Brückenhaus, nachdem ihm kein Käufer gut genug gewesen war, um im Haus seiner Mutter leben zu dürfen.

»Ganz schlimm soll er wohl mit einem umgegangen sein, der noch nicht einmal selbst dort wohnen wollte, sondern das Haus nur als Investment betrachtet hat. Bonnie hat so komische Andeutungen gemacht. Aber lass mich dir nun auch eine Andeutung machen, Sun, Liebes: Komm in die Galerie und schau dich um. Da wartet eine Überraschung auf dich!«

Sun ging als Erstes bei der Maya-Pyramide gucken. Sie stand immer noch da.

»Warm«, sagte Lewes. »Ganz warm.«

Dann entdeckte sie die Verkauft-Markierung an drei Fotos aus ihrer schwarzen Serie. Der Galerist tat recht geheimnisvoll und sagte nur, der Käufer lasse ihr schöne Grüße ausrichten und würde sich freuen, wenn sie ihn bei Gelegenheit anriefe. Er schrieb ihr eine Telefonnummer mit Auslandsvorwahl auf, die sie umständlich in ihrer Häkeltasche verstaute. Als Lewes vorschlug, eine Flasche Wein zu öffnen, um den Verkauf zu feiern, lehnte Sun bedauernd ab.

»Ich muss weiter, zu einer Party in Delabole.«

»Ach je«, murmelte Lewes mitfühlend, »Delabole.«

Delabole lag am Meer, aber nicht unten, sondern oben auf dem Buckel einer der höchsten Klippen Cornwalls, daher fuhren die Delaboler genauso weit zum Strand wie die Camelforder. Im Schatten der Atlantikwinde gelegen, hatte der Ort keinen Meerblick, sondern blickte stattdessen auf eine Sehenswürdigkeit, die sich sogar einen eigenen Wikipedia-Eintrag verdient hatte: einen Granitsteinbruch, der in seiner größten Zeit »das tiefste menschengemachte Loch der Welt« gewesen war. Heute ernährte das weltberühmte Loch gerade noch eine Handvoll Menschen, aber die Familien der ehemaligen Arbeiter lebten hier noch immer.

Sun fuhr an öden, niedrigen Bungalows und einer Tankstelle, dem Herzen der Ansiedlung, vorbei und parkte in einer Seitenstraße. Ihr rostiger roter Toyota mit der grünen Seitentür hätte vor der Reihe eintöniger Einfamilienhäuser geradezu unanständig bunt gewirkt, wenn ihn nicht Lindas grellpinkes Häuschen getoppt hätte. Im Vorgarten, zwischen Hortensien und wie Ostereier bemalten Mülltonnen, wuchs eine windzerzauste Palme neben einem riesigen, bunt gestreiften Sonnenschirm, unter dem eine fröhliche Clique feierte. Als Sun aus dem Wagen stieg, erhob sich eine Frau mit faltigem Männergesicht und wogendem Busen, um ihr langsam in gelben

Hauspantöffelchen entgegenzukommen. Ihre langen, selbst gemachten Ohrringe klimperten laut, als die Freundinnen sich lange und heftig umarmten. Linda war endlich von einer langen Krankheit genesen – möglicherweise kraft der Gebete der Spiritistengemeinde, die Sun mit Pleystein aufgesucht hatte.

»Möglicherweise«, nickte die Freundin grimmig, während sie sich bei Sun einhakte, um mit ihr zurück zum Haus zu schlurfen. »Ist ja heutzutage nicht schwer, wirksamer als der National Health Service zu sein. Jedenfalls trotzdem danke, Liebes, dass du das für mich getan hast.«

Zur Feier ihrer Gesundung war eine ganze Schar Gäste gekommen, von denen Sun die meisten kannte; sie begrüßte Bob, zwei Töpferinnen aus Rock, ein paar befreundete Kajakfahrer sowie Lindas Mann. Man beschloss, draußen zu essen. Der Himmel war tiefblau, und die Abendsonne schien so warm, dass der große Schirm zum ersten Mal im Jahr in seiner eigentlichen Funktion genutzt werden konnte. Zwischen den Mülltonnen und der Palme wurde ein Picknicktisch aufgebaut; es gab Supermarkttrotwein und selbst gebackene Quiche, Brot und Cheddar. Suns Brombeermarmelade wurde als Nachtisch zum Pudding gereicht.

»Ah, wir lassen's uns gut gehen, was?«

»Wie Gott in Frankreich«, bestätigte der Hausherr.

Sun erzählte stolz, dass sie drei Bilder verkauft hatte. »An einen deutschen Filmproduzenten.«

Man erhob die Gläser und brachte einen Toast auf Sun aus. Dann einen auf die Kunst und einen dritten auf die Gesundheit der Gastgeberin. Die Stimmung war auf dem Höhepunkt, als Bob, dessen Wangen sich langsam so rot färbten wie sein

Schal, rief: »Hat Susann euch eigentlich schon erzählt, wie sie neulich ein Hexenkomplott aufgedeckt und einen polnischen Handwerker gerettet hat?«

Sun wurde recht verlegen, als die ganze Party nun mit Fragen in sie drang. Normalerweise war sie lieber Zuhörerin als Rednerin. Doch schließlich tat sie ihren Freunden den Gefallen und berichtete noch einmal von ihrem lange zurückliegenden Abenteuer. Während sie erzählte, machte ein kleiner Joint die Runde. Eine Katze, vom abendlichen Streifzug heimgekehrt, sprang auf Suns Schoß und machte es sich dort gemütlich. Von der Stimmung, dem Wein und den vertrauten und heiteren Gesichtern ringsum angeregt, lieferte Sun eine äußerst unterhaltsame Version ihres Ausflugs zur Polizei in Exeter.

»Darling, ich glaube, ihr drei standet sogar in der Zeitung!«, rief der Hausherr am Ende ihres Berichts. »Über den Fall haben sie doch monatelang geschrieben.«

Er ging ins Haus und kehrte nach kurzer Zeit mit einer älteren Ausgabe der *North Cornwall Gazette* zurück. In einem Artikel wurde über Steven Smith-Fullbrights Beisetzung berichtet.

»Ermittlungen eingestellt«, zitierte ihr Gastgeber die Schlagzeile, um sich anschließend erst einmal umständlich die Lesebrille aufzusetzen, ehe er fortfuhr. Im Vorspann des Artikels hieß es, dass Smith-Fullbrights Beerdigung im engsten Kreise in London stattgefunden habe. Dann wurde noch einmal an die Umstände seines Todes erinnert. Die Obduktion des Malers hatte schließlich keine Hinweise auf Fremdeinwirkung ergeben; zum Zeitpunkt seines Todes hatte er eins Komma drei Promille Alkohol im Blut gehabt, was nahelegte, dass Smith-

Fullbrights Sturz von der Klippe ein tragischer Unfall gewesen war. Die Ermittlungen (in alle Richtungen, wie es hieß) hatten letztlich sämtliche Verdachtsmomente ausgeräumt, und die einzigen mutmaßlichen Verdächtigen – ein polnischer Handwerker und ein deutscher Schauspieler, die beide Streit mit dem Toten gehabt hatten – waren entlastet worden. An dieser Stelle schmunzelte der Vorleser erwartungsvoll: »Aufgepasst, Sun, jetzt kommt's: ›Gerüchte über Hexerei konnten von den leitenden Ermittlern nicht bestätigt werden. Wir schließen Tod durch Magie aus, versicherte Mrs. D.C.I. Bligh unserem Reporter, nachdem erst kürzlich bekannt wurde, dass sich bereits im Mai drei Damen aus Camelford beim CID East Cornwall gemeldet hatten, die angaben, den Verstorbenen aus Eifersucht behext zu haben.‹«

Die Zuhörer lachten schallend.

Linda rief: »Das ist ja wirklich zu köstlich. Du alte Geheimniskrämerin, wieso hast du mir das nicht längst erzählt!?« Sie drohte Sun mit dem Finger, bevor sie aufstand, um für ihre Gäste einen Gute-Nacht-Tee zu kochen.

Ihr Mann wollte die Zeitung weglegen, aber Sun erbat sich die alte Zeitung, um der Vollständigkeit halber auch noch den Nachruf zu lesen, den das King Arthur's Castle Hotel auf derselben Seite wie den Artikel hatte platzieren lassen. »›Mr. Steven Smith-Fullbright, vormals Manager bei South West Water (1982–1989) und später Vorstandsmitglied der Pennon Group PLC (1989–2003), investierte seit den Nullerjahren erfolgreich in Land und Immobilien, vorwiegend in Cornwall.‹«

»Ach, *daher* kannte ich seinen Namen«, unterbrach Bob ihre Lektüre. »Die Privatisierung der britischen Wasserwerke war doch damals ein Riesenthema an der Börse; es wurden irre Kampagnen dafür gemacht. Ich erinnere mich, dass nach der erfolgreichen Überführung von SWW in die Pennon Group einige ehemalige Manager in den Vorstand gegangen sind.« Er nahm Sun die Zeitung ab und las laut weiter: »›Mr. Smith-Fullbrights ganze Liebe galt jedoch der Kunst, und er konnte sich über die Grenzen von Cornwall hinaus erfolgreich als Maler etablieren. Im Jahr 2003 erwarb er das King Arthur's Castle Hotel, in dem er seit den umfangreichen Renovierungsmaßnahmen von 2008 als Privatier lebte‹ – und jetzt folgt tatsächlich noch Werbung für das Hotel, ist es zu fassen?«

»Der *Maler* war der Besitzer des King Arthur's?«, staunte Sun. »Habt ihr das gewusst?«

Die Gastgeberin, die damit beschäftigt war, den Tee zu servieren und verschiedene Sorten Kekse auf einem Teller zu arrangieren, schüttelte den Kopf. Auch die anderen verneinten.

Bob meinte: »Verständlich, dass Smith-Fullbright nicht an die große Glocke gehängt hat, woher sein Geld stammt, als er nach Tintagel zog. Nach allem, was die Leute hier über die Rolle von South West Water im Giftskandal denken ...«

»Du meinst, man hätte es ihm übel genommen, dass er sein Geld mit der Privatisierung von SWW verdient hat, während andere wegen diesem Aluminiumunfall ihre Existenz verloren haben?«

»Ganz bestimmt.«

»Schokoladenkeks?«, fragte die Gastgeberin in die Runde.

Sun verwies auf ihren Diabetes und nahm lieber einen kleinen Sherry als Schlummertrunk.

Als sie nach Hause kam, war sie ein bisschen beschwipst und viel zu aufgedreht, um direkt schlafen zu gehen. In der Handtasche fand sie Lewes' Zettel mit der deutschen Telefonnummer, die sie kurz entschlossen wählte. Pleystein ging fast sofort ans Telefon.

»Ist es nicht zu spät?«, fragte sie schüchtern.

»Aber nein, wie schön, von dir zu hören, Susann! Was gibt's Neues in Camelford?«

»Ich freue mich, dass dir meine Fotos von der Allee so gut gefallen. Gordon Lewes hat es mir heute erst erzählt.«

Sie schwiegen lächelnd in die Hörer. Da Sun skypen konnte, wechselten sie das Medium. Sun brauchte eine Weile, um die Bildschirmkamera zu installieren, es gab wilde Schwenks über den Arbeitstisch, der von einer unordentlichen, halbmeterhohen Schicht Papier bedeckt zu sein schien. Als die Kamera endlich lief, zeigte sie Suns Stirn als halbmondartigen Fleck am unteren Bildschirmrand, dahinter grob verputzte Steinwände, niedrige, blaue Deckenbalken und ziemlich viel über einem Ofen hängende Unterwäsche. Eine Mischung aus *Alexis Sorbas* und *Bibi Blocksberg*, dachte Cosmas und musste lachen.

»Jetzt hast du mich doch noch in dein Cottage gelassen!«

Sun, die auf die schlechte Qualität der Übertragung vertraute, blieb unbeeindruckt. Der Gerechtigkeit halber trug Cosmas seinen Laptop einmal durch seine eigene Wohnung. Er zeigte Sun, an welche Wand er ihre schwarzen Feenfotos hängen würde. Ihre Unterhaltung tastete sich langsam und etwas unbeholfen voran, aber das störte beide nicht. Sun fragte nach *Der Liebe ist im Krieg alles erlaubt*, Cosmas' missratenem Pott, woraufhin er ihr seinen kleinen Aberglauben gestand, dass er jetzt wenigstens mit seiner Schwester quitt sei, weil

Kati ihn zur Strafe zweimal habe verprügeln lassen, auf den Klippen und noch einmal im Barton Inn.

»Was? Du meine Güte, wieso hast du dich denn noch mal geprügelt?«

Cosmas musste Sun alles über die Schlägerei mit dem Bierbrauer erzählen.

»Martin Pennoc ist und bleibt ein Hooligan«, befand Sun, aber Cosmas behauptete, es gebe da eine seltsame Verbindung zwischen ihm und Pennoc. Sie sei unerklärbar, fast schon übersinnlich. Er lehnte sich in seinem Schreibtischstuhl zurück und kraulte sich mit der Hand den Bauch. Er erinnerte Sun an Sphinx, nachdem der sein erstes (und hoffentlich letztes) Karnickel gefangen hatte.

Cosmas' virtuelle Schnurrhaare sträubten sich. Allein der merkwürdige Zufall, dass er genau in dem Jahr eine Brauerlehre begonnen habe, als Pennoc seine Brauerei verloren hatte, dazu ihre physische Ähnlichkeit – Sun krauste die Nase –, und außerdem habe Pennoc ungewöhnlich stark auf ihn reagiert, als sie einander begegnet waren. Er dachte an Bo Starcks Formulierung, es scheine fast so, als hätten sie eine Rechnung aus einem vorigen Leben offen. Sun wunderte sich, dass Cosmas an Wiedergeburt glaubte.

»Na ja, jedenfalls gibt es da definitiv *etwas* zwischen mir und Martin Pennoc – ich dachte, dass ausgerechnet du das verstehen würdest, Sun. Zum Beispiel ist es doch seltsam, dass er im April eine Nacht lang unter meinem Hotelfenster gestanden hat. Da waren wir uns noch nie begegnet, ist das nicht total verrückt?«

»Das ist wirklich merkwürdig. Und es war ganz sicher Martin Pennoc?«

»Ja.«

»Und wann genau hast du ihn hinter dem King Arthur's gesehen?«

»In der Nacht vor unserer Abreise. Eigentlich habe ich ihn gar nicht selbst gesehen, weil ich doch bei Mrs. Hewett gewohnt habe, aber ein Kollege hatte ihn erkannt.« In seinem Überschwang wollte Cosmas nicht kleinlich sein. »Der Punkt ist, dass er da war. Das ist doch ein Zeichen! Als ob er gekommen wäre, um mir seine tragische Geschichte zu erzählen … Findest du nicht?«

Allerdings, ein Zeichen war das gewiss. Fragte sich nur, wofür. Nachdem sie sich eine gute Nacht gewünscht hatten, erklomm Sun nachdenklich die steile Stiege zu ihrem Schlafzimmer. Dabei stieß sie im Dunkeln gegen den Altkleidersack, der umkippte und leise knisternd seinen Inhalt über die Treppenstufen ergoss und dabei einen Stapel Klaviernoten ins Rutschen brachte. Als Sun den oberen Treppenabsatz erreichte, hörte sie das Klirren einer leeren Milchflasche, die von der untersten Stufe fiel. Auch das war ein Zeichen, aber in diesem Fall wusste sie genau, wofür.

38

Cosmas' Gedanken hingegen verweilten bei Martin Pennoc. Innerhalb weniger Tage war er dreimal auf ihn hingewiesen worden. Er hatte nach einer traurigen, kleinen Geschichte über einen echten Menschen gesucht – hier war sie. Hier war das Material für einen neuen Pott. Der Stoff hatte ihn gefunden, er hatte ihm sogar eins auf die Nase gegeben. Deutlicher musste das Schicksal nicht werden. Noch in der Nacht begann Cosmas, alles zu lesen, was er im Internet über den Camelforder Aluminiumskandal fand. Am nächsten drehfreien Tag begann er, eine Filmstory zu entwickeln. Sein Held war ein Bierbrauer, der durch den Umweltskandal alles verlor. Den würde natürlich er, Cosmas, spielen. Er kannte zwei Umweltfilme, an denen er sich beim Schreiben orientierte: *Silkwood* und *Erin Brockovich*. Sein Held sollte ein mutiger Alltagsmensch wie Erin Brockovich alias Julia Roberts sein; er würde eine Bürgerinitiative gründen und mit seiner herzlichen, einnehmenden Art Mitstreiter gewinnen. Cosmas versuchte, sich Martin Pennoc vorzustellen, der mit dem gewinnenden Lächeln von Julia Roberts von Haustür zu Haustür ging. Dann warf er die bereits geschriebenen Seiten auf den Boden und fing neu an.

Am Abend bekam Cosmas zum ersten Mal, seit er bei Kati eingezogen war, Lust auf einen Spaziergang. Er bummelte über den Platz zwischen den Hochhäusern und passierte düstere Ladenzeilen: Secondhandladen der AWO; Geschäftsaufgabe; Bäckerei-Kette; Schaufenster mit Zeitungen verhängt; ein anderes Geschäft schien in eine Wohnung umgewandelt zu werden. Am Ende der Reihe war noch etwas geöffnet. Als er sich bei Sofias Eisdiele auf die Terrasse setzte, räumten die Angestellten gerade schon die Eiskästen ins Hinterzimmer. Erst wollte man ihn wegschicken, doch dann erkannte ihn eine ältere Kellnerin als den *Erben von Schloss Cranberthmoor* wieder. Sie brachte dem Schauspieler ein Glas roten, siruparti-gen Schnaps, den sie mit einer angetrockneten Zitronen-scheibe garniert hatte. »Geht aufs Haus, Mylord.« Sie knickste kokett und schob sich eine schlecht blondierte Strähne hinters Ohr. »Was machen Sie denn hier bei uns in Marzahn?«

»Ich wohne hier.«

Er erwähnte, dass seine Schwester Stammgast bei »Sofias« gewesen sei. Nachdem er sie beschrieben hatte, erinnerte Sofia sich. »So was! Die Kati. Die war ja ewig nicht mehr hier. Wie geht's ihr denn?«

»Sie ist tot. Vor fast einem Jahr gestorben.«

Das war eine sehr schwierige Zeile für einen Schauspieler. Ein Satz, der schnell pathetisch oder selbstmitleidig klang – oder zu beiläufig und kaltherzig. Weil Cosmas nicht sicher war, ob er ihn gemeistert hatte, und um bei Sofia nicht den Eindruck zu erwecken, er sei gekommen, um sich bemitleiden zu lassen, lächelte er – ausnahmsweise sein echtes Lächeln: »Bald kommt ein Film von ihr ins Kino. Den Kati geschrieben hat. Ich spiel übrigens auch mit.«

»Bald« war natürlich optimistisch ausgedrückt, vor Ende nächsten Jahres war damit nicht zu rechnen, und das auch nur, falls Orion überhaupt einen Kinoverleih fand. Doch wäh-rend Cosmas mit Sofia sprach, stiegen ein jähes Gefühl von

Ungeduld und sogar Vorfreude in ihm auf. Zum ersten Mal hoffte er, dass *Der Liebe ist im Krieg alles erlaubt* kommerziell erfolgreich sein würde. Wenn alles gut lief, könnte er mit dem Geld einen eigenen Film produzieren, noch einmal in Cornwall, aber Low-Budget, erzählte er der Eisdielenbesitzerin. Es würde um einen einfachen Mann gehen, einen liebenden Familienvater, der durch einen Umweltskandal alles verliert. Beim Abschied versprach er Sofia wiederzukommen – und auch das meinte er ernst.

Gegen Mitternacht war es immer noch warm, die Plattenbauten strahlten die Hitze des Berliner Sommers ab. Die meisten Fenster waren dunkel, in manchen sah man bläuliches Flackern. Auf dem verlotterten Spielplatz saßen Jugendliche und tranken Bier. Ein einziges Mädchen war darunter. Als Cosmas an den Teenagern vorbeiging, hörte das Mädchen auf zu lachen und zog die Schultern hoch. Er versuchte, sich zu erinnern, wie Kati in ihrem Alter gewesen war. Er wusste es nicht. Ein paar Jahre später, als die kleine Schwester ihn in New York besucht hatte, war sie ihm schon ganz erwachsen vorgekommen, jedenfalls hatte sie rauchen und trinken können wie er ... Cosmas verzichtete auf den Fahrstuhl und stieg die sieben Stockwerke zur Wohnung zu Fuß hoch. Die Treppenhauswände der unteren Etagen waren übersät von Kritzeleien und Tags. Sehnsüchtig dachte er an New York. Es war lange her, dass er an einem Film gearbeitet hatte, der ihm wichtig war. Diesmal würde er alles richtig machen, so wie damals. Er würde einen billigen, aber engagierten kleinen Film drehen, der von echten Menschen handelte. Einen Film, für den er sich vor niemandem zu schämen brauchte. In der Eisdiele hatte er sich in Feuer geredet; oben in der stickigen Wohnung verfasste er ein erstes Treatment. Arbeitstitel: *Das Dorf der Verdammten.*

In Camelford erwachte Edward Skuse mit dem Gefühl, als wäre jemand über sein Grab gelaufen. Während er sich auf die andere Seite wälzte, überlegte er, dass er langsam zu alt wurde für den Job des Bürgermeisters. Dann schlief er wieder ein, nur im Schlaf murmelte er noch ein paarmal: »Das Wort Aluminium ist tabu.«

Es war die Stunde kurz vor Sonnenaufgang. Cosmas öffnete alle Fenster, selbst das in Katis altem Schlafzimmer. Die S-Bahnen ruhten, und auf der Landsberger und der Märkischen Allee war kaum ein Fahrzeug unterwegs. Da er *Erin Brockovich* verworfen hatte, dachte er über den anderen ihm bekannten Umweltfilm nach. In *Silkwood* wurden die Arbeiterinnen eines Atomkraftwerks versehentlich verstrahlt. Cosmas erinnerte sich nur noch dunkel an die Handlung, aber er fand den Film auf einem Streamingportal; das blutjunge Duo Meryl Streep und Cher kam ihm immer noch genauso umwerfend und sexy vor wie in seiner Erinnerung. Der Film ging schlecht aus. Cosmas hätte seinem Helden natürlich ein Happy End gegönnt – doch das, dachte er bedauernd, war sein altes Ich, der Cosmas aus der Zeit vor dem Gespräch, das er mit Czmajduk auf den Klippen geführt hatte. Wieder flatterte Papier zu Boden. Besser kein Happy End. Irgendwann am Morgen fror er, doch er ließ die Fenster offen und zog sich nur Katis Glückspullover über. Bernd Czmajduk würde den Helden sterben lassen. Es war unvermeidlich, dass der Film schlecht endete. Cosmas' Held würde Abgründe entwickeln und tragisch fallen.

39

Am Vormittag fuhr Sun ihren Altkleidersack nach Camelford, um endlich ihre Spende loszuwerden. Da die British Heart Foundation und auch die anderen Charity-Shops entweder noch geschlossen hatten oder schon Mittagspause machten, schleppte sie den Sack zu Peckin'Fish, wo sie sich eine schöne große Portion Fish and Chips mit zwei Soßen bestellte. Schließlich hatte sie gerade mehrere Bilder verkauft und durfte sich etwas gönnen. An ihrem Lieblingstisch am Fenster stocherte ein Geschäftsmann lustlos in seinen Pommes. Er wirkte ganz so, als könnte er Gesellschaft gebrauchen. In der Tat wirkte er erfreut, als Sun fragte, ob sie sich dazusetzen dürfe, und räumte sofort Zeitung und Jackett beiseite. Es stellte sich heraus, dass er nicht aus Camelford war – »Gott bewahre!«, sagte er, nichts für ungut, aber er sei nur beruflich hier. Er war Immobilienmakler und lebte im Süden Cornwalls. Leider waren die schönsten *Estates* an der Südküste zwischen Plymouth und Penzance längst abgegrast, aber hier, an der schlecht angebundenen Nordseite, gab es für ihn noch unentdeckte Preziosen zu heben. Er sah aus dem Fenster und zog eine Grimasse des Bedauerns. Das Brückenhaus sei so ein Beispiel. Sun schüttelte mitleidig den Kopf, das Haus stand ja gar nicht mehr zum Verkauf.

»Wem sagen Sie das!«, rief der Makler kummervoll aus und wischte sich den fettigen Mund ab. Vor zwei Monaten hatte er deshalb eine schöne Stange Geld verloren! Er hatte das Haus bereits so gut wie verkauft gehabt, mit Vorvertrag und allem – und dann war ihm doch der Käufer in der Nacht vor der Unterzeichnung verstorben! Bei allem Respekt vor dem Toten – der eigentlich ein zuverlässiger Mann gewesen war, ein großartiger Investor –, aber er hatte den Makler auf seinen Unkosten sitzen gelassen, und das ginge nicht an! Das System war einfach nicht fair zu hart arbeitenden Leuten wie ihm, die sich abrackerten, um Investoren in unterentwickelte Regionen zu bringen.

Während seines Lamentos erinnerte sich Sun an den *Gazette*-Artikel. »War es zufällig Steven Smith-Fullbright, der das Brückenhaus kaufen wollte?«

»Oh, Sie kannten Steven? Natürlich, er stammte ja von hier. War mal ein hohes Tier bei den Wasserwerken …«

»Haben Sie das«, fragte Sun langsam, »auch Martin Pennoc erzählt?«

Der Makler schmunzelte vergnügt. »Also, in diesem Kaff kennt ja wirklich jeder jeden. Schön, dass es so was noch gibt …« Er legte Messer und Gabel weg, weil er beide Hände zum Untermalen der ganzen Scherereien benötigte, die er mit Mr. Pennoc gehabt hatte. Vorsichtig schielte er zu Sun, war sie vielleicht gut mit ihm befreundet? Als sie verneinte, teilte er ihr offenherzig mit, man sehe es dem Kerl vielleicht nicht an, aber er sei bauernschlau. Hatte verschiedene Makler gegeneinander ausgespielt. Also ja, kam er schließlich auf ihre ursprüngliche Frage zurück, natürlich hatte er alles in die Waagschale geworfen, was für Steven gesprochen habe, und zwar zusätzlich zu dessen überaus üppigem Angebot, das den Verkaufswert des Hauses *weit* – der Makler kostete das Wort bittersüß aus –, *weit* überstiegen habe. Steven sei ein tadelloser und hochgebildeter Mensch und Künstler gewesen, früher ein verantwortungsvoller leitender Angestellter der kornischen Wasserwerke und später ein bedeutender regionaler Investor. Der Makler hatte seinen Klienten vor Pennoc quasi nackig gemacht, um den Zuschlag für ihn zu kriegen. Und am Tag nach dem Handshake .., tja.

»Aber so spielt das Leben«, schloss er mit falscher Demut und blickte auf die Uhr. Bevor er ging, zog er eine Visitenkarte aus seiner Brieftasche. »Machen Sie einem alten Fuchs wie mir eine Freude und sagen Sie mir: Sie besitzen doch auch irgendwo eine kleine Preziose, ein altes Cottage oder so? Ich täusche mich selten!«

Als Sun ihm bestätigte, dass sie ein Cottage samt Hügel mit unverbautem Blick besaß, sah er endlich wieder froh aus. Er schob ihr seine Visitenkarte hin. »Sie rufen mich bald mal an, ja? Ich kann Ihr Haus schätzen, ganz unverbindlich!«

Nachdem er fort war, hing sein Aftershave noch eine Weile über dem Tisch. Sun beendete gerade ihre Mahlzeit, als sie Martin Pennoc mit einem großen Karton aus dem Brückenhaus kommen sah. Einem großen, schweren Karton, den er sehr vorsichtig auf dem Bauch vor sich hertrug. Eilig brachte Sun ihr Tablett zur Theke zurück, griff nach ihrem Kleidersack und folgte Pennoc. Er wanderte die Victoria Road hinauf und schaute in jeden Wohltätigkeitsladen hinein. Der erste, der geöffnet hatte, war das ehemalige Damenoberbekleidungsgeschäft. Pennoc klopfte mit dem Fuß an die Tür, bis sie von innen für ihn geöffnet wurde und er mit seiner sperrigen Last im Laden verschwand. Sun ließ sich Zeit, bevor sie ihm mit Herzklopfen folgte.

Bei ihrem Eintreten stritt sich Pennoc bereits mit Mr. Evans. »Ich hab das Zeug für fünfunddreißig gekauft und nur 'nen Zwanni will ich zurück! Hier, ihr kriegt sogar noch was obendrauf!«

Achtlos schaufelte Martin Pennoc zwei Hände voll Hühner auf die Theke, aus Porzellan, Holz, Plastik, gehäkelt und getöpfert. Mit echten Federn. In Spardosen-Form. Als Milchkännchen. Aus Muranoglas. Manche waren in Zeitungspapier gewickelt, die meisten nicht. Während er die gewaltige Sammlung seiner Mutter polternd und klirrend auf der Ladentheke ausbreitete, sprach er doppelt so laut wie die meisten anderen Menschen, die Sun und Mr. Evans, der Verkäufer, kannten.

»Guter Mann«, sagte Mr. Evans würdevoll. »Dies ist ein Wohltätigkeitsladen. Wir erhalten die Sachen für gewöhnlich als kostenlose Spende für die Arbeit des *Senior's Pet* …«

»Bla, bla, bla, ich hab keine Zeit, den Kram bei eBay zu verscheuern! Nehmt es für zwanzig Pfund und verkauft es selbst, dann habt ihr 'ne schöne Spende. Die Sammlung ist ziemlich was wert.«

Atemlos zurrte Sun ihre Häkeltasche nach vorne, um ihr Portemonnaie auszugraben. »Ich gebe Ihnen zwanzig Pfund, nur für die Glastiere da.«

Der Bierbrauer drehte sich um und musterte sie. Diese verschrobene Alte hatte er doch irgendwann schon einmal gesehen.

»Sie sind 'ne Freundin meiner Mutter.« Er kniff die Augen zusammen und schien zu überlegen. Ehe er sich *zu* gut erinnern konnte, hielt Sun ihm das Geld hin, und Mr. Evans nickte ihm so lange ermutigend zu, bis er die Scheine zögernd nahm.

»Na, sehen Sie, das fügt sich doch wunderbar. Und ich nehme nun gerne die restliche wertvolle Sammlung Ihrer Mutter in Obhut, wenn Sie es wünschen.« Mr. Evans sprach so behutsam, wie er auch mit einem schwierigen Hund gesprochen hätte, den er zum ersten Mal betreute. Während Sun die kostbaren Glasfigürchen barg, bevor Martin es sich anders überlegen konnte, hob Mr. Evans, hastige Bewegungen vermeidend, den verspinnwebten Karton von der Ladentheke und begann vorsichtig die restlichen Hühner wieder hineinzulegen. »Ich würde sagen, dass diese Figuren besser wirken könnten, wenn sie gereinigt wären. Wenn Sie gestatten, nehme ich sie mit nach hinten, um sie vorsichtig ein wenig zu säubern, ja?«

Um Martin die Entscheidung leichter zu machen, nickte er ihm dabei wieder freundlich zu. Da der Bierbrauer glaubte, es mit einem minderbemittelten oder senilen Menschen zu tun zu haben, ließ er dem Verkäufer sein Verhalten durchgehen. Er knurrte nur und wedelte mit der Hand, damit der Alte endlich verschwand.

»War noch was?«, blaffte er, weil Sun ihn komisch anblickte.

»Ja«, sagte sie, verblüfft, dass ihre Stimme so fest und normal klang, obwohl sie wusste, wie es nun weitergehen würde. »Wie geht es Ihnen, Martin?«

Er antwortete nicht sofort. Sein kleiner Mund hatte sich misstrauisch ins Bartgestrüpp verzogen.

»Ich habe Sie auf Mrs. Pennocs Beerdigung gesehen. Und neulich auf der Straße, bei Ihrem Einzug. Ich hatte nicht den Eindruck, dass es Ihnen gut geht.«

Der riesige Brauer beugte sich vornüber, als studierte er den Boden. Sun glaubte, zu leise gesprochen zu haben, und wiederholte lauter: »Es geht Ihnen gar nicht gut, nicht wahr? Es tut mir sehr leid, dass Ihre Mutter heimgegangen ist. Sie hat immer so gut von Ihnen gesprochen. Sie war furchtbar stolz auf Sie.«

Es war, als ob ein Urwaldbaum gefällt würde. Bebend wartete er auf das Verstummen der Säge, wuchs noch einen Atemzug lang in den Himmel, bevor er sich schließlich unendlich langsam zur Seite neigte und fiel. Fiel. Abrupt drehte Martin Pennoc sich von Sun weg und schnorchelte laut flüssigen Rotz aus der Nase hoch. »'tschuldigung.« Sie hatte kein Taschentuch, er musste sich mit seinem Ärmel behelfen. Grimmig zog er ihn ein paarmal quer übers Gesicht, bevor er den Arm sinken ließ und mit der ganzen Brust aufseufzte. »Nett, dass Sie gefragt haben. Aber Sie haben ja keine Ahnung.«

»Oh, ich glaube schon. Ich habe gehört, was Sie am Grab Ihrer Mutter geschworen haben. Und ich weiß, dass Sie kurz vor der Beerdigung von einem Makler erfahren haben, dass einer der Verantwortlichen für den Aluminiumskandal, der mit SWW viel Geld verdient hat, seit Jahren direkt vor Ihrer Nase lebte. Wahrscheinlich haben Sie ihm sogar jede Woche Bier geliefert.«

Der Brauer lachte höhnisch. »Das King Arthur's schenkt seit Neuestem nur noch Heineken, Guinness und Foster-Biere aus! Tintagel-Ale ist ihnen nicht mehr gut genug.«

»Na, jedenfalls«, Sun wollte sich jetzt nicht aus dem Konzept bringen lassen, »jedenfalls sind Sie nach der Beerdigung, in der Nacht, als Smith-Fullbright starb, oben am Hotel herumgeschlichen.«

»Sagt wer?«

»Das tut nichts zur Sache. Man hat Sie gesehen. Ich glaube ja nicht, dass Sie vorhatten, ihm etwas anzutun, vielleicht wollten Sie ihn nur zur Rede stellen. Sie waren verständlicherweise sehr aufgewühlt und, das muss ich leider annehmen, wahrscheinlich auch sehr betrunken. Und Mr. Smith-Fullbright hielt draußen auf den Klippen Wache, und auch er war ziemlich betrunken. Keiner von Ihnen beiden war in der Stimmung für höfliche Konversation, als Sie einander nachts begegneten, nicht wahr?«

Martin atmete mit offenem Mund und starrte mit blutunterlaufenen Augen an ihr vorbei. »Nee, das nehm ich auch an.«

»Das würde ich meinen. Ein Wort wird das andere ergeben haben. Und Sie haben einfach zu viel Kraft, Martin. Und zu viel … Wut. Ja. So muss es passiert sein. Sie haben einen Menschen auf dem Gewissen, herrje. Wie soll es denn jetzt bloß weitergehen?«

Er zuckte die Schultern.

Der Verkäufer kam aus dem Hinterzimmer zurück. »Oh, da sind Sie ja beide noch«, sagte er misstrauisch. »Ist etwas nicht in Ordnung?«

»Danke, Mr. Evans. Ich habe alles, was ich wollte. Aber Mr. Pennoc hier geht es nicht gut.«

»Oh«, machte Mr. Evans wieder besorgt. »Sollen wir einen Arzt rufen? Haben Sie Herzprobleme? Ich glaube, oben am Coop gibt es einen Defibrillator …«

Der Bierbrauer sah tatsächlich furchterregend aus. Er schwitzte, sein Gesicht glänzte, und der übliche satte Burgunderton seiner Haut war einer marmorierten Blässe gewichen. Alles Blut sammelte sich in seinen Augen, von wo es unter der wachsweißen Haut hinab in den Bart zu mäandern schien. Pennoc schob eine Hand aus dem Ärmel, um sich zu kratzen. Sun bedauerte ihn aus tiefster Seele, aber sie konnte schließlich nicht den ganzen Tag mit ihm im *Senior's Pet Care* verbringen.

»Nein, ein Arzt wird nicht nötig sein.« Sie hielt immer noch das Dutzend Glastiere in der Hand. »Aber wenn Sie, Mr. Evans, mir freundlicherweise etwas Zeitungspapier zum Einwickeln geben könnten …«

Während sie die Figuren einpackte, sagte sie, mehr zu dem Bierbrauer als zu Mr. Evans: »Ein guter Freund und eine Polizeistation würden genügen, meine ich. Denken Sie nicht?«

»Mhm«, murmelte Martin Pennoc. »Vielleicht, ja …« Aber gleichzeitig schüttelte er den Kopf. »Den vermisst doch eh keiner! So ein Arschloch. Sagt jeder hier in der Gegend!«

Selbst Suns Geduld und Feingefühl kannten Grenzen. »Oh, also das würden viele Menschen gewiss auch über Sie sagen. Wenn auch hoffentlich nicht alle. Wie auch immer: ein Freund und ein mutiger Gang zur Polizei. So, einen schönen guten Tag wünsche ich noch.«

Mit ihrem klirrenden Schatz in der Hand eilte Sun zum Auto, wo sie mit zitternden Fingern den Schlüssel ins Zündschloss steckte, um dann mit Vollgas nach Slaughterbridge zu rasen. Zu Hause schlüpfte sie in eine löchrige, nach Schaf riechende Strickjacke und eilte in die Werkstatt. Der vertraute Geruch von Eisenrost, Farbe, feuchter Erde und Ton beruhigte sie, und ihr Herzklopfen ließ allmählich nach. Sie räumte die alte Eisenbahnplatte frei und schlug die Decke zurück. Mit warmem Wasser säuberte sie die Lehmhütten und die winzigen Zäune, die Gerätschaften und Getreidegarben. Dann wickelte sie vorsichtig die Tiere aus und stellte sie in die Landschaft. Während sie mit feuchtem Lappen das Küken und die Hühner reinigte, musste sie plötzlich an

Mrs. Pennoc denken, und ihre Gedanken wanderten zum Friedhof, zum Darlington Inn und weiter, wohin sie ihnen nicht mehr ganz aufmerksam folgen konnte, weil die Tiere wirklich herrliche Details besaßen: der ganz unwahrscheinlich gelbe Bart des Hundes. Die winzigen rauchrosa Zitzen unter dem Bauch des Schweins. Die Löffel des hübschen großen Hasen, die aus demselben rauchigen Rosa waren. Zuletzt polierte sie den Hahn, in dessen Körper winzige Luftblasen und trübe, rote und schwarze Farbwolken trieben. In der Tat sah das Tier aus wie der Bierbrauer. Dass ihr das nicht früher aufgefallen war!

Martin Pennoc *musste* zur Polizei gehen. Der Wunsch kam plötzlich und heftig. Ein unangenehmes Gefühl, das vom Bauch aufstieg, aber kein Hunger war, in den Kopf kroch und Suns Augen tränen ließ wie ein plötzlicher, stechender Schmerz. Ja, sie hoffte inständig, dass Pennoc wirklich zur Polizei ginge, wünschte es für ihn genauso wie für sich selbst, denn sie – würde es nicht tun. Es war ein schlimmer, schwerer Gang, den sie dem armen Martin nicht abnehmen konnte. So, nun hatte sie die Figuren lang genug poliert und arrangiert. Sie stellte sie auf, die Hühner am Mäuerchen, das Schwein und den Hund bei ihren Hütten und den wilden Hasen weit hinten auf dem grünen Filz, wo der Weg schmal wurde und er noch größer wirkte. Alle Tiere schienen sich dort, wo sie waren, sehr wohlzufühlen. Adieu, meine Lieben. Sun holte einen langen Schubladenkasten aus Aluminium aus dem Regal, pustete die toten Motten heraus und stülpte ihn umgekehrt über die ganze Landschaft. Alles weg. Bis zum Eisenbahntunnel nur noch schmuddeliger, grauer Container. Denn so sah die Gegenwart aus. Suns kritischen Kommentar zur industriellen

Landwirtschaft würde wahrscheinlich wieder mal keiner verstehen. Aber das spielte, wie immer, keine Rolle.

Am darauffolgenden Morgen pfiff ein schon recht herbstlicher Wind durch die Fensterspalten des Cottages. Sun stand nur auf, um sich eine Wollmütze anzuziehen und unten im Salon Musik aufzulegen und die Anlage voll aufzudrehen. Dann kletterte sie zurück ins Bett und schlug die warme Decke über sich und den Kater. Sphinx' Ohrspitzen zuckten aufmerksam hin und her, während auch er dem Gesang aus dem Erdgeschoss lauschte. Die Sonne schlenderte gemütlich von Wand zu Wand. Im Tal glitzerte der Camel. Der Wind zauste die langen Zweige der Trauerweiden und brachte das Gelb der trockenen Blättchen zum Schimmern. Eine weiße Wolke mit dem länglichen Umriss von Cornwall trieb über die Wiesen. Im Zickzack sprang ein riesiger Hase mit rauchrosa Löffeln vor dem Schatten her, bis er unter den Weiden am Bach verschwand.

Jonathan Coe
Middle England

»Ein mitreißendes Buch zur Lage der Nation.«
Economist

978-3-453-42868-3